황금잔

KB139559

The Golden Bowl

황금잔

Volume 2
THE PRINCESS

헨리 제임스 지음
남유정·조기준 옮김

Atto Book

Contents

PART IV

25.

왕자비는 늘 하지 않았던 일을 조금 했고 사실은 새로운 목소리를 내는 내면에 귀를 기울였다는 것을 받아들이는 데 며칠 걸리지 않았다. 그러나 이런 성찰을 본능적으로 미루는 것은 분명 이미 활성화된 인식과 지각의 결실이었고, 무엇보다 거의 공격 불가능한 것으로, 오래 존재했던 상황에 특정 시기에 단순히 손을 대는 것만으로도 변화가 일어났다. 이 상황은 몇 달 동안 인생이라는 정원의 한가운데를 차지하고 있었는데, 마치 이상하고 높은 상아탑 혹은 어쩌면 오히려 멋지고 아름답지만 기이한 탑 같았는데, 단단하고 밝은 자기로 도금과 채색이 된 구조물로, 돌출된 처마에는 바람이 불면 매우 매력적인 소리를 내는 은색 종이 달려 있었다. 매기는 그 주위를 빙빙 돈다고 느꼈고, 때때로 넓은 때때로 좁은 공간을 다니며 자신의 존재감을 이어 갔고, 그러는 동안 내내 아주 높은 아름다운 구조물을 올려다보았지만, 자신이 바란다면 들어갈 수 있는 곳이 아직 전혀 보이지 않았다. 매기가 지금도 바라지 않는 이상한 일이었고, 게다가 당연히 똑같이 이상한 것은, 눈을 치켜뜨면 안에서 특히 훨씬 높이 있는 것을 볼 수 있는 공간을 알아보는 듯했지만, 가까운 정원에서 접근할 수 있는 문은 없는 것 같았다. 멋지게 장식된 표면은 한결같이 뚫을 수 없고 계속 헤아리기 어려운 상태였다. 그러나 현재 그녀의 생각에, 단순히 빙글빙글 돌며 높이는 살피는 걸 멈추고, 그렇게 막연하게 상당히 무기력하게 응시하고 궁금해하는 것을 멈춘 듯했고, 멈추고 머뭇거리다가 전례 없이 가까이 다가가는 자신의 모습을 분명히 알았다. 그 구조물은 그녀가 자리 잡은 거리에서 보면 어떤 야비한 이단자로 자유를 얻을 수 없는 마호메트 모스크였을 것이다. 그곳에는 신발을 벗고 들어가야 하고, 심지어 침입자로 여겨지면 목숨을 걸어야 했다. 분명 매기는 자신이 할 수 있는 일에 대해 목숨을 바칠 생각은 없었지만, 그런데도 희귀한 도자기 접시 한두 개를 두드리는 소리를 내는 듯했다. 즉 구조물을 두드렸지만, 입장하기 위해서인지 뭐 때문인지를 말할 수 없었다. 차갑고 매끄러운 부분에 손을 대고 무슨 일이 일어날지 기다렸다. 무슨 일이 일어났고, 손을 댄 후에 잠시 후 안에서 어떤 소리가 그녀에게 되돌아오는 거 같았고, 그녀의 접근이 관심을 끌었다는 걸 충분히 암시하는 소리였다.

하지만 이런 이미지가 불과 며칠 전에 일어난 삶의 변화에 대한 우리 젊은 여자의 인식을 나타낸다면, 동시에 그녀는 자신이 한 일에 책임을 져야 한다는 생각에서 안도감을 찾고 다시 돌아다니는 모습을 볼 수 있었다. 꽃이 만발한 정원에 있는 탑은 너무 눈에 띄었고, 매기가 즐겨서 하는 말처럼 과거와 단절하지 않고 결혼할 수 있었던 방식을 나타냈다. 그녀는 아무런 조건 없이 남편에게 순응했지만, 그동안 아버지를 조금도 포기하지 않았다. 그녀는 두 남자가 잘 어울리는 모습을 계획했고, 사실 결혼 생활에서 연장자이고 외로워하는 새로운 친구가 생긴 점이 가장 행복했다. 게다가 그동안 성공의 모든 측면을 풍요롭게 한 것은 아버지의 결혼 생활이 그녀의 결혼 생활보다 눈에 띄게 희생되지 않았기 때문이다. 아버지가 자유로운 방식으로 똑같이 큰 걸음을 내딛는 것은 딸이 밀려나는 것과 전혀 상관이 없었다. 하지만 그들이 한 번은 그렇게 떨어져 있다가 함께 지낼 수 있었다는 게 놀라운 것은 매기에게는 오래전부터 한순간도 모호한 적이 없었다. 처음부터 그리고 항상 그들 각자가 똑같이 자신들의 영감과 응원의 일부로 여겨졌다는 점이 놀라웠다. 그들이 좋아하지 않는 남다른 것이 많이 있었는데, 즉 적어도 명석함, 대담함, 기발함은 사랑하는 사람과 매기 자신에게는 전혀 그들에게 맞지 않았지만, 그들은 많은 가족, 많은 부부, 그리고 더 많은 사람이 실행 가능하다고 생각하지 않는 이러한 비정상적인 확장과 이러한 자유로운 형태를 자신의 삶에 부여했다고 생각하는 걸 좋아했다. 그 마지막 진리는 대다수 친구의 분명한 증언과 노골적인 시기로 그들에게 분명하게 전달됐는데, 이런 관계를 유지하기 위해서는 당연히 아메리고와 샬롯을 칭찬하는 것을 포함하여 가장 상냥한 사람이 되어야 한다고 반복해서 말했다. 그런 매력을 발산하는 것을 아는 것이 사람들에게 기쁨이었고 (어찌 그렇지 않겠는가?), 확실히 매기 아버지와 그녀 자신에게 기쁨이었는데, 두 사람 모두 눈에 띄게 성격이 너무 느려서 이런 아름다운 성찰을 하지 않았다면, 자신들의 승리를 거의 확신하지 못했을 것이다. 그래서 그들의 행복은 결실을 보았고, 그래서 어느 사회 분야에서나 볼 수 있고 감탄할 만한 상아탑이 단계적으로 솟아올랐다. 사실 매기는 자신에게 왜 그것을 알고 위안으로 삼지 않았는지에 상대적으로 예리하게 질문하는 걸 꺼렸는데, 거의 항상 도덕적 위안을 얻는 이상적인 일관성의 소멸을 뜻했다. 일관성을 유지하기 위해 항상 이전의 관계를 다소 줄일 수 있었다.

살면서 처음으로 잘못된 위치의 어두워지는 그림자로 옮겨가면서, 매기는 자신감을 잃거나 자신이 틀렸다는 걸 인정하지 말았어야 했다고 반성했다. 연못가를 다니며 귀를 팔랑거리는 스패니얼spaniel, 기다란 귀가 뒤로 처져 있는 작은 개처럼 잠시 자기 자신을 대하려고 했지만 말이다. 걸으면서 계속 머리를 흔들고 일상적으로 짓는 것과 같은 무례한 행동을 제외하고 스패니얼은 낯선 존재였을 것이고, 그녀는 아무 일도 없었다는 듯이 혼자 열심히 콧노래를 불렀을 것이다. 말하자면, 매기는 빠져들지 않았다. 그 사고도 없었고 젖지도 않았다. 어쨌든 외부 노출 여부에 상관없이 감기에 걸리지 않았을지도 모른다는 생각을 조금 하기 시작할 때까지 허세를 부렸다. 아무튼, 매기는 자신이 그렇게 흥분했던 때를 전혀 기억할 수 없었고, 흥분을 숨겨야 하는 특별한 때도 분명 없었다. 매기가 봤을 때 새로운 열망의 탄생은 그런 열망이 눈에 보이지 않도록 하는 창의력 때문에 오락거리가 되었다. 따라서 이런 창의력은 개인적이고 빠져들게 하는 활동으로, 지금까지의 내

은유법에 더하자면, 나는 그녀를 겁에 질렸지만, 사람에게 매달리는 젊은 엄마에 비유할 것이다. 새로 유추하자면, 그녀를 사로잡은 생각은 불운의 증거가 되겠지만, 그동안 이 세상에서 가장 중요한 관계의 또 다른 표시일 뿐이다. 매기는 어떤 뿌리 깊은 열정에는 고통과 기쁨이 있고, 사람들은 아픔과 그 아픔을 충분히 느끼는 불안으로 만들어졌다는 것을 스스로 깨달을 만큼 충분히 오래 살았다. 자신을 남편과 얽매게 하는 감정의 힘을 의심한 적이 결코 없었다. 그러나 그 감정이 압박감을 주는 격렬함으로 떨리기 시작했다는 것을 갑자기 깨닫게 되면서, 결국 수많은 여자와 마찬가지로 매일 열정의 완전한 특권에 따라 행동하고 있음을 제대로 알았다. 모든 권리를 가진 그녀가 정당한 이유를 찾지 못했다면 왜 그럴까? 그에 반대하는 가장 타당한 이유는 다른 사람들, 특히 그들 열정의 자기중심주의로 그녀에게 폐를 끼친 적이 없는 사람들에게 불쾌하거나 불편한 결과를 초래할 가능성이었을 것이지만, 일단 그 위험이 자신의 능력이 충분히 발휘되지 않도록 적절하게 보호된다면, 능력을 동등하게 이용하거나 자신의 역할을 적절하게 행하는 것에 지나지 않는다. 왕자비는 처음에는 모호하게 여겨졌지만, 점차 자신의 능력이 한동안 함께 이용되지 않았다는 사실을 깨달았고, 한때 사랑했던 춤과 무도회 가는 것을 그만두면서 희미해진 춤 스텝과 비슷했다. 상스럽지만 거리낌 없고 명확한 치료법으로 보이는 무도회에 다시 갈 것이다. 매기는 더 큰 행사에 어울리는 다양한 장신구를 넣어뒀던 깊은 용기를 꺼내면서 자신의 것이 아주 작지 않다고 생각하고 싶었다. 틈틈이 조용한 시간에 잠깐 찾아와서 바람이 많이 부는 촛불 아래서 자신의 다채로운 소장품을 살피면서 빛나는 보석을 보는 그녀의 모습을 우리는 쉽게 그려볼 수 있다. 사실 그런 모습은 동요된 마음을 어느 정도 억누르는 것으로 가능한 자신의 필요에 따라 위기를 언급하면서 용케 알게 된 분위기 전환용으로 어느 정도 넘어갈 수도 있다.

하지만 남편이 동행과 함께 매첨에서 집으로 돌아온 날 오후에 그녀는 걸음걸이를 자제해야 하는지 과장되게 해야 하는지 처음에는 분명 결정하지 못했다. 분명 매기의 입장에서 무언가를 하기로 마음먹는다면 바로 아메리고는 특이하게 여길 것이고, 그녀의 습관에서 벗어나더라고, 아메리고가 분명 예상했던 것처럼 이튼 스퀘어에서 매기를 찾을 수 없을 뿐이었다. 그가 보기에 이상하지만 그래서 집으로 돌아와야 했고, 자신을 다소 비난하듯이 또는 조급해하며 혼자서 자신을 기다리고 있다는 인상을 받았다. 이런 모습은 작은 변화와 가벼운 움직임이었지만, 우리가 언급했듯이 매기 입장에서는 무한한 의도가 있었다. 돌아온 남편이 난롯가에서 지켜보는 그녀의 모습은 겉으로는 세상에서 가장 자연스러운 행동이자 또한 유일한 행동이라고 그는 분명 그렇게 생각했을 것이다. 이런 상황은 평범한 문제로 넘어갔지만, 결국 매기의 우울한 환상으로 넘어간 바로 그 양상은 그녀가 모두 계획했다는 것이다. 그녀는 자기 생각을 증명했고 그 증거는 우위를 보였는데, 이것은 날이 무디서 베지 못하는 무기를 더는 휘두르지 않는다는 의미다. 매기의 상상 속에서 맨 칼날의 빛이 하루에 열 번 지나갔고, 이때 그녀는 거의 눈을 감았고 움직임과 소리로 자신을 속이고 싶은 충동을 느꼈다. 어느 수요일에 이튼 스퀘어에 있지 않고 포틀랜드 플레이스로 갔을 뿐이고, 개인적으로 반복해서 갔는데, 그토록 평범한 행위에 대해 단 한 번의 날카로운 일격으로 책임을 내던지는 걸 알아야 할 이유가 사전에 없었다. 그런데도 그 일이 일어났다. 한 시간 만에 자신이 한 일이 앞으로 어떤 식으로든 그렇게 중요하게 결정되지 않으리라는 것을 마음에 새겼고, 어쩌면 옛 황금시대 로마에서 아메리고의 청혼을 받아들였을 때 했던 행동조차도 그랬을 것이다. 그러나 작은 웅크린 자세, 소심한 암컷 호랑이의 자세를 취해서 그녀는 무모하게 궁극적인 것을, 서투르게 근본적인 것을 의도하지 않았다. 그래서 그녀는 조롱을 참으며 비위에 거슬리고 기괴한 태도라 부르며 자세를 낮췄다. 그저 더 가까이 가고 싶었다. 자신에게도 설명하고 싶지 않고 설명할 수 없는 무언가에 더 가까이 가고 싶었다. 그리고 이렇게 가까이 갈 수 있는 정도는 미리 헤아릴 수 없는 것이었다. 실제로 점점 산만해지고 압박감을 느끼면서 그녀의 남편이 처음으로 놀란 관계의 신선함을 선택한 순간마다 다시 되새기는 것을 막지 못했다. 안 됐지만, 모두 그녀 자신의 것이었고, 전체적인 흐름은 원하는 것을 만들 수 있도록 일상의 벽에 걸린 큰 그림처럼 거꾸로 거기에 있었다.

돌이켜 보면 여전히 볼 만한 일련의 순간에 빠졌다. 무대 위의 한 장면에서 상당히 여러 가지 방식으로 일어났고, 어떤 장면은 무대 앞

맨 앞줄 관객에게 큰 인상을 남겼다. 이런 순간 중 몇몇은 다른 순간들보다 더 눈에 띄었고, 진주 목걸이처럼 그녀가 다시 가장 많이 느낄 수 있고 생각할 수 있었던 순간들은 특히 저녁 식사 전 흐르는 시간이었는데, 저녁 식사는 아메리고가 늦게 오는 덕분에 그날 저녁 아주 늦은 9시에 했다. 사실 그런 일은 많았지만, 매기가 예리하게 계속 구별할 수 있었던 경험의 일부였다. 다음 일이 일어나기 훨씬 전에, 기억의 불꽃은 향이 짙게 피어나는 예배당의 램프 빛으로 변했다. 어쨌든 다시 사로잡힌 생각으로 가장 중요한 순간은 당연히 첫 번째 순간이었고, 그 자리에서 완전히 자신의 의도에서는 벗어난 낯선 시간의 침묵이 있었다고 판단했지만, 얼마 동안 침묵하고 얼마나 오랫동안 알아야 하는지는 아무것도 알 수 없었다. 늘 '앉아' 있는 작은 응접실에 있다가 마침내 저녁 식사 시간쯤이 되자 옷을 차려입었다. 매기가 이 작은 일과 관련해 얼마나 많은 것을 계산했는지 놀라웠고, 중요성의 문제에 있어 그녀의 기준은 불명확했다. 그는 늦을 것이고, 매우 늦을 것이다. 그녀의 표정에서 알 수 있는 유일한 확신이었다. 만약 남편이 샬롯과 함께 이튼 스퀘어로 곧장 마차를 타고 갔다면, 그는 아내가 떠났다는 것을 알지만 그곳에 남아 있는 게 최선이라고 생각할 가능성도 여전히 있었다. 매기는 그러한 일로 그에게 메시지를 남기지 않았다. 그 영향으로 더 오래 자리를 비울 수도 있지만, 그녀의 또 다른 작은 결심이었다. 그는 아내가 이미 식사했다고 생각할지도 모른다. 장인에게 친절하게 굴려고 일부러 그가 남아 있을지도 모른다. 매기는 남편이 이렇게 아름다운 결말로 멋대로 해석한다는 걸 알았다. 옷을 갖춰 입는 기회를 날리려고 여러 번 멋대로 해석했다.

만약 매기가 이제 그러한 희생을 피하고, 마음대로 할 수 있는 시간 동안, 새로운 모습에 현명해졌다면, 기다리고 기다리는 동안, 나중에 발견될 웅크린 모습에 어쩌면 긴장감이 더해졌을 것이다. 그녀는 그런 모습을 없애기 위해 혼자서 매우 열심히 노력했다. 예를 들어 그녀 뒤에 있는 소설을 읽을 수 없다면 어쩔 수 없었겠지만, 적어도 책을 들고 램프 옆에 앉을 수 있었고, 뻑뻑하고 화려한 새 옷을 처음 입고 앉을 수 있었다. 격의 없이 집안에서 입는 옷치고는 어쩌면 너무 뻣뻣하고 너무 화려할지도 모르지만, 이번에는 논쟁의 여지가 없는 본질적 가치로 희망을 품었다. 그녀는 시계를 반복적으로 봤지만, 오르락내리락하고 싶은 것을 참았다. 그렇게 함으로써 광택이 나는 바닥에서 바스락거리는 소리와 '드레스를 늘어트린 모습'이 여전히 아름답게 보인다는 것을 알고 있었지만 참았다. 더 예민한 상태가 될 수가 있어서 그렇게 하지 않은 것이었다. 매기가 봤을 때 유일한 걱정은 자기 생각이 안일하게 드레스 앞부분으로 새어나갔을 때로, 드레스는 어떤 면에서 피난처이자 기분 전환으로, 드디어 샬롯을 정말로 만족시킬지 궁금할 정도로 오랫동안 생각을 살필 수 있었다. 매기는 자신의 옷에 관해서는 다소 소심하고 확신이 없었고, 무엇보다 지난 1년 동안 샬롯의 옷에 대한 다소 헤아리기 어려운 평가에 비추어 살았다. 샬롯의 옷은 다른 여성들과 비교해 가장 매력적이고 특이했다. 그녀에게 일종의 시적 정의가 있었는데, 여러 수단과 특히 전능함 덕분에 천재성을 마음껏 발휘할 수 있었다. 그러나 매기는 이와 관련해 자신을 지속적으로 그리고 사적으로 자신을 '망가진' 사람으로 묘사했을 것이다. 한편으로는 상대방을 모방하는 것을 불가능하다고 의식하고, 다른 한편으로 철저하게 개인적으로 그녀의 속을 떠보는 것이 불가능하다고 의식하면서 말이다. 그렇다, 그녀가 알지 못한 채 심각해지는 것 중의 하나였고, 결국 샬롯은 자신의 의붓딸이 개인적으로 기발한 실험을 한다고 생각했다. 샬롯은 자신들에게 최선을 다하는 의붓딸의 물질적 용기가 늘 사랑스러웠지만, 매기는 종종 이런 표현들이 평가가 아닌 자비이며 절대적인 것이 아니고 상대적이고 솔직한 것인지 의심했다. 만약 진실이 알려졌다면, 매우 비판적 시각을 가진 샬롯이 그녀를 (진지한 기준에 따라) 절망적인 존재로 단념하고 그저 인내심 있게 마음을 달래며 부추겨야 하는 색다르고 열등한 사람으로 여기지 않았는가? 다른 말로 하면, 매기는 은밀한 절망 속에서, 아마도 은밀한 짜증 속에서도 자신이 샬롯에게 우스꽝스럽다는 것에 찬성하지 않았는가? 그래서 현재 최선의 방법은 평소보다 조금 덜 진실한 무언가로 그녀를 놀라게 하지 않을까 가끔 궁금해하는 것이다. 자리를 비운 사람들이 계속 늦어지는 동안 이런 종류의 의문으로 매기가 현재 애를 썼다. 하지만 그 결과 우리의 젊은 여성은 답을 내지 못하고 쌓여있는 의문에 점점 더 매달리기 시작하는 짙은 대기 속에서 계속해서 헤맬 뿐이었다. 그런 의문들이 이렇게 축적돼 그곳에 있었고, 그것들이 한동안 그녀 인생의 복도를 따라 지나다니면서 아직 '분류'되지 않았고, 혼란스러운 물건들로 가득 찬 방 같았다. 그녀는 가능한 그 문을 열지 않고 방을 지나쳤고, 때때로 새로운 것을 던져 넣기 위해 열쇠를 돌렸다. 그래서 그녀가 가는 길에 방해가 되지 않게 했다. 그 의문들은 나머지 혼란과 함께했고, 어떤 본능적인 친밀감으로 자리를 잡을 거 같았다. 간단히 말해 그것들은 어디로 가야 할지 알았다. 그리고 현재 매기가 정신적으로 다시 한번 문을 열었을 때, 실제로는 방법과 경험에 대한 감각이 있었다. 샬롯의 생각에 대해 절대 알지 말아야 할 것을 그 방에 집어넣었다. 틈 사이에 있는 걸 찾을 수 있을 것이고, 매기는 구석으로 떨어지는 것을 볼 정도로 충분히 오래 서 있었을지도 모른다. 게다가 그녀는 당연히 그 구경거리를 봤을 것이고 추가되기를 바라는 어울리거나 어울리지 않는 공허한 일들에 더 많은 관심을 줬을 것이다. 사실 희미하게 숨을 헐떡이는 그녀는 이를 외면했고, 외부 상황으로 내부 상황이 급격하게 마지막으로 소멸한 것이 결정적이었다.

나중에 생각해 보기로 할 만큼 이상했고, 본질적으로 갑작스럽게 인생의 굴곡이 생긴 것이었고, 남편이 돌아왔고, 분명 불확실했지만 다른 집에서 자신을 따라왔다고, 매기에게 처음으로 보여준 얼굴에 적혀 있었다. 대화를 시작한 후 몇 초 만에 적힌 것이 사라졌지만, 대화를 계속하는 동안 자신이 뭘 예상했는지 잘 몰랐지만, 당황스러움은 전혀 예상하지 못했다고 생각했다. 자신이 최악의 상황에 놓였다고 스스로 확신할 만큼 당황스러운 것으로, 특이한 표정에서 그는 그녀를 어떻게 찾아야 하는지 분명 알고 싶어 했기 때문이다. 왜 맨 처음으로 떠올랐을 하는 의문이 마친 모든 것의 열쇠인 것처럼 나중에 계속 맴돌았다. 그 자리에서 매기는 자신이 중요하다는 것을 압도적으로 느꼈고, 그래서 바로 남편을 공격해야 하며, 자신이 의도했던 것 이상으로 격렬하다고 생각했다. 사실 적어도 그때는 남편이 자신을 비굴한 바보로 만들었을지도 모른다는 생각이 떠나지 않았다. 그녀는 사실 단 10초 동안 그런 변화가 두려웠다. 남편의 얼굴에 나타난 불확실성으로 분위기가 바로 불확실해졌다. 조바심을 내며 조금 큰 소리로 "도대체 당신은 뭘 '하는' 거예요? 그리고 무슨 말이에요?"라고 내뱉었고, 오히려 이것으로 하늘은 그녀가 어떻게든 높은 소리를 내려고 했던 건 아니라는 걸 알았다. 어쨌든 그녀의 평소 모습 또는 그의 자연스러운 추정에서 벗어나는 하찮은 일이었고, 모든 경이로움으로 그 일의 그림자를 비난하기 전에 이미 복잡한 영향을 미쳤다. 매기가 헤아릴 수 없는 약간의 변화가 그에게 생겼는데, 이것은 다른 곳이나 다른 사람들 대신 집에서 그 혼자 마주했고, 그가 알기도 전에 멍하게 계속 왔다 갔다 했고, 그녀가 고집을 부린다면, 일반적으로 순간적 표현의 중요성을 넘어서 의미, 역사적 가치가 있는 것이다. 그녀는 당연히 그 자리에서 그가 무엇을 보고 싶어 할지 생각할 준비가 안 됐다. 그는 심장이 뛰는 것은 말할 것도 없고 아내가 가장 적절한 시간에 응접실에 있는 것을 봤다는 점만으로도 이미 충분한 생각이 들었다. 아메리고가 어떤 식으로든 매기에게 대들지 않았고, 그것은 사실이었고, 지금 그의 태도 등에서 그가 평소와 달리 마음의 준비가 되지 않은 것에 대한 인상을 받았다고 그녀가 생각한 이후로, 그는 미소를 지으며 다가갔고, 그래서 마침내 주저 없이 매기를 자신의 품에 안았다.

처음에는 망설였지만, 현재 매기는 자신의 도움 없이도 아메리고가 극복한 모습을 보았다. 그녀는 그에게 아무런 도움도 주지 않았다. 매기는 망설임에 대해 말할 수 없었고, 다른 한편으로는 특히 아메리고가 그녀에게 묻지 않았기 때문에 자신이 동요한 이유를 설명할 수 없었다. 그녀는 내내 그 점을 알았고, 그의 앞에서 새로이 강렬하게 알고 있었고, 만약 그가 물어봤다면 무모함이 튀어나왔을 것이다. 그에게 하는 모든 자연스러운 말이 그런 모양새라는 건 이상했지만, 자신의 어떤 모습도 바로 아버지에 대한 것이라는 것을 그 어느 때보다 의식했는데, 아버지의 삶은 너무 평온해서 활기찬 것이라도 어떤 의식의 변화로도 그들의 소중한 평형상태가 흔들릴 것이다. 매기의 마음 속 깊은 곳에는 자신들의 평형상태가 전부였고, 실제로 평온한 상태가 아슬아슬했다. 속내가 입 밖으로 나온 것은 평형 또는 그에 대한 의식적인 두려움이었고, 매기와 아메리고가 조용히 주고받는 표정에서도 똑같은 두려움이 있었다. 이 정도의 배려를 요구하는 행복한 평형상태는 그 자체를 인정하는 사실 세심한 문제였다. 하지만 매기의 남편도 불안해하는 습관이 있었고, 전반적으로 조심하면서 결국 그들을 더 가깝게 만들었을 뿐이다. 그러므로 평형이라는 이름으로 아름다웠을 것이고 그에 대한 자신들의 감정이 같다는 것으로 매기는 기뻤을 것이고, 자신의 행동에 대한 진실, 지금 당장 매우 제한적으로 기이하게 구는 불쌍한 작은 행동에 대해 진실을 말했을지도 모른다.

"왜 내가 오늘 저녁에 우리 모두 함께 식사하지 못한 것을 그렇게 강조했겠어요? 온종일 혼자서 당신이 너무 필요해서 결국 참을 수 없었고, 그렇게 노력해야 할 대단한 이유가 없었기 때문이에요. 그런 생각이 들었어요. 처음에는 웃기게 들리겠지만, 우리는 그렇게 서로에게 잘 참아줬던 거예요. 뭔지 잘 모르겠지만, 당신은 최근 며칠 동안 그랬던 것 같아요. 단순히 그렇게 넘기기에는 그 어느 때보다는 우리는 너무 자리를 비웠어요. 모든 것이 매우 좋고 모두에게 얼마나 아름다운지 난 완벽하게 알아요. 하지만 어느 날 뭔가가 탁하고 끊어지면, 가득 차 있는 컵이 넘치기 시작해요. 그래서 당신이 필요했어요. 온종일 컵이 너무 가득 차서 들고 다닐 수 없었거든요. 그래서 여기서 그 컵을 들고 당신에게 쏟고 있는 거예요. 그리고 그게 내 삶의 이유에요. 결국, 난 첫 시간만큼 현재 당신을 사랑하고 있다고 거의 말하지 못했어요. 더 사랑한다는 걸 보여줄 시간이 있다는 걸 제외하고요. 그런 시간이 난 상당히 두려우니까 그때가 되면 알 수 있어요. 그런 시간 왔어요. 오고 있었어요! 결국, 결국은…!" 그런 말들이 들린 것이 아니었지만 마치 무언의 소리가 떨리는 목소리로 사라진 듯했다. 만약 아메리고가 지금까지 말하도록 했다면, 중압감 때문에 말을 엉망으로 했을 것이다. 그런 극단적인 감정 없이, 그가 순간적으로 받아들여야 하는 것은 아내가 자신을 사랑하고 그리워하고 원한다고 증언 중이라는 것이다. "결국, 결국은….”이라고 했기 때문에 아내가 옳았다. 그것이 그가 반응을 보여야 했던 것이고, 그 모습을 '봤던' 순간부터 가장 적절한 것으로 다뤄야 했다. 한 가지 방법으로, 그는 개인적인 재회를 표현하기 위해 아내를 오랫동안 꼭 끌어안았다. 저음으로 희미하게 중얼거리면서 아내의 얼굴에 뺨을 문질렀다. 그것도 분명 또 다른 방법으로, 즉 그의 즉흥적인 편안함과 매기가 나중에 그의 무한한 재치로 생각한 재미난 유머로서 충분했다. 이 마지막 방법은 당연히 어느 정도 그가 자유롭게 이야기하고 매기가 친절하게 물어보고 15분 뒤에 일어났던 재치에 대한 의문이 느껴질 수 있었기 때문이다. 그는 아내에게 자신의 하루, 샬롯과 둘러오면서 한 여행에 행복한 생각, 모든 대성당을 찾아다니는 모험, 그리고 그들이 예상했던 것보다 더 많은 일이 생겼다는 것에 대해 말했다. 어쨌든 그 이야기의 교훈은 아메리고가 정말 피곤하고 목욕하고 옷을 갈아입어야 한다는 것으로, 아내는 되도록 곧 친절하게 남편을 용서할 것이다. 매기는 나중에 이때 그들 사이에 오간 무언가를 기억해야 했다. 나가기 전 문에서 잠시 남편이 그녀를 어떻게 봤는지, 어떻게 처음에는 망설였지만 후에 재빨리 결심하고 그녀에게 자신과 함께 올라갈 것인지 물어보게 했는지 말이다. 그도 아마 잠시 머뭇거렸지만, 아내의 제안을 거절했고, 10시가 돼서야 저녁 식사를 할 것이고, 매기는 그가 혼자서 더 곧장 더 빨리 가야 한다는 남편의 말을 미소를 지으며 기억해야 했다. 내가 말했듯이, 그러한 일들이 그녀에게 다시 생길 것이고, 그녀의 완전한 사후 감각으로 전반적인 인상에 빛이 비치는 것처럼 일어났다. 그 후의 경험으로 그들의 명료함이 흐려지지 않았다. 후에 일어난 첫 번째 경험으로 남편이 다시 나타나기를 기다리는 두 번째의 시간이 그녀의 더 분석적인 의식에서는 상당히 길었다는 것이다. 호의를 베풀어 그와 함께 올라갔다면, 사람들을 정말 거의 늘 도움이 없어도 서두를 수 있으므로 남편에게 방해가 되었을 것이다. 그런데도, 남편이 아내에게 뺏는 시간보다 더 많은 시간을 남편이 뺏기도록 할 수 없었기는 하지만, 생각을 너무 하는 이 자그만 사람의 이런 정신 상태에서 그저 조급해하지 않았다는 점을 덧붙여야 한다. 남편의 멋진 모습과 그를 이리저리 움직이게 해 그를 짜증 나게 한 것에 대한 그녀의 두려움과 함께 무언가가 빠르게 일어났다. 매기의 영혼에서 무시무시한 것의 침하는 처음에는 항상 분명 기분 좋은 것의 출현이었고, 소유감에 대한 현재 감정에 따라 갑자기 부여된 특성으로서 그녀에게 그렇게 기분 좋았던 것은 오래전부터였다.

26.

아메리고는 다시 매기한테서 멀어졌고, 매기는 그곳에 앉아있거나 걸었다. 남편이 집에 있기에 계속 돌아다닐 수가 없었기 때문이다. 그런데도 그 시간은 그가 가까이 있다는 효과로 가득 찼고, 무엇보다도 그 사람 실상에 대한 거의 새로운 생각의 영향으로 그렇게 확립한 친밀함 속에서 느낌이 낯설었다. 남편을 마지막으로 본 것이 불과 5일 전이었지만, 마치 먼 나라에서 먼 항해에서 돌아온 것처럼 위태롭고 피로한 상태로 자신 앞에 남편이 서 있었다. 그녀의 관심에 대한 남편의 애원에서 이렇게 충족시킬 수 없는 다양성은 단순히 말해서 그녀가 운 좋게도 너무나 눈부신 사람과 결혼했다는 것 말고 무엇을 뜻하겠는가? 오래되고 진부한 이야기지만, 그 이야기의 진실은 매기에게 어떤 가족사진의 아름다움, 어떤 조상의 그윽한 초상화처럼 빛났고, 놀랍게도 오랜 휴식 후에 그것을 보고 있었을지도 모른다. 눈부신 사람은 위층에 있었고 매기는 아래층에 있었고, 게다가 그녀의 설명이 필요한 선택과 결정, 그리고 평형상태와 관계있는 끊임없는 관심에 대한 다른 점들이 있었고, 그래도 여전히 그녀는 결혼 생활에 몰두한다고 느낀 적이 없었고, 자신의 운명의 주인을 매우 비참하게 의식했다. 아메리고는 매기와 함께 하고 싶은 것을 할 수 있었고, 사실 실제로 일어난 일은 그가 실제로 하는 중이라는 것이었다. 그가 정말로 하고자 하는 것, 즉 그 양적인 것만이 높은 조화의 밝기 속에서 친숙한 명명과 논의를 피할 수 있었을 것이다. 그가 무엇을 원하든 간에, 항상 그것을 틀림없이 해낼 것이라는 건 매기는 충분히 알고 있었다. 그녀는 이 순간 의심의 여지 없이 그가 어떻게 단 한 번의 암시로 그녀 안에서 완벽한 부드러움의 설렘을 끌어냈는지 너무나 잘 알았다. 만약 아메리고가 긴 하루로 지쳐 돌아왔다면, 말 그대로 그녀와 그녀의 아버지를 위해 봉사한 것이었다. 두 사람은 평화롭게 집에 앉아있었고, 프린시피노는 그들 사이에 있었고, 삶의 복잡함을 억누르고, 지루함은 거둬지고, 집안의 안락함은 지켜졌는데, 왜냐하면 다른 사람들이 유리한 위치를 차지하고 역경을 맞섰기 때문이다. 아메리고는 샬롯은 불평했던 그 문제에 있어서 절대 불평하지 않았지만, 오늘 밤 매기는 자신의 이해를 넘어 자신들의 생각대로 양심적으로 수행한 사회적 대표성의 일이 언제나 결혼 생활이었다는 것을 아직 제대로 알지 못했다는 걸 이해한 모습이었다. 매기는 패니 어싱험의 오래된 판단, 즉 자신의 아버지와 매기 자신이 무엇을 해야 하고 무엇을 했는지 모르면서 산다고 말한 것을 기억했다. 그리고 9월의 어느 날 나무 아래서 그녀가 패니의 말을 아버지에게 전했을 때, 그들이 함께 나눈 긴 대화의 메아리가 돌아왔다.

이미 자주 성찰을 했던 그들에게 그 일은 더 지적으로 정리된 존재의 첫 번째 단계로 여겨질 수도 있었다. 일련의 원인과 결과를 확실히 추적할 수 시간이었는데, 너무 많은 일이 있었고, 그중에서 아버지의 결혼이 샬롯의 폰스 방문에서 시작된 것처럼 보였고 그 일 자체가 기억에 남는 이야기에서 흘러나온 것 같았다. 그러나 이러한 연결에 비추어 가장 많이 떠오른 것은 샬롯을 '불러들인' 것 같다는 것인데, 대형 마차가 지체되고 꼼짝 못 하면 바퀴가 부족한 잘못 때문이라고 지적받는 고통을 겪기 때문에 하인들이 항상 추가적인 도움에 대해 말했던 것과 같았다. 그들 말대로 세 개만 있고 다른 하나가 부족했다면, 샬롯은 그 자리에서 처음부터 무엇을 했고 네 번째 바퀴로서 일을 매끄럽고 멋지게 하기 시작했는가? 마차가 더 우아하게 움직이는 것을 보면 매우 분명했다. 자신이 생각했던 이미지가 완성되면서 매기는 이제 모든 중압감이 얼마나 가벼워졌는지 지극히 느꼈다. 매기는 자기 자리를 지켜야만 했던 바퀴 중 하나였다. 그녀에게 그 일은 끝났기 때문에 무게를 느끼지 않았고, 돌아서기에 부족했다는 것을 인정하는 것은 무리가 아니었다. 자신의 투영된 환상을 강력하게 바로잡고 터무니없고 환상이라는 걸 의식했을지도 모르는 동안 난롯가 앞에서 오랫동안 멈춰있었다. 매기는 대형 마차가 지나가는 것을 지켜보며 자신과 아버지가 밀지 않는 동안 어찌 된 일인지 아메리고와 샬롯이 끌고 있다는 것에 주목했을지도 모른다. 그들은 함께 마차에 앉아 프린시피노를 어르고 창가 쪽으로 끌어 올려 마치 확실히 왕족 아기처럼 보이게 했고, 즉 그런 일을 다른 사람들과 모두 함께했다. 매기는 이런 상상에서 반복되는 문제를 발견했고, 계속해서 불 앞에서 멈춰 섰다. 그런 다음 매번 강한 빛이 갑자기 켜진 것처럼 더 활기차게 움직였다. 그리고 마침내 자신이 살피고 있는 그림 속에서 갑자기 마차에서 뛰어내리는 자신을 보았고, 솔직히 그 모습이 경이로워서 매기의 눈은 더 커졌고 심장은 잠시 멈췄다. 그녀는 마치 다른 사람인 것처럼 행동하는 이 사람을 보며 무슨 일이 일어날지를 열심히 기다리고 있었다. 그 사람은 결정을 내렸다. 분명히 오랫동안 쌓인 충동이 마침내 가장 분명한 압박을 느꼈기 때문이다. 그런 결정으로 어떻게 될 것인가? 특히 그 그림 속 인물은 무엇을 할 것인가? 그녀는 이 질문의 영향으로 몰두한 것처럼 방 한가운데에서 자신의 주변을 둘러보았다. 그때 문이 다시 열렸고, 매기는 어쨌든 어떤 행동이든 첫 번째 기회의 형태라는 걸 알아봤다. 남편이 다시 나타났다. 상쾌하고 눈부시고 매우 안심시키는 모습으로 매기 앞에 섰다. 무엇보다도 늦어진 저녁 식사 준비가 되자 옷을 차려입고 기름을 바르고 향기로운 그가 그녀에게 미소 지었다. 마치 매기의 기회가 남편의 외모에 달린 것 같았고, 이제 그녀는 그게 좋다는 것을 알았다. 잠깐 여전히 뭔가 긴장감이 있었지만, 이전에 등장했을 때보다는 더 빨리 사라졌다. 남편은 이미 팔을 내밀고 있었다. 나중에 몇 시간 동안 마치 그녀가 하늘 높이 올랐다가 걸림돌이 보이지 않는 따뜻한 만조 아래로 떠내려가는 것 같았다. 이는 매기는 한동안 자신이 뭘 해야 할지 아는 것에 대한 자신감에서 나온 것이다. 다음 날 내내, 그리고 그다음 날에도 내내, 그것을 알고 있는 것처럼 보였다. 매기는 계획이 있었고, 자신의 계획이 마음에 들었다. 이 계획은 갑자기 불안정한 몽상에 빠지면서 기도의 절정을 나타내는 빛으로 이루어졌다. 매기는 '만약 내가 그들을 버렸다면? 우리의 재미난 인생을 너무 소극적으로 받아들였다면?'이라는 한 가지 의문이 들었다. 아메리고와 샬롯에게 매기가 다르게 행동할 수 있는 자신만의 과정, 그들과는 다른 과정이 있을 것이다. 그녀가 어리석게 굴어서 오랫동안 생각나지 않았던 간단한 해결책이 매기에게 나타나 영향을 미쳤고 매혹시켰고, 반면 그 단순함은 이미 그녀의 관심을 끌기 시작하면서 성공했다. 매기는 그 해결책이 얼마나 즉각적으로 통했는지 알기 위해 뭔가를 해야만 했다. 남편에게도 통했다는 이런 자각은 행복감을 주고 몸을 지탱해주는 물결이었다. 남편이 자신에게 '맞춰주었다'고 생각했다. 특히 저녁 식사 준비를 하고 관대하고 쾌활한 모습으로 매기를 대했고, 분명치는 않지만, 훨씬 좋지 않은 것으로부터 두 사람이 벗어났다는 탈출의 표시로 가슴에 새겼다. 사실 그 순간에도 매기는 계획은 효과가 나타나기 시작했다. 그가 밝은 모습으로 다시 나타났을 때, 그 자리에서 선물할 수 있는 활짝 핀 꽃인 것처럼 간절함에서 나온 행동을 취했다. 그것은 참여의 꽃이었고, 그때 그 자리에서 그에게 내밀었고 즐거움, 관심, 경험이든 무엇이든 간에 불필요하고 터무니없이 모호한 것을 그와 공유하는 생각을 바로 실행에 옮겼고, 샬롯과 공유할 수 있었다.

매기는 저녁 식사 자리에서 친구들의 최근 모험담에 빠졌고, 그것에 대해 모든 것을 듣고 싶다는 모습을 남편에게 기탄없이 보여줬고, 특히 샬롯, 매첨에서 내린 샬롯의 판단, 샬롯의 면모, 그곳에서의 성공과 영향, 아무나 흉내 낼 수 없는 그녀의 옷, 우아하게 과시하는 현명함, 끝없는 탐구의 대상이 되는 사회적 유용성에 대해 듣고 싶었다. 더욱이 매기는 특히 그들이 즐거서 너무나 고마웠던 대성당 찾아다니기에 대한 행복한 생각에 가장 공감했고, 아메리고가 재미나게 반응했던 차가운 소고기 요리와 빵과 치즈, 이상하고 오래된 냄새와 여관의 더러운 식탁보까지의 유쾌한 결과에도 공감했다. 아메리고는 식탁 너머에 있는 매기를 여러 번 바라봤는데, 간접적인 인상, 즐거움, 다른 사람만이 누릴 수 있는 큰 자유에 대해 매우 아름다운 뭔가를 인정하는 거 같은 이런 겸손한 환영에 감동한 듯했다. 그리고 마지막에 매기가 종을 울려 하인을 부르기 전까지 단둘이 있는 동안, 아메리고는 아내가 위험을 무릅쓴 것과 같은 작은 변칙에 대해 다시 한번 묵인했다. 그들은 위층으로 올라가기 위해 함께 일어났는데, 아메리고는 마지막에 몇몇 사람들에 대해, 맨 마지막에는 캐슬딘 부인과 블린트 씨 이야기를 하고 있었다. 그 후 그녀는 글로스터의 '유형' 문제에 대해 다시 한번 물었다. 아메리고가 그녀와 함께 자리하려고 탁자로 돌아왔을 때, 아메리고는 다정하고 의식하는 시선, 분명 매혹적인 표정을 지었지만 동시에 황당하지 않고 이미 아내의 호기심에 대한 매력적인 우아함에 대한 자신의 느낌을 보여줬다. 아메리고는 잠깐 이렇게 말했을지도 모른다. "여보, 가식적으로 굴고, 그렇게 열심히 생각하고 신경 쓰지 않아도 돼요!" 마치 그가 풍부한 지성과 친밀한 확신으로 그녀 앞에 서서 말하는 것 같았다. 자신은 조금도 가식적이지 않다는 매기의 대답이 미리 준비되었을 것이고, 아메리고가 매기의 손을 잡는 동안, 뚜렷하고 작은 계획에 관한 주장, 고집이 담긴 시선으로 그를 올려다봤다. 그녀는 바로 그 순간부터 자신이 그와 함께, 그 사람들과 함께하리라는 것을 그가 이해하기를 원했는데, 당연히 그들은 다른 사람들을 위해서 각자가 쉽게 그리고 너무 의무적으로 빠진 '재미난' 변화 이후로는 그런 적이 없었다. 런던 사람들 말대로 그들은 자신들의 삶에 특별한 '형태'가 필요하다는 것을 너무 당연하게 여겼는데, 그 형태가 외부 세계만을 위해 유지되고 숟가락으로 부수는 것을 주저하지 않는 예쁜 아이스 푸딩용 틀이나 그런 종류의 일이 그들 사이에 일어나지 않는 한 그것은 매우 좋았다. 매기는 열린 마음으로 더 주시했을 것이고, 계획에 따라 샬롯을 어떻게 포용했는지 남편이 이해하기를 원했다. 그래서 만약 아메리고가 인정만 했다면, 매기는 남편이 자신들의 일에 대한 용감한 작은 생각의 포착을 인정한 것으로 판단했을 것이고, 열변을 토해냈을 것이다.

그러나 매기가 그렇게 기다리는 동안에 일어난 일은 전반적으로 필요로 하는 일보다 그의 마음속에서 일어나는 과정, 즉 저울에 무언가를 달고, 고심하고 결정하고 묵인하는 과정에 현재 더 깊이 생각하는 것이었다. 아메리고는 사실 매기가 어떤 생각이 있어서 그곳에 있다고 짐작했지만, 이상하게도 이런 짐작만으로 마지막에 그의 말이 멈춘 것이었다. 그가 지금까지 더욱더 열심히 보고 있어서 매기는 이런 인식을 하게 됐고, 남편이 아내의 생각이 옳다고 생각하는지 정말 확신하지 못했는데, 그가 아내의 손을 잡고, 매기는 모르는 뭔가를 보고 이해하거나 그 이상을 위해 아내 쪽으로 몸은 숙였기 때문이었고, 단순히 그녀가 그의 수중에 놓이는 효과가 생겼다. 매기는 단념하고 자기 생각과 모든 것을 포기했다. 남편이 자신을 다시 안고 있다는 것만 의식했다. 나중에야 이를 구별했고, 매기는 남편이 말하지 않는 대신 어떤 행동을 하는지 알았고, 남편이 보기에는 항상 늘 어떤 때보다 말보다 행동이 더 나았다. 불가피한 것을 받아들이고 반응하는 것은 나중에 그의 가정에 사실상 찬성하는 것으로, 아메리고가 그런 설명을 예상하지 못했고 해결하지 못했으며, 게다가 매기 내면에서 튀어나오는 것이 어떤 것보다 정당하게 자극하려는 충동이었을 거라는 가정이었다. 어쨌든 그가 돌아온 후 아내를 안은 것은 세 번째였고, 현재 방을 나갈 때 아메리고는 아내를 옆에 두었고, 복도를 지나 위층 방으로 천천히 함께 돌아갈 때 계속 가까이 있게 했다. 남편의 다정함에서 느끼게 되는 행복감과 아내의 감수성의 정도에 관해서는 아메리고가 압도적으로 옳았지만, 이런 상황들이 다른 모든 것을 휩쓸고 있다고 느끼는 동안에도 매기는 그런 상황으로 생긴 자신의 약점에 대해 일종의 공포를 맛보았다. 그녀에게는 여전히 해야 할 일이 있고, 이런 일로 약해져서는 안 되며 오히려 강해져야 한다는 건 분명했다. 자신의 두근거리는 제안이 결국 분명 충족되었고 성공 이론을 고수했지만, 그런데도 몇 시간 동안 그녀는 계속 나약한 상태였다.

매기는 곧 대체로 회복되었고, 늘 샬롯을 항상 상대해야 한다는 느낌을 받았는데, 어쨌든 샬롯은 제안을 받아들일 수도 있지만, 최악의 경우 다소 다를 수 있다. 그런 불가피함과 다른 반응의 범위에서 매기는 샬롯이 매첨에서 돌아온 다음 날 그녀의 모든 이야기를 듣고 싶다는 같은 열망을 보이며 그녀에게 접근했다. 매기는 남편에게도 원했던 것처럼 그가 없는 이튼 스퀘어에서 샬롯한테서 전체적인 그림을 원했고, 이런 목적을 보란 듯이 바꿔서, 남편과 몇 번 나눴던 대화의 주제로 반복적으로 샬롯을 이끌었다. 매기는 본능적으로 아버지 앞에서 흥미로운 울림에 대한 아버지의 바람이 자신의 바람과 못지않다고 생각했는데, 즉 전날 저녁에 아버지는 아내가 이미 모든 걸 말하도록 했고 이야기를 주고받았을 것이기 때문이다. 자기 생각대로 하고 싶은 마음에 매기는 점심 식사 후 그들에게 연락해서 자리를 함께 했고, 점심을 먹었던 거실을 나서기 전에 늦어서 놓쳤을 수도 있는 것을 언급했고, 들을 만한 일화가 한두 개 남아 있기를 바란다고 말했다. 샬롯은 외출복을 입고 있었고, 아버지는 분명 외출할 준비가 되지 않았는지, 탁자에서 일어나 옆에 있는 스탠드에서 아침 신문과 우편물 두세 개를 챙겨서 난롯가 근처에 앉았다. 매기가 보기에 안내문

카탈로그, 광고, 판매 공고, 외국 옷처럼 분명 외국 손글씨가 적힌 외국 봉투로 평소보다 다채로웠다. 샬롯은 자리를 뜨기 전에 창가에서 광장과 맞닿은 골목을 들여다보며 손님이 오기를 지켜보고 있었을 것이고, 그녀에 대한 인상을 고친 것 같은 그림처럼 이상하고 색이 있는 빛 속에서 물건들은 지금까지 완전히 보여주지 않은 가치를 지녔다. 예민해진 감각의 효과로, 매기는 자신이 집중적으로 노력해야 하는 해결책이 필요한 문제에 직면해 있음을 다시 깨달았고, 최근에 생겨난 그런 의식은 전날 저녁 잠깐의 실수를 받아들이도록 배웠지만, 포틀랜드 플레이스 집에서 나와 시내의 절반을 걸어서 가로질러 와야 했기에 여전히 숨이 찼다.

매기는 그곳에 서 있는 동안, 이미 흩어지기 시작한 황금빛 안개를 통해 어렴풋이 드러나는 현실에 대한 찬사를 말하기 전에, 들리지 않게 희미하게 한숨을 내쉬었다. 그녀가 직면한 상황은 한동안 황금빛 안개로 상당히 녹아내렸지만, 다시 분명해졌고, 15분 동안 손가락으로 하나씩 셀 수 있을 정도였다. 무엇보다는 그녀가 예민하게 받아들이는 것은 오랫동안 자신과 같았던 아버지의 포괄적 수용에 대한 새로운 증명으로, 이제는 그녀가 따로 다뤄야 하는 문제였다. 사람들은 아직 그녀를 완전히 특별하다고 생각하지 않는데, 매기가 자신의 관점을 바꾸기 시작한 후로 사람들의 관점과 함께 묶어서 보게 됐다. 비록 어느 정도 아버지의 관심을 끌지 않고, 어쩌면 아버지를 놀라게 하지 않으면서 아버지와 공유한 상황에 대해 약간의 변화를 만들지 않고서는, 보여줄 수 있는 새로운 판단이 정말로 없다는 걸 매기는 바로 알았다. 그녀는 구체적인 이미지로 상기되고 주의를 받았다. 그리고 잠깐 샬롯의 얼굴을 보면서 바로 할 말을 찾았다. 그녀는 계모에게 재빨리 키스한 다음 아버지에게 몸을 숙여 뺨을 댔다. 지금까지 보초를 쉽게 바꿀 수 있는 작은 즐거운 행동으로, 샬롯이 언제나 유쾌하게 말하지만 이런 과정에 대해 자주 비교하는 말이었다. 이처럼 매기는 보조 보초로 생각했고, 그들에 맞는 행동을 했고 이번에는 그의 배우자도 암호를 받아들이고 엄격한 태도로 엉뚱하고 군인답지 않은 수다를 하지 않고 떠났을지도 모른다. 그런데도 일어난 일은 이것이 아니었다. 마치 우리의 젊은 여성이 기존의 매력을 단번에 깨뜨리고 싶은 첫 번째 충동에 떠밀린 것처럼, 어떤 위험을 무릅쓰고 개인적으로 연습했던 말을 내뱉는 건 한순간이었다. 만약 전날 저녁 식사 때 아메리고에게 연습했다면, 베버 부인과 그 말을 어떻게 시작해야 하는지 더 잘 알고 있었고, 그녀의 호기심을 달래기보다는 더 부추기면서 바로 왕자에 대해 말하는 것이 매기에게 도움이 되었다. 매기는 평소와 달리 길어진 활동에서 두 사람이 무엇을 달성했는지 솔직하고 쾌활하게 물어보려고 왔다. 매기는 남편에게서 들을 수 있는 대답은 들었지만, 남편들은 결코 그런 질문에 이상적으로 대답하는 사람들이 아니었다는 것을 인정했다. 더 궁금해 졌을 뿐, 샬롯의 이야기를 놓치지 않으려고 이렇게 일찍 도착했다.

"아빠, 아내들이 늘 기자들보다 훨씬 나아요." 매기는 샬롯을 위해 말을 덧붙였다. "아버지들은 남편들과 크게 다르지 않지만요. 그 사람은 당신이 그 사람에 한 말 10분의 1도 나에게 말해주지 않아요. 그래서 당신이 그 사람에게 아직 전부 다 이야기 안 해줬기를 바라요. 그랬다면 가장 재미난 부분을 놓쳤을 거 같으니까요." 매기는 자신의 배역을 연구하고 리허설을 했지만, 조명이 비추는 무대 위에서 갑자기 대본에 없는 대사를 하는 여배우라고 생각하면서 말을 이었다. 바로 이러한 무대 감각과 조명으로 그녀는 점점 목소리가 커졌고, 마치 어떤 무대가 타당한 행동이었던 것처럼, 그 행동은 매기 인생에서 처음으로 혹은 전날 오후까지 치면 두 번째로 분명하게 하는 것이었다. 3~4일간 매기는 무대 위에서 눈에 띄었고, 그동안 상당히 놀랍고 용맹스러운 즉흥적 영감을 받았다. 준비와 연습은 짧았고, 매기의 역할은 점점 커졌고, 대사와 동작을 만들어냈다. 매기에게는 단지 한 가지 규칙이 있었는데, 선을 넘지 않고 이성을 잃지 않는 것이었고, 확실히 일주일 동안 어디까지 갈 수 있을지 알 수 있을 것이다. 신이 난 매기는 세 사람 중 누구도, 특히 아버지가 그녀를 의심하지 않도록 손을 대면서 불화를 일으키는 건 아주 간단하다고 혼잣말을 했다. 만약 그 사람들이 의심한다면 근거를 원할 것이고, 치욕적인 진실은 그녀에게 이치에 맞는 근거가 준비되지 않다는 것이다. 매기는 합리적 이유에서 아버지 곁에서 아버지의 본보기에 따라 본능적으로 아름답게 자신의 모든 인생을 대했다고 생각했고, 이 부분에서 그녀가 정말로 가장 부끄러워한 것은 아버지를 위해서 어떤 열등한 대체물을 만들어내는 것일 것이다. 질투심이 있다고 주장할 수 있는 위치에 있지 않은 한,

불만을 말할 수 있는 위치가 되어서는 안 된다. 이 후자의 조건은 전자의 조건이 반드시 포함돼야 하면, 전자의 조건이 없다면 실패하게 될 것이다. 놀랍게도 매기를 위한 환경이 만들어졌다. 사용할 수 있는 카드가 있었지만 한 장뿐이었고 카드를 사용하는 것은 게임을 끝내는 것이었다. 매기는 자신이 아버지의 놀이 친구이자 파트너로, 작은 네모난 녹색 탁자, 크고 오래된 은촛대와 깔끔하게 정돈된 카운터 사이에 있다고 느꼈으며, 매기의 마음속에 끊임없이 떠오른 것은 질문하고, 의혹을 제기하고, 다른 사람들의 플레이에 대해 어느 정도 고심하는 것은 주문을 깬다는 것이었다. 상대방이 거듭 참여하고 계속 앉아서 만족하며 몰두하기 때문에 주문이라고 부를 수밖에 없었다. 아무 말도 하지 않는 건 결국 질투하는 이유를 말해야 하는 것이었고, 그녀는 사적인 시간에 불가능한 일을 눈물이 글썽글썽한 눈으로 응시할 수밖에 없었다.

일주일이 끝날 무렵, 특히 이튼 스퀘어에서 아침에 아버지와 아버지 부인 사이에서 시작한 한 주는 잘 대우 받았다는 그녀의 의식은 다른 어떤 것보다 다시 진정으로 더 와 닿았고, 덧붙여서 그녀는 마침내 하나의 의식으로서 무엇이 그렇게 압도적일 수 있었는지에 대해 특이하게 생각하게 됐다. 매기가 잘 알고 있듯이, 자신과 더 함께 하는 실험에 대한 샬롯의 반응은 성공의 느낌을 실험에 각인시켰어야 했다. 그래서 성공 그 자체가 그것의 원래 이미지보다 덜 대단해 보인다면, 아메리고 자신의 단호한 설명에 대한 우리 젊은 여성의 뒷맛과 함께 특정한 비유를 즐기는 것이었다. 매기는 그 문제에 대해 여러 가지 뒷맛이 남았고, 만약 내가 매기가 그렇게 몰래 현장에 들어서자마자 그녀에 대한 고정 관념을 말했다면, 그 순간, 샬롯의 즉각적인 불확실성에 대한 그녀의 인식에 대해 분명히 메모해야 했다. 당연히 매기는 어떤 생각이 있어서 도착했음을 알려줬고 알려줄 수밖에 없었으며, 전날 밤 감정을 가지고 남편을 기다리고 있었다는 걸 남편에게 알려준 것과 매우 똑같았다. 두 상황에서 이런 비유는 아직 그녀가 그들에게 영향을 미쳤거나, 어쨌든 그들 각자가 똑같은 방법으로 너무나 훌륭하게 감춘 감수성에 대해 스스로 공언한 두 얼굴 표현의 유사성에 대한 기억을 유지하기 위한 것이었다. 매기에게 비교를 한다는 것은 종종 그 상황으로 돌아가 곱씹어보고 흥미로운 마지막 부분까지 뽑아내는 것으로, 간단히 말해 양쪽에 소중한 작은 초상화가 있는 목걸이를 가지고 놀고 아무도 끊을 수 없게 황금 체인에 걸어 목에 거는 것처럼 초조해하고, 멍하게 그리고 쉴 새 없이 노는 것이다. 세밀화miniature, 세밀하게 그린 작은 그림이나 조그맣게 만든 공예품는 등을 맞대고 있었지만, 매기는 그 그림들을 영원히 마주 보고 있었고, 하나에서 다른 하나로 시선을 돌렸을 때, 그녀는 '저 여자가 정말 원하는 게 뭐지?'라고 말하는 왕자의 눈빛을 샬롯의 눈빛에서 순간적으로 보았다. 그래서 샬롯과 외출하는 것으로 큰 피해를 끼치고 싶지 않다는 생각을 드러내자마자, 다시 포틀랜드 플레이스와 이튼 스퀘어 모두에 닿아서 빛나는 빛을 보았다. 그녀는 새 그림을 걸거나 프린시피노의 첫 번째 바지를 맞추는 것 같은 다른 집안일을 지켜본 것과 마찬가지로 그 과정을 개인적으로 지켜봤다.

그래서 매기는 일주일 내내 자리를 함께했고 베버 부인은 그녀를 매력적으로 그리고 질서정연하게 환영했다. 샬롯은 단서를 원했을 뿐이었고, 결국 조용하지만 피할 수는 없는 거실에서 어떤 단서를 얻었을까? 아무리 재미가 없더라고 체념을 하거나 조건을 달거나 따로 마음에 담아주지 않고 받아들여졌고, 열렬하고 감사하게 그리고 설명을 대신하는 온화함의 우아함으로 받아들여졌다. 이렇게 관대한 융통성은 실제로 그 문제 자체로 설명이 됐기 때문일 것이다. 마치 왕자비가 상당히 변화가 많은 사람으로 여겨져서 이러한 변덕을 받아들이는 전술에 따르는 것 같았다. 사실 그런 변덕은 어디서든 부인 한 명이 등장하면 틀림없이 다른 한 명도 등장한다는 신호가 되어야 했고, 베버 부인은 어떤 경우에든 그녀에게 기대되는 것이 무엇인지 알고 싶었고 가능한 한 더 나은 설명을 듣기 위해 그곳에 머물렀다는 것이 환하고 밝은 얼굴에 나타났다. 존경스럽고 너그러운 매기를 샬롯이 오랫동안 방문했고, 매기가 천성적으로 모호하게 굴었던 결과로 상황이 비슷해지는 날들이 흐르면서 두 젊은 여자는 다시 벗이 되었다. 자주 찾고 친하게 지내고 감사함, 애정, 자신감 같은 삶의 요소들이 되살아났다. 다른 사람의 행복에 대한 이러한 적극적인 기여로 각자에게 진귀한 매력이 생겼고, 더 나아가 특히 샬롯의 입장에서 불안에 가까웠던 새로운 사교 수완에서 모든 것이 좋아졌고, 왕자비를 생각하고 만족시킬 수 있을지 확인하는 문제에서 호소와 반응의 강도는 관계의 불

균형에서 더욱 치밀하게 하려는 노력과 비슷했다. 간단히 말해서 샬롯의 태도는 다른 사람들이 있는 곳에서 지나치게 예의를 차리고, 갑작스럽게 제안하고 인정했는데, 사회적 차이를 '잊어버리지' 않겠다는 의무감처럼 보일 수 있었다. 사이가 편해졌을 때 매기는 오직 자신들만을 생각하고 상대방이 먼저 선을 넘지 않으면 매기가 앉을 때까지 샬롯은 앉지 않고 떠날 때까지 방해하지 않았고 너무 스스럼없이 굴고 또한 중요한 것은 샬롯도 역시 예민해서 소통할 때 예의 같은 것은 던져버렸을 때 이런 인상을 받았다. 그것은 덮개처럼 그들 위에 걸려 있었는데, 시녀가 확고한 인기를 얻었고 자기 자리에서 안전했지만, 작은 경고로 성격이 좋은 어린 여왕은 언제나 여왕이고 힘이 있다는 걸을 상기시킨다.

그렇지만 그동안 열광적인 성공에 수반되는 것들은 다른 방면에서 일이 쉬워지고 있다는 인식이었다. 매기를 만나려는 샬롯의 민첩함은 어떤 의미에서는 조금은 지나친 간섭이었다. 매기의 남편이 그녀에게 모든 것을 보여주던 바로 그 시간에, 말 그대로 그 또한 확실한 정보가 필요했다. 매기는 영어 속어를 재밌어하는 남편이 뛰어난 동화력을 보이고 더 좋은 이유와 높은 영감의 힘으로 확실한 정보에 관해 이야기하는 걸 들었고, 남편은 안도감을 느껴서 잠깐의 휴식이 길어 보기에 하는 방식으로 필요할 때 아내한테서 그 정보를 들었다. 그러나 그 즉시 그리고 피상적이긴 하지만 관계의 재조정이 선언되었고, 그녀는 실질적으로 다시 한번 약간의 희생을 당했다. "아빠가 모르게 모든 일을 다 해야 해요. 적어도 그 일이 끝날 때까지 모르셔야 해요!"라고 말했지만, 매기는 며칠 동안 자신의 인생에서 이 참여자를 눈멀게 하거나 구슬리려고 어떻게 제안해야 하는지 거의 알지 못했다. 매기는 계모가 멋지게 자신을 손아귀에 넣었고, 사실상에서 자기 아버지 곁에서 자신을 잡아챘다면, 다른 한편으로는 이튼 스퀘어에서 계모에게 큰 도움이 필요하다는 것이라는 걸 깨달았다. 그녀가 샬롯과 함께 집에 갔을 때, 그들이 살아야 할 세상의 이익을 위해 적절하게 표명을 하면서 그들의 가까운 관계를 공개하고 찬사를 받지 못할 이유는 조금도 없었는데, 이 시기에 매기는 아메리고가 여자들이 없을 때 장인과 함께 앉거나, 편안한 가정생활을 위해 자신이 샬롯과 외출하는 것과 비슷한 일을 하는 모습을 자주 보았다. 이런 특별한 인상을 받으면서 매기의 모든 것, 즉 그들의 공통된 상태의 완벽함에 도전하려는 그녀의 성향에 속한 모든 것이 녹아서 산산조각이 났다. 그들은 다시 분열했고, 그것은 사실이었고, 이런 특별한 흐름의 전환으로 그들은 새롭게 짝을 짓고 편을 먹었다. 마치 균형 감각이 그들 사이에서 가장 강력한 힘을 발휘하는 것처럼, 마치 아메리고가 실제로는 내내 똑같이 생각하고 지켜보는 것처럼 말이다. 하지만 그에 반해 아메리고는 장인이 딸을 그리워하지 않게 했고, 그들에게 가장 멋진 봉사였다. 즉 아메리고는 관찰하면서 알게 된 신호에 따라 행동하고 있었고, 아내의 행동에서 변화의 그늘을 보는 것으로 충분했으며, 상상할 수 있는 가장 절묘한 관계에 대한 그의 본능은 그가 차이를 충족시키고 어떻게든 거기에 놀아나게 했다. 매기는 정말 신사적인 남자와 결혼했다는 걸 새삼 느꼈다. 그래서 매기는 그들의 사려 깊은 행동을 상스러운 논의로 바꾸고 싶지 않았지만, 포틀랜드 플레이스에서 계속해서 다음과 같은 말을 할 순간을 찾았다. "내가 당신을 사랑하지 않았다면, 아버지를 위해서 당신을 사랑할 거예요." 매기가 이튼 스퀘어에서 아메리고의 자비심에 대한 샬롯의 관심을 끌었을 때 그녀를 쳐다본 것처럼, 그 말을 하자 그가 아내를 쳐다봤다. 매기의 제멋대로인 언행을 생각하며 거의 사색에 잠긴 희미한 미소를 지었고, 악의는 없었지만 그렇게 여겨졌다. 샬럿은 이런 압박감 때문에 대답하려고 했을 수도 있다. "착한 사람들의 전반전인 방식이니 놀래야 하나요? 우리 모두 착하잖아요, 그러지 않을 이유가 있나요? 우리가 그렇지 않았다면 우리는 크게 되지 못했을 거예요. 그리고 난 우리가 정말 대단하다고 생각해요. 모든 친절한 일을 하기에 당신 자신이 완벽하지 않다면서, 왜 '떠맡으려고' 해요? 마치 옛날부터 내가 당신에게 가까이 가자마자 알아차렸고 당신들 사이에서 내가 행복하게 내 것으로 느끼도록 해준 모든 좋은 분위기 속에서 당신은 자리가 나지 않은 것처럼 구네요." 사실 베버 부인은 감사하고 나무랄 데 수 없는 아내로서 매기에게 매력적이고 자연스러운 또 다른 점을 말하는 데 실패했다. "당신 남편이 내 남편과 함께 다니는 것보다 더 안 좋은 일을 찾는 것은 조금도 멋진 일이 아니에요. 나는 내 남편이 고마워요. 남편에게 지인들이 생기고 친구가 기뻐하게 되는 걸 완전히 이해해요."

다른 집에서 샬롯이 이처럼 기꺼이 도발하는 발언을 했었지만, 우리는 또한 매기에게 같은 근원에서 나오는 것이 어떤지 봐왔고, 반대와 반박을 억제하는 것이 원칙이었다. 그런 느낌이 다시 들었고, 그럴 시간이 있었다. 그리고 매기에게 마지막 성찰로 밤에 자란 큰 꽃처럼 빛이 번쩍이는 마음의 성찰을 자극했다는 점에서 우리의 관심을 끌 것이다. 이 빛이 조금 퍼지자 어떤 곳은 놀라울 정도로 뚜렷해졌고, 매기는 3일 동안이지만 왜 그렇게 세상에 알려지지 않았는지 갑자기 자문하게 됐다. 매기의 완벽한 성공은 확실히 그녀가 조용히 배를 타고 도착한 어떤 낯선 해안과 같았고, 그곳에서 자신을 놔두고 배가 다시 출발할지도 모른다는 생각에 갑자기 떨었다. 빛을 비추는 그 말은 사람들이 그녀를 특별히 대하고 있다는 것, 그리고 매기 아버지와 함께 그 문제에서는 매기의 정확한 대응 계획에 따라 진행한다는 것이었다. 사람들이 신호를 받은 것은 그녀가 아니라, 서로에게서 받았고, 이에 특히 그녀를 일어나 앉게 됐고, 다시 집중했을 때, 되찾은 행동, 표정, 말투의 정체성에서 영감이 동시에 일어났다. 사람들은 그녀의 상황과 생각에 따라 취할 수 있는 방식에 대한 관점이 있었고, 그 관점은 그들이 매첨에서 돌아왔을 때 미묘하지만 그녀의 태도 변화에서 결정됐다. 사람들은 무언의 말과 같은 이렇게 작고 거의 숨겨진 변화를 읽어내야 했지만, 잘 알지 못했고, 이제 그 주제에 대한 그들 사이의 중요한 의사소통이 바로 실패할 수 없었을 것이라는 대담한 생각이 왕자비에게 들었다. 우리가 말했듯이, 이 새로운 인식은 이상한 암시와 함께 매기에게 강하게 다가왔지만, 답을 얻지 못한 의문들이 계속 떠올랐는데, 예를 들어 조화의 신속함이 왜 중요한가에 대한 의문이었다. 아, 매기가 조금씩 회복되면서 그 과정은 활기를 띠었고, 정돈된 집에서 쓸어놓은 것에서 빛나는 작은 다이아몬드를 고르고 있었을지도 모른다. 이렇게 소일거리로 쓰레기통 위로 몸을 구부렸고, 마지막까지 아꼈다. 그런 후 그날 저녁 매기가 의자에 앉아서 그를 바라보는 동안 작은 거실 문가에서 아메리고는 떨쳐버렸던 환영에 사로잡혔고, 대단히 작은 기억이 모든 힘을 발휘했다. 문에 대한 문제였기 때문에, 그녀는 나중에 알고 막았다. 우리가 이해한 바와 같이 그녀는 책임감 있게 지각 있는 자아와 함께 그가 다시 나타났다는 사실과 존재의 충만함만이 그곳에서 나오지 못하게 했다. 결국, 이러한 것들은 다른 어떤 것이 대신한다는 증언으로, 그 자리에서 그녀가 보는 동안에도 따뜻하게 물보라가 훨씬 위쪽 해안가로 향했기 때문이다. 그 후 매기는 몇 시간 동안 모든 것이 에메랄드와 진주층 벽을 통과하는 해저 깊은 곳에서 아찔하고 질식할 정도로 있었다. 비록 내일 이튼 스퀘어에서 샬롯과 다시 마주칠 때 숨을 쉬기 위해 머리를 그 위로 내밀었다. 한편 그런데도 빗장이 걸린 문턱 반대편에 엿보는 하인의 태도로 이전 최고의 인상이 아주 분명하게 남아 있었는데, 때가 되면 가벼운 핑계로 대서 다시 들어왔다. 마치 남편과 계모가 이제 매기를 '받아들이는' 방식에서 명백한 공통 요소를 비교하는 필요성을 알아보는 매기한테서 아메리고가 이 핑계를 찾은 것 같았다. 어쨌든 증인이 있든 없든 매기는 사람들 사이에서 조화롭게 작동하는 진지한 의도의 감각에 대한 비교로 이끌렸고, 그리고 그녀가 새벽 약속을 한 것은 이렇게 비슷한 것들이 누그러진 자정 때였다.

그것은 그들이 매기에게 상처를 주지 않으려고 꽤 고상하게 행동하려는 계획이었고, 각자가 이기는 방식으로 다른 사람이 이바지하도록 유도했고, 따라서 매기가 그들과 밀접한 탐구 대상이 됐다는 것을 증명됐다. 그들이 모르는 사이에 매기에게 상처를 주기 전에 간절히 그리고 불안하게 어떤 경고를 하면서, 집마다 기발한 생각을 암시하고, 그에 따라 요즘에는 매기는 자신만의 생각으로 이득을 얻었다. 그들은 목적을 가지고 매기가 안에 있도록 했고, 그래서 그녀 위의 아치형 천장이 더 무거워 보였다. 그래서 매기는 자신을 위해 인위적으로 마련된 자비의 욕조에 있고 견고해진 방에 앉아있고, 욕조 끝에서 겨우 목을 빼고 볼 수 있었다. 자비의 욕조는 매우 좋았지만, 적어도 어떤 종류의 환자, 신경질적인 괴짜 또는 미아가 아니라면, 누군가의 요청이 아니고서는 보통 그렇게 몸을 담그지 않았다. 적어도 매기가 요청한 게 아니었다. 매기는 단순히 금박을 입힌 새장과 설탕 덩어리를 더 달라고 하는 것이 아니라 원하는 비행의 상징으로 작은 날개를 펄럭였다. 무엇보다도 그녀는 조금도 떨지도 않고 불평하지 않았다. 그렇다면 받는 것에 대한 두려움을 특히 어떤 상처로 보여줬는가? 매기는 그들과 최소한의 대화를 나누면서 어떤 상처를 받았는가? 만약 그녀가 징징거리거나 맥이 빠진 적이 있었다면 그들에게 어떤 이유가 있었을 것이다. 그러나 매기는 자신이 처음부터 끝까지 유연하고 온화하지 않았다면 교수형을 당했을 거라고 격한 말로 혼잣말을 했다. 결과적으로, 이 모든 것은 예방책과 방침으로서 상당히 긍정적으로 작용해 그들에게 필요한 과정으로 돌아왔다. 그들은 매기를 욕조에 데려갔고, 각자의 일관성을 유지하기 위해 그녀를 거기에 두어야 했다. 그런 조건에서 매기는 이미 정해진 방침에 간섭하지 않을 것이다. 이 부분에 어떤 생각이 강렬하게 들었지만, 사실은 잠시 멈칫하고 소심해졌지만, 그 이후에 늘 더 멀리 더 가볍게 나아갔다. 매기가 남편과 친구가 자신의 이동 자유를 막는 데 관심이 있다고 직접 털어놓도록 했을 때 그 이유는 잘 감췄다. 방침이 있든 없든 간에, 그들 스스로 정했다. 매기는 그들이 혼란스럽지 않도록 제자리에 있어야 한다. 그녀가 그들에게 동기를 부여하자마자 모든 게 아주 잘 맞았고, 이상하게도 매기는 지금까지 자신의 이상과 뚜렷하게 다른 이상에 의해 그들이 살아간다는 걸 생각하지 못했기 때문에 그녀 자신에게도 보이기 시작했다. 물론 그들은 정리가 됐고 네 명 모두 정리가 됐지만, 모두 함께 정리됐다는 걸 말고 삶의 토대는 정확히 무엇인가? 아메리고와 샬롯은 함께 정리되었지만, 매기는 자신에게만 국한하려고 그 문제를 따로 정리했다. 열흘 전에 부서진 파도와는 상당히 다른 것이 그녀를 덮쳤다. 처음으로 완전히 인식해서 충격을 받았을 때 매기는 자신을 안심시키려고 희미하게 움켜쥔 손을 아버지가 잡아주지 않자 매우 외로웠다.

27.

예전부터, 즉 크리스마스 때부터, 부모와 자식은 함께 '멋진 일을 하자'는 계획이 있었고, 그들은 비록 실천에 옮기지 않았지만, 종종 원론적으로 그 계획을 다시 떠올리고 생각하고 말을 꺼냈다. 가장 많이 한 일은 응접실 카펫 위로 몇 걸음을 내디디는 것이었고, 결국은 양쪽에서 많은 참석자가 어색함이나 우연한 일을 예상하고 경계했다. 같은 명목으로 그들의 친구들은 동정하며 유쾌하게 일을 도왔지만, 박수는 제대로 받지 못했고, 매기는 갓난아기가 작은 다리를 거칠게 걸어찼을 때처럼 행동했고, 영불 해협과 유럽 대륙을 건넜고 피레네산맥을 넘어서 천진난만하게 어떤 부유한 스페인 사람들을 몰아냈다. 매기는 사람들이 그런 모험을 위해 순간을 붙잡고 싶어 하는 것이 '진정한' 믿음이었는지 자문했다. 다른 사람 앞에 걸린 장난감의 형태를 제외하고, 언제든지 실행 가능한 여부를 살펴서, '죽기 전에' 아내와 남편 없이 떠나서 마드리드 풍경을 한 번 더 보고 개인적으로 3, 4개 상을 받고, 희귀한 최고급품들과 관련해 바로 책임감 있게 전하고 많은 사진을 찍으면서 해결책을 주지 않는 조용한 곳에 소리 없이 도착하기를 인내심 있게 기다리고 있었다. 이튿 스퀘어에서 어두컴컴한 날들에 머뭇거리던 생각은 일상생활이 3~4주 동안 계속되는 것처럼 완전한 모험으로 봄철에 3~4주 동안 계속됐는데, 아침, 오후, 저녁에 산책하고 오래된 장소를 '잠깐 방문'하는 것에는 막연한 기회로 가득 차 있었고, 특히 사회적 안락함, 집에서 얻는 위안과 믿음으로 가득 찼는데, 본질적으로 대가를 치른 뭔가가 완벽함을 지녔지만, 부모와 자녀의 희생으로 비용이 들지 않는 것으로 느껴질 정도로 전반적으로 매우 하찮았다. 현재 매기는 사람들의 행동에 진심이었는지 궁금했고, 아무 일도 일어나지 않았더라도 계획을 고집했을지 스스로 물어봤다.

지금 그 계획을 고집하는 것이 불가능하다는 그녀의 견해는 모든 일이 일어났다는 느낌의 정도를 우리에게 알려줄 것이다. 사람들과의 관계에서 변화가 생겼고, 매기 자신에게 말할 수밖에 없었던 것은 이전에 행동했을 수도 있는 것처럼 행동하는 것은 아메리고와 샬롯에게는 아주 위선적이라는 것이다. 요즈음 그녀는 아버지와 함께하는 해외여행이 무엇보다도 아버지와 자신에게 마지막 신뢰의 표현이 될 것이고 사실 그 생각의 매력은 어떤 숭고함 속에 있다는 것을 알았다. 마음속으로 그리고 철저히 아버지에게 '말하는' 순간을 하루하루 미루었고, 아버지가 침묵을 깨는 것에 이상한 긴장감에 휩싸였다. 매기는 아버지에게 시간을 주었고, 며칠 동안, 그날 아침, 그날 정오, 그날 밤, 그리고 다음 날, 그다음 날, 그다음 날에도 시간을 주었고, 아버지가 오래 떨어져 있을수록 아버지도 역시 평온하지 않다는 증거가 될 것이라고 결단을 내렸다. 그들은 모두 서로를 잘 속여 왔고, 그들을 보호하던 은빛 안개가 사라지기 시작하면서, 마침내 그들은 고개를 돌려야 할 것이다. 마침내 4월 말에 매기는 아버지가 24시간 동안 아무 말도 하지 않으면 자신들이 매기의 개인적인 어법을 이해하지 못한 것으로 받아들이기로 했다. 이미 무더위가 예고된 여름이 다가옴에 따라 진심으로 스페인 여행을 신경 쓰는 척할 수가 없었다. 그가 정말로 움직이고 싶지 않았고, 최악의 경우 다시 폰스로 돌아가는 것보다 더 멀리 가고 싶지 않았기 때문에, 그는 마음속으로 만족하지 않았다는 것을 나타낼 수 있을 뿐이었기 때문에, 아버지 입에서 나오는 그러한 제안, 지나친 낙관주의는 일관성을 유지하려는 그의 방식일 것이다. 어쨌든 그가 원하는 것과 원치 않는 것은 적절한 때에 매기에게 증거로 제시됐고 신선한 바람이 되었다. 매기는 이튼 스퀘어에서 부모님이 캐슬딘 경 부부에게 베푸는 손님 접대 자리에서 남편과 함께 식사하는 중이었다. 이런 종류의 적절한 표명은 우리 그룹 앞에서 여러 날 동안 계속됐고, 문제는 두 집 중 어느 집이 먼저 나서느냐에 대한 단순한 문제로 바뀌었다. 그 문제는 아메리고와 샬롯에 어느 정도 언급된 모든 문제의 방식으로 쉽게 해결됐다. 주도권은 매기가 없는 동안 매첨에 갔던 베버 부인에게 분명 있었고, 이튼 스퀘어에서 보낸 저녁은 '친한' 인맥을 바탕으로 계획된 저녁 식사로 훨씬 더 개인적인 설명을 위해 흘러갔을지도 모른다. 매첨의 주인과 안주인 외에 6명의 다른 손님들만이 무리를 이뤘고, 환상의 집에서 이 사람들은 각자 매기에게 부활절 축제에 관한 관심을 보였다. 어떤 일에 대한 사람들의 공통된 기억은 분명히 지울 수 없는 매력을 남겼고, 아메리고와 샬롯보다 다른 사람들에게서 덜 우울한 이 행복한 언급의 분위기는 작은 물결에 깨져버린 젊은 여성의 상상력에 헤아리기 어려운 동료애를 부여했다.

매기는 기억에 남는 파티에 있었고, 그 파티의 비밀을 스스로 간직하고 있기를 바라지 않았는데, 그 비밀을 신경 쓰지 않았기 때문으로, 현재 자신의 비밀 외에는 전혀 관심을 가질 수 없었다. 그녀 자신이 필요로 하는 추가 영양분의 양과 어떻게든 이 사람들로부터 얻을 수 있는 양이라는 것을 단박에 알게 됐다. 그녀는 갑자기 그것들을 소유하고 이용하고자 하는 욕망이 생겼고, 심지어 용기 있게 나서고, 상당히 반항하고, 직접적으로 착취하면서 사악한 이중성을 감추고 사람들이 그녀를 바라보는 호기심의 감정적인 요소를 꽤 즐기고 싶어졌다. 일단 매기가 이 마지막 인상의 날갯짓, 즉 그녀가 그 사람들에게 이상한 경험이고, 그 사람들이 그녀에게 그런 경험이라는 억누를 수 없는 것을 의식하면, 그들을 벗어나지 못하게 하려는 계획에는 한계가 없었다. 매기는 계획을 시작한 후 오늘 밤에 또 갔다. 그녀는 거실에서 자신을 기다리고 있던 아버지와 아내의 모습이 너무나 결정적이었던 3주 전 아침때처럼 갔다. 이 다른 장면에서는 캐슬딘 부인이 결정적이었는데, 어쨌든 불을 밝히고 신경 쓰이게 했는데, 매기가 알고 있는 캐슬딘 부인은 이상하게도 가장 노란 머리에 있는 가장 큰 다이아몬드, 가장 예쁘고 가장 가식적인 눈의 가장 긴 속눈썹, 아주 짙은 보라색 벨벳에 가장 오래된 레이스, 가장 잘못된 가정에 대한 가장 옳은 방식을 좋아하지 않았다. 그 부인은 삶의 모든 순간에 모든 이점이 있다고 가정했고, 그 가정으로 아름답고 온화하고 상당히 관대했으며, 그래서 그녀는 종종 그러한 범위에 속하는 더 작은 사회적 곤충social insect, 같은 종의 개체들이 서로 일을 나누고, 서로 도우면서 생활하는 곤충의 작고 튀어나온 눈을 몸과 날개에 있는 장식용 반점과 구분하지 않았다. 매기는 런던과 세상에서 자기 생각보다 훨씬 더 많은 사람이 심지어 판사조차도 두려워하는 것을 좋아했고, 이런 경우에 모든 순서의 경과를 인지하면서 확실히 더 흥분했다. 매력적이고 영리한 여자는 아메리고의 아내인 그녀가 궁금했을 뿐이고, 게다가 다정함과 자발적인 놀라움에 따라 궁금했었다.

그 관점은 매기가 8명 전체를 자유롭게 살피면서 읽어 낸 것으로, 아메리고에게는 설명해야 할 뭔가가 있었고, 제대로 가운데를 채운 드레스 입은 인형처럼 상냥하고 전문가처럼 할 수 있는 설명이 그녀에게 전해졌을 것이다. 배를 압박해 설명을 들었을 수 있고, 드물게 자연을 모방해 분명한 설명을 기대했을 수도 있다. "아, 맞아요. 나는 줄곧 여기 있어요. 또 확실한 사실을 알고 있는데, 원래는 돈이 많이 들었어요. 아버지가 내 옷에 내는 비용이고, 남편은 돈으로 표현할 수 없을 정도의 괴로움을 겪어요." 매기는 어떤 식으로든 사람들을 만날 것이고, 생각을 행동으로 옮겼는데, 저녁 식사 후 사람들이 흩어지기 전에 색다르고 거의 거친 방법으로 포틀랜드 플레이스에서 사람들이 자신과 저녁 식사를 하자고 했는데, 만약 사람들이 개의치 않았다면, 매기가 원했던 일행이었다. 매기가 계획대로 되어간다고 새롭게 느낄 수 있었는데, 재채기를 10번 했거나 갑자기 재미난 노래를 부르는 것처럼 상당했다. 그 과정에서 문제가 있어서, 연결이 끊겼다. 매기는 아직 사람들이 자신을 위해 무엇을 할 것인지, 자신이 그들을 어떻게 다루어야 하는지를 완전히 알지 못했지만, 최소한 무언가를 시작했다는 생각에 체면에 맞지 않게 춤을 췄고, 그녀는 자신이 경이로움의 수렴점이라고 느끼는 것을 매우 좋아했다. 결국, 사람들의 경이로움은 많은 걸 의미하는 것은 아니었고, 양 떼처럼 궁지에 몰린 6명을 여전히 몰고 다닐 수 있다는 것이었다. 사람들 말대로 매기의 강렬한 의식과 예리한 흥미는 아메리고와 샬롯의 관심을 사로잡았고, 그동안 그녀는 어느 쪽도 쳐다보지 않았다. 사람들이 관심을 보이는 한 그녀는 6명과 함께 그들에게 그 문제를 내던졌고, 사람들은 몇 분 동안 의식하지 못했다. 즉 놀라고 깊은 인상을 받아서 자리를 떴다. "사람들이 굳어버렸어!"라고 매기는 마음속 깊이 말했다. 그녀의 불안감도 함께 더해져서 사람들은 갑자기 방향을 잃었다.

그래서 상황에 대한 매기의 이해는 원인에 대한 견해와 맞지 않았지만, 상황의 진실을 바로 잡고 사람들을 자기 자리로 밀어 넣기만 한다면, 이유는 계속 불확실하고 눈빛은 흔들려서 도움이 되지 않는다고 생각이 바로 떠올랐다. 왕자와 베버 부인은 그녀가 친구들에게 예의 바르게 구는 모습을 보고 놀라는 건 당연히 아니었다. 정확히 말해 예의 바르게 굴지 않았다. 매기는 문제의 사람들이 원하면 그녀를 밀어낼 수 있도록 허용된 분위기, 제안된 '만약', 용인된 모호성에 의한 접근처럼 섬세한 접근의 습관에서 너무 벗어났었다. 그리고 계획의 이득, 기꺼이 포기하려고 한 맹렬함의 결과, 정확히 문제의 사람들에게 그녀가 전에는 다소 부끄러웠지만, 갑자기 입을 크게 벌리게 했다.

매기는 동요했지만 단호한 발걸음을 내디디며, 그 사람들이 어떤 사람인지 아닌지는 더는 중요하지 않게 되었다고 나중에 덧붙일 수 있을 것이지만, 한편 그녀가 오늘 밤 집으로 가지고 간 그들에 대한 특별한 생각은 그녀에게 가장 두꺼운 얼음을 깨는 것처럼 보이는 역할을 했다. 훨씬 더 예상 밖으로, 아버지에게도 마찬가지였다. 모두가 떠나자 아버지는 딸이 기다리고 절망했던 행동을 정확히 했고, 모든 일을 했던 것처럼 그가 자주 하는 말을 '뒤'로 하고 아무것도 하지 않지 않는 단순함으로 어떤 목적이 그에게 더 깊게 들리게 하고 그를 더 멀리 끌어내도록 했다. 그는 주문을 깨뜨림으로써 사람들이 잃어버린 것을 애원하는 것을 제외하고 그 목적을 똑바로 살피고 용감하고 멋지게 상관없는 것으로 만들었다. "아무튼. 우리는 그곳에 안 갈 거지, 매기? 여기가 아주 즐거우니까." 그 말뿐이었다. 하지만 그 말은 매기에게 단숨에 와 닿았고, 거의 숨죽이고 지켜봤을 때 아메리고와 샬롯에게 즉각 미치는 영향은 엄청났다. 이제 모든 것이 다른 모든 것에 너무 딱 맞아서 두 사람을 보지 않겠다는 그녀의 계획을 고집하는 동안 그 효과는 대단하다는 걸 느낄 수 있었다. 그래서 앞을 내다볼 수 없는 매기의 눈에 어떤 인생, 생각, 위험이나 안전보다 더 크게 다가왔던 대단한 5분이었다. 결국 매기에게는 상당한 아찔한 시간의 틈이 있었고, 그동안 그 사람들이 방에 없는 것처럼 그들을 더는 생각하지 않았다.

매기는 결코 그들을 그런 식으로 대하지 않았고, 심지어 매첨 사람들에게 자신의 기교를 쏟은 지금도 마찬가지였다. 그녀의 현재 태도는 더욱더 배제하는 것이었고, 오직 아버지를 중히 여긴다는 듯이 다른 상대방과 이야기하는 동안 그 분위기는 침묵으로 가득했다. 놀랍게도 아버지는 성공적인 저녁 식사와 같은 일로 그들이 포기한 것에 대한 뇌물로 여겨질 수 있는 즐거워하는 모습을 딸에게 보였다. 그래서 그들은 마치 그러한 경험의 확장이 반복되는 것을 기대하며 이기적으로 말하는 것 같았다. 그에 따라 매기는 새로운 에너지의 행동을 성취했고, 아버지의 시선을 붙잡는 절대적인 일관성으로 아버지의 존재에 몸을 내던졌다. 동시에 미소를 짓고 이야기를 나누면서, "무슨 뜻일까? 뭘 의미하시는지 그게 의문이야"라고 혼잣말했지만, 최근에 불안해지면서 익숙해진 그의 모든 징조를 다시 살피고 다른 사람들의 편에서 고통받는 시간을 헤아려봤다. 그녀가 느꼈던 것처럼 그들의 침묵 속에 다른 사람들이 어렴풋이 나타났다. 나중에 그녀는 이 상황이 얼마나 지속하는지 잴 수 없었지만, 마치 자신이 더 단순한 조건에서 어색하다고 말할 수 있는 것까지 끌어당겼다. 그러나 10분 후 집으로 가는 마차에서 남편이 바로 먼저 말을 꺼냈고, 10분 후 그녀는 거의 무너진 것처럼 늘어졌다. 보통 그런 저녁에 사소한 이야기를 하며 남아 있는데 문 쪽으로 가기 전에 왕자는 매기에게 짧게 하라고 했다. 바로 반응을 보인 매기는 아메리고와 샬롯에게 없는 이상한 영향을 바꾸고 싶다는 조바심으로 받아들였고, 그들 앞에서 논의된 문제, 더 정확하게는 해결된 문제에 환호를 보냈다. 아메리고는 아내한테서 이러한 인상을 인식할 시간이 있었고, 사실상 마차에 타라고 재촉한 것은 그가 새로운 장소에서 방법을 취해야 한다는 느낌과 연결되었다. 매기의 모호함이 분명 그를 괴롭혔을 것이다. 하지만 그는 이미 달래고 바로 잡을 부분을 알았고, 매기는 재빨리 그게 무엇인지 재빨리 생각했다. 그 문제에 대해 준비가 됐고, 마차에 앉으면서 자신이 그런 준비가 됐다는 것에 놀랐다. 틈을 주지 않고 단도직입적으로 말했다.

"아버지를 혼자 내버려 두면 그렇게 말씀하실 거라고 확신했어요. 아버지를 혼자 있게 하니 어쩐지 봤잖아요. 아버지는 지금 움직이는 게 싫고, 우리와 같이 있는 걸 너무 좋아하세요. 당신은 결과는 보는데, 그 이유를 보지 못하는 거예요." 매기는 당당하게 말을 이었다. "그 이유는 너무나 훌륭해요."

매기 옆에 자리 잡은 남편은 몇 분 동안 아내의 생각을 살피며 아무 말도 아무런 행동도 하지 않았다. 그런 의미에서 그는 마치 생각하고, 기다리고, 결정하는 것 같았지만, 매기 생각에 남편이 말하기 전에 분명 행동으로 보였다. 그는 팔로 아내를 감싸 가까이 끌어당겼는데, 한쪽 팔로 단단한 포옹을 해서 아내의 온몸이 자신에게 가하는 무한한 압박에 빠졌고, 그런 적이 종종 있었다. 따라서 너무 친밀하게 느껴질 수 있었지만, 교묘하게 애원하는 것처럼 느꼈기 때문에, 매기는 하고 싶은 말을 말했고, 무엇보다도 남편이 무엇을 하든 자신은 무책임하게 굴어서는 안 된다는 것이다. 그렇다, 매기는 남편의 손아귀에 있었고, 그게 무엇인지 알고 있었다. 하지만 동시에 자신이 생각하는 책임의 손아귀에 있었으며, 특이한 것은 두 가지 중 두 번째 강도가 현재 더 격렬하다는 것이다. 남편은 잠시 뜸을 들였지만, 어느 정도 아내의 말에 맞장구쳤다.

"장인어른이 가지 않기로 한 이유인가요?"

"맞아요. 그리고 아버지가 그렇게 하시도록 내가 가만히 있었던 이유죠. 그러니까 내가 고집을 부리지 않는다는 뜻이에요." 말을 아끼는 매기는 다시 한번 말을 멈췄고 자신이 매우 참고 있는 것처럼 느꼈다. 마차가 달리는 동안 이런 생각은 충분히 이상했고, 기적적인 도움으로 그 자리에서 포기하거나 지키려고 하는 어떤 이점이 있다는 생각은 완전히 새로웠다. 이상하고, 형용할 수 없을 정도로 이상했는데, 그것을 포기한다면 왠지 모든 것을 영원히 포기해야 한다는 것을 너무나 분명하게 알았다. 그리고 남편의 손아귀가 실제로 의미하는 바는 매기가 그것을 포기해야 한다는 뜻이라는 걸 분명히 알고 있었다. 바로 이 때문에 남편은 변함없는 마법에 의지한 것이다. 그는 그것에 의지하는 방법을 알았고, 그는 때때로 매우 너그러운 연인이 될 수 있다는 것을 매기는 그 어느 때보다 더 많이 깨달았다. 정확히 그 모든 것은 그녀가 계속 생각해왔던 왕자인 그의 성격 일부였고, 아름다운 편안함이자 매력, 소통, 표현, 삶의 특징이었다. 매기는 저항하지 않는다는 걸 남편에게 확실히 보여주기 위해 그의 어깨에 머리를 기대야만 했다. 집으로 가는 동안 모든 의식의 진동이 매기를 자극했고, 자신이 '진짜' 어디에 있는지 알고 싶다는 더 깊은 욕구가 그녀를 자극했다. 그래서 나머지 생각을 말할 때까지 머리를 계속 기대고 있으려고 했다. 또한, 아픔으로 눈물이 난 눈으로 마차 창밖을 응시하고 있었지만 어쩌면 황혼 속에서 구별할 수 없었을 것이다. 매기는 자신에게 끔찍한 상처를 입히려고 했었고, 비명을 지를 수 없었기 때문에 침묵 속에 눈은 눈물로 가득했다. 그런데도 두 눈으로 자신 옆으로 지나가는 광장 입구, 런던 밤의 회색 전경을 보면서 자신이 보고 싶은 것을 보았다. 그리고 입은 즐거운 말을 하면서 스스로를 돕고 보호했다. "여보, 당신을 떠나는 것이 아니에요. 아버지는 뭐든 포기하실 테니까요. 만약 당신이 함께한다면 아버지는 어디든 가실 거예요. 그러니까 당신이랑 아버지 단둘이서요." 매기는 창밖을 응시했다.

아메리고는 다시 뜸을 들였다가 대답했다. "아, 장인어른도 참! 내가 장인에게 뭔가 제안하기를 바라는 거예요?"

"당신이 견딜 수 있다면요."

"당신과 샬롯이 단둘이 남고요?"

"안 될 게 없잖아요?" 매기도 역시 뜸을 들였지만 분명하게 답했다. "샬롯 때문에 떠나기 싫은데요? 항상 내게 너무나 잘하고 완벽했고, 지금처럼 잘한 적이 없어요. 우리는 더 함께 있었고, 그동안 거의 서로에 대해서만 생각하고 있어요. 옛날에도 그랬고요." 그리고 완벽하고 생각했기 때문에, 완벽하게 말을 이었다. "그렇게 함께 있는데도 서로를 그리워하고 조금 떨어져 있는 거 같아요. 하지만 좋은 순간들은 기다리면 돌아와요. 게다가 당신이 아버지에게도 그렇게 말했으니 알잖아요. 당신을 위해서 아름다운 방식으로 모든 변화와 불어오는 모든 바람을 느껴요. 그 소리를 듣거나 떠밀리지 않아도 되고, 친절을 베풀면서 본능에 따라 즐기면 돼요. 하지만 당신이 그동안 아버지와 내가 당신이 어떻게 해왔는지에 대해 깊이 생각하고 있다는 걸 알아요. 당신은 아버지가 너무 외로이 있지 않게 했고 내가 아버지를 내버려 두지 않도록 했어요. 늘 당신을 축복해도 모자라요. 당신이 나에게 해준 일을 정말 최고예요." 매기는 설명하는 게 즐거운 것처럼 계속 설명했다. 비록 남편이 자신의 관대함에 대한 아내의 설명을 가장 편안한 방법으로 받아들여야 한다는 걸 알면서도 말이다. "당신이 직접 아이를 살피고 데려가는 것만큼 아버지에게 더 매력적으로 보이는 일은 없을 거예요. 게다가, 당신은 항상 아버지에게 맞춰주고, 아버지가 당신한테 맞춰주는 거라고 하는 게 얼마나 멋진지 몰라요. 지난 몇 주 동안 당신은 아버지를 기쁘게 하려고 아버지가 그 점을 다시 상기시켜 주기를 바라는 거 같아요. 현재 당신이 하는 행동이 그래요. 당신 때문에 아버지는 당신 없는 곳에서 1~2달도 있고 싶어 하지 않으세요. 아버지는 당신을 귀찮게 하거나 지루하게 하고 싶지 않아요. 당신도 알겠지만 내 생각은 아버지는 전혀 그런 적이 없어요. 그리고 나한테 시간만 준다면, 늘 그랬듯이 아버지가 그러지 않도록 내가 신경 쓸게요. 하지만 아버지는 당신이 보이지 않으면 견디지 못할 거예요."

매기는 그렇게 말을 계속하면서 채워나갔다. 오랜 감정의 발전 덕분에 이렇게 모든 말을 하는 게 정말 어렵지 않았다. 매기는 아메리고에게 어떤 모습을 떠올리게 했는데, 어느 날 프린시피노는 이튼 스퀘어에 있는 동물원에 가자고 했고 그 자리에 한껏 고무돼서 할아버지에게 제안했지만, 할아버지는 사자와 호랑이 이야기에 긴장하면서 꽁

무늬를 뺐던 것을 기억해냈다. 매기는 남편의 온화함과 훌륭한 예의에 대한 사실을 그가 조용히 있는 사이에 하나하나 말했다. 그리고 매기가 아직 남편에게 굴복하지 않았다는 점에 이상함을 더하면서 정확히 그의 미덕을 이렇게 증명했다. 그것은 가장 사소한 항복 행위, 신경의 떨림, 단순한 근육의 움직임에 대한 질문이겠지만, 그녀가 눈에 띄는 것을 아무것도 하지 않으면서 그들 사이에서 그 행동이 중요해졌고, 자연스럽게 그녀는 아주 부드러운 말투로 이야기하는 거 말고는 아무것도 하지 않았다. 매기는 남편이 단 하나의 정당성으로 아내가 자신을 지켜보는 것을 어떻게 그만두게 하는지를 시간이 지날수록 점점 알게 됐다. 기묘한 현실에서 너무나 동떨어진 그 정당성은 너무 부족했고, 결국 그가 그녀에게 소리치게 될 것이다. "나와 함께 어딘가에 가요, 그리고 우리는 다른 사람 이야기를 할 필요도, 생각할 필요도 없어요." 매기에게 그렇게 몇 마디를 대답할 것이고, 그녀는 완전히 무너질 것이다. 하지만 그 말 몇 마디가 유일하게 도움이 될 것이다. 매기는 그 말을 기다렸고, 그의 나머지 모든 고백에 따라, 그의 마음과 말을 생각할 수 있는 최고의 순간이 있었다. 단지 소리가 나지 않았기에, 매기는 다시 기다려서 더 집중적으로 지켜봤다. 결국, 남편도 자신을 지켜보고 기다리고 있으며, 현재 일어나지 않을 거라고 생각하는 뭔가를 얼마나 기대하고 있는지 알게 됐다. 그렇다, 만약 그가 그녀에게 대답하지 않았다면, 옳은 말 대신 잘못된 말을 했다면 일어나지 않았을 것이다. 만약 그가 제대로 말한다면 모든 일이 일어날 것이고, 그의 손길로 되찾은 행복을 위해 모든 것이 결정되는 것은 경각에 달렸다. 하지만 이런 가능성은 그녀에게 50초 동안 빛났지만, 차갑게 변했고, 빛이 사라지자 현실의 냉담함을 느꼈고, 뺨 위로 그의 심장과 숨소리와 냉정함을 다시 알게 됐다. 마침내 그들은 서로가 저항하면 침묵했는데, 매기가 되풀이했던 말을 그가 최근에 했던 행동 일부로 여기고 아내가 남편에게 다정하게 말하는 것을 그를 사랑하는 방식으로 해석하려고 해서 그 침묵은 계속됐다. 아, 그것은 매기의 방식이 아니었고, 문제가 있다면 그것보다 더 나은 방법을 사랑했을 것이다. 게다가 그녀는 이미 했던 말을 바꾸지 않고 곧 입을 열었다. "물론 어디로 갈지에 대한 문제만 빼면 아버지는 당신과 함께 기꺼이 가실 거예요. 잠깐 혼자 있고 싶어 하시는 것으로 생각해요."

"그렇게 제안하실 거라는 말이에요?"

"당신도 자주 봤겠지만, 아버지는 부탁하지 않아요. 하지만 당신이 그러자고 하면 '쏜살같이' 가실 거예요."

매기는 하나의 조건을 만들자는 분위기라는 걸 알았고, 자신이 이야기하는 동안 남편이 팔을 놔주지 않는 이유에 대해 자문했다. 아내의 말에 그는 갑자기 더 열심히 생각했고, 한 번에 한 가지 일밖에 하지 못한 정도로 생각을 집중했다. 그리고 마치 다음 순간에 그의 집중력이 증명된 듯했다. 그는 표면적인 인상과는 다른 태도를 보였는데, 진지한 접근을 가볍게 여기고 시간을 벌려고 했다. 매기가 알게 된 것은 그의 문제점이었고, 그녀의 경고를 그가 받았고, 어쨌든 샬롯도 갑자기 받았다. 그들은 상황을 다시 정리해야 했지만, 그러나 그들이 원하는 대로 하기 위해서는 더 길든 더 짧든 되찾은 독립을 즐겨야 했다. 아메리고는 잠깐 자신이 싫어하는 일을 했고, 마치 매기는 숨김없이 그의 노력을 지켜보고 있는 것 같았다. "그렇다면 올해 폰스에 가는 것에 장인어른 생각은 어때요? 성령 강림절에 가셨다가 계속 머무실까요?"

매기는 생각했다. "예전에도 종종 그렇게 하셨으니까, 그러실 거예요. 당신이 괜찮다고 하는 건 뭐든 하실 거요. 물론 샬롯도 생각해야죠. 만약 폰스에 일찍 간다면, 당신과 나는 갈 필요 없어요."

"당신과 나는 정말 안 가도 돼요?"

"가고 싶으면 가도 돼요. 다행히도 두 사람이 너무나 행복하니까, 우리는 그 사람들 일 걱정 안 해도 돼요."

"아, 장인어른은 당신이 가까이 있어야 정말 행복해하세요."

"아버지가 행복해서 좋지만 나 때문이 아니에요."

"우리 사이에서 모든 좋은 일의 대부분은 당신 때문이에요." 하지만 매기는 조용히 이 찬사를 들었고 그가 말을 이었다. "당신 말대로 만약 베버 부인이 당신과 만회할 시기가 늦어지면, 부인도 당신도 거의 만회할 수 없고 우리도, 나도 당신 관계도 너무 느슨해질 거예요."

"무슨 뜻인지 알겠어요."

아메리고는 그녀가 생각에 집중하도록 잠시 내버려 둔 후에 물었다. "갑작스럽게 장인어른에게 여행을 제안해야 할까요?"

매기는 망설였지만, 심사숙고한 답을 내놨다. "샬롯이 나와 있으면 훨씬 더 좋을 거예요. 또 떠나는 시간을 정하면서, 내가 무심하고 은혜를 모르며, 웅대도 하지 않고, 오히려 샬롯을 따돌리는 것처럼 보여서는 안 돼요. 반대로 한 달 동안 샬롯과 단둘이 여기에 있으면 나는 아주 잘 응대해야 해요."

"한 달 동안 샬롯과 단둘이 여기 있을 거예요?"

"잘 지낼 수 있어요. 아니면 같이 폰스에 갈 수도 있어요."

"내가 없어도 괜찮겠어요?"

"그럼요, 여보. 당신이 잠시 아버지와 함께 있는 게 괜찮으면요. 샬롯과 같이 지내려고 내가 그쪽으로 갈 수도 있고 아니며 샬롯이 포틀랜드 플레이스에 와도 괜찮고요."

"아하!" 왕자는 쾌활하면서도 막연하게 말했다.

"난 우리 둘 다 같은 친절을 베푸는 것이라고 생각해요."

아메리고는 생각했다. "우리 둘이요? 샬롯과 나요?"

매기는 다시 주저했다. "나와 당신이요, 여보."

그는 바로 그 말을 이해했다. "알겠어요. 그럼 무슨 이유로 나는 장인어른에게 친절히 굴어야 하죠?"

"아버지에게 떠나자고 부탁해야 하니까요? 당신이 성심성의껏 할 수 있다면 아주 간단하죠. 아버지에게 맞추겠다는 뜻. 단 그거뿐이에요."

이 대답에 남편은 다시 생각에 잠겼다. "성심성의껏? 내가 그렇지 않는다는 말이에요? 당신 의견을 들어보면, 장인어른에게 별 놀라운 일도 아닐 거 같은데요. 난 최악의 상황에도 장인어른에게 어떤 해도 끼치고 싶지 않아요."

매기는 이미 들었던 말, 해를 끼칠 필요가 없다는 말을 다시 들었다. 자기 아버지가 적어도 자신만큼 불평하지 않았을 때 왜 이런 조심스러운 견해를 다시 자문해야 하는가? 완벽한 고요함 속에 그들 주위에서 그들을 살리려는 태도는 무엇을 암시하는 것일까? 매기는 속으로 다시 한번 생각을 다잡았고, 이런 태도로 다른 사람들한테서 생생하고 구체적인 것을 보았고, 곧 상대방에서 샬롯으로 확장됐다. 그래서 제대로 깨닫기 전에 아메리고의 마지막 말에 관한 생각으로 가득했다. "당신은 아버지에게 어떤 상처도 주지 않을 사람이에요."

매기는 그렇게 말하고 나서 자신의 목소리를 들었고, 잠시 후 남편이 자신의 얼굴을 너무나 뚫어지게 봐서 남편의 얼굴을 볼 수 없을 정도라도 느꼈다. 아메리고는 충격을 받았기 때문에 아내를 열심히 쳐다봤지만, 대답은 꽤 직설적이었다. "그게 바로 우리가 얘기했던 거잖아요? 나 때문에 당신이 장인어른의 편안함과 즐거움을 위해 꽤 노력한다고요? 장인어른이 나에게 여행을 가자고 하면 무슨 생각인지 알 수 있어요."

"아버지랑 갈 거예요?"

그는 잠시 꾸물댔다. "젠장Per Dio!"

매기는 잠시 말을 멈췄지만 기뻤기 때문에 진지한 미소를 지으며 말했다. "편안하게 말해도 돼요. 아버지는 그런 제안을 하지 않으실 테니까요."

나중에 말할 수도 없었고, 사실 스스로에게도 말하기에도 막막했는데, 그들의 개인적 관계에서 다소 갑작스러운 변화로 솔직히 말해, 그들 사이에 틈이 생긴 채 끝나버렸다. 남편이 자신의 말을 따라 하는 말투에서 그걸 느꼈다. "편안하게요?"

"아버지와 함께 이런 상황을 받아들이는 일은 너무 오래 걸릴 테니까 편안하게 하라고요. 당신은 아버지를 편안하게 생각해도 되요. 그러니까 아버지는 그런 제안을 하지 않을 거예요. 너무 얌전하시잖아요."

마차 구석구석에서 그들의 시선은 계속 마주쳤다. "오, 당신들 사이에서 당신이 얌전하죠!" 하지만 그는 여전히 미소를 지었다. "그러면 내가 고집을 부리지 않는 한…?"

"그냥 우리끼리 가는 거죠."

"아주 잘 지낼 거예요." 그는 대답했다. 비록 포획 시도와 탈출에 성공하지 못해서 무언의 화해를 하지 못했지만 말이다. 매기는 남편의 말에 반박하는 말을 하지 않았지만, 아메리고는 곧 다른 생각이 떠올랐다. "그러면 되지 않을까요. 그러니까 끼어든다면요."

"끼어들어요?"

"장인어른과 샬롯 사이에요. 한 가지 방법이 있어요. 샬롯이 아버지에게 부탁하도록 하는 거예요." 매기는 당황하며 그 말을 다시 따라했다. "장인어른이 나에게 떠나자고 말하도록 샬롯에게 제안할 수 있어요."

"아!"

"그런 다음 장인어른이 샬롯에게 왜 내가 갑자기 벗어나려고 하는지 물어보면, 샬롯이 그 이유를 말해 줄 수 있어요."

마차가 멈췄고, 하인이 내려서 집 문을 두드렸다. "그렇게 하면 아주 좋을 거라고 생각해요?"

"너무 괜찮은 생각 같아요. 우리가 샬롯을 설득한다면 확실히요."

"알겠어요." 하인이 다시 돌아와 그들이 내리게 하는 동안 말을 이었다. 약간 당황했지만 "알겠어요."라고 다시 말했다. 갑자기 매기가 알게 된 것은 계모가 무엇보다 그 제안에 관심이 있다고 전할 수도 있다는 것이었고, 이에 따라 아버지가 어떤 일에 있어서 그녀를 생각해서는 안 된다는 욕구가 다시 일어났다. 매기는 약간의 패배감으로 느끼며 마차에서 내렸다. 아내가 내릴 수 있도록 먼저 내린 남편은 하인이 서 있는 열린 문 앞에 있는 낮은 테라스 가장자리에 그녀를 기다렸다. 매우 질서 정연하고 변함없던 삶의 감각이 매기에게 떠올랐고, 어슴푸레한 램프 불빛 사이로 아메리고와 다시 눈이 마주쳤을 때, 그의 얼굴에는 그 감각을 의식적으로 상기시키는 거 같은 무언가가 있었다. 그는 조금 전에 분명히 대답했고, 매기는 할말이 없는 것 같았다. 남편이 마지막 할 말을 정해놓은 후에 즐기는 거 같았다. 마치 세상에서 가장 이상한 방식으로 마차를 타고 오는 동안 남편한테서 벗어났던 방식에 작은 아픔과 새로운 불안을 안기면서 남편이 그녀에게 갚아주는 거 같았다.

28.

새로 불안해진 매기는 그 후 며칠 동안 그걸 새롭게 받아들이려고 자각했던 것이 아니라 전혀 다른 방식으로 받은 충격에 머리로는 그 변화를 이해하려고 하는 여러 증후를 보였다. 일주일이 지나고 나서 매기는 만약 자기가 어떤 식으로든 아버지를 붙잡았다면 그도 못지않게 그랬을 거라는 걸 깨달았는데, 자기 남편과 아버지 부인이 그들 주위에 가까이 다가와서 갑자기 4명으로 사교생활을 이끌기 시작했고, 그런 이유로 꽤 즐거워하고 예전에 절대 그러지 않았던 편안한 분위기를 보였다. 매기는 처음에는 그것이 사고였을 거라고 단순한 우연이었을 거라고 혼잣말을 했지만, 전체적인 모습을 나아지게 하는 십여 번의 기회가 생겼고, 특히 아메리고에게는 즐거운 구실이 되면서 관련된 일, 함께하는 모험으로 늘 재미나고, 사람들로 하여금 같은 시기에 같은 방법으로 같은 일을 아주 많이 하고 싶게 할 수 있었다. 부녀가 오랫동안 하고 싶은 것을 거의 표현하지 않았다는 점에 비추어 볼 때 이 모든 것은 어느 정도 재미있었지만, 아메리고와 샬롯이 마침내 각자의 배우자에게 조금 지쳤다면, 끊임없이 움직이는 기차에 그 사람들을 데리고 가기보다는 뒤처지지 않게 하는 것에 안도감을 느끼는 건 충분히 자연스러울 것이다. 매기는 이튼 스퀘어에서 캐슬딘 부인과 저녁 식사를 한 후 조용히 생각에 잠겼다. "우리는 기차를 타고 있어. 그 안에서 갑자기 잠이 깼는데, 화물칸에 라벨이 붙은 상자를 넣는 것처럼 우리는 잠을 자다가 쏜살같이 날아간 것 같아. 그리고 내가 '가고' 싶었으니까 가는 거고 문제는 없어. 그 사람들이 우리를 위해서 모든 거 하고 있으니까. 그 사람들이 얼마나 이해하고 얼마나 잘했는지는 보면 정말 놀라워." 그건 매기가 정말 바로 인정했다.

4명이 다니는 것은 오랫동안 봐왔듯이 두 사람이 다니는 것처럼 쉬워 보였고, 후자는 너무나 뒤늦게 알게 된 부분이었다. 매일매일 꼭 성공한 것처럼 보이는 유일한 때는 기차가 가끔 흔들릴 때 아버지를 붙잡고 싶다는 억누를 수 없는 충동으로 나타날 때였다. 그러고 나서 아버지와 매기는 눈을 마주쳤고, 그것은 부정할 수 없었다. 그래서 그들은 다른 사람들에게 바로 그 연합의 정신에 대해, 또는 적어도 그녀가 불러일으킨 바로 그 변화의 성취에 대해 적극적으로 굴었다.

가장 큰 변화는 당연히 매첨 일행이 포틀랜드 플레이스에서 식사를 한 날이었는데, 사회적 영광이 최고였던 날로 자신의 모습을 보여주는 의미에서, 그녀를 주인공으로 만들려는 계획으로 다른 모든 사람이 화려하게 꾸미고 모였던 날이었다. 매기 아버지도 주인으로서보다 손님으로서 항상 주도권을 가지고 그 계획에 참여한 거 같았다. 어싱험 부부가 있어도 그 인상은 폄하되지 않고, 마찬가지로 상당히 많이 만회했으며, 이제 약간의 소강상태를 거친 후, 다른 간접적인 방법으로 적어도 패니는 우리의 젊은 여성을 격려하고 박수를 보냈다. 샬럿이 즐겁게 해준 말 덕분에 다른 저녁 식사에 참석하지 않았던 패니는 이번에는 짙은 청록색이 더해진 주황색 벨벳을 입고 자신감을 가지고 멋지게 보였는데, 여주인은 매첨에서 하찮은 상태를 너무나 뚜렷하게 드러내는 것이라고 추론했다. 매기는 이 균형을 바로잡을 수 있는 자신의 기회에 무관심하지 않았고, 그 시간 동안 일반적 조정의 일부로 보였다. 모든 이유에서 경계하는 관할권에서 제외되는 장소인 포틀랜드 플레이스의 높은 층에서 매기는 자신의 친구가 다른 사람들처럼 '좋다'고 느끼고, 사실 저녁에 왕자비의 광채가 더 돋보이는 한, 인정과 축하에 앞장선다는 점을 스스로 알아내는 것을 좋아했다. 매기에게 어싱험 부인은 이것에 대한 힌트를 끊임없이 주는 인상이었고, 사실 부분적으로 부인의 도움으로 매기에게 있는 왕자비 모습을 끌어내 두드러졌다는 점을 현명하고 상당히 고맙게 여겼다. 그런 일이 어떻게 일어났는지 확실히 말할 수 없었지만, 처음으로 모두에게서 압박을 받으면서, 어떤 인물에 대한 대중과 대중적 생각에 부응하고 있다고 느꼈다. 오히려 그러는 동안, 속으로는 캐슬딘 부부와 같은 훌륭한 사람들이 그녀에게 대중적인 개념을 입증하는 이상한 조합에 대해 궁금해졌다. 어쨌든 패니 어싱험은 날렵하게 도는 동물의 속도를 유지하려고 짧은 스팽글 치마를 입고 동물 등에 타서 멋지게 움직이는 서커스장의 조수처럼 그곳에 있었는지도 모른다. 당연히 매기는 자신에게 알려진 어떤 일에 왕자비로서 행동하는 것을 잊어버리고 무시하고 거절했다. 하지만 이제 아주 가까이에서 단체로 그녀에게 손을 내밀었고, 분홍색 스타킹과 흰색 페티코트를 입은 그녀는 겸손한 마음으로 빛 속으로 뛰어올 수 있게 되면서, 어디서 실수를 했는지 알 수 있었다. 매기는 저녁 식사 후 늦은 저녁에 새로 알게 된 사람들과 런던 지인들을 초대했는데, 당연히 왕자비의 태도를 보여야 하는 일이었다. 그것은 당연히 매기가 배워야 하고 당연히 부여받은 역할을 해야 했다. 비록 그 과정에 다소 방해가 되는 점이 있었지만, 오늘 밤 엄청난 연습을 했고, 전과는 달리 너무나 소극적인 캐슬딘 부인을 재치있게 가리킬 때 가장 성공적이었다. 이런 대단한 결과를 알게 된 어싱험 부인은 기뻐서 얼굴이 상당히 상기됐고, 시시각각 자신의 친구를 향해 열렬한 반응을 보였다. 마치 갑작스럽게 경이롭고 아주 미묘한 방식으로 젊은 친구가 자신에게 구원의 원천이 되고 멋진 인과응보의 결과가 되는 것 같았다. 강렬하게 기억에 남는 현상은 사실 어떤 과정과 다시는 추적할 수 없는 연결을 통해 매기가 아메리고와 샬롯을 상대로 동시에 역할을 해냈다는 것이고, 유일한 단점은 계속 살피고 다시 생각했지만, 부수적으로 아버지를 대상으로 더 많이 했다는 것이다.

마지막에 언급한 부분은 사실 위험했는데 그 후 많은 시간 동안 낯선 기만의 시간을 보냈고, 예방책의 차원에서 누구보다 아버지와 더 친밀히 교감했다. 그들을 뭔가 특이한 일이 일어나고 있다는 것을 그냥 지나칠 수밖에 없다고 매기는 계속 혼잣말을 했다. 결국, 그 편안함은 위험할 수 있는 일만큼 주목해야 했고, 두 사람은 자신들이 편안하게 이야기할 수 있는 어떤 자유, 어떤 이야기와 어떤 용기에 대해 입을 다물고 있지만 너무나 다정하게 쳐다보면서 함께 모색할 수 있다고 생각했다. 그녀가 자초한 불안에 가장 도움이 되지 않는 의미를 읽어냈을 때, 마침내 전기 버튼을 누를 때 나는 소리만큼 예리한 결과가 나타나는 순간이 왔다. 자신들 경우에 대한 그럴듯한 설명은 가족으로서 오랫동안 즐겁게 쭉 행복하게 지낸 후에도 여전히 새로운 행복을 찾아야 한다는 것이고, 아버지의 욕구 특히 매기의 욕구에서 다행히도 계속 새로이 일어나고 감사하게 계속되는 행복이다. 전체적으로 그들의 활발한 교류는 우리가 얼핏 봤던 그의 장악하려는 본능에 따라 종종 결정됐는데, 마치 아버지가 먼저 침묵을 깨지 않는 딸에게 말하는 것 같았다. "모든 게 놀랍도록 즐겁지 않니? 하지만 결국 우리는 어디에 있는 걸까? 열기구를 타고 우주를 돌거나, 금광의 반짝이는 길 아래 땅속 깊은 곳일까?" 평형상태, 즉 귀한 조건은 상황을 재정리했지만 계속됐다. 다양한 무게감으로 새롭게 배열됐지만, 그 균형은 계속되고 승리를 거뒀다. 그 모든 이유로 매기는 모험의 동행, 하나의 시험대로서 실험적 행동과 마주하는 것이 금지됐다. 만약 평형상태를 이뤘다면, 매기는 그 점을 받아들여야 했다. 아무리 비밀리에 하더라도 아버지 생각을 알게 되는 모든 구실을 그녀에게서 빼앗았다.

하지만 매기는 자신들 규칙의 엄격함으로 아버지와 매우 유대감이 높고 반면 아버지의 딸을 아끼고 싶은 바람이 가장 바라는 대로 이뤄졌다는 생각이 들었으며, '마음속에' 정말 이야기할 것이 아무것도 없는 것처럼 보이는 바로 이 점은 남편을 대한 매기의 갈망에도 부족했던 상냥함이 그를 감쌌다. 하지만 매기는 방해되는 섬광이 비쳤을 때 그리고 다음의 말을 할 준비가 됐을 때 힘이 없고 더 조용해졌을 뿐이었다. "맞아요, 모든 면에서 지금이 최고의 시간이에요. 하지만 여전히 아버지는 사람들이 어떻게 함께 하고 있으며 우리의 아름다운 조화를 새로운 기반으로 바꾸는 데 성공한 나의 성공이 어떻게 그 사람들의 성공으로 바뀌는지 모르세요. 그들의 영리함, 온화함, 인내심, 간단히 말해서 우리의 인생을 완전히 소유하는 걸까요?" 어떻게 매기는 "사람들은 우리를 갈라놓는 선을 정하는 한 가지 일만 빼고 우리에게 맞춰주면서 모든 일을 할 거예요."라는 말을 더하지 않고 그 정도로만 말할 수 있었을까? 자신을 겁먹게 만드는 바로 그 말을 아버지에게 하지 않고 희미하게 중얼거리는 자신을 어떻게 상상할 수 있었을까? "갈라놓는다? 그 사람들이 떨어졌으면 좋겠니? 그리고 넌 우리가 떨어지길 바라고? 한쪽이 떨어지지 않는다면 어떻게 그럴 수 있니?" 매기는 가까운 일행과 관련된 질문을 아버지가 하는 걸 들었을 때 마음속으로 생각했던 질문이었다. 그들이 떨어져 지내는 걸 물론 생각할 수 있었지만 가장 분명한 이유를 바탕으로 했을 때만 가능했다. 가장 분명한 것은 그들은 더는 감당할 수 없다는 것으로, 말하자면 남편은 자신의 아내에게, 부인은 자신의 남편에게 그렇게 간결한 대형으로 되도록 할 수 없었다. 그리고 그들이 자신들의 상황에 대한 이 설명을 현실적인 최후로 받아들이고 그에 따라 행동하고 떨어지려고 한다면, 어느 쪽이든 억눌러진 과거의 우울한 유령이 넓어진 해협을 가로질러 창백한 얼굴을 보여주거나, 바로 그 말에 비난하지 않을까?

한편, 그런 일이 있어도 매기는 관계 회복과 안심시키는 행동에 더 깊은 배반이 있을 수 있다고 스스로 말했던 때가 있었다. 이튼 스퀘어에서 캐슬린 부부를 만나고 돌아오는 동안 남편과 높은 긴장감을 느꼈던 것처럼 다시 혼자라고 느꼈다. 문제의 저녁에 그녀는 더 큰 불안감을 느꼈지만, 그 후 잠잠해졌고, 어쨌든 아직 그 불안감이 확인되지 않았다. 아니나 다를까 한기를 느끼며 자신이 두려워했던 것과 그 이유를 알게 되는 시간이 왔다. 이 시간이 오기까지 한 달이 걸렸지만, 찾아보기도 전에 완전히 인식하게 됐다. 아메리고가 재확인된 조화와 번영을 위해 샬롯을 이용할 수 있는 특별한 용도를 암시하면서 뜻하는 바를 그녀에게 분명하게 보여줬기 때문이다. 현재 매기는 남편이 자신들의 즐거움을 표현할 때 분위기에 대해 더 많이 생각할수록, 자신을 상대하는 의식적 예술의 산물로 더 많이 돌아왔다. 아메리고는 그 순간에 많은 것을 의식했고, 심지어 바라는 것과 어떤 경우에 아내가 뭘 할지 알 필요성까지 의식했다. 그 어떤 경우는 어느 정도까지 위협을 받고 있다고 매기는 알 수 있을 것이고, 어떤 한 단어로 대표되는 어떤 의도도 그에게 전가하는 것이 끔찍했다. 사람들 말대로 지극히 자신들 일인 문제에 매기의 계모가 그 자리에서 끼어들게 만드는 이유는 무엇이며, 그토록 친숙하고 쉬운 변화가 최악의 경우 위협의 정신으로 가득 찬 것처럼 그녀를 공격하는 이유는 길을 잃었을 가능성 있는 상상력의 모험심이 일시적으로 단절된 이상함 때문이었다. 정확히 그것이 몇 주가 지나면서 매기가 상당히 혹은 오히려 되찾은 평온함을 과도하게 모방하면서 기다리는 법을 배운 이유였다. 왕자의 모호한 빛에 속편 같은 일이 바로 일어나지 않았고, 그래서 인내심이 생겼다. 하지만 그런데도 매기는 그가 아끼지 않고 베풀었던 것이 제자리로 되돌아왔고 그래서 오래된 걱정이 옳았다는 걸 뒤늦게 인정해야 했다. 결국, 이것의 결과는 그의 기억에 남는 독창성에 대한 새로운 고통이었다. 그녀에게 영리하게 군다는 것은 그와 접촉하는 지점에서 한 푼도 아깝지 않고 그가 그녀를 아끼고, 의심하고, 두려워하고, 어떤 식으로든 그녀를 고려해야 한다는 것일까? 그 기발함은 마치 자신들에게 동등하게 공통적인 것처럼 샬롯을 이용하는 것에 대해 단순히 말하는 데 있었고, 그의 승리는 단순함에 있었다. 매기는 그가 아는 진심을 말할 수 없었다. "오, 당신이 샬롯을 '이용'하고 당신이 그렇다면 나도 그녀를 이용해요. 하지만 똑같은 방식이 아니라 매우 다르게 그리고 따로 이용해요. 우리가 함께 이용하는 사람은 우리 자신 말고는 없어요, 안 그래요? 내 말은 우리의 관심사가 같은 부분에서 나는 멋지고 우아하게 당신을 돕고, 당신도 나에게 그렇게 할 수 있다는 의미에요. 우리에게 필요한 사람은 우리예요. 그렇다면 샬롯을 끌어들이는 이유가 뭐예요?"

그런 분위기에 매기는 꼼짝 못 했기 때문에 그에게 맞설 수 없었다. 그 자리에서 아메리고의 귀에는 질투로 들렸다. 그리고 그 반향과 영향으로 아버지에게는 평화로운 잠의 고요를 뚫는 외침의 형태로 닿았을 것이다. 매기가 아버지와 20분 동안 조용히 시간을 보내는 것이 이전에는 쉬웠지만, 며칠 동안 어려웠다. 사실, 너무 이상하게도 이미 아득해 보이는 옛날에는 사실, 아버지와 함께하는 매기의 긴 여정에는 필연성이 있었고, 주변 모든 일이 예측 가능했고 길들여진 아름다움이 있었다. 그러나 현재 아메리고가 이튼 스퀘어로 매기를 데려왔을 때 샬롯은 거의 항상 거기에 있었고 샬롯이 남편을 포틀랜드 플레이스로 데려왔을 때 아메리고는 거의 항상 그곳에 있었다. 그 사람들을 직접 대면하게 되는 우연한 순간은 최근까지도 기회의 의미나 노출의 의미로 거의 중요시하지 않았다. 심각한 일을 대충 처리하는 것에 맞서는 것이 평생의 교류의 리듬인 점을 고려하면 말이다. 그들은 기본적인 것을 이야기하는 하는데 15분도 쓰지 않았다. 크고 조용한 장소를 천천히 다녔고 다급하게 말하기보다는 언제든지 편안하게 함께 조용히 있었다. 말을 아끼는 그 자체가 그들에게 생생한 호소가 된다는 게 거의 사실처럼 보였다. 그들이 동행들과 이야기할 때 서로를 '향해' 이야기했을 수 있지만, 후자는 확실히 그들 관계의 현재 단계를 밝히는 어떤 직접적인 방법은 아니었다. 매기가 근본적으로 새로운 움직임으로 수면 위로 떠 오른 것을 의심하는 이유가 있었고. 아버지가 포틀랜드 플레이스에 혼자 있었던 5월 말에 그 점을 의심했다. 아메리고는 매기도 잘 알고 있다는 핑계를 댔다. 이틀 전에 프린시피노는 다행히도 계속되지는 않았지만, 열감기 기운이 보였고 집에서 시간을 보내야 했다. 이 일은 시간을 엄수해서 살피는 충분한 이유가 되었지만, 매기는 최근에 그들의 생활이 정리된 것처럼 자기가 이례적으로 자리를 비우는 것을 그의 방문을 생략하는 근거가 되지 못한다는 점을 곧 곰곰이 생각하게 됐다. 남편이 곁에 없는 시간이 종종 있었는데, 왕자가 외출한다고 말하려고 들렀던 것을 기억했고, 왕자비는 솔직히 말해 각자의 배우자가 만나지 않을까 즉흥적으로 궁금했고 변덕스럽게도 사실은 그들이 잠시 그렇게 되기를 바랐던 시간이 있었다. 이상하게 그녀는 그들이 불과 몇 주 전에는 그러한 신성한 정당성에 의존했던 일반적인 관행을 거부하는 것에 중요성을 지나치게 부여하지 않는다고 생각할 필요가 있었다. 물론 분명히 거절하는 분위기는 아니었고, 아무도 그렇게 하지 않았다. 그녀가 바로 지금 행동으로 그들에게 불리한 증언을 직접 하고 있지 않은가? 매기가 느리고 괴로운 몸짓으로 아버지와 단둘이 있는 것이 두렵고 아버지가 그때 무엇을 할지 모른다는 걱정되는 마음을 밝힐 때, 아메리고와 샬롯에게는 함께 모이는 것을 좋아하지 않는다고 고백하기에 충분한 시간이 될 것이다.

그녀는 이상하게 오늘 아침 그에게서 느낀 특정한 의문이 두렵고 그것을 받아들이는 명백한 태도에서 그가 중요하게 여길 수 있다는 어떤 불안한 상황을 당황스럽더라도 잘 확인할 수 있다고 여겼다. 밝고 온화한 날씨는 여름의 숨결 같았고, 그래서 그들은 먼저 폰스와 폰스에 초대하는 방식에 관해 이야기했고, 그동안 매기는 다른 커플과 마찬가지로 한 커플을 초대하는 그의 다정함에 생각하면서 경련을 일으킨 만큼 가식적인 미소를 짓고 있다는 걸 알고 있었다. 그것이 전부였고, 그것을 받아들임으로써 진정으로 안도감을 느꼈으며, 매기는 평생 한 번도 그런 적이 없었지만, 절대적 필요성에 따라 자신이 할 수 있는 한 이미 그를 속이고 있었다. 아메리고가 어떤 이유로 앉기를 거부하고 걷는 크고 희미한 빛이 비치는 방에서 그 필요성은 그 자체의 매력으로 그녀에게 영향을 미쳤다. 그들은 다시 숨김없이 상냥하게 굴었고, 다정하지만 지루한 태도는 쉴 새 없이 앉아서 색이 바랜

태피스트리로 장식된 소파가 일반적으로 길게 놓여서 길들어진 표면 같았다. 그녀는 이 순간부터 이미 자신이 알게 될 것과 자신에게 아무 문제가 없다는 것을 증명하기 위해 그토록 노력하는 고독한 순간을 결코 멈춰서는 안 된다는 것을 알았다. 그녀는 갑자기 그 일과 관련해 말하거나 할 수 있는 모든 것을 알았고, 그 일과 먼 문제들과 관계를 확고히 했으며, 예를 들어 자유를 누리고 계절을 즐기기 위해 리젠트 파크Regent 's Park로 외출을 제안했을 때 순간 모든 것이 이익에 따라 행동하는 것처럼 보였다. 이 휴양지는 포틀랜드 플레이스에 가까운 거리에 있었고, 프린시피노는 그곳에서 많은 사람의 보살핌 속에 이미 몸이 나아졌다. 그 모든 배려가 매기에게 방어적이었고, 그녀 생각에 그 모든 것은 지속성을 이루는 일의 일부였다.

외출복을 입기 위해 그를 두고 위층에 있을 때 빈집 아래층에서 그가 자신을 기다린다는 생각이 갑자기 분명하게 들었는데 종종 잠깐 거울 앞에서 일관성 속에 갑작스럽게 드는 생각이자 거의 꼼짝 못 하게 하는 헛된 상상력으로 다른 말로 아메리고의 결혼 생활이 만들어 낸 특별한 차이의 생생한 모습이었다. 특별한 차이는 그러한 순간에 무엇보다 오래된 자유를 상실한 것 같았고, 서로를 제외한 다른 어떤 사람에 대해 생각할 필요가 없는 것처럼 보였다. 몇 초간 그들 등 누구에게도 사교적으로 굴어야 하고 다른 사람들을 생각해야 한다고 제안하는 한 것은 그녀의 결혼 생활도 남편의 결혼 생활도 아니었다. 헛된 상상이 계속되는 동안 매기는 혼자 신음했다. "그이는 왜 결혼했을까? 왜?" 그리고 나서 샬롯이 그들의 삶에 훨씬 더 가까워지기 전까지 아메리고가 간섭하지 않았던 게 가장 좋았다는 생각이 들었다. 이 일로 인해 그에게 빚진 것이 그녀의 눈에 다시 숫자처럼 늘어났고, 혹은 심지어 그것을 불안정한 계획이라고 말하기도 했다. 계획을 망치고 판단을 틀리게 한 건 아버지의 경이로운 행동이었다. "아버지는 왜 결혼하셨을까? 왜"라는 질문 직후 그 모든 것들이 함께 그의 이성에 대한 지식의 당혹스럽고 압도적인 물결이 되돌아왔다. 매기는 투덜거렸다. "정확히 날 위해서 결혼을 하셨고, 우리의 그러니까 단순하고 오로지 나만의 자유는 더 커져야 해. 당신이 어떻게 되는지에 대해 가능한 한 신경 쓰지 않도록 날 자유롭게 해주려고 그러신 거야." 매기는 예전에도 여러 번 그랬던 것처럼 급하게 서두르면서도 이렇게 번쩍 떠오르는 생각에 경탄하며 습관적으로 눈을 깜빡였다. 특히 그가 한 일의 정신에서 매기는 자신의 해결책을 찾을 수 있을지에 대한 질문에서 그가 노력했던 것만큼 그녀도 더 '주의'를 기울이도록 했다. 그리하여 자신들이 처한 상황의 전반적인 중압감을 다시 느꼈고, 매기가 겁에 질리도록 한 상태의 주요 원인과 분명 마주했다. 이 모든 것은 매기가 아버지가 어떻게 됐는지 신경 쓸 수밖에 없고, 불안해하지 않고 아버지가 자신의 길을 가도록 내버려 두고 위험을 무릅쓰고 자신의 삶을 영위하도록 내버려 두지 않았기 때문이었다. 그녀는 불안을 자신의 어리석은 우상으로 삼았고, 모자에 긴 핀을 조금 잘못 꽂으면서 현재 새로 온 하녀에게 거의 짜증을 내면서 말했고 (그 하녀는 최악이라고 생각하고 원했던 사람이 아니라고 최근에 생각했다), 남편이 마음대로 하려고 하는 그들 사이의 어떤 이해 가능성에 집중하려고 했다.

매기가 준비됐을 때까지 그런 가능성이 정말 있어 보였다. 현재 일어나고 있는 일의 모든 흔들림과 모든 감정은 정확하게 더 단순한 시간으로 되돌아가는 그 달콤함 속에서 충분히 멀어진 수많은 다른 순간들의 모습과 감정 사이에서 묘하게 닮았다. 때때로 숨이 가빠지는 조수의 흐름에도 매기는 신속하게 준비했지만, 아래층으로 내려가기 전 계단 위에서 실제적인 관점에서 남편을 희생해야 하는 것을 생각할 수 있는지 자문하면서 여러 번 멈췄다. 그녀는 그를 희생시키는 것이 어떤 의미인지에 대해 자세히 설명하지 않았지만 그럴 필요가 없었다. 안절부절못한 상태에서 남편이 자신이 기다린다는 것을 분명했고, 열린 창문과 꽃이 가득해 따뜻하고 향기로운 공기 속에서 그가 응접실을 왔다 갔다 하는 모습이 보였다. 천천히 그리고 막연하게 그곳으로 가면서 매우 가냘프고 젊어 보이며, 겉모습만 봤을 때 아이처럼 다루기 쉬운 그 사람을 보았다. 무엇보다도 그의 등장은 일부러 다음과 같은 말을 하기 위해서일 것이다. "날 희생 시켜요. 내 사랑, 날 희생시켜요!" 매기가 원하고 고집한다면, 귀하고 흠이 없고 너무 총명한 어린 양처럼 남편이 푸념하는 것을 모두 받아들이면서 진지하게 들을 것이다. 하지만 이런 모습의 강렬함에 매기는 다시 내려가면서 떨쳐버렸다. 그리고 다시 남편과 함께하면서 그의 의식과 명료한 의도에 따라 자신이 불가능해졌다는 생각의 완전한 고통을 알게 되었다.

그곳에서 남편에게 미소 짓는 동안 다시 모든 것이 위선적이라고 느꼈다. 새로 장갑을 끼는 동안에도 느꼈다. 넥타이를 바로 잡아주고 가장 노골적인 경솔함의 전통에 따라 그의 뺨에 코를 비벼서 자신의 분노를 감추는 동안에도 느꼈다. 매기가 남편의 의도를 확신할 수 있는 순간부터 모든 문제는 해결될 것이고 더 위선적으로 굴 것이다. 남편을 희생시키는 유일한 방법은 그가 무엇을 위한 일인지 상상하지 못한 채 희생시키는 것이다. 남편에게 키스하고 크라바트cravat, 남성용 스카프를 정리해주고, 말을 건네고, 그를 밖으로 안내하고, 어렸을 때 인형을 놓치지 않으려고 꼭 안았던 것처럼 남편의 팔을 잡아서 이끌었었는데, 남편이 무엇 때문인지 상상도 못 하도록 이 모든 것을 했다.

29.

공원에 도착하고 나서야 매기의 노력이 어느 정도 미치지 못하다는 걸 알 수 있었고, 아버지는 뜻밖에도 프린시피노를 살피는 것을 일부러 피한다는 인상을 줬다. 잠깐 햇볕에 앉아있는 방식에서 그 조짐을 보였는데, 처음에 자리 잡은 한적한 곳에 자리한 의자에서 이제 마침내 매기가 그들 사이에 더 구체적인 뭔가를 꺼낼지도 모르는 것처럼 잠시 기다렸다. 어떤 방향으로 구체적으로 하는 것이 매기에게 얼마나 어렵고, 냄새를 따라가려고 개 목줄을 푸는 것과 같은지에 대해 매우 예민하게 느꼈다. 개가 뛰어나오는 곳에서 구체적인 것이 나올 것이고, 매기는 그 진실을 믿고 있어서 어쨌든 진실을 향해 달려갈 것이고, 그 진실을 간접적으로 가리켜서는 안 된다. 어쨌든 매우 신중한 그녀는 위험 가능성과 자신이 보는 모든 것의 중상과 반응을 읽으면서 위험 가능성을 살폈고 그러는 동안 움찔하지 말아야 했다. 의자에 앉아있는 그들 사이에서 그는 딸이 스스로 경계하는 모습을 지켜보며 그녀가 실수할 새로운 뭔가를 생각해 내려고 애쓰는 순간이 있었다. 햇살처럼 상냥하고 조용한 그녀가 돈을 걸고 하는 어려운 게임에서 자신에게 복잡하게 생각하지 말라는 그에게 반항했을지도 모르는 일시적 멈춤이 있었다. 매기는 나중에 자신이 이렇게 고수한 방식에 대해 분명 자랑스러워했고, 후에 집에서 기다리고 있는 아메리고와 샬롯을 찾기 위해 발길을 돌렸을 때, 그녀는 진정으로 자신의 계획을 실행에 옮겼다고 스스로 말할 수 있었다. 비록 또 자신들의 관계를 어렵게 만드는 일을 맡았지만, 매 순간은 자신들 뒤에 걸려 있는 박물관 그림 액자처럼 소중한 과거의 시간의 기준에 미쳤다. 여름 저녁 폰스 공원에서 지금처럼 나무 밑에 나란히 있으면서 가장 특별한 분위기로 행복한 자신감이 그들을 안심시켰다. 현재 집에 새로 일어난 문제가 매기에게 함정일 가능성이 있었지만, 자신이 무엇을 해야 하는지 아는 것을 말리는 그의 인상에도 그녀는 처음으로 소리 내서 말하지 않았다. 몰래 혼잣말을 했다. '이런 식으로 우리가 다시 그곳으로 갈 수 있을까? 나 혼자서 할 수 있을까? 우리가 자리를 잡고 받아들인 곳의 상황을 나타내는 모든 것을 더 격렬하게 유지하고 무한정으로 펼칠 수 있을까?' 매기는 마음속 의문에 완전히 몰두했고, 후에 많은 것을 떠올렸다. 간절하지 않은 것처럼 보일 수도 있지만, 아버지가 캐슬딘 부부와 연회 후 이튼 스퀘어에서 딱딱한 분위기를 깨뜨렸다는 것을 기억했다.

매기는 오랫동안 생각했고, 더 높은 하늘을 배경으로 아메리고와 샬롯과 함께 존재감을 더욱 드러낸 폰스에서의 여름이 무슨 일을 일으킬지에 대한 상상으로 더 정신이 팔렸다. 한편 매기 아버지는 말하는 척만 하고 있었는가? 어떤 의미에서 듣는 척만 하고 있었나? 어쨌든 변할 수밖에 없었기 때문에, 그는 마침내 그만뒀다. 그가 고대의 금빛 색을 모방하기 시작했다는 생각에 그녀의 개인적 여행을 중단한 것과 같았다. 마침내 매기 아버지는 어떤 구실로든 왕자와 함께 몇 주 동안 영국을 떠나는 게 좋다고 (사실 좋았다) 생각하는지 물었다. 그런 후 매기는 남편이 실제로 '협박'하지 않았다는 걸 알게 됐는데, 그 영향을 마주하고 있기 때문이다. 그 영향은 남은 산책을 하는 동안 그리고 집으로 돌아와서도 미쳤기에 아이와 다시 함께 하는 게 원래 목적이었다는 걸 생각할 수가 없었다. 매기의 계속된 관심에 5분 후에 그들은 안식처로 향했고, 때마침 활력이 넘치고 성가시게 조르는 아이 때문에 반색했고, 가정교사가 베푼 배려에 어색함을 감출 수 있었다. 아버지는 딸을 시험해 보려고 한 말이 전부였고, 같은 생각으로 샬롯이 그에게 다음처럼 말했다. "당신이 왕자님과 함께 외국 여행을 하도록 매기가 계획을 만들었고 왕자님이 나에게 말해줬어요. 왕자님은 매기가 원하는 모든 것 해주고 싶어서, 내가 당신한테 말하면 동의할 가능성이 크니까 말해 달라고 했어요. 내가 매기의 소원을 들어주려고 늘 열심인 거 알죠? 하지만 이번에는 매기가 무슨 생각인지 잘 모르겠어요. 왜 갑자기 이 순간에 당신들을 함께 보내고 여기서 나와 단둘이 있으려고 하죠? 당신이 원하는 대로 결정하세요. 왕자님은 확실히 그럴 준비가 됐지만, 당신이 매듭이 지어야 해요. 매기와 정해야 할 일이고요." 매기의 귀에 그런 말이 들렸고, 딸이 직접 애원하기를 기다렸던 아버지는 결론을 내기 위해 딸을 불렀다. 매기가 종일 혼잣말을 할 수 있듯이, 그들은 그곳 의자에 계속 앉아있는 동안 이야기를 했고 지금까지 아무것도 정리하지 못했다. 적어도 각자는 마지막까지 정말 걱정하는 부분을 감추려고 했다. 아버지의 온화한 눈빛과 마주친 매기는 가시적인 웃음을 지으며 조금도 움찔하지 않으면서 아버지와 사위 둘 다 너무 오랫동안 국내에 있었기 때문에 그런 모험을 환영했을지도 모른다는 생각을 솔직하게 밝혔다. 답답한 생활에서 벗어나 사이좋게 떠나는 활달한 두 남자가 일단 적어도 새로운 일을 어떻게 받아들일지에 대해 이 기회에 말해주려고 했다. 다정하고 그럴듯한 눈빛으로 그녀는 50초 동안 아버지의 눈을 봤지만, 매우 평범했다. 하지만 개의치 않았다. 더 나빠지지 않는 한, 그녀의 행운이 그녀를 끝까지 지켜줄 것이다. "아메리고가 혼자 돌아다니는 것보다는 함께 다니는 게 더 좋을 거라고 생각했어요."

"내가 데려가지 않으면 아메리고도 가지 않을 거라는 뜻이니?"

이 말에 매기는 생각했고, 살면서 이렇게 바로 그리고 열심히 생각한 적이 없었다. 그렇다고 말하면, 남편은 반발하며 그 말은 거짓이라고 할지도 모른다. 압박하는 이유를 아버지가 직접 질문하게 하는 것 말고 무엇을 할 수 있을까? 압박하는 순간 의심을 받아서도 안 된다. 그래서 대답할 수밖에 없었다. "그이랑 솔직히 터놓고 이야기해 보시는 거 어때요?"

"물론이지. 아메리고가 그렇게 한다면 말이야. 하지만 아직 말이 없어."

다시 한번 매기는 헛웃음을 지었다. "너무 수줍어서 그렇죠."

"넌 정말 아메리고가 나와 함께 가고 싶어한다고 확신하니까?"

"그이는 아버지가 좋아하실 거라고 생각한 거 같아요."

"뭐, 그렇기는 하지…!" 하지만 이 말을 하면서 그는 딸한테서 시선을 돌렸고, 매기는 아버지가 아메리고에게 직접 물어보길 바라는지 아니면 거절하면 실망할 것인지 물어보는 것을 들으려고 숨을 죽였다. 아무것도 물어보지 않아서 매기는 안심했고, 이유를 물어보는 위험에서도 벗어났다. 다른 한편 이런 상황을 약화하고 아버지가 말을 아끼고 너무 생각에 잠겨 생긴 공백을 메꾸는 것처럼, 그는 바로 딸에게 이유를 말했고, 매기는 샬롯이 찬성하지 않는다고 여기는지 아버지에게 물어보는 수고를 덜었다. 그는 스스로 모든 것을 떠맡았고, 그래서 매기는 안심했다. 아버지가 얼마나 이해하고 있는지 알기 위해서 조금 더 기다려야 했다. 아버지의 의견은 아내와 떨어져 지내고 싶지 않다는 것이다. 아버지는 아내와 그렇게 불행하지 않은 것과 거리가 멀었으며, 아버지로서 그가 활짝 웃을 때 매기는 그가 자리를 비워도 안심할 것이 필요하다는 것을 암시하는 걸 포착했다. 그러니까 왕자를 위해서가 아니라면…!

"아메리고가 자신을 위해서 그랬다고 생각하지 않아요. 아메리고와 난 함께 그럭저럭 잘 지내고 있어요."

"음, 우리도 그래."

"알아요. 저희도요" 매기는 또 한 번 매우 무미건조하게 동의했다.

매기 아버지는 즐겁게 말을 이었다. "샬롯과 나도 잘 지내고 있어." 그리고 잠시 뜸을 들였다. 온화하고 행복하게 말을 덧붙였다. "그렇게만 말할게!" 훨씬 더 좋게 말할 수 있지만, 그 상황에 절제된 표현이 충분한 것처럼 말했다. 의식적이든 무의식적이든 아버지는 샬롯의 손에 놀아나고 있었다. 그리고 이 말에 매기는 샬롯의 계획을 더욱더 확신하게 됐다. 매기는 자신이 원하는 대로 했고, 샬롯도 그렇게 했는데, 아메리고가 그녀에게 그렇게 하라고 했었다. 샬롯은 매기의 계획을 시험하는 것을 막고 대신 자신의 계획을 시험했다. 샬롯은 의붓딸이 어떤 변화가 바람직한지에 대한 반대 심문을 받지 않으려고 호출받는 것을 두려워한다는 것을 정확히 알고 있었던 같았고, 매기는 자신의 아버지가 무슨 문제인지 물어보지 않는 것이 중요하다고 생각할 수 있다는 점에 훨씬 놀라워했다. 그렇지 않다면 기회가 있는데도 그 이유를 따져 묻지 않는가? 그는 "너한테 무슨 문제가 있니"라고 물었을 때 말대꾸가 두려웠다. 잠시 후 변칙을 부려서 최근의 분위기를 따른다면 절정일 때 매기는 그 질문에 말문이 막혔을지도 모른다. "매력적인 뭔가가 있는 거니? 최근에 우리의 생활이 새로 달라진 것처럼 말이야. 마치 우리 인생은 옛날 전시에서 구석에 있던 유리 상자에 소중한 물건을 넣어두려고 모든 걸 차지한 이기적인 번영이지. 어쩌면 그 래서 우리가 게으르고 조금은 나태해졌을 거야. 신처럼 다 같이 누워 있고 사람들을 신경 쓰지 않고 말이야."

매기는 아무렇지 않게 대답했다. "우리가 나태하다고 생각하세요? 사람들에게 무관심하고요? 우리는 사람들 속에서 살면서 항상 사람들을 따르고 사람들은 우리를 따라요."

그 말에 매기가 의도했던 것보다 그는 더 오래 생각했지만, 다시 미소를 지으며 말했다. "글쎄, 잘 모르겠는데. 우리에게 재미 빼고는 없 잖니?"

"맞아요, 확실히 재미밖에 없어요."

"우리는 잘하고 있어."

매기는 이 말을 부정하지 않았다. "잘하고 있죠. 무슨 말씀인지 알 겠어요."

"음, 그런대로 우리는 별 어려움이 없다는 말이야."

"뭐가 그런대로?"

"그런대로 이기적으로 굴지 않는다고."

"아버지가 이기적이라고 생각하지 않아요." 매기는 대답하면서 투덜거리지 않으려고 했다.

"특히 내가 이기적이라는 말도 너나 샬롯이나 아메리고가 그렇다는 말은 아니야. 하지만 우리는 함께 이기적이야. 우리는 이기적인 집단으로 움직여. 항상 같은 것을 원하고, 그래서 함께 뭉치고 힘을 합치지. 우리는 매번 서로가 서로를 위하기만을 바라고 있어. 행복한 일이지. 하지만 조금은 부도덕해."

"부도덕하다고요?" 매기는 유쾌하게 답했다.

"서로를 위해서 우리 자신에게는 매우 도덕적이지. 그리고 너와 내가 누군가의 희생으로 행복한지 정확히 아는 척하지 않을 거야. 우리가 누리는 편안함과 특권에서 뭔가 이상하게 잊히지 않는 게 있어." 그는 장황하게 말했다. "그렇지 않다면, 난 그냥 말이 많은 것뿐이겠지. 어쨌든 내 말은 그렇다는 것이고, 위안이 돼. 우리가 땋은 머리를 하고 긴 의자에 앉아 아편을 피우고 환영을 보는 것처럼 말이야. 롱펠로Henry Wadsworth Longfellow, 미국 시인, 1807~1882이 '그럼 열심히 하자'고 말했던가? 경찰이 아편 소굴에 들어와서 내쫓는 것처럼 종종 그런 말이 떠올라. 하지만 동시에 우리는 하는 일은 아름다워. 결국, 우리가 바랐던 일을 하고 있어. 네가 우리의 인생, 우리의 기회를 무엇이라고 말하든 간에, 우리가 처음부터 봤던 대로, 느꼈던 대로 하고 있어. 우리는 그렇게 했는데, 넌 무엇을 더 할 수 있다는 거니? 샬롯이 아주 행복하고 만족하는 일이라면 나는 좋구나. 되돌아보면 넌 당연하다고 생각했어. 넌 괜찮다고 생각했어. 그래서 그 후로 샬롯에게도 똑같이 해주고 싶다는 것이 내 큰 관심이라는 것을 네가 알아도 상관없었어. 우리는 열심히 살았고, 어쨌든 내가 여기 앉아서 내 몫을 했다면, 적어도 우리가 샬롯을 편안하게 해줬다고 넌 말할 거야. 그것으로 전체적으로 위안이 되고 아편의 푸른 연기처럼 피어오르지. 만약 샬롯이 지금처럼 편하게 있지 못했다면 우리가 어떻게 망가졌을지 모르겠니?" 그리고 매기가 정말 생각하지 못했던 점에 대해 말하면서 마무리했다. "그랬다면, 네가 가장 미워했을 거라고 생각해."

"미워해요?" 매기는 궁금했다.

"거대한 뜻을 품었지만 해내지 못해서 미워했을 거야. 그리고 나는 나 자신보다 널 생각해서 더 싫어했을 거야."

"어쨌든 아버지가 날 위해서 그렇게 하셨다면, 그럴 일은 거의 없어요"

그는 잠시 망설였다. "너한테 그렇게 말한 적 없어."

"샬롯이 바로 나한테 말했어요."

"하지만 난 샬롯에게 말한 적 없어."

"확실하세요?"

"내가 샬롯을 얼마나 대단하게 생각하고 내가 얼마나 옳았고 얼마나 운이 좋았는지 생각하고 싶어. 샬롯에 대한 생각을 전부 말해줬어."

"그게 바로 선량한 사람들의 모습이죠. 샬롯은 정확히 그 모습을 잘 이해했을 거예요."

"맞아, 모든 걸 이해했어."

"전부 이해했고 특히 아버지의 생각을 이해했어요. 나에게 해준 말에서 샬롯이 어떻게 이해했는지 알 수 있었어요."

그들은 그제야 다시 얼굴을 마주 봤고, 그의 얼굴은 상기됐다. 마치 딸의 눈에서 샬롯과 말을 주고받는 구체적인 모습을 찾고 있는 것 같았고, 지금 처음으로 그 말을 들으면서 자연스럽게 딸에게 더 물어봤다. 그의 관용적 자세는 복잡한 두려움을 나타낼 뿐이었다. 마침내 다음 말을 했다. "샬롯이 좋아하는 것은 성공한 방식이야."

"아버지 결혼이요?"

"그래, 내 생각은 그래. 내가 옳다고 생각했던 방식이었고, 내가 샬롯에게 주는 기쁨이야. 만약 샬롯을 위해 그렇게 하지 못했다면⋯!" 그러나 그것은 말할 가치가 없었고, 그는 말을 끊었다. "그럼 넌 이제 폰스 생활을 각오할 수 있다고 생각하니?"

"각오한다고요?"

"도덕적으로 말이야. 우리는 더 나태해졌고, 그 밑바탕에는 이기심이 가장 큰 거 같아."

매기는 샬롯이 이 말을 받아들이지 않을 거라는 기쁨을 아버지가 느끼도록 했다. "샬롯은 정말 각오가 됐어요?"

"아, 너와 나 그리고 아메리고가 각오가 됐다면. 샬롯에게 다가갈 때마다, 우리가 뭘 원하는지 알고 싶어 해! 그래서 샬롯을 붙잡게 된 것이고."

"맞아요!" 비록 그들의 성공에 다소 특이한 느낌은 있었지만, 매기가 계절이 끝나기 전에 계모가 고독 대신 많은 사람과 지내기로 한 것이 그래도 훌륭하다고 말할 때까지 그는 그대로 있었다.

"아, 내 생각에 이번에는 샬롯의 생각 덕분에 우리가 지금까지 알았던 것보다 더 많은 사람을 알게 된 거야. 원래 우리가 샬롯을 데려오려고 했던 거 기억하지?"

"아, 네, 생활의 활기를 주려고요." 매기는 회상했고, 아주 먼 옛날부터 빛이 나는 오래된 솔직함이 뭔가를 너무 이상하게 끌어내는 듯해서 자리에서 일어났다. "폰스에서의 '생활'은 분명 그럴 거예요." 매기가 아버지 머리 너머로 바라보는 동안 그는 제자리에 있었다. 그녀 시야에 있던 그림이 갑자기 떼를 지어 다녔다. 동행과 함께 타고 있던 신비한 기차의 휘청거림에서 오는 떨림이었다. 하지만 이번에는 아버지와 다시 눈을 마주치기 전에 스스로 진정해야 했다. 매기는 다른 사람들이 원한다는 것을 각자가 이제 알았기 때문에 폰스로 거처를 옮기는 것과 누가 원하는지 아무도 모르지만, 남편과 아버지가 함께 여행하는 것 사이의 완전한 차이를 판단했다. 폰스에 더 많은 사람과 함께 있는 것이 자신의 남편과 계모가 활동하는 데 있어서 매우 충분할 것이다. 자신과 아버지가 어떤 손님이라도 받아들여야 한다는 것은 확실했다. 지금은 아무도 아버지와 결혼하려고 애쓸 수 없었다. 아버지가 조금 전에 한 말은 그 점에 대한 직접적인 호소였고, 그 호소 자체가 샬롯에게 순종하는 의미가 아니면 무엇이겠는가? 그는 의자에서 딸의 표정을 주목했지만, 곧 일어나서는 자신들이 아이 때문에 서나왔다는 것을 떠올렸다. 아이와 가정교사와 다시 함께했고, 4명은 천천히 그리고 더욱더 멍하게 집으로 향했다. 매기는 잠시 더 큰 문제를 다시 생각할 수 있었다. "아버지 말씀대로 사람들을 알게 된다면, 난 누구를 가장 먼저 좋아하게 될지 아세요? 아버지가 즐거워할지 모르지만, 캐슬딘 부부에요."

"알겠어, 하지만 왜 내가 즐거워한다는 거니?"

"내가 그렇다는 뜻이에요. 그 부인을 좋아하는 건 아닌데 만나는 건 좋아요. 아메리고 말대로 '묘'해요."

"그런데 넌 그 부인이 아주 멋지다고 생각했잖아?"

"맞아요, 그것 때문은 아니에요."

"그럼 뭔데?"

"그곳에서 있을 거니까요. 우리 바로 앞에 말이에요. 그 부인에게 무슨 가치가 있는 것처럼, 뭔가가 있는 것처럼요. 그게 뭔지 전혀 모르고, 오히려 그 부인 때문에 짜증 나요. 그 이유는 몰라요. 자주 만나다 보면 알게 되겠죠.

"그게 그렇게 중요하니?" 함께 이동하는 동안 그가 물었다.

매기는 망설였다. "아버지는 그 부인이 마음에 드세요?"

그는 잠시 기다렸다가 그 말을 받아들였다. "그래, 그런 거 같구나."

매기는 어떤 한 사람에게 같은 영향을 받지 않았다는 첫 번째 경우로 기억할 것이다. 그래서 그러는 척하는 아버지 이야기로 되돌아왔다. 하지만 매기는 충분히 멀리 생각했고, 경솔함까지 더해 자신 또한 새로움과는 거리가 멀지만, 폰스에 사는 어싱험 부부를 바란다고 말했다. 그것으로 이유와 무관하게 모든 것을 기준으로 삼을 수 있었지만, 동시에 다른 사람들과 있으면, 사람들 말대로, 매기에게 패니의 존재가 얼마나 절실했는지도 놀라웠다. 세상에서 가장 이상한 일이었지만, 어싱험 부인과 있으면 어느 정도 샬롯을 덜 의식할 수 있었다. 마치 두 사람이 서로 균형을 이루는 것 같았고, 그런 식으로 다시 평형상태에 관한 생각이 다시 나는 거 같았다. 이 친구를 매기의 저울에 다는 것이고, 아버지와 자신을 저울에 다는 거 같을 것이다. 아메리고와 샬롯은 다른 저울에 있을 것이다. 그래서 저울을 똑바로 유지하려면 3명이 필요할 것이다. 그리고 매기의 어둑한 마음속에서 저울이 움직일 때, 아버지가 갑자기 말을 하면서 빛이 들어왔다. "아, 차라리! 어싱험 부부를 만나자!"

"예전에 많이 만났던 것처럼 그렇게 만나면 될 거예요. 옛날에 오래 잘 머물렀어요. 패니는 '단골 하숙인'이라고 부르곤 했어요. 그 사람들이 온다면 그렇게 될 거예요."

"단골 하숙인이라, 마음에 드는데. 내 생각에 그 사람들은 올 거야." 매기는 아버지의 덧붙인 말의 의미를 읽어냈다. 딸만큼 자신도 그 사람들이 절실해질 거라고 느낀다는 의미였다. 예전 일을 새로운 일로 받아들이는 것은 어떤 일이 일어났다는 고백이고 딸이 만든 상황에 필연적으로 그만큼 어싱험 부인이 관심을 가질 것이라고 인식한 것인가? 경계를 내려놓고 의지할 사람이 있다는 사실에 고마워한다는 암시에 가까웠다. 요컨대 매기가 자기 자신을 완전히 내려놓으려고 하는 아버지 속내를 조심히 떠보거나, 처음부터 매기 자신을 진정시키려고 더 많은 것이 필요했다면 여기에서 확실히 충분했다. 그는 어린 손자를 데리고 돌아갔는데, 손자는 계속 손을 흔들면서 작은 뚱뚱한 고슴도치처럼 날카로운 목소리로 계속 물었기에 지루하지 않았다. 그래서 그들이 걸어가는 동안 매기는 그 평형상태는 더 현실적이지 않았다면 그리고 샬롯이 아버지의 자식을 낳았다면 이상한 노력을 하지 않았을지 다시 몰래 궁금해했다. 매기는 아버지의 다른 한쪽 팔을 다시 차지했고, 그때 그 사람들이 멀리 도망가려고 하는 것인 양, 꼭 그가 일부러 아이를 당기고, 집안일을 맡은 보글 양이 매기 왼쪽에서 흐뭇하게 그녀를 잡아당기는 것처럼, 이번에는 부드럽고 속수무책으로 다시 그를 뒤로 잡아당겼다. 포틀랜드 플레이스의 집이 다시 보였을 때 집안 모습이 멀리서도 생생하게 보였다. 아메리고와 샬롯 모습이 눈에 들어왔는데, 두 사람은 나와서 발코니에 함께 앉아있었고, 아메리고는 머리에 아무것도 쓰지 않았으며, 샬롯은 상쾌한 날씨에 재킷, 망토 같은 것은 벗었지만 화려한 모자를 쓰고 있었고, 매기는 처음으로 조화로움 속에 새롭고 매우 특이한 모습을 바로 '알아챘'다. 분명 자리를 비웠던 사람들이 돌아오는 것을 지켜보고 가능한 시간을 지켜서 자신들을 맞이하려고 그곳에 있었다. 그들은 유쾌한 아침에 쾌활하고 즐거워했고, 난간에 기대서 인사를 했고 포틀랜드 플레이스의 품위와 단조로움을 깨트리는 것 같은 표정으로 어두운 저택 앞을 환하게 만들었다. 인도 위 사람들은 성곽에 사는 사람들처럼 고개를 들었고, 키가 가장 큰 보글 양조차도 공간 틈 사이로 진정으로 우월한 존재를 보듯 약간 입을 벌리고 바라봤다. 크리스마스 이브에는 음침한 사람들이 기다렸다가 동전 몇 개를 달라고 애처롭게 불렀기 때문에 어안이 벙벙한 사람들이 많지 않았을 것이다. 영국의 관습에 만족하지 못한 아메리고가 나와서 헐떡이면서 "성모 마리아Santissima Vergine!"을 외치며 이런 전통에 놀라워하고 일시적 구제를 얻었다. 입이 딱 벌어진 매기는 다시 그 두 사람이 어떻게 지내는지에 대해 생각을 다시 하게 됐다.

30.

매첨에서 매기는 부활절 파티에서 돌아온 어싱험 부인을 다시 몇 주 동안 제대로 만날 수는 없었지만, 폰스로 이사하는 날짜는 논의하기 시작하자마자 거의 동시에 두 집의 휴식 기간은 끝났다. 그녀는 아버지와 이야기했던 오래된 인연을 다시 맺는 것을 너무 떠벌리거나 드러내지 않을 하나의 좋은 기회라는 것을 즉시 깨달았다. 늘 옛 협력자를 '믿었던' 매기 아버지도 특별한 조사에 패니의 도움을 받는 것을 의심하지 않았을 것이며, 특히 패니가 편하게 행동한다면 더욱 그러했을 것이다. 패니를 편안하게 해주려는 매기의 방법이 한꺼번에 드러났다면 패니는 동요했을 것이다. 그 문제에 있어, 그 방법이 곧 비교적 점진적으로 보일 것이었다. 특히 우리의 젊은 여성은 실제로 주도하는 삶의 형태에 대한 관련성을 지키고, 보호하고, 심지어 과시할 수 있는 이 친구의 힘으로 자신이 의심받는 것에서 안전해지고 벗어날 수 있다고 생각했다. 사람들 말대로 이것은 당연히 대단한 것이지만, 어싱험 부인은 개인의 이익을 위해 실질적으로 존재했거나 어떻게든 나타났을 것이다. 포틀랜드 플레이스에서 매첨 사람에 대한 접대에서 매기가 많은 씨앗처럼 뿌린 제안들 중에서 뽑을 수 있는 아름다운 꽃이었기 때문이다. 그날 밤 어싱험 부인은 실망감에서 벗어나 용기와 동정심으로 가득했고, 그때 그녀는 아마도 스스로를 위해 더 깊고 어두운 의식을 마구 드러냈는데, 이제 와 변덕을 부려서 되돌리기에는 너무 늦었다는 생각이 들었다. 이 모든 진실을 밝히는 멋진 분위기로 왕자비는 다시 그녀에게 다가갔다. 그녀에게 특별히 무엇을 부탁할지 말해주는 것이 처음에는 상당히 꺼려졌지만, 부끄러워하지 않았는데, 패니는 매기가 자신을 의아하게 이용할 것임을 예감했다. 매기는 처음부터 패니에게 다음과 같은 특별한 말을 했다. "아무도 도와줄 수 없을 때 부인은 날 도와줄 수 있어요. 당신에게 건강이나 돈이나 명성을 잃었거나 (죄송해요!) 라는 문제가 있어서 어떤 신나는 말이나 친절한 말을 하지 않고도 내가 부인과 같이 있을 때마다 함께 있어 주거나 지켜주고 싶었어요." 우리는 각자가 자신의 사심을 채우지 않는 방법이 있었고, 남편이나 아버지에게는 어떤 반대도 하지 않고 계모에게는 나약하고 확신이 없는 매기는 이런 위기에 어싱험 부인의 고통 없이 희생된 개인적인 삶이나 자유를 제대로 봤을 것이다.

문제의 욕구에 대한 매기의 태도는 이상하게 희생자의 현재 모습과 불안에서 응원을 더 끌어냈다. 사실 매기에게 이 사람은 거의 모든 것을 할 준비가 됐고, 겉으로 드러내놓고 항의하지는 않았지만, 자신이 원하는 것이 무엇인지 알고 싶어서 안절부절못하는 것으로 보였다. 그리고 길게 봤을 때(그렇게 긴 것도 아니었지만) 그에 대한 것이었다. 마치 매기가 그녀를 붙잡아 무언가에 대한 책임을 지도록 했다는 것을 그녀에게 알려주는 것 같았다. 우선, 모든 i에 점을 찍거나 모든 연결 고리를 잇는 것이 아니라, 고집을 부리지 않고 오히려 애정 어린 신뢰로 그녀를 보고, 알고, 조언하고, 도울 수 있도록 대하는 것이다. 그 여자는 일찍이 자신들의 모든 운명에 어떻게든 관여했기 때문에, 애정 어린 관심사로 어느 정도 거슬러 올라갈 수 없는 그들의 공통 관계와 일에 변화가 없다는 이론은 그녀에게 대충 맞아떨어졌다. 이런 애정 어린 관심에 부인의 어린 친구는 이제 눈앞에서, 마치 바닥에서 놀고 있는 지혜롭거나 장난꾸러기 어린아이처럼 몰래 지켜보는 연장자의 얼굴을 보면서 능숙하고 어지럽게 블록을 쌓아 올렸다.

블록이 쓰러졌을 때 그들은 블록의 특성에 따라 행동했지만, 구조물이 너무 높이 올라가서 눈에 띄고 눈에 띄고 감탄할 때가 올 것이다. 어싱험 부인은 아낌없이 자신을 내줬지만, 부인의 입장에서는 별다른 인정을 받지 못했다. 어싱험 부인은 상당히 불안한 얼굴로 너무 행복해하는 젊은 친구에게 집중했는데, 최근 어떤 모호했던 상황이 나아졌다고 당연하게 받아들이고 있다는 것을 시사했다. 왕자비가 이전보다 더 많이 행복하다면, 어싱험 부인은 그녀를 그런 상태로 내버려 둘 것이고 조만간 자신이 그리할 것이라는 걸 항상 알고 있었으며, 함께 해 달라는 호소는 어느 정도 승리의 분위기를 담고 있을 것이라고 조만간 밝히려고 했다. 매기의 담담함 속에는 분명 공허함이 있었고, 화려함은 거의 사치에 가까웠으며, 잠시 헤어졌다가 다시 만날 때마다 환호성이 터져 나왔고, 매기는 가끔 때때로 다른 사람들 얼굴의 다른 표정을 상기하면서 흥분했는데, 무엇보다도 이상하게 지워지지 않는 두 가지 인상, 즉 남편이 매첨과 글로스터에서 돌아오고 나서 아내를 처음 본 그에게서 나타난 낯빛에 대한 충격과 다음 날 아침 이튼 스퀘어에서 이 옛 친구는 창가에서 그녀를 맞이하려고 돌아섰을 때 샬롯의 아름답고 대담하게 응시에 놀라 혼잣말을 했다.

　그렇게 대충 생각했다면 패니는 아메리고와 샬롯이 그랬던 것처럼 짧은 몇 초 동안 그녀가 걱정됐고, 그녀의 말과 행동에 걱정했다고 말했을 것이고, 그것은 정확히 세 사람에 대한 공통된 표현이었다. 하지만 다른 점이 있다면, 이 여자에게는 끊임없이 새로워지는 특이함이 있지만, 다른 여자들에게는 단 한 순간도 그런 특이한 모습이 엿보이지 않았다는 점이다. 다른 모습들, 다른 눈빛들, 다른 것들과 함께 빛을 내며 확고하게 그 자리를 차지했고, 그날 아침 매기가 아버지와 함께 무엇을 하는지 내려다보기 위해 그녀의 집 발코니에 두 사람이 모습을 나타내기 직전에 절정에 이르렀다. 여름의 시작에 맞춰 보편적인 관심과 아름다움이 따뜻함과 환영, 보호의 약속을 비추는 것처럼 보였다. 그들은 그녀를 놀라게 할 만한 행동을 하지 않기로 결속했고, 경험과 연습으로 이제 마침내 아주 완벽해 졌기 때문에, 자신들의 책임을 거의 두려워하지 않게 되었다. 반면에 그런 뜻밖의 일을 더는 비난하지 않는 어싱험 부인은 절제력이 부족했기 때문에 아직 자신감이 덜했다. 따라서 큰 환호성, 모호하고 위험한 표정으로 화물차 앞으로 지나가는 척후병들처럼 그녀에게 접근했다. 2주 후에 이런 일들이 적절한 기회를 기다리는 매기에게 12번이나 일어났지만, 안도감에 조금도 필요성을 느끼지 못했다. "당신은 내가 당신에게 불평할까 봐 내 목소리를 잠재우려고 계속 소리를 내네요. 하지만 아플 때까지 외치지 말아요. 그리고 내가 불평할 정도로 사악한지 스스로에게 물어보세요. 도대체 왜 내가 불평할 거라고 생각하는 거예요?" 왕자비는 그러한 질문을 하는 것을 자제하는 데 성공했고, 친구가 자신에게 영향을 미치는 모호함이 현재 아버지에게 자주 영향을 미치는 모호함과 비슷하지 않을까 궁금해하며 그렇게 자제했다. 매기는 아버지 입장에서 그런 일을 어떻게 즐겨야 할지 궁금했지만 매일 매일 어싱험 부인에게 시간을 할애했고, 관대하지만 모든 거 헤아리지 못하는 베버 씨가 딸과 함께 있는 것처럼 이 사람과 편안하게 지내려고 노력했다. 그런데도 매기는 대령이 괜찮다면, 그들이 폰스에서 지내는 시기에 대한 맹세를 그녀에게서 받아냈고, 이와 관련해 대화 상대는 친한 사람이라도 장기간 방문하는 것에 대한 샬롯의 생각을 무시할 수 없다고 이해하는 모습을 보면서 친밀한 관심이 생기고 영감이 생겼다.

패니는 어떤 수렁에 빠질까 봐 뒤로 물러나는 것처럼 왕자비에게 눈에 보이게 그리고 의식적으로 그 제안을 멀리했고, 우리 젊은 여성이 다시 한번 자신의 헤아릴 수 없는 과정을 알리는 끊임없는 위험을 감수했다. 샬롯이 어싱험 부부에 대해 거리를 두기 시작했다는 사실 (그전에는 한 번도 그랬던 적이 없었고, 분명한 이유가 많았다)은 그 자체로 매기에게 가장 중요했고, 패니가 너무나 입을 다물고 있기에 더욱 중요했다. 만약 매기가 버티기 위해서 친구들을 응원한다면 지금까지 반대했던 것보다 더 적극적으로 계모에게 맞서기 위해 친구에게 맞서는 바로 그 상황이 중요했다. 물론 베버 부인이 남편에게 설명을 부탁하도록 주어진 좋은 기회의 결과였지만 말이다. 아, 그녀가 확실히 반대에 부딪힌 순간부터 샬롯의 기회가 얼마나 늘어날지 당연히 말할 수 없을 것이다! 한편으로는 아내가 딸에게 지시를 내리라고 남편을 압박하기 시작하고, 다른 한편으로는 오래된 습관의 힘(그것만 놓고 보면)으로 어떤 대가를 치르더라도 그가 딸을 믿는다면, 아버지는 어떻게 될 것인지에 대해 걱정했다. 거기에서 매기는 아버지에게 확실하게 알려줄 수가 없는 여러 이유의 원 안에 갇혀 있었다. 시골집은 아버지의 집이었고, 따라서 샬롯의 집이기도 했다. 그 집의 주인과 여주인이 마음껏 내어주는 한 매기와 아메리고의 집이었다. 물론 매기는 아버지가 한없이 베푼다고 생각했지만, 유산 우선권에 대한 싸움에는 결코 점잖게 할 수 없는 샬롯은 똑같을 수가 없었다. 왕자비는 구경꾼 없이 전투가 벌어진다면 자신은 전투에 대비해 무장이 안 됐다고 생각했다.

하지만 아쉽게도 이 마지막 장점은 그녀에게 불가능해졌다. 샬롯이 어싱험 부부를 '원치' 않는다면 이유와 동기가 있기 때문이라고 알 수 있는 것이 매기의 유일한 강점이었다. 그녀는 아버지가 말해준 샬롯의 어떤 반대나 불만을 충족시키는 한 가지 방법이 늘 있었다. 아버지가 "딸, 이유가 뭐니?"라고 하면 매기는 다음처럼 명쾌하게 응수할 것이다. "그럼 샬롯은 왜 그러죠? 우리가 알아야 하지 않아요? 샬롯이 불편하게 여기는 것들을 알고 있을 수 있는 사람들이 탐탁지 않아서 그런 걸까요?" 매기는 단순히 논리적으로 그 무시무시한 카드를 내놓은 것인지도 모르지만, 이때쯤에 카드 내미는 속도가 더 빨라지고 카드 팩에 익숙했을 것이다. 하지만 그녀는 그를 제물로 바치는 금기된 문제에서만 카드를 내밀 수 있었다. 매기가 아버지한테서 손을 떼지 않는 것이 그녀가 해야 할 일이다. 한편, 우리가 알다시피, 매기가 마음을 분명히 드러낸 것처럼 말을 잘 듣는 수혜자들을 무자비하게 조종하는 것보다 양심의 가책과 공통점이 없는 것은 없었다. 그녀는 이러한 관계 속에서 거리를 두지 않고 혼자서 다른 사람들을 집중적으로 보았다. 그렇지 않았다면 그녀는 충격을 받았거나 꽤 즐거워했을 것이다. 샬롯이 있어도 끈질기게 구는 친구들의 어색함을 견딜 수 있다면, 매기는 어떻게든 용기를 얻었을 것이다. 즉 그들은 스스로 타당하고 대담해지려고 할 뿐만이라 매기에게도 그렇게 굴려고 했다. 그리고 매기는 어느 날 포틀랜드 플레이스에서 엉뚱한 말을 했을 때, 그들에게 조금 더 시간을 주고 있다고 생각했다.

"도대체 그 둘 사이에 어떤 지독한 일이 있는 거예요? 부인은 뭐라고 생각하고, 뭘 알고 있죠?"

만약 매기가 자기 손님의 갑자기 하얗게 질린 얼굴을 마주했다면, 멀리 나갔을 것이다. 패니 어싱험은 얼굴이 창백해졌지만, 눈빛과 표정에는 매기가 다시 확신하도록 만드는 뭔가가 있었다. 매기는 멀리서 다가오는 걸 지켜봤고, 결국 첫 번째 소란이 끝나고 그들은 곧 더욱더 진정한 관계를 맺을 것이다. 단둘이서 먹은 일요일 오찬 때문이었다. 이상하게 그날은 6월에 차갑고 심술궂게 내린 비로 좋지 않았다. 발밑을 조심하며 걸으면서 당혹감과 이중성을 제대로 느꼈기 때문이었고, 아메리고와 샬롯은 매기가 진행하려고 했던 계획을 이번에는 정말로 할 것인지 확인하려고 '주말' 방문을 단둘이서 하려고 했다. 매기는 기꺼이 방문하려는 패니에게 대신 시시하고 지루한 점심을 먹으러 오도록 했기 때문이었다. 이 모든 것은 매기 힘으로 왕자와 베버 부인이 자신들을 있는 그대로 보려는 생각에서 비롯됐다. 사실 매기가 그들이 어땠는지 파악하기 위해 미리 도움이 필요해진 것은 갑작스럽게 일어났다. 그러나 다른 한편으로 매기의 손님이 그녀의 질문에 대답하기 전에 시간과 장소, 모든 상황이 그녀에게 울부짖는 것처럼 영향을 미쳤다. 무엇보다도 그녀의 손님은 모르는 눈빛으로 처음에는 다음과 같은 말을 외쳤다. "그 둘 사이라니? 무슨 말이에요?"

"지금껏 있어서는 안 되는 일이 없었냐는 거죠. 그런 일이 있었다고 생각하세요?"

패니는 자신의 젊은 친구 때문에 숨이 멎을 것 같았지만, 그녀를 아주 똑바로 그리고 열심히 바라봤다. "스스로 의심이 들어서 말하는 거예요?"

"고민한 끝에 하는 말이에요. 그렇게 들렸다면 용서해 주세요. 몇 달 동안 고민했지만 기댈 곳도, 도와줄 사람도 없었어요. 모른 척하고 넘어갈 수 없었어요."

"몇 달 동안 생각했다고요? 그래서 무슨 생각을 생각했어요?"

"소름 끼치는 일들이요. 어쩌면 내가 끔찍한 사람일지도 몰라요. 뭔가 잘못됐고 불쾌한 일을 그 사람들이 숨긴다고 생각했어요."

어싱험 부인의 얼굴색이 돌아오기 시작했고, 애쓰는 게 눈에 보였지만 그 질문에 덜 놀랄 수 있었다. "그 사람들이 사랑에 빠졌다고 생각했어요? 그래요?"

하지만 매기는 잠시 그녀를 빤히 쳐다보기만 했다. "내 생각이 잘못됐다고 해주세요. 난 모르겠어요. 계속 불안하기만 해요. 부인은 그렇지 않아요? 내 말 아시겠어요? 어떤 거라도 말씀해주시면 도움이 될 거예요."

패니는 묘하게 진지한 표정을 지었고, 충만함으로 빛이 나는 거 같았다. "샬롯을 질투해서 그런 생각이 든 거예요?"

"샬롯을 싫어하냐는 뜻인가요? 아뇨. 아버지 때문에 싫어하지 않아요."

"아, 그 뜻이 아니에요. 남편 때문에 샬롯을 질투하는 거냐고 물어본 거예요."

"음, 그럴지도 모르죠. 내가 불행하다면, 질투하는 거예요. 그러면 똑같은 일이 일어나겠죠. 그리고 당신과 있으면 적어도 그런 말은 무섭지 않아요. 질투가 나면 괴롭고, 무력해지면 더욱 괴로워요. 그리고 무기력하기도 하고 괴롭기도 하면, 입에 손수건을 물고 밤낮 내내 앓는 소리가 들리지 않도록 해요. 지금은 당신이랑 있어서 더는 그러지 않아요. 손수건을 빼고 여기서 부인에게 악을 쓰고 있어요. 그 사람들은 자리를 비워서 들을 수 없고, 놀랍게도 난 집에서 아버지와 점심을 먹지 않았어요. 나는 정리의 기적 한가운데에 있고, 그중 절반은 내 책임이라는 거 인정해요. 발끝으로 걸어 다니고, 모든 소리와 분위기를 살폈지만 늘 장미색으로 오래된 새틴으로 보이려고 애쓰고 있어요. 나처럼 날 진지하게 생각한 적은 있으세요?"

어싱험 부인은 분명히 해야 했다. "질투하고, 불행하고, 괴로웠냐고요? 아뇨. 당신이 웃을지도 모르지만, 동시에 당신에 대해 안다고 말할 수 있는 점에는 정말 확신해요. 당신은 속 깊은 사람이에요. 당신이 편견을 가질 거라고 생각해 본 적 없어요. 그리고 당신이 내 생각을 알고 싶어 하니까, 바로 그 자리에서 말하는 것도 어렵지 않아요. 분명 이건 불필요한 대화에요."

잠시 그들은 얼굴을 마주 봤다. 어싱험 부인이 앉아있는 동안 매기는 일어나서 생각에 집중한 채 왔다 갔다 하다가 빛을 받으려고 잠시 발걸음을 멈췄다. 이때쯤 어싱험 부인 주위에 빛이 상당히 비쳤고, 매기는 마침내 더 깊은숨을 쉴 수 있었다. "최근 몇 달, 특히 지난 몇 주 동안 내가 당신에게 조용하고 자연스럽고 쉽게 놀라게 했죠?"

하지만 그것은 어느 정도 분명한 답이 필요한 질문이었다. "내가 당신을 처음 본 이후로 날 놀랍게 한 적 없어요. 당신은 어떤 면에서는 그저 매우 착하고 다정하고 아름다워요. 당신은 그래요. 다른 사람들은 전혀 그렇지 않아요. 당신을 추하다고 생각해 본 적 없어요. 그 사람들은 거짓이나 무자비함이나 천박함과 거리가 멀고요. 당신과 그 사람들을 혼동해서 생각한 적 없어요. 만약 그렇게 보였다면 시기상 그럴 만했어요. 하지만 당신이 알고 싶다면, 그 사람들은 그렇지 않아요."

"내가 아둔하니까 그러면 내가 만족할 거라고 생각하세요?"

어싱험 부인은 이 말에 환한 미소를 지었고 조금은 장난스럽게 시치미를 뗐다. "당신이 아둔하다고 여겼다면 재밌는 사람이라고 생각하지 않았을 것이고, 당신이 재밌는 사람이라고 생각하지 않았다면, 내가 당신을 '알았다'라고 언급하지 말았어야 했을 거예요. 왠지 다른 사람들처럼 당신의 성격을 다 드러내지 않고 있다고 늘 생각했어요. 당신의 그런 점에 대해 사람들의 관심을 끌지 않았기 때문에 나도 더 많이 알지 못했고 당신이 어디에 품고 있는지 막연해졌어요. 어딘가에 감추고 있겠죠. 당신이 항상 보이지 않게 지니고 다니는 교황의 축복을 받은 은색 십자가처럼요. 얼핏 그걸 본 적 있어요." 부인은 유머러스하게 말을 이었다. "하지만 교황보다 더 위대한 분의 축복을 받은 당신의 소중한 내면, 즉 특별한 개인적 본성을 한 번도 나에게 선뜻 보여준 적이 없어요. 누구에게도 보여주지 않았다고 확신해요. 당신은 너무 신중했으니까요."

그 말을 듣고 있던 메기는 이마에 주름이 생길 뻔했다. "내가 여기서 당신에게 소리를 치고 있는데도 신중하다고요?"

"소리치는 모습은 새롭기는 해요. 그건 인정해요. 문제는 내가 어떻게 이해해야 하냐는 거예요. 우리 친구들이 어제부터 내일까지 어디선가 만날 거라는 소리예요?" 그녀는 최대한 그들에 대해 나쁘게 말하는 분위기로 말했다. "그 사람들이 그곳에 단둘이 있다고 그러려면 허락을 받아야 한다고 생각해요?" 그리고 상대방이 대답하길 기다렸다. "이런 시간을 보내고 나서 막판에 그들이 정말 안 갔으면 좋았을 거라고 말할 거잖아요?"

"맞아요. 분명 가지 않는 게 훨씬 더 좋아요. 하지만 난 그 사람들이 가기를 원해요."

"그럼 도대체 뭐가 문제예요?"

"그 사람들이 그렇게 할지 알고 싶었어요. 그리고 그 두 사람은 그래야만 했어요. 그것뿐이었어요."

부인은 궁금해졌다. "당신과 아버지가 빠졌던 순간부터요?"

"아, 그 사람들을 위해서 그러는 게 아니에요. 나와 아버지를 위해서 그랬어요. 이제 그 사람들은 알고 있으니까요."

"안다고요?" 패니 어싱험은 떨리는 목소리로 말했다.

"난 한동안 과거의 일에 주목했고, 이상했던 일에 주목했어요."

매기는 어싱험 부인이 이상한 일이라는 게 뭔지 물어보자 잠시 쳐다봤다. 어싱험 부인은 다음 순간 모호했던 말을 넘겨버리고 분명 더 괜찮다고 생각하는 질문을 했다. "그래서 그렇게 한 거예요? 그러니까 방문하는 걸 포기했냐고요."

"맞아요. 남겨지는 걸 점점 더 원하지 않거나 원하는 않는 것처럼 보이든 그 사람들한테 맡긴 거예요. 그 사람들이 오랫동안 여러 일은 정리했던 왔던 것처럼, 때때로는 그래야 해요." 이렇게 분명하게 말하자 당황한 것처럼 어싱험 부인은 잠시 아무 말을 하지 않았다. "이제 내가 신중하다고 생각하세요?"

하지만 패니는 제법 멋진 생각을 떠올릴 수 있었다. "당신이 틀린 거 같아요. 내 대답은 그래요. 내가 할 수 있는 가장 정직한 답이에요. 어떤 '불쾌한' 일을 전혀 알지도 못하고 의심한 적도 없어요. 매우 속상하네요.”

이 말에 매기는 다시 오래 쳐다봤다. “전혀 생각해 보지 않으셨어요?”

“그럴 리가요. 난 여러 생각을 해요. 살면서 생각하지 않는 순간이 없어요. 그러니까 당신이 남편이 부도덕하게 당신 계모에게 집중한다고 여기지만, 당신 남편은 자신의 사랑스러운 아내에게 관심이 있다는 것을 잘 아는 거죠.” 패니는 매기가 이 말을 충분히 받아들이도록 잠시 말을 멈췄지만, 매기는 어떤 조짐도 보이지 않고, 어쩔 수 없이 말을 마무리했다. “그 사람은 조금도 당신에게 상처를 주지 않을 거예요.”

그 말을 들은 매기는 바로 미소를 지으며 예사롭지 않은 표정을 지었다. “맞아요!”

하지만 매기의 손님은 벌써 다음 말을 내뱉었다. “그리고 샬롯도 그러지 않을 거라는 걸 확신해요!”

그 말에 왕자비는 묘하게 얼굴을 찌푸리며 그 자리에 계속 서 있었다. “맞아요. 샬롯도 그럴 거예요. 그래서 그들이 다시 함께 떠나야 했던 거예요. 날 혼란스럽게 하거나, 화나게 하거나 어쩌면 날 이용하는 게 아닐까 하고 걱정하지 않았어요. 사실 아버지와 샬롯은 받아들이지 않았지만 모두 다 망칠 수가 없었기에 그렇게 해야 한다고 내가 고집 피웠어요. 내가 이렇게 하면서 그 사람들은 함께 다니는 것을 꺼리는 모습을 보이면 더 안 좋게 보일 수 있다고 우려했고, 내 느낌이 잘못됐을 수도 있었어요. 내가 인정하는 것처럼 보이고 어떤 순간에도 인정하지 않는 모습을 보이지 않았던 모든 일을 하는 게 자신들에게 나쁘지 않다는 것을 알아요. 나에게 어떤 소리나 조짐도 없이 모든 일이 기이하게 일어났고, 부인이 생각하는 것만큼 모든 게 놀라워요. 그 사람들은 내가 말하는 위험, 그러니까 너무 많은 일을 하는 위험과 최선을 다할 자신감이나 용기가 없는 위험 사이를 오가고 있어요." 이때쯤 그녀의 말투는 미소와 묘하게 달랐고, 말을 마무리할 때 그 말투는 더욱 두드러져 보였다. "그렇게 그 사람들이 내가 바라는 바를 하게 했어요."

어싱험은 그 말을 곰곰이 생각했고 이해를 했다. "당신은 굉장해요."

"굉장해요?"

"대단해요."

매기는 생각에 잠긴 채 고개를 저었다. "아뇨. 난 대단하지 않아요. 당신도 날 그렇게 생각하지 않고요. 당신을 놀라게 했지만, 매우 관대한 상태예요. 나는 너그러워요. 뭐든 참으니까요."

"아, '참는다!'"

"사랑하니까요."

패니는 주저하며 말했다. "아버지를요?"

"사랑하니까요."

"당신 남편을요?"

"사랑 때문이에요."

이러한 명료함에 패니 어싱험은 잠시 매우 다른 두세 가지 대안 중 하나를 선택해야 하는 것 같았다. 어쨌든 대답을 하는 것이 이기는 것이다. "사랑에 대해 말하는 거라면, 당신 남편과 계모가 실제로 서로를 사랑하고 있다고 생각한다고 나한테 말하려는 거예요?" 왕자비는 처음에는 아무 대답을 안 했다. "그런 주장을 '너그러운' 거라고 하는 거예요?"

"너그러운 척하는 게 아니에요. 하지만, 내가 그들에게 얼마나 관대했는지 당신한테도 말했고 부인도 직접 보셨잖아요."

어싱험 부인은 다시 더욱더 분명히 했다. "당신 말대로 무서워서 당신이 원하는 대로 그 사람들이 했을 때 그렇다고 말하는 거예요?"

"숨길 게 없으면 무서워할 것도 없죠."

어싱험 부인은 지금은 그녀를 아주 침착하게 바라봤다. "당신이 무슨 말을 하고 있는지는 알아요?"

"당황스럽고 괴롭고, 당신밖에는 말할 사람이 없다고 말하는 중이죠. 부인이 이 상황을 얼마나 직접 알고 있었는지 생각했고 확신했어요. 그래서 난 당신이 나와 타협할 거라고 믿었어요."

"뭘 타협해요? 내가 너무나 사랑하고 좋아하고 비난한 점이 없는 오랜 두 친구를 비난하는 거요?"

매기는 커다란 눈으로 부인을 바라보았다. "당신은 그 사람들을 비난하길 보다는 날 비난하는 게 났겠죠. 그렇게 생각하고 날 비난하세요, 비난하시라고요." 마치 매기가 자기 자신과 언쟁을 벌이는 것처럼 보였다. "양심적으로 그럴 수 있으면 날 비난하고, 날 욕하세요. 그럴 수 있으면 날 재수 없다고 생각하시라고요!"

"뭐라고요?" 어싱험 부인은 강조하려고 잠시 말을 멈췄다가 사려 깊게 말했다.

"난 구원받을 거라고 생각했어요."

하지만 잠시 어싱험 부인은 사려 깊으면서 불길한 눈빛으로 그 말을 받아들였다. "당신은 말할 사람이 없고, 감정을 숨겼고 속을 내보이지 않았다고 말했어요. 남편에게 말하는 게 당신의 권리이자 의무라는 생각해 본 적이 없어요?"

"그이한테 말했어요."

어싱험 부인은 빤히 보았다. "어떤 조짐도 보이지 않았다면 사실이 아니에요."

매기는 침묵했다. "난 어떤 문제도 일으키지 않았고, 소란도 피우지 않았어요. 어떤 태도도 취하지 않았고, 그 사람을 책망하거나 비난하지 않았어요. 당신은 모든 게 추잡스럽다고 하겠죠."

"아!" 패니는 어쩔 수 없다는 듯이 탄성을 내뱉었다.

"하지만 이상하게 난 그 사람이 날 추하게 여길 거라고 생각하지 않아요. 이상하지만 내 생각에 그이는 나에게 미안해해요. 맞아요. 그 사람은 속으로 날 불쌍하게 여겨요."

상대방은 의아해했다. "당신 스스로 처한 그 상태에 대해서요?"

"행복해지려고 많이 노력했지만 행복하지 않은 상태죠."

"당신은 모든 걸 가졌어요." 어싱험 부인은 민첩하게 말했다. 하지만 말을 더하려고 할 때 잠시 당황했다. "하지만 이해가 안 돼요. 당신은 아무것도 하지 않았는데 어떻게…!"

매기는 조바심을 억눌렀다. "난 정말 '아무것도' 안 했어요."

"그다음은요?"

"음, 그이는 내가 한 일을 알아요."

매기의 전체적인 분위기와 태도로 침묵은 길어졌고 어싱험 부인은 불가피하게 똑같은 걸 인지하게 됐다. "그다음엔 남편을 뭘 했는데요?"

매기는 다시 뜸 들였다. "당당하게 지냈죠."

"당당해요? 그럼 당신은 뭘 더 원하는데요?"

"아, 보시는 대로에요! 두려워하지 않는 거죠."

매기의 손님은 다시 꾸물거리며 말했다. "말하는 것 정말 두려워하지 말라는 건가요?"

"말하지 않는 걸 두려워하지 말라고요."

어싱험 부인은 더 깊이 생각했다. "샬롯한테도 말할 수 없어요?" 하지만 이 말에 매기는 어싱험 부인을 잠깐 본 후 절망감을 억누른 채 몸을 돌렸고, 모든 어려움과 안타까움에 창가와 언덕길 풍경을 지켜봤다. 가장 두려워했던 대로 친구에게서 반응을 얻지 못하자 자신이 노력해 왔던 특별한 안도감에 대한 바람을 거의 포기하는 것 같았다. 하지만 어싱험 부인은 매기는 아무것도 포기하지 말아야 한다는 어조로 말을 이었다. "알겠어요. 당신은 그 상황에 대해 생각할 게 너무 많을 거예요." 그 말에 왕자비는 다시 돌아봤고, 자신이 가장 원했던 이해라는 걸 스스로 증명했다. "두려워하지 말아요."

매기는 어싱험 부인이 서 있는 곳으로 갔다. "감사해요."

그 말에 어싱험 부인은 매우 용기를 얻었다. "당신은 매일 매일 당신과 아버지가 지켜보는 가운데 완전한 믿음과 공감 속에서 불륜을 맺는 범죄 활동으로 생각하고 있어요. 그런 생각을 한순간도 한다는 건 나에게는 있을 수 없어요."

"아! 당신한테서 듣고 싶었던 말이 바로 그거예요."

"천만에요!" 어싱험 부인은 숨을 쉬었다.

"그런 생각을 결코 한 적이 없으세요?"

"한순간도요." 패니는 고개를 아주 높이 들고 말했다. 매기는 다시 그 말을 받아들였지만, 더 많은 것을 원했다. "너무 끔찍하게 굴어서 죄송해요. 하지만 모두 존중한다고요?"

어싱험 부인은 그녀를 마주 바라봤다. "아, 정직한 여자로서 긍정적인 말을 한 거예요."

"그럼 감사해요."

그 상태로 잠시 있었다. "하지만 그렇게 생각하는 거예요?"

"부인을 믿어요."

"뭐, 나는 그 사람들을 믿으니까, 같은 의미예요."

이 마지막 말에 매기는 잠시 다시 생각했지만 받아들였다. "같은 의미네요."

"그러면 더는 불행하지 않죠?" 매기의 손님은 즐겁게 다가와 재촉했다.

"당분간은 힘들 거 같아요."

하지만 이제 어싱험 부인이 더 많은 것을 원했다. "내가 그런 일은 있을 수 없다고 했죠?"

잠시 후 어싱험 부인은 매기를 품에 안았고, 잠시 후 매기는 안도하는 말로는 이상하지만 단호하게 대답했다. "그럴 일은 없어요. 있을 수 없어요." 하지만 곧 매기는 그 있을 수 없는 일에 울음을 터트렸고 몇 초 후에 껴안고 흐느꼈고, 친구도 공감하며 소리가 들릴 만큼 울었다.

31.

어싱험 대령 부부는 매기가 아버지 부탁에 따라 폰스를 7월 중순에 '장기 방문'하기로 합의한 듯했다. 그리고 이달 초 이튼 스퀘어에서 온 부부는 도착한 지 일주일도 채 안 돼서 포틀랜드 플레이스의 부부를 맞이해야 했다. "아, 숨 좀 돌려요!" 패니는 비판은 신경 쓰지 않고 차례대로 당사자들에게 일반적인 전망에 관해 즐겁게 말했다. 어싱험 부부가 약속을 지킬 거라는 확고한 견해에 대해 우호적인 냉소적인 반응을 받았지만, 강한 어조로 버티고 견뎌내고 있었다. 패니 생각에 자신이 가장 잘 지낼 수 있는 곳은 거처를 옮기는 곳으로, 대령이 이제 지루해진 계절에 처음으로 늘 소박한 시골이나 잎이 무성한 지역으로 데리고 다니면서 결핍된 상태에서 탐욕이 있는 그녀를 베버 부부가 환대하며 편안하게 지내도록 해준 것에 감동했다. 그녀는 집에서 자신의 딜레마, 현실적인 어려움과 자신들의 처지에 대해 계속 설명했다. 카도간 플레이스에서 그 부부가 다른 할 일이 없을 때는 매기와 숨죽여서 지켜봐야 하는 매력에 대해 계속 이야기했다. 자정까지 이야기해도 지치지 않는 주제였다. 개인적 시간에 주체할 수 없이 떠오르는 주제였고, 책임감이 매력적인 것에 굴복한 정도로 두 사람 사이에서 매일 매일 피어나는 주제였다. 어싱험 부인은 그런 순간에 상당히 이해했다고 말한 이 멋진 젊은 아가씨의 관심사를 위해서 모든 세상 사람과 심지어 왕자와 함께 나아갈 준비가 됐다고 밝혔는데, 불합리하게도 자포자기한 노년에 본성을 드러내는 상스럽고 예의 없고 지독히 성가신 여자로 부끄러움도 없이 계속 고마움을 표했다. 대령이 적극적으로 관심을 보이는 것에서 어떤 복잡한 사정으로 아내로부터 압박을 받은 것 같지 않았지만, 하지만 부인은 남편이 매기를 딱하게 여기거나 매기가 아내를 받아들인 것에 감동했기 때문이 아니라 총명한 매기에 계속 관심이 갈 수밖에 없기 때문이라는 것을 안다고 남편을 확신시킬 수 있었다. 하지만 그가 매기를 좋아한다면 훨씬 더 좋을 것이다. 그러면 그녀를 위해 해야 할 일에 주춤하지 않고, 두 명 모두에게 도움이 될 것이다. 어싱험 부인은 남편이 불평하거나 투덜거릴 때마다 그 말을 되풀이했다. 매기의 작은 행보가 분명 매혹적이기 때문에 남편이 그 필요성을 망각하지 않도록 했다. "몇 번이고 말했지만, 매기를 위해서 우리 얼굴이 파랗게 질릴 때까지 거짓말을 해야 해요"

"매기'를 위해' 거짓말을 하라니?" 대령은 종종 이 시간대에 새로운 형태의 옛 기사도 정신에 대한 막연한 환상을 떠올리며 제정신을 차리지 못하고 헤맸다.

"매기'에게' 거짓말을 하는 거고, 이래저래 마찬가지예요. 다른 사람들에게도, 그러니까 왕자와 샬롯에게는 누군가의 믿음을, 베버 씨에게는 모두 사람에 대한 믿음에 대해서 거짓말을 하는 마찬가지예요. 그래서 우리가 무엇보다 어떤 목적으로 그곳에 있고 싶다고 가장 큰 거짓말을 해서 힘들었어요. 말할 수 없을 정도로 싫죠. 나는 더 비겁해져서, 점잖게 굴라고 강요하는 어떤 사회적 의무나 인간적 소명 앞에서 모든 것을 내버려 두고 모두가 이기적으로 굴도록 내버려 줄 각오가 됐어요. 내가 당신에게 매기를 좋아하는 완벽한 기회를 줬으니까, 매기와 훨씬 더 가까워지면 당연히 득이 될 거예요."

이 말에 대령은 침착하게 물었다. "힘이 없는 나는 아무 말 하지 않겠지만, 그래서 왕자와 훨씬 더 가까워져서, 당신이 멋지게 묘사하는 그 사람에게 화가 나는 게 아니라 심취해 있다는 것을 어떻게 설명할 거죠?"

패니는 질문에 늘 심사숙고해서 답할 수 있었다. "매기에 대한 충성심에서 보면 그 사람의 나에 대한 애정이 크지 않아서 어려워요."

"그럼 매기에 대한 '충성심'에 그의 부도덕함을 희석하는 건 뭐라고 할 건데요?"

"아, 그 부도덕함에 대해서 할 말은 늘 있죠. 다른 어떤 부도덕한 행위보다 항상 더 흥미로워요. 적어도 그래요. 하지만 물론 내가 염두에 둔 모든 건 충성심이라 할 수 있어요. 무엇보다 매기에 대한 충성은 매기 아버지와 함께 그녀를 돕는 것이고, 매기가 가장 원하고 필요로 하는 거예요."

대령은 전보다 궁금증이 더해졌다. "'아버지'와 함께' 매기를 도와요?"

"그런 후에 그를 상대로 그녀를 돕는 거예요. 우리가 이미 충분히 이야기한 것과는 반대로, 그분이 수상히 여기는 것을 두 사람이 인식해야 해요. 내 역할은 매기를 끝까지 지켜주고 보살펴 주는 거예요."

이렇게 확실하게 말하면서 어싱험 부인은 늘 의기양양했다. 그러나 동시에 다음 순간에 자신의 의견을 검증하는 데 거의 실패하지 않았다. "내 의무가 분명하다는 건 절대적이라는 뜻이에요. 그런 의무를 매일 매일 시종일관 지키는 건은 또 다른 문제에요. 다행히 내가 강인해지는 방법이 하나 있어요. 내가 매기를 전적으로 믿을 수 있어요."

대령은 호기심과 격려에 대한 흥분이 커지면서 이 말에 전혀 실망하지 않았다. "당신이 거짓말한다는 걸 모르게 하기 위해서요?"

"매기가 뭘 알게 되든 빨리 나에게 붙어 있게 하려고요. 신의 섭리에 따라 그들 모두를 지켜봐야 하는 방식으로 내가 매기에게 충실하다면, 그 친구는 죽을 때까지 내 곁에 있을 거예요. 쉽게 날 저버릴 수 있지만 그러지 않을 거예요."

이 말은 그들이 가는 길에서 여느 때처럼 가장 끔찍한 전환점이었지만, 밥 어싱험은 여정마다 처음인 것처럼 말을 맞춰졌다. "쉽게요?"

"아버지와 함께 완전히 날 망신시킬 수 있어요. 매기는 아버지가 결혼할 당시에 내가 아버지의 아내와 자기 남편 사이에 있었던 관계를 알고 있었다는 사실을 아버지에게 알려줄 수 있거든요."

"당신 말대로 매기는 어떻게 지금까지 당신이 알고 있다는 걸 무시할 수 있었죠?"

어싱햄 부인은 반복된 연습으로 상당한 효과를 거둘 수 있는 방식으로 이 문제를 해결해 왔다. 마치 이 문제에 대해 정확히 말해달라는 것에 응하는 것처럼, 어싱험 부인은 최선을 다해 거짓말을 하려고 했다. 하지만 아주 명료하게 완전히 다른 말을 했고, 조잡하게 구는 남편에게 조금 의기양양해졌다. "그녀와 같은 처지에 있는 여자들은 거의 맹목적인 분개심으로 바로 행동에 옮기고, 결국 대부분 남자처럼 베버 씨는 자연스럽게 열정적으로 행동하게 하죠. 그 사람들은 나의 말에 그저 동의만 했고, 그뿐이라고 느꼈고, 하던 대로 행동하고 속이고 상처 입었어요. 날 그릇되고 악명 높은 사람으로 서로 비난하기만 하면 됐고, 나는 돌이킬 수 없는 상처를 받게 되겠죠. 물론 왕자와 샬롯에게 속았고, 지금도 속고 있는 건 나예요. 하지만 그 사람들은 날 위하거나 우리 중 누구를 위해야 하는 의무는 없어요. 우리 모두를 거짓되고 무자비하고 음모를 꾸미는 사람들 몰아붙일 수 있고, 그걸 뒷받침할 것을 찾을 수 있다면 철저히 우리를 해치워버릴 거예요."

추악한 일관성과 덧없는 겉치레가 함께 하는 전반적인 역사를 알라고 강요받는 것에 얼굴을 붉히면서 매번 이렇게 문제를 최악으로 만들었다. 패니는 현재 위험한 상황을 남편에게 현실적으로 보이게 해, 두 사람이 눈이 마주쳤을 때 이런 위태로움과 불신에 그의 얼굴이 창백해지는 모습을 언제나 즐겼다. 피아노 건반 왼쪽 흰 건반을 치는 것처럼 멍청하고 불안한 그가 짧고 날카로운 소리를 내는 모습이 재미났다. "무슨 목적으로 음모를 꾸몄는데요?"

"왕자는 매기의 돈으로 아내를 얻고, 샬롯은 베버 씨 돈으로 남편을 얻는 분명한 목적이죠."

"친근하게 살펴줬는데, 여러 문제가 생겼죠. 하지만 복잡한 문제를 일으키려고 그렇게 한 게 아니었던 그때부터 그들을 도와줘도 됐잖아요?"

이와 관련해서 시간이 지날수록 남편이 말을 더 잘하게 됐고 분명 아내가 '최악'의 모습에도 패니 자신보다 더 아내를 더 잘 대변하게 되면서 그녀에게는 예사롭지 않았다. 그래서 괴로웠지만, 어쨌든 완전히 즐거움을 놓치지는 않았다. "아, 내가 참견했다는 게 알려진 한, 왜 내가 개입을 했는지 판단의 여지가 있지 않겠어요? 그러니까 베버 씨와 매기한테요? 그런 것에 비추어 볼 때 그 사람들은 내 동기는 희생된 아버지와 딸보다는 다른 사람들에게 더 친절하게 대하고 싶다는 뜻으로 보겠죠? 어쨌든 어떤 대가를 치르더라도 왕자를 도와 쉽게 '자리'를 잡도록 그러니까 경제적 여유가 생길 수 있게 도와주겠다는 결심으로 생각하고요? 우리 사이에는 정말 의심스럽고 불길한 거래, 즉 아주 부정하고 수상한 거래의 분위기가 아닐까요?"

대령은 영락없이 그 말을 따라 했다. "수상해요?"

"당신이 그랬잖아요? 그 끔찍한 가능성을 콕 집어 말하고 싶다고?"

패니는 이제 적절한 표현으로 그가 그 표현을 상기시키는 것을 즐기도록 했다. "당신에게 늘 그런 뒤죽박죽 같은 일이 있다고요?"

"정확히 말해서 안정된 생활을 하도록 도와주려고 하는 남자에게 참 혼란스러운 일이요. 자비롭고 편견 없는 시선으로 바라본다면, 그렇게 보일 수 있어요. 하지만 물론 우리는 공평한 시선에 관해 이야기하는 건 아니에요. 우리는 매우 불쾌한 일을 알게 되면서 깊은 영향을 받는 선량한 사람들에게 이야기 중이고, 거의 항상 그렇듯이 그런 사람들이 처음부터 깨우친 사람들보다 명확한 관점에서 훨씬 더 멀리 내다봐요. 그런 관점에서 볼 때, 친구로부터 얻게 된 것과 내가 왕자를 위해 할 수 있었던 걸 생각해 봤을 때 동등해요." 그리고 그녀는 매번 그림을 완성하는 것에 대한 불안한 만족감에 쉽게 길을 잃었다. "남자가 원하지 않고 피곤해하는 여자면서 그 남자를 놓치고, 연락이 끊기고, 전혀 관련 없는 사람이 되는 것보다 다른 여자들에 대한 그의 관심을 높이는 것에 심취하고 열정이 있고 그렇게 할 수 있는 여자를 봤고 들어봤을 거예요. 그런 일이 일어난 거예요, 여보. 그리고 여전히 더 이상한 일이 있어요. 당신에게는 말할 필요가 없지만! 아주 좋아요, 당신의 다정한 아내의 행동에 있어 완벽하고 있을 수 있는 생각이에요. 내가 말했지만, 일단 시작되면 정말 동요된 어린 양의 상상력만큼 격렬한 것은 없으니까요. 사자들은 생각이 복잡하고, 심드렁하고 처음부터 배회하고 난폭하게 굴도록 커서 아무것도 아니에요. 우리에게는 생각할 거리가 생겼어요. 하지만 다행히 내가 내린 결론에 안심이 되네요."

이쯤 남편은 아내가 마침내 무슨 생각을 했는지 충분히 알았지만, 자신의 재미는 놓치지 않았다. 그 두 사람 사이에 오가는 상황을 지켜보는 구경꾼으로서 순박한 아이가 좋아하는 이야기를 20번째 듣고 다음에 무슨 일이 일어날지 알고 있어서 온전히 즐기는 모습과 비슷했다. "물론 당신 생각보다 그 사람들의 상상력이 부족한 것 알게 되면, 그들을 끌어당기는 건 베버 부인의 결혼 생활을 발전시켜 얻을 수 있는 이익이겠죠. 적어도 당신은 매기를 사랑하지 않잖아요."

"아." 어싱험 부인은 늘 이런 식으로 말을 꺼냈다. "그건 그 사람에게 잘 보이고 싶다는 내 바람으로 쉽게 설명돼요."

"베버 씨에게요?"

"왕자에게요. 장인어른과 함께 장황한 설명을 하고 터놓지 못하는 남편이 그런 식으로 하는 매기를 못 보도록 하는 거죠. 매기는 독신 여성으로나 다른 남자의 아내로서 결코 남을 수 없었기 때문에 난 그 친구를 왕자 곁으로 데려와 그의 손에 닿는 곳에 있게 했어요."

"그 멋진 집에서 안주인에서 자리를 지키게 하고요?"

"안주인 자리를 지키고요." 패니는 당당하게 그렇게 말했고, 그녀 뿐만 아니라 남편의 귀에도 항상 당당하게 들렸다. "특별한 상황 덕분에 그런 곳은 매우 이상적이에요."

"당신 관점에서 보면, 두 명의 아름다운 여성의 즐거움과 더불어 그 사람에게 사소한 모든 걸 신경 쓰네요."

"내가 너무 바보같이 구는 거죠. 하지만 두 명은 아무것도 아니에요. 한 명은 아름다운 여성이고 다른 한 명은 대단한 운을 가졌죠. 순수한 미덕을 지닌 피조물이 자신의 순수한 미덕, 동정심과 무관심, 타인의 삶에 대한 세심한 생각으로 괴로워하고 너무 멀리 나가면서 자신을 드러내죠."

"그렇군요. 베버 부녀가 그렇게 당신을 잡고 있군요."

"베버 부녀가 날 '소유'하는 방식이에요. 다른 말로 하면 매기가 그렇게 비범하지 않다면, 각자가 나를 잡으려고 하는 거 보여줄 수도 있어요."

"매기가 당신을 봐줬나요?" 그는 마지막까지 이 모든 것을 계속 고집했고, 그래서 아내의 최종 판단에 그렇게 정통했다.

"나를 봐줬어요. 그래서 내가 저지른 일에 대해 실망하고 후회하면서 매기를 도우려는 건지도 몰라요. 그리고 베버 씨도 그랬어요."

"그 사람도 안다고 생각해요?"

그 말에 늘 그렇듯 그녀는 한동안 말을 멈추고 생각에 깊이 빠졌다. "알았기에 봐줬다고 생각해요. 그래서 난 그분을 도와줄 수 있을 거예요. 아니 오히려 정말 난 매기를 도우려고 하는 건지도 몰라요. 그게 나를 용서하는 베버 씨의 동기이자 조건일 거예요. 사실 매기의 동기와 조건이 내가 매기의 아버지를 구하는 것처럼요. 하지만 내가 정말 걱정하는 건 매기 뿐이에요. 무슨 일이 있어도 베버 씨한테는 아무것도 얻지 못할 거예요. 그래서 어쩌면 아주 간신히 죗값을 덜 수 있을 거예요."

"책임을 져야 한다는 말이군요."

"책임질 거예요. 매기는 믿음직한 사람이라는 게 내 이점이 될 거예요."

"당신 말대로 매기는 당신 옆에 있을 거예요."

"우리가 이해하는 바로는 확실해요." 어싱험 부인은 다시 그 말을 곰곰이 생각했지만, 다시 의기양양해졌다. "중요하고 대단한 약속이에요. 매기가 진지하게 약속했어요."

"하지만 말로는⋯."

"그래요, 말로 충분해요. 표현의 문제니까요. 내가 계속 거짓말하는 한 그녀도 계속 거짓말을 하니까요."

"매기가 뭘 거짓말한다는 거죠?"

"뭐, 날 믿는 척하잖아요. 자신들은 아무 잘못이 없다고 생각하고."

"그렇다면 매기는 자신들이 죄를 지었다고 생각할까요? 증거도 없는 그런 결론을 내렸다고 정말 만족할까요?"

패니 어싱험은 항상 여기에서 가장 말을 더듬거렸지만, 늘 마지막에는 긴 한숨을 내쉬며 충분히 문제를 똑바로 파악했다. "믿음이나 증거의 문제, 부재 혹은 존재의 문제가 아니라 자연스러운 인식의 문제, 극복할 수 없는 감정의 문제예요. 매기는 그 사람들 사이에 뭔가가 있다는 걸 알아요. 하지만 결론을 내리지 않았고, 바로 그것이 매기가 하지 않는 일이고 끊임없이 그리고 강하게 거부하는 일이에요. 결론을 내리지 않으려고 멀리 떨어져 있어요. 계속해서 바다로 나가고 바위에서 멀리 떨어져 있고, 나에게 가장 바라는 것은 안전한 거리를 유지하는 것이고 더 가까이 오지 말라고 해요." 그런 후 패니는 변함없이 남편이 말을 다 듣게 했다. "매기는 내가 자신의 편을 들어야만 얻을 수 있는 증거를 원하기는커녕 자신에 대한 반증을 원했고, 매우 이례적으로 자신의 반대편이 되어달라고 했어요. 그 간청을 생각하면, 정말 대단해요. 내가 뻔뻔스럽게 그 사람들을 감싸기만 해서, 그들 주위에서 다른 사람들이 한 마리 새처럼 행복했다면, 매기는 자신이 할 수 있는 일을 할 거예요. 내가 그들을 비밀로 한다면, 한 마디로 매기 아버지의 생각과는 달리 매기는 시간을 벌고 어떻게든 밝혔을 거예요. 특히 내가 샬롯을 맡으면, 매기는 왕자를 살필 거예요. 매기가 그 시간이 자기에게 어떤 도움이 될지 생각하는 모습을 보는 건 아름답고 멋지고, 정말 애처롭고, 절묘해요."

"그런데 매기가 말하는 '시간'이 뭐에요?"

"음, 우선 폰스에서 지내는 이번 여름이요. 물론, 매기는 간신히 지내겠지만, 하지만 겉으로 보기에는 위험한 폰스 생활이 실제로는 보호해주는 거라는 걸 스스로 알아냈다고 생각해요. 그 사람들이 연인이라면 조심해야 할 거예요. 너무 선을 넘지 않는 한 스스로 느끼게 되겠죠."

"선을 넘지 않을까요?"

패니는 이 말에 분명 주저했지만, 꼭 필요한 물건을 사려면 마지막 동전까지 내놓는 것처럼 답했다. "아뇨."

그 말에 대령은 아내를 보고 히죽 웃었다. "그거 거짓말이죠?"

"거짓말할 가치가 있다고 생각해요? 사실이 아니었다면, 폰스를 받아들이지 않았을 거예요. 내가 그 불쌍한 사람들을 조용히 시킬 수 있다고 생각해요."

"하지만 최악의 경우에는 어떻게요?"

"아, 최악의 경우는 말하지 말아요! 우리가 그곳에 있는 것만으로도 최대한 그들이 조용히 있도록 할 수 있어요. 그것만으로도 매주 효과가 있을 거예요. 두고 봐요."

대령은 충분히 두고 보려고 했지만 만약을 대비하고 싶었다! "만약 효과가 없으면요?"

"아, 그게 최악의 경우죠!"

그럴 수도 있지만, 그들은 아침부터 저녁까지 이 위기에서 대화 외에 뭘 하고 있는가? "다른 사람들은 누가 지키죠?"

"다른 사람들이요?"

"누가 그들을 진정시키죠? 그 부부가 함께 살았다면, 증인이나 그들에 대해 조금으로 아는 사람들의 도움이 없다면 완벽하게 살 수 없을 거예요. 그 사람들은 비밀리에 보호를 받으며 만나고 준비해야 했어요. 그렇지 않았다면, 그래서 어떤 시기에 그들 자신을 내려놓지 않는다면, 우리가 왜 그렇게 하죠? 런던 여기저기에 흔적이 있다면…."

"그런 흔적을 가지고 있는 사람들이 있겠어요? 전부 런던에 있지도 않아요. 그중 일부는 자연스럽게 다른 곳과 연결될 거예요. 어떤 이상한 모험, 기회, 위선이 있을지 누가 알겠어요? 하지만 무슨 흔적이 있었든 간에, 그 자리에 모두 묻혔을 거예요. 그 사람들은 흔적을 묻는 방법을 너무나 잘 알고 있어요. 어떤 것도 매기에게 그대로 전해지지는 않을 거예요."

"할 말이 있는 사람들은 모두 정직할 테니까요?" 그리고 패니가 미처 말하기 전에 그는 이 상황이 너무 즐거웠다. "무엇이 캐슬딘 부인을 정직하게 만들까요?"

그녀는 재빠르게 답했다. "다른 사람의 창문에 던질 돌이 없다는 의식이죠. 그 부인은 자신의 유리창을 충분히 지키고 있어요. 매첨에서 그날 아침 우리 모두가 떠나고 왕자와 샬롯을 데리고 있을 때 그렇게 했어요. 캐슬딘 부인은 그저 자신이 도움을 받을 수 있을까 해서 어쩌면 블린트 씨에게 도움이 될까 봐 그 사람들을 도왔어요. 그래서 당연히 그날 그 사람들은 함께 있었고, 캐슬딘 부인이 지켜보는데도 분명 그렇게 있었어요. 그날 저녁 늦게까지는 그들을 다시 추적할 수 없을 때까지는 같이 있었어요." 이 역사적인 상황에서 어싱험은 항상 다시 곰곰이 생각했고, 그 후 말을 덧붙였다. "우리의 주인공들 덕분에 우리가 아는 거 그 정도예요."

대령은 별로 달갑지 않았다. "저녁 식사 시간이 한참 후에야 돌아왔다고 당신이 말했죠. 그럼 자유로워진 순간부터 돌아올 때까지 그 두 사람은 뭘 했죠?"

"그건 당신이 상관할 바가 아니에요!"

"내가 알 바는 아니지만, 그 사람들 일이 너무 과할 뿐이죠. 영국에서는 필요하면 항상 사람들 흔적을 쫓을 수 있어요. 조만간 어떤 일이 일어날 것이고, 조만간 누군가는 평온을 깨뜨릴 거예요. 살인이 일어날 수 있어요."

"그럴 수 있죠. 하지만 이건 살인이 아니에요. 완전히 반대라고요! 당신은 그 논란의 즐거움에 폭발적인 상황을 더 좋아하게 될 거예요."

하지만 그는 이 말은 듣지 못했다. 오랜 사색에 잠긴 채 담배 연기를 내뿜은 후에 말을 마무리했다. "내가 평생 이해할 수 없는 건 그 남자에 대한 당신의 생각이에요."

"샬롯의 너무 재미있는 남편이요? 아무 생각 없어요."

"미안한데, 방금 말했잖아요. 너무나 재미난 사람이라고."

"맞아요. 그리고 너무나 훌륭한 사람일지도 몰라요. 하지만 그건 어떤 생각이 아니라 그 사람을 이해할 수 없다고 느끼는 나의 나약한 욕구를 나타내는 것뿐이지, 생각이 아니에요. 당신도 그 사람이 아둔할 수 있다는 거 알잖아요."

"바로 그거에요."

"하지만 다른 한편으로 매기보다 더 고상할 수 있어요. 사실 이미 그럴지도 모르죠. 우리는 절대 알 수 없겠죠." 패니의 말투에서 애타게 바라지 않았던 단 한 번의 제외에 대해 고통을 드러냈다. "그게 내가 알 수 있는 거예요."

"아…!" 대령은 상실감을 느꼈다.

"샬롯도 그럴지 잘 모르겠어요."

"아, 여보, 샬롯이 모르는 건…!"

하지만 패니는 곱씹었다. "왕자도 그럴지 모르겠어요." 한 마디로 그들 모두가 상실감을 느낀 듯했다. "그 사람들은 어리둥절하고 당황하고 괴로울 거예요. 하지만 모를 거예요. 함께 궁리를 해봐도 이해 못 거예요. 그것이 그들의 형벌이 될 거예요." 그리고 지금까지 같은 어조로 말했다. "어쩌면 내가 벌을 너무 적게 받았다면 나의 형벌도 될 수 있어요."

"그럼 나는 무슨 벌을 받죠?"

"아무 벌도 안 받아요. 그럴 만큼 죄를 짓지 않았으니까. 벌은 사람의 감정에 달렸고, 효과 있는 우리의 벌은 우리의 감정이에요." 그녀는 '우리'라는 말을 좋아했고, 이 예언에 화가 났다. "매기가 직접 벌을 줄 거예요."

"매기가요?"

"매기는 아버지에 대해서, 그리고 모든 것을 알게 될 거예요." 매번 이상한 절망감을 느낄 거 같아서 어싱험 부인은 그 생각을 외면했다. "하지만 우리에게는 절대로 말하지 않을 거예요."

32.

매기가 친한 친구나 다른 누구에게도 아버지에 대해 진심만 말하겠다고 굳게 결심하지 않았다면, 여름 동안 다른 사람들이 폰스로 거처를 옮긴 후에 남편과 런던에서 보낸 일주일 동안 일어난 일에 배신감을 느꼈을 것이다. 이는 두 사람이 지금까지 살아오면서 당연하게 여겼던 가정에 의해 잠시 떨어져 지낸다는 단순한 사실에 부여된 부자연스러움이라는 이상함에서 기인했다. 확실히 이때쯤 되자 매기는 이런 점을 다루는 데 익숙해졌지만, 부모님이 그들과 있을지도 모른다는 생각이 들었을 때 그토록 애써 쌓아 올린 평화마저도 순식간에 무너졌다. 매기는 아버지가 샬롯과 단둘이 있다고 생각할 때 그 사람들과 있다고 생각했는데, 이상하게 모든 행복을 지키고 키워가는 샬롯의 힘에 대해 다르게 생각하는 동안에도 그런 생각이 들었다. 샬롯은 두 부부가 멋진 재회를 하기 전에, 즉 영국을 떠나있던 수개월 동안 별 어려움 없이 각자가 모든 미덕을 더 크게 발휘했고, 적어도 베버 부인의 의붓딸은 그토록 놀라운 열매를 맺고 있었다. 현재 너무나 짧은 간격으로 상황 어쩌면 관계가 너무 변했고, 샬롯의 기교에 부담이 되는 것이 새로운 문제였다. 왕자비는 아버지와 아내 사이의 진정한 '관계'는 자신이 전혀 알지 못하며 엄밀히 말하면 자신이 상관할 일이 아니라는 것을 계속 떠올리면서 정신을 차릴 수 있었지만, 하지만 그들이 행복하게 허울뿐인 고립된 모습이 투영되면서 가만있지 못했다. 변덕을 부리는 어떤 이상한 소망과 뒤틀어진 바람보다 더 고요한 건 없을 것이다. 매기는 그러는 동안 샬롯이 더 나빠질 수도 있었을 텐데! 매기는 더 좋은 생각을 떠올리기보다는 그런 생각을 떠올렸다. 그런 식으로 느끼는 것이 지극히 이상했지만, 그녀는 어떻게든 계모를 아름다운 나무 아래와 사랑스러운 오래된 정원 사이에서 오십 번의 확신과 적어도 스무 번의 관대함으로 아낌없이 내보내지 않았다면 그렇게 많이 걱정할 일이 없었을 거라고 믿었기 때문이다. 매력적인 여성이 남편에게 보여주는 관대함과 확신은 분명 옳은 것이었지만, 이 여인의 손으로 만들어 낸 자신감은 가벼운 베일처럼 동행에게 드리워졌고 아버지의 시선이 계속 그녀에게 머문다고 생각이 들 만큼 투명했다. 그의 시선은 멀리서도 곧장 그녀에게 향했는데, 그 시선은 그가 여전히 저 아래에서 혼자서 용의자를 더 의식하고 있는 것처럼 보였고, 그들이 자신을 놀라게 하거나 다치게 하는 않는 과정의 정교함을 느꼈다. 매기는 현재 몇 주 동안 경계를 풀지 않고 이 충실한 노력의 확장을 추적했지만, 베버 부인이 딸과 함께 저지른 실수 중에 다른 실수를 바로 잡기 위해 너무 갑작스럽고 일관성 없이 계획하는 실수를 저질렀다면 아무런 기색을 내보이지 않아서, 매기가 자신의 공로로 인정했던 게 완전히 헛수고가 되었을지도 모른다. 하지만 만약 매기가 더 나빴다면 남편이 확실히 더 나았을 것이라고 누가 말할 수 있겠는가?

조용히 그런 의문점들을 살펴보았지만, 사실 아내와 함께 도시에 홀로 남겨진 아메리고가 계산적으로 개인적 비판을 무시하려는 경향이 있는 경계하지 않는 행동의 중용에 도달했는지는 왕자비에게 명확하지 않았다. 이와 관련해 사실 매기는 다른 두려움을 느꼈고, 요즘 몇 주 전부터 다른 집에서 자신들의 집으로 돌아가려고 밤에 마차를 타고 이동할 때 남편이 개인적 힘을 발휘해서 그녀가 일관적인 태도를 거부하도록 꾀어내리고 하는 것 같은 시간이 반복되었다. 남편과 단둘이 있을 때 자신의 일관성 태도가 어떻게 됐는지 자문하게 됐지만, 동시에 흥분하지 않는 한, 공격에서 자신을 구할 수 있었다. 그녀는 남편이 실제로 행하는 공격이 무엇보다도 두려웠는데, 그런 경험으로 자신이 더 나약해지지 않을지, 남편이 다시 이용할 수 있는 지름길을 알려주는 게 아닌지 확신할 수 없었기 때문이다. 그래서 아직 행복에 대한 믿음으로 조금이라도 괴로워하는 척했기 때문에 기다림과 긴장 상태의 이점을 이용해 논리적으로 남편을 생각하기가 쉬웠다. 당장은 남편이 자신에게 아무 대가 없이 '보상'해 주기를 바랐다. 어떤 보상이 매기가 빠질 수 있는 맹목적인 상태를 동의하거나 그러는 척하거나 무너트릴 수 있는지 누가 말할 수 있을까? 매기는 속절없이 남편을 사랑하기에는 둘 중 하나가 서로에게 잘못한 것처럼 자신을 대하는 남편에게 조금이라도 기회를 주려고 했다. 순간적인 이기심에 휩쓸려 무언가 또는 누군가가 (여기서 그들 중 누구일까?) 희생될 수밖에 없을 것이고, 반면 매기에게 현명하게 필요한 것은 자신이 갈 방향을 아는 것이었다. 아는 것은 매혹적이면서 두려운 것이었고, 이 시점에 일부 이상한 점을 정확히 말하자면, 그가 단지 일반적인 방식으로 자신에게 다가올 것이라는 불안과 충분하지 않은 이유로 그를 용서하고, 안심시키고, 그에게 응해야 한다는 절박한 욕구가 혼합된 방식이었다. 이런 일을 하려면 그 목적을 분명히 해야 하지만, 그런 관점에서 행동한다는 것은 다른 일들이 무엇이었는지 알게 되는 것이기도 하다. 남편은 하고 싶은 말만 하고 자신의 매력이 발산되는 말만 할 것이고, 그리고 어떤 아름다움의 직접적인 호소의 결과는 그의 말에 아내가 무력하게 복종하는 것이다. 따라서 매기의 모든 순간적인 안전, 불안정한 성공은 그를 막기 위해 취할 수 있는 수단 덕분에 이를 깨거나 예측하지 못하는 것이었고, 말 그대로 요즘 시시각각 계속되는 폭로를 받아들이는 것이다. 시시각각 매기는 그가 변하기로 마음먹었다는 조짐을 상당히 기대했다. "맞아요, 당신 생각대로예요. 현재 내가 아는 바와는 당신이 다르다고 생각했기 때문에 멀리 떨어져 있고, 관대함으로 나 자신이 자유롭다고 생각했어요. 하지만 단지 내가 몰랐을 뿐이었고 당신에게 충분한 이유를 대지 못한 건 인정해요. 내 실수를 멀리하려는 충분한 이유가 있었고, 내 실수를 고백하고 참회를 할 것이고, 당신이 지금 날 도울 수 있다면, 완전히 극복할 수 있을 거예요."

매기가 신중하게 구는 동안, 남편이 그렇게 말하는 것을 들었을지도 모른다. 그녀가 아무 말 없는 남편과 함께 보내는 또 다른 하루와 시간을 끝내는 동안, 복종을 넘어서 그에게 몰두하고 있다고 생각했다. 매기는 어떤 이유와 근거로 냉정함을 잃지 않았고, 이렇게 초연하게 굴고 태도를 낮추면서 분위기를 해치기만 하는 꾸밈없는 감정과 비교되는 친밀함 속에 그들은 함께 했다. 가장 큰 위험 또는 적어도 신경 쓰는 가장 큰 동기는 실제로 의심한다면 그녀에 대한 그의 관심의 결과가 그녀가 점점 중요하다고 생각할 수 없는 생각에 대한 집착이라는 것이었다. 아버지와 그랬던 것처럼 자신이 얼마나 위선적인지 생각하면서, 그녀는 자신이 중요하지 않다는 것을 증명하려고 어떻게 노력했는지 알았다. 우울함에 대한 연민과는 구별되는 그녀의 관심에 고무된 단 한 번의 손길과 (매기는 그런 행동에 대비해야 한다는 걸 알았다) 입맞춤과 목소리에 그녀는 그에게 꼼짝 못 할 수 있다. 따라서 아버지를 생각해서 비굴하지 않고 자유롭게 굴려면, 모래알을 미는 아주 작은 곤충처럼 남편한테서 정당성을 숨겨야 했다. 시선을 돌리면서 감출 수는 있었지만, 영원히 숨길 수 없었다. 새로운 상처로 얼룩진 한 주간의 대립이 가져온 놀라운 효과 중 하나는, 그녀가 생각에 잠긴 채 벗들에게 손을 내밀고 그들과 다시 함께 어떤 안도감을 얻을지 예상할 수 있다는 것이었다. 친밀할 가능성이 충분하면 사실 육체적 관계의 가능성도 있기에 매기는 거의 매 순간 그림자의 주인이 되는 법을 배우는 중이었다. 하지만, 그녀는 그림자의 대가인 적수와 맞서는 중이었고, 조심하지 않았다면 현재 투쟁의 본질을 의식했을 것이다. 사실 그 사람을 만진다는 것, 이토록 섬세한 일에 있어서 적수인 그를 생각한다는 것, 즉 한마디로 그 사람이 반대편이라고 표현할 용기를 낸다는 것은 이미 매기가 비명으로 거의 질식한 거 같다는 것이다. 만약 남편이 자신들이 신비한 방식으로 고도의 싸움을 하고 있고, 그것이 줄곧 아내의 아둔함 때문이라고 짐작했다면, 도시를 떠나기 전에 이런 생각을 했다면, 매기는 정말로 지는 것이었다.

폰스에서 매기가 취할 수 있는 휴식은 그곳에서 남편을 관찰하면서 필연적으로 솔직한 면을 알 수 있다는 점일 것이다. 이 같은 놀라운 정도로 차분한 아버지 태도에서 오히려 남편이 더 크게 주목할 것이라는 생각이 들었기 때문이다. 게다가 항상 그를 끌어내는 샬롯이 있었다. 그리고 샬롯은 당연히 다시 그를 도와 어떤 조짐을 보이는 일을 살필 것이지만, 매기는 이런 점이 자신이 동요하고 있다는 비밀을 어느 정도 지키는 데 도움이 된다는 것을 알 수 있었다. 왕자의 정신, 긴장, 성급함과 분위기와 여러 양상과 베버 부인의 완벽한 능력을 알리는 빛에 생각할 수 있는 효과를 넓히는 위안을 알게 되는 것을 놀라운 일이 아니었다. 결국, 그 여자가 자신을 지켜보는 것을 지켜볼 수 있는 특권을 남편에게 주는 것이라고 매기 스스로 말했다. 그렇다면, 그 안에 여러 가지가 뒤섞여 있는 상황에서 그는 언제까지 단순한 방관자로 즐길 수 있을 것인가? 이때 매기는 샬롯의 일행으로 그가 샬롯을 보다 더 편안하게 지켜주기로 했다고 마음을 굳혔기 때문이다. 그는 샬롯이 레이스로 장식된 파라솔을 접고 어깨를 걸친 채 성벽에서 언제나 똑바로 우아하게 이리저리 움직이는 모습을 보는 것에 지치지 않겠는가? 매기는 이런 특별한 반응에 대한 의문으로 너무 멀리 생각했고, 김칫국부터 마셨다고 자책했다. 아메리고의 표정과 논리에서 느껴지는 지루함을 알기 전에 얼마나 더 많은 일을 확신해야 하는가!

한편 긴장감을 충족시키기 위해 매기가 시치미를 떼며 하는 행동 중 하나는 그럴듯하게 보이는 구실을 대서 함께 마차를 타거나 바자회를 여는 왕족인 양 일을 보러 갈 때 어싱험 부인이 함께하도록 하는 것이었다. 그날 늦게 어싱험 부인과 대령이 자리를 함께했고 누가 노래를 하던 오페라를 보거나 희곡에 갑작스럽게 호기심을 보이는 것과 엉뚱한 일들이 일어났다. 카도간 플레이스에서 온 선한 부부는 별 반발 없이 항상 그들과 함께 식사했고, 왕자비가 현재 심술 맞게 굴어도 '계속' 함께 있을 수 있었다. 이러는 동안 매기는 자신의 어두운 숲에서 작은 야생 꽃을 신경질적으로 뽑아내는 식으로 감정을 내뿜었고 그래서 적어도 함께 5월 축제Maying에 가는 친구들, 무엇보다 남편을 향해 넓은 아량으로 웃을 수 있었다. 그녀는 숨이 막힐 정도로 흥분했는데, 일부분은 감정을 고취하는 것이었다. 특히 그녀는 설명할 필요가 없는 기쁨과 함께 친구를 최고로 이용하는 과도한 순간을 즐겼다. 창의력이 높은 패니에게 다시 설명할 필요가 없었다. 모든 것을 패니에게 미뤘고, 이제부터 소중한 것은 양적인 면에서 평가할 것이다. 이제 나무랄 데 없는 이기주의에 점점 더 장엄해진 매기는 그녀에게 아무런 질문도 하지 않았고, 따라서 매기가 패니에게 준 기회의 위대함을 의미할 뿐이었다. 그녀는 어떤 헌신, 어싱험 부부가 '마련했을' 어떤 만찬에 신경 쓰지 않았다. 그것은 사소한 일로 불화와 재정리에 주춤하지 않고 그들을 나무라는 것까지 생각할 수 있었다. 더욱이 모든 것이 아름답게 맞아떨어졌다. 그래서 이번에는 열병에도 불구하고 작은 뾰족한 다이아몬드처럼 왕자비는 의식적으로 건설적이고 창조적인 손에 낀 반짝이는 뭔가를 보여주었다. 매기는 자신들이 신사 숙녀와 함께 다니는 게 자연스럽게 보이게 하려고 자신과 남편을 어떤 고상하고 편리한 방식으로 소개하는 상상을 할 수밖에 없었다. 샬롯은 그 계절 초반에 몇 주 동안, 위대함을 뒤쫓아 떠도는 종속적인 존재가 되었다가 그 자리에서 내려오는 동안 정확히 무엇에 흥분했는가?

따라서 선례가 확립되었고 그 무리는 순리적으로 구성됐다. 한편 그 문제에 대해 계속해서 표현을 넘치게 하고 특히 남자들이 걱정하는 독특한 성격의 어싱험 부인은 식탁에서, 계단에서, 마차에서, 오페라 특별석에서, 자신의 기분대로 아메리고를 바라볼지도 모르지만, 매기가 염려하는 점은 아니었다. 부인은 그에게 경고할 수도 있고, 꾸짖을 수도 있고, 그를 안심시킬 수도 있고, 불가능할지라도 그를 완전히 사랑할 수도 있을 것이고, 이마저도 그가 보장한 완전무결함에 관한 답에 도움이 된다면 그들 사이의 문제라고 여겼다. 매기는 어느 날 저녁 그녀에게 내일 저녁에 개인적으로 즐길 작은 계획, 즉 박물관에서 근무하는 크라이튼Crichton 씨를 방문하는 거부할 수 없고 강렬한 생각을 언급했을 때, 사실 부인의 도움이 효과가 있다고 알리고 싶었다. 어싱험 부인이 쉽게 떠올릴 수 있듯이, 모두가 알고 모두를 아는 크라이튼 씨는 특히 예술과 역사에 대한 사랑으로 자신을 기꺼이 받치고 베버 씨의 용기가 필요한 길에 든든한 등불이 되어준 가장 기량이 뛰어나고 친절한 공직자였다. 국가적으로 귀중한 물건들을 수집하는 가장 부유한 부서 중 한 곳의 관리인인 그는 성실한 개인 수집가를 동정했고, 심지어 의회 차원의 절약으로 국가에 바친 기념품을 거둬들여 비난을 받았을 때조차도 수집가에게 자신의 길을 가라고 재촉했다. 런던에서 궤변 같은 의견으로 종종 가장 드문 기회를 놓쳐야만 했던 이후로, 그는 그렇게 실패한 것이 마침내 하나씩, 방울꽃이 괴로운 소리를 내며 미시시피강 너머의 경이롭고 이미 유명한 습곡에 떠돌아다니는 것을 보고 상당히 위로를 받았다고 말할 정도로 온화함을 지녔다. 그에게는 '거의' 저항할 수 없는 매력이 있었는데, 특히 베버 씨와 메기가 자신들의 독점권을 (다시 말하자면 거의) 즐긴다는 것을 확신하게 된 후 더욱 그랬다. 그리고 부러움을 공감으로 바꾼 아버지와 딸의 친근한 관점을 바탕으로 크라이튼 씨는 두 집 모두에서, 특히 이튼 스퀘어에서 도발적이고 열의를 보였다. 패니는 매기가 그의 초대로 그리고 자신도 자리에 함께했던 오래전 어느 날 자신의 이름에 걸맞은 영광을 위해 최고 전시 사원의 한 곳을 방문했고, 금과 갈색, 금과 상아로 된 옛 이탈리아 가장자리 장식과 왕자 가문 기록에 봉헌된 채 워진 선반의 벽감alcove, 벽면을 우묵하게 들어가게 해서 만든 공간을 기억해냈다. 그 인상이 깊이 남았지만, 매기는 너무 피상적이라는 점에 한숨을 내쉬었다. 매기는 훗날 다시 가서 더 깊이 살피고 오래 머물며 알아보려고 했는데, 어싱험 부인은 다시 방문했다는 걸 기억해내지 못했다. 남편의 혈통, 다양한 혼혈, 그리고 많은 주목할 만한 점들을 어느 정도 증명하는 이 두 번째 방문 기회는 그녀의 행복한 삶에서 오랫동안 다른 기회에 자리를 내주었다. 당연히 그 후에 관련된 매력이었던 경건함은 더 많은 근거로 현혹되고 희미해졌다.

그런데도 현재 크라이튼 씨와의 새로운 대화로 희미한 기운이 되살아나는 것 같았고, 매기는 아침 시간을 쏟기로 한 성과에 대한 자신의 이해가 목적이라고 언급했다. 이 때문에 그의 보살핌 아래 우아한 숙녀들의 방문은 아마도 사람들로 꽉 찬 블룸즈버리에서 꽃을 좋아하고 꿀을 먹는 사람을 밝게 비췄다. 그리고 그의 친구가 그녀를 찾았던 지역에 대해 험한 말을 하지는 않았지만, 다시 바라는 그녀의 호소에 따라 그녀를 다시 도시생활에 이끄는 것은 그에게 쉬웠다. 그래서 매기는 어싱험 부인에게 그렇게 하기로 했고 아메리고의 동행을 포기하기로 했다고 말했다. 패니는 나중에 그 젊은 여성이 거리 두는 것을 처음에 좋게 받아들였다는 것을 떠올렸고, 요즘처럼 애매한 날에 아이러니의 그늘 때문에 매기가 혼자 가야 한다고 생각했으며, 매기 남편의 개인적인 존재는 실질적으로 전승된 중요성에 대한 찬사를 표하는 것으로 느껴질 수 있었다. 그다음 순간, 패니는 그토록 계획된 자유가 사실상 성찰의 정화, 자부심과 희망으로 살아남아 있을지도 모르는 것을 새롭게 기념하려는 충동임을 분명히 느꼈고, 모호함이 사라지면서 그토록 절묘한 일을 할 수 있고 그런 일을 할 수 있는 유머

감각이 있는 것에 대해 상대를 축하했다. 기회가 생겼다가 사라진 후 패니는 낙관적인 태도를 잃지 않았다. 그녀는 저녁에 밝혀진 조명, 연대기와 삽화, 양피지와 초상화, 화려하게 장식된 책과 낮은 목소리의 해설 사이에서 보낸 시간으로 왕자비는 사고의 폭을 넓히고 영감을 받았다고 이해했다. 매기는 며칠 전 그녀에게 아주 다정하면서도 단호하게 말했다. "금요일 저녁 식사에 우리를 초대해 주세요. 누구든 상관없으니 부인이 마음에 드는 사람이면 누구든 초대하세요." 그리고 카도간 플레이스의 부부는 당연하다고 생각하는 모든 일에 조금도 동요하지 않고 온순하게 이 지시를 받아들였다.

저녁 식사가 제공됐는데, 그것 매기의 생각이었고, 친구의 시각에서 매기는 다소 명백하게 그 일을 새롭고 이상한 것으로 여기면서 자신의 견해에 부응했다. 어싱험 부부는 사실 분수에 맞지 않게 큰 규모의 파티를 열었고, 그래서 집에서 어떻게 밥을 먹었는지, 어떻게 음식은 어떻게 했는지에 대해 쉽게 농담을 할 수 있었다. 요컨대 매기는 그들과 함께 식사했고, 마치 황금기 통치 시대의 장난기 가득한 유머로 충실한 신하 부부에게 제안하는 한 쌍의 젊은 군주 부부처럼 남편을 식사 자리에 초대하는 데 성공했다. 매기는 그들의 준비에 관심을 보였고, 절약에 대한 호기심 어린 다정함을 보였다. 그래서 사람들 말대로, 안주인은 본보기가 되는 말투와 자유분방한 태도로 과거에서 배운 교훈 중 하나를 되새겨서 자연스럽게 모든 것을 말했다. 패기는 자신의 주의를 끌었던 한두 가지 일화에서 그러한 혈통의 공주들에게 여주인공이 되는 것보다 더 많은 방법이 있다는 것을 알아채지 못했을까? 매기는 오늘 밤 너무나 상냥하게 굴어서 모두를 놀라게 했다. 매기는 확실히 거칠게 굴지 않았다. 어싱험 부인은 침착한 비평가로서 매기가 우아하다는 것을 의심해 본 적이 없었지만 그렇게 자신만만하게 구는 것을 본 적이 없었다. 패니의 심장이 몰래 뛰었다. 패니의 손님은 어떤 일의 결과로 행복했고, 왕자가 그 모습이 바보같지 않다고 늘 생각하도록 할 수는 없었지만, 그에게 계속 웃었다. 어리석게도, 어느 시점이 지나자 그는 아내의 존재를 견딜 수 있는 남자가 아니었다. 그래서 친구 앞에서 마차 안이나 집에서 하는 약간 비꼬는 듯한 질문과 바로 해명을 하는 일이 일어날 수도 있었는데, 매기의 역할에 따라 그런 상황이 생길 수도 안 생길 수도 있었다. 반면, 이러한 모습을 실제로 스릴 넘치게 만드는 것은 아메리고 자신에게도 분명 미스터리로 각별하게 만드는 사건 또는 영향력이었다.

그러나 카도간 플레이스에 사는 부인은 3일 이내에 속내를 더 깊이 읽으려고 했고, 젊은 친구는 런던을 떠나기 전날 다음으로 넘어갔다. 내일 기다렸던 폰스로 가는데, 그동안 어싱험 부인은 그날 밤 미국 대사관에서 열리는 또 다른 더 큰 파티에 4명이 함께 식사할 거라는 걸 알게 됐다. 그래서 나이 많은 부인은 젊은 친구에게서 바로 참석해 달라고 부탁하는 전보를 6시에 받고 놀라움을 금치 못했다. "바로 저에게 와주세요. 필요하다면, 옷을 일찍 챙겨 입으세요. 그러면 시간적 여유가 생길 거예요. 우리가 타려고 부는 마차는 부인에게 먼저 갈 거예요." 어싱험 부인은 재빨리 고심한 후 제대로는 아니지만, 드레스를 차려입었고, 7시에 포틀랜드 플레이스에 도착했고, 위층에서 옷을 입고 있던 그녀의 친구는 부인을 맞이했다. 패니는 그 자리에서 자신이 두려워하던 위기가 샘물처럼 솟아올랐고, 믿기 어려운 시간이 눈앞에 다가왔다는 것을 알았다는 것을 나중에 대령에게 알렸다. 어려운 시간이란 패니가 지금까지 말했던 것보다 훨씬 더 오래 알고 있던 것이 다가온다는 것이었고, 그녀는 종종 불안한 마음에 대비하면서도 바람이 강하게 불고 기온이 가장 낮은 어느 날 밤 창문을 열었을 때와 비슷한 느낌으로 자신의 운명이 다가오는 것을 알아봐야 했다고 생각했다. 난롯가 옆에 오래 웅크린 것은 모두 헛된 일이 될 것이고, 유리창이 깨지고 차가운 공기가 그 자리를 가득 채울 것이다. 패니가 올라가고 있는 메기의 방 안의 공기가 아직 자신이 예상했던 것처럼 북극의 강한 바람은 아니더라도, 지금까지 함께 숨 쉬어 본 적이 없는 그런 분위기인 것은 틀림없었다. 왕자비는 드레스를 다 차려입었다. 실제로 그녀가 요구한 도움을 기다리고 있다는 효과, 말하자면 행동에 옮기려는 카드를 보여주는 듯한 효과가 더해졌다. 하녀는 이미 자리를 떴고, 메기는 모든 물건이 훌륭하지만, 제자리를 벗어나지 않는 크고 깨끗한 방에서 생애 처음으로 다소 '화려하게 치장'했다. 보석으로 과하게 치장했고 특히 머리는 평소보다 더 큰 장신구를 더 많이 달았다. 패기는 메기의 양쪽 밤이 루비처럼 빨갛게 된 모습 때문이라고 답을 내렸다. 메기가 착용한 두 개의 장신구는 어싱험 부인에게 그 자체로 빛을 냈는데, 본능적으로 옷을 치장해 도피하고 불안을 감추고, 사치스럽지만 일관성이 없는 것만큼 애처로운 것은 없었다. 패니는 아직 한 번도 빠지지 않은 부주의로 자신을 드러내지 않겠다는 생각이 분명히 있었고, 항상 그렇듯이 자신의 완벽한 작은 개인적 과정을 증언하는 방식으로 그곳에 있었다. 어떤 상황에서도 패니는 마무리 짓지 못한 부분이나 노출된 액세서리, 제거되지 않은 불필요한 부분을 보여주지 않을 준비가 됐다는 것이 늘 패니의 신호였다. 다소 거추장스럽고 자수로 장식된 배경에서 매기는 전체적으로 화려하지만 잘 정리가 되었고, 벽에 기댄 물건에서 작고 고요한 열정을 반영했고, 심지어 미국인 혈통에 있을 수 있는 뉴잉글랜드 할머니들이 먼지를 털고 닦는 것에 관해 이야기했다. 매기의 아파트가 여운이 남아있는 맑은 날에 '장엄'했다면, 그녀는 마치 종교 행렬 속 성스러운 이미지처럼 모든 옷을 갖춰 입고 치장을 해서 준비된 것처럼 보였고, 정확하게는 압박감 속에서도 할 수 있는 경이로움을 보여줬다. 패니는 신앙심 깊은 신부가 축제 전 제단 뒤에서 기적의 성모 마리아를 마주했을 때의 감정을 느낄 수 있었다. 그런 경우는 일반적으로 신부가 찾을 수 있는 모든 이끌림을 생각했을 때 중대할 것이다. 그러나 오늘 밤의 이끌림은 아주 희귀할 것이며, 신부가 무엇을 찾을 수 있는지는 그가 무엇을 줄 수 있는지에 달렸다.

33.

"아주 이상한 일이 일어났고, 당신도 알아야 할 것 같아요."

메기는 이 말을 아무렇게나 말하지 않았고, 손님은 그 호소의 힘을 새롭게 판단했다. 그들의 뜻이 통한 것으로, 패니가 무엇을 알든 믿음을 보일 것이다. 따라서 그녀는 5분 후 최근에 일어난 특별한 일이 무엇인지, 그리고 박물관에서 크라이튼 씨 보호 아래 어떤 시간을 보냈는지 알게 됐다. 크라이튼 씨는 특유의 친절함으로 멋진 쇼가 끝난 후 근처에 있는 숙소에서 점심 식사를 대접한 후 매기가 안전하게 집으로 돌아가는 것을 보고 싶었는데, 특히 그는 매기가 마차를 돌려보낸 것에 주목했는데, 그녀는 순전히 혼자서 길을 걷는 즐거움을 즐기기 위해 그렇게 했다. 패니는 매기가 그런 시간을 보낸 후 고상한 상태에서 런던 거리를 걷는 것이 가장 자신에게 최상임을 깨달았다는 것을 알았다. 자유롭게 다니면서 신경 쓸 게 없고 사람과 이야기를 하지 않고 마음이 내키면 구경할 상점 진열대가 많다는 것에 감동하고 흥분하고 만족했고, 최근에 여러 가지 이유로 만족할 수 없었던 그녀의 본성과 낮은 취향으로 여겼다. 매기는 고맙다는 인사를 하고 자리를 떴으며, 갈 길을 충분히 알았으며, 곧장 집으로 가지 않을 것이라는 가능성도 충분히 있었다. 조금 정처 없이 돌아다니는 것을 정말 즐거워할 것이고, 그래서 옥스퍼드 가에서 떨어져서 몰랐던 장소에 감명을 받으면서 슬론가만큼 가게가 많지 않았지만, 상상만 했던 오래된 서점, 오래된 인쇄소, 진열장에 골동품을 전시한 가게 등 상점 3~4곳을 들렸다. 공허한 퍼레이드는 이미 오래전에 끝났다. 몇 달 전에 샬롯이 넌지시 할 말이 계속 남았는데, 블룸즈버리에 있는 '재미있고 작고 매혹적인' 장소와 종종 예상치 못하게 발견되는 곳에 대해 가볍게 한 말이 매기 상상력의 씨앗이 됐다. 이런 낭만적인 기회에 대한 감각보다 더 강한 것은 아마도 없을 것이다. 샬롯이 가볍게 던질 말이지만 생생한 인상을 남겼고 오랫동안 간직하고 품었다. 그러고 나서 그녀는 왠지 모르게 몇 달 전보다 마음이 편해졌다고 느꼈는데, 이유는 알 수 없었지만, 이상하게 박물관에서 보낸 시간 때문인 듯했다. 마치 그토록 고귀하고 아름다운 교류를 하지 않았고, 아들을 위해서도 심지어 아버지를 위해서도 그러지 않았으면, 허영과 의심으로 변하고, 아마도 더 나쁜 것으로 변할 수 있다고 아는 것 같았다. 매기는 밝고 확신에 찬 눈빛으로 말했다. "그 어느 때 보다 그 사람을 다시 한번 믿었고, 그이를 어떻게 여겼는지 생각했어요. 거리를 걸으면서 그렇게 느꼈고, 마치 나를 도와주고 일으켜 세워주는 것 같았어요. 그 순간만큼은 혼자서 궁금해하거나 지켜볼 것이 없었고, 반대로 내 마음에는 걸리는 게 거의 아무것도 없었어요."

모든 것이 잘 풀릴 것만 같았고, 그녀는 아버지의 생일을 생각했고, 자신이 할 수 있는 일을 해볼 핑계로 삼았다. 그들은 전부터 있었던 폰스에 계속 있을 것이고, 생일이 21일이기에 아버지에게 줄 뭔가를 확실히 정할 다른 기회가 없을지도 모른다. 물론, 그가 이미 오래전에 샅샅이 물건을 찾아다녔을 때 보지 못했을 조금이라도 '좋은' 것과 그런대로 괜찮다고만 생각한 것을 찾지 못할 가능성이 늘 있었다. 그러나 이것은 오래된 이야기였고, 우정의 선물인 개별적인 선물은 자연의 엄격한 법칙에 따라 예정된 일탈이며, 그럴수록 더 많이 보여줄수록, 그리고 보여주기 위해 더 소중히 간직할수록 얼마나 정다운 것인지에 대한 그의 달콤한 이론이 아니었다면 아무런 재미도 느끼지 못했을 것이다. 예술의 연약함은 애정의 솔직함이고, 혈통의 상스러움은 동정심의 순화였다. 사실 가장 추한 물건은 보통 가장 화려하고 약한 기념품이었으며, 따라서 집에서는 당연히 유리 진열장에 따로 보관돼서 가치가 있지만 빛나는 얼굴의 신이 아니라 온갖 인상을 쓰는 신에게 바쳐진 신전에서는 가치가 없었다. 매기는 자연스럽게 지난 몇 년 동안 그런 그릇에 해당했다. 두껍고 잠겨 있는 창문에 코를 대고 납작하게 하는 것을 여전히 좋아했던 그녀는 매번 기념일에 남편이 자신의 제안을 미루는 척하거나 적어도 궁금하게 여긴다고 믿으려고 노력했다. 매기는 이제 다시 그렇게 하려고 한다. 항상 아내의 가식에 남편이 즐거워하고 남편의 가식에 아내가 즐거워했고, 어느 쪽이든 집안 관습을 제물로 바치는 것에 대해 익살스럽게 폭로하면서 너무 행복하게 게임을 즐겼다. 이런 목적으로 매기는 집으로 돌아가는 길에 여기저기 돌아다녔다. 그녀의 목적에 아무런 도움이 되지 않는 낡은 책과 낡은 판화들 사이에서 망상에 빠져 있었지만, 작은 골동품점에서 한 곳에서 기묘하고 작은 외국인 남자가 그녀에게 여러 가지를 보여주었고, 마침내 희귀하고, 모험했던 것에 비해 상당히 최상이라고 생각했던 물건을 구매했다. "문제가 없기에 지금은 전혀 무슨 일이 생길 거 같지 않아요. 만족스러운 하루를 보냈지만, 동시에 그 물건을 내 앞에 두고, 잊어버리지 않았으면 한다고 생각해요."

매기는 친구가 처음 등장할 때부터 침착한 척하지만 조금 몸을 떨었고, 그래도 충분히 조리 있게 말했다. 하지만 신중하게 생각하고 숨을 헐떡이는 게 아니라는 것을 증명하려는 듯이 몇 초마다 숨을 참았지만, 패니에게 이 모든 것이 깊은 동요로 보였다. 아버지에 관한 생각, 아버지의 기분을 전환할 수 있는 물건을 선택하는 기회, 즉 선물을 받은 그의 불굴의 의지에 대해 자연스럽게 말했고, 화자의 말보다 청자의 즉각적인 반응과 공감과 완전한 이해가 더욱 중요했다. 그 모습은 후자의 애정 어린 상상으로 그려졌다. 하지만 어쨌든 매기는 무장을 했고, 자신이 무엇을 하고 있는지 알았고, 아직은 '별 변화가 없는' 계획이 있었다. 그리하며 여전히 외식할 것이며, 눈에 핏대를 세우거나 경련을 일으키거나 외모를 소홀히 하는 등 의문을 일으킬 만한 어떤 것도 하지 않을 것이다. 하지만 매기는 무너지지 않는 이러한 응원을 바라고, 필요로 했으며, 천둥을 동반하지 않은 번개의 불길한 상승과 하강과 함께, 어싱험 부인은 눈앞에서 어떤 위험과 대가를 치르더라도 그녀는 필요한 것을 가지려고 하는 모습을 보였다. 우리 친구의 모든 본능은 상황이 어떻게 될지 알 때까지 이를 보류하는 것이었다. 패니는 현명하게 매기에게 응하지 못하는 한 가까이 다가가지 않았고, 그런 불길한 시작이 어떤 결과로 이어질지 아직 짐작할 수 없다는 점에서 대담한 도움이 있었다. 하지만 다시 생각에 잠겼던 패니는 왕자비가 잃어버린 확신에 대해 하는 말을 포착했다.

"우리와 함께 식사했던 월요일 밤에 편안했다는 뜻이에요?"

"그때 너무 행복했어요."

"맞아요, 우리는 당신이 너무 명랑하고 눈부셨다고 생각했어요" 패니는 그 말이 힘이 없다고 느꼈지만, 말을 이었다. "당신이 행복해해서 정말 기뻤어요."

매기는 처음에는 패니를 바라보기만 하면서 잠시 서 있었다. "내가 괜찮다고 생각했어요?"

"그럼요, 당신이 괜찮은 줄 알았어요."

"그렇게 생각하는 건 자연스럽죠. 사실 내 인생이 이보다 더 잘못된 적은 없었어요. 그동안 내내 이런 상태였으니까요."

어싱험 부인은 가능한 사치스럽게 자신의 모호함을 탐닉했다. "'이런 상태'라고요?"

"그래요!"라고 왕자비를 대답했는데, 그녀가 방 안 수많은 소중한 물건 중에 벽난로 선반 위에 있는 하나의 물건에 시선을 향했다는 것을 패니는 이제 알 수 있었다. 베버 가문은 어디서나 독보적으로 오래된 벽난로 장식품에 빠졌는데, 매기의 손님은 그 물건을 신경쓰지 않았다.

"금박 컵 말이에요?"

"맞아요."

이제야 패니 눈에 새롭게 들어온 물건은 다소 오래되어 보이고 손잡이 부분은 짧고 맨 아랫부분은 크고 다소 눈에 띄는 황금색으로 된

큼직한 잔으로, 벽난로 위의 한가운데를 차지했고, 나뭇가지 모양의 촛대와 함께 루이 16세 시대풍의 시계와 다른 물건들이 치워져서 더 잘 보였다. 시계는 현재 화려함과 그 스타일과 잘 어울리는 서랍장의 대리석 상판 위에 놓여 있었다. 어싱험 부인은 그 잔이 훌륭하다고 생각했지만, 문제는 그 잔의 본질적 가치가 아니었기 때문에, 멀리서 감탄만 할 뿐 가까이하지 않았다. "하지만 저 물건이 무슨 상관이죠?"

"모든 게 상관있어요. 두고 보면 알아요." 하지만 그 순간 매기는 다시 패니를 묘한 시선으로 보았다. "그이는 예전에 그 여자를 알았어요. 내가 그 사람을 만나기 전에요."

"알았다고요?" 하지만 패니는 자신이 놓친 연결고리를 찾는 동안 그 말을 따라 할 뿐이었다.

"아메리고가 샬롯을 알고 있었어요. 내가 생각했던 것보다 더 많이요."

패니는 그제야 빤히 쳐다보려고 그 말을 했다고 느꼈다. "하지만 둘이 만난 건 이미 알고 있었잖아요."

"이해가 안 됐어요. 아는 게 거의 없었고요. 무슨 말인지 아시겠어요?"

어싱험 부인은 이 순간에 매기가 얼마나 알고 있는지 궁금했고, 그녀가 정말 점잖게 말하고 있다는 걸 곧 알아차렸다. 속은 것에 대한 분노가 아니라 과거에 무지했던 것에 대한 조소로 나이 든 부인은 이상하지만 거의 믿을 수 없을 정도로 안도감을 느꼈다. 패니는 마치 따뜻한 여름 꽃향기처럼, 어떤 식으로든 돌아서든 어떤 판단의 결과도 마주하지 않을 것이라고 확신했다. 자신이 심판받아서는 안 됐다. 비참한 일이었다. 하지만 다음 순간 어쨌든 비겁하게 행동한 것에 대해 속으로 부끄러워했다. 패니는 한심스럽게 보일 수 있는 생각, 즉 매기는 그저 호소하는 것이고 그 필요성을 전적으로 받아들였다는 생각이 많이 들기 전에 '손을 떼는 것'에 대해 생각했다. "보통은 그렇죠. 하지만 당신이 하는 말에 대해서는 모르겠어요."

"그 사람들은 친밀했어요. 친했다고요."

패니는 매기의 흥분된 시선에서 희미하고 아득히 먼 다른 시간에 대한 역사를 떠올리며 계속 그녀 얼굴을 바라봤다. "어떻게 여기냐에 대한 의문은 늘 있죠."

"친한 건은 어떻게 여겨야 하죠? 이제 난 친밀하다는 것에 대해 어떻게 생각하는지 알아요. 너무 친해서 나한테는 아무것도 알려주지 않는 거예요."

정말 맞는 소리였다. 하지만 패니 어싱험이 움찔할 정도는 아니었다. "나와는 그저 사이좋게만 지낸다는 거예요?" 잠시 후 그렇게 물었고, 벽난로의 새로운 장식물을 다시 바라보면서 안도감을 느끼면서도 그사이에 궁금해졌다. "하지만 내가 전혀 모르는 게 있군요."

"그 사람들이 함께 다녔데요. 그 전뿐만 아니라 그 후에도 그랬데요."

"그 후에요?"

"우리가 결혼하기 전에도 그렇고, 우리가 약혼한 후에도 그랬어요."

"아, 전혀 몰랐어요!" 그리고 자신에게는 분명 새로운 일에 대해 더욱더 확신하고 말했다.

"저 잔이 지금 이때 이상하게 바로 그 증거예요. 우리 결혼식 전날까지 함께 있었어요. 샬롯이 미국에서 갑자시 돌아왔을 때 어땠는지 기억나세요?"

어싱험 부인에게 그 질문은 의식적이든 아니든 간에 단순함에 이상하게도 연민이 생겼다. "아 그럼요, 미국에서 어떻게 돌아와서 어떻게 우리와 지내게 됐는지와 어떤 생각이었는지 기억나죠."

매기는 여전히 줄곧 뚫어지게 보고 있었기에 바로 여기서 '그 생각'이 무엇인지 물으면서 조금 화를 내고 맹렬하게 달려들었을 수도 있었다. 패니는 잠시 일부러 그 폭발을 지켜보았지만, 왕자비가 모든 고통 속에서도 그들의 이상하고 고상한 거래에 관한 관심으로 비난의 기회를 이용하기를 거부하고 재빨리 협박을 그만두는 것을 보았다. 그리고 그녀는 이 사실과 함께, 아무리 모호하게 '알게 된' 경우라도 어떤 고통도 혼란스럽게 할 수 없고 어떤 발견도 필요성이 덜 한 것이 아니라는 명쾌한 의도에 대한 경외심으로 입을 다물었다고 느꼈다. 그 순간은 순식간에 지나갔지만, 친구에게 자신의 특별한 임무에 대한 감각을 다시금 일깨워주기에 충분할 만큼 오래 계속되었고, 이런 강렬한 암시로 다시금 부과된 직분, 즉 대답할 책임이 다시 패니에게 주입됐다. 패니는 자신이 한 말들을 상기했고, 그 말들은 샬롯의 옛 모습과 관련해 충분했는데, 마음 깊은 속에서 전체적인 인상은 빛이 났고, 그 점에서는 상당히 고무적이었고, 벗의 훌륭한 동기에 대한 견해는 처음부터 분명했다. "이런 일에도 나를 끝까지 지켜보기만 하시네요. 말하는 건 부인 자유죠." 두려움의 악화 혹은 인식의 악화는 무엇보다도 아버지에게 좋지 않은 것으로 곧장 이어졌다. 이 존재의 영향으로 아버지를 보호하거나 일어난 일을 모르게 하려는 매기의 구실을 재빨리 열정적으로 만들었는데, 다른 말로 마음가짐의 법칙이자 해결책의 열쇠였다. 그녀는 고꾸라질 뻔한 기수가 무릎으로 자리를 잡는 것처럼 확인된 두려움 속에서 이러한 이성과 자세를 단단히 붙잡았고, 그리고 그들이 더는 '만나지' 않으면 참을 수 있다고 손님에게 분명히 말했을지도 모른다. 매기가 무엇을 마주쳤는지 여전히 모르지만, 패니는 동정했다. 그래서 아무 말도 없이 그저 동정 어린 눈빛으로 앞만 보고 걷고, 어둠 속 교차로에서 랜턴을 들어서 부주의하게 다니는 마차를 향해 조심하라고 흔들기로 마음먹었다. 그래서 매기는 기다리지 않고 대답했다. "그 둘은 함께 시간을 보냈고, 적어도 아침에 같이 있었어요. 그때는 상상도 못 했던 일이었지만 지금은 확실해졌어요. 저기에 있는 그 잔이 아주 우연히도 증인이 되었어요. 그래서 남편이 볼 수 있게 여기 눈에 띄는 곳에 뒀어요. 방에 들어오면 거의 바로 볼 수 있게요. 그 사람이 그걸 보길 원했고 그걸 봤을 때 내가 그 자리에 있길 바랐어요. 하지만 아직 그런 일이 일어나지 않았고, 최근에 여기서 날 보러 오지 않으려고 하고, 오늘은 모습을 보이지 않았어요." 그녀는 점점 차분하게 이야기를 했고, 그렇게 일관성 있게 말하면서 자신의 말을 듣고 살피는 데 분명 도움이 되었다. 뒷받침할 증거가 있었고 그래서 대단한 일치를 이뤘지만, 추가로 덧붙일 말이 있다는 것을 뜻했다. "그 사람한테 본능적으로 경고하거나 불안하게 만드는 무언가가 있는 것 같아요. 당연히 무슨 일이 일어났는지 정확히 모르지만, 영리하니까 무언가가 일어났음을 짐작하고 서두르지 않는 거예요. 막연한 두려움에 피하고 있어요."

"하지만 집에는 있죠?"

"몰라요. 이상하게 오늘 점심 전부터 못 봤어요. 클럽에서 아주 중요한 투표가 있다고 했는데, 내 생각에 목전에 닥친 어떤 친구인 거같아요. 그 친구를 위해서 거기서 점심을 먹는 게 낫다고 생각했어요. 그이가 얼마나 노력하는지 부인도 아시죠."라고 말하며 매기는 친구마음에 진심으로 와닿는 미소를 지었다. "남편은 여러 면에서 아주 친절한 사람이에요. 하지만 몇 시간 전 일이에요."

"그러면 그가 여기 들어와서 나를 발견하는 게 더 위험하겠네요. 당신이 지금 무엇을 확인했다고 생각하는지도 모르겠고, 꼼짝 못 할 증거라는 그 물건과 연관성에 대해서는 전혀 몰라요." 매기는 뜻밖에 획득한 물건에 쳐다보다가 말다가 했다. 그것은 다소 아둔한 우아함으로 헤아릴 수 없었지만, 그렇게 평가하는 순간부터 그 광경을 지배하는 것은 생생하고 확실했다. 패니는 불 밝힌 크리스마스트리를 무시할 수 있었던 것처럼 지금 그 물건을 더는 무시할 수 없었지만, 어떤 기억을 떠올리기 위해 초조하고 헛되이 생각에 잠겼다. 이런 시도로 공허해 졌지만 동시에 왕자의 신비로운 불안감을 상당히 나눠 갖게 됐다. 그 황금잔은 견고하고 의식이 있는 괴팍함을 지녔다. 장식은 화려했지만, 왠지 하나의 '기록'으로서 추했다. "아메리고가 여기 있는 나를 보면, 당신이 의도한 것보다 또는 우리에게 도움이 되기보다는 훨씬 더 불쾌할 수 있어요. 그리고 난 그 물건이 무슨 의미인지 제대로 이해하려면 시간이 필요해요."

"그 사람은 들어오지 않을 테니까 안심하세요. 마차를 타러 아래층으로 갈 때가 돼서야 밑에서 나를 기다리는 그 사람을 볼 수 있어요."

패니는 그 말뜻을 그 이상으로 받아들였다. "대사님 사저에서 우리는 함께 있거나 적어도 두 사람은 함께 앉을 텐데, 설명할 수 없는 이유로 새로운 복잡한 문제가 나타날 수 있어요. 무시무시한 시간 동안 그 문제를 본 척하는 얼굴로 서로를 바라볼 수 있겠어요?"

매기는 각오하고 있다는 얼굴로 패기를 바라보았다. "설명할 수 없다고요? 완전 반대에요. 완벽하게, 제대로, 훌륭하게 설명되었고, 정말로 덧붙일 것도 없어요. 더는 원하지 않아요. 지금 이대로도 할 일이 많으니까."

패니 어싱험은 여전히 연결 고리를 놓친 채 상당히 어두운 곳에 서 있었다. 하지만 그 결과 가장 용인할 수는 결과는 단 하나로, 진실에 가까워진다는 차가운 두려움이었다. "하지만 집에 가면? 그러니까 아메리고가 다시 당신과 함께 올라가면, 그때는 그 물건을 보지 않겠어요?"

그 말에 매기는 잠시 생각했지만, 이상할 만큼 아주 천천히 고개를 저었다. "모르겠어요. 아마 그는 절대 보지 않을 거예요. 그 물건이 있는 한, 다시는 이 방에 들어오지 않을 거예요."

패니는 더 의아해했다. "다시는? 아…!"

"네, 그럴 수 있어요. 어떻게 아냐고요? 이것으로요!" 매기는 죄를 입증하는 그 물건을 다시 보지 않았지만, 패니는 별말을 하지 않아도 전체적인 상황을 표현하고 포함하는 방식에 경탄했다. "그럼 아메리고에게 말하지 않을 거예요?"

"말을 해요?"

"당신이 그 물건을 가지고 있고 어떤 의미로 생각하는지에 대해서요."

"그이도 말하지 않는데 내가 말해야 하는지 모르겠네요. 하지만 그 물건 때문에 날 계속 피한다면, 말할 수밖에 없겠죠? 그이는 더 말할 수도, 더 뭘 할 수도 없어요. 말할 사람은 내가 아니에요." 매기는 이미 손님을 그렇게 꿰뚫고 있던 어조 중 하나인 다른 어조로 덧붙였다. "난 말을 들어야 하는 사람이에요."

"그렇다면 모든 것은 당신이 증거로 간주하는 그 물건에 달린 거네요?"

"그렇다고 할 수 있겠네요. 지금은 아무것도 아닌 것으로 취급할 수 없어요."

이 말에 어싱험 부인은 벽난로 선반에 있는 잔에 더 가까이 다가갔는데, 상대방의 시각에 더 가까이 다가가지 않을 채 그렇게 했다는 기분이 들었다. 귀중한 물건을 보면서 매기에게 아는 것을 알려달라고 졸라대기는 보다는 직접 비밀을 캐내려는 듯 보았다. 그것은 대담한 형태에 화려하고 단단했고 움푹 들어간 곳이 깊었으며, 이렇게 기묘한 고뇌를 하지 않았다면, 노란색을 좋아하는 그녀는 탐나는 물건이라고 여겼을 것이다. 그것을 만지지 않고 곧 돌아섰는데, 이상하게 갑자기 그것을 만지게 될까 봐 두려워서였다. "그럼 모든 게 저 잔에 달렸어요? 그러니까 당신 미래도요? 난 그렇게 되리라 생각하거든요."

"결론은 그 물건 덕분에 기적에 가까울 정도로 난 그 사람들이 원래 얼마나 멀리 함께 갔는지에 대해 깨우치게 됐다는 거예요. 예전에 두 사람 사이에 많은 일이 있었다면, 지금은 다른 모든 상황을 고려할 때 그럴 수는 없을 거예요." 매기는 꾸준히 자신의 주장을 펼쳤다. "만약 이미 그런 일이 있었다면 그 이후 두 사람 사이에 무슨 일이 있었는지 의심할 여지가 생겨요. 하지만 현재 다 말하기에는 너무 많아요. 그러니까 해명할 게 많다고요."

패니 어싱험은 적어도 지금까지는 진실이었기 때문에 이를 해명하려고 그곳에 있었다. 그러나 매기의 증거에 비추어 볼 때, 아직 정확한 양을 잴 수 없더라도 그 어느 때 보다 설명할 게 많아 보였다. 게다가 정확하든 아니든 그곳에서는 매 순간 매기가 직접 알게 된 것에 더 집중하게 됐다. 매기 자신도 진실을 보았고, 두 사람이 함께 있는 동안 어싱험 부인이 그 진실을 알기에 충분했다. 왕자비가 단순하게 구는 태도 때문에 그녀가 알고 있는 자세한 내용은 사소한 일이 되었다. 사실 패니는 이런 자세한 내용을 물어봐야 한다는 것에 순간적으로 수치심 같은 것을 느꼈다. "당신이 말하는 다른 시기에 대한 내 느낌을 부인하는 척은 안 해요. 어떤 어려움과 어떤 위험에 처해 있었는지, 어떤 결정에 어떤 행동을 취해야 하는지 잊지 않았어요. 최선을 다하려고 정말 노력했어요." 패니는 자신의 말에 천천히 용기가 났고, 희미한 확신의 온기가 되살아나면서 다음 말을 이어갔다. "그리고 알다시피 그게 내가 해야 했던 일이라고 믿어요."

두 사람의 대화는 점점 더 빨라지고 깊어졌지만, 이 말에 잠시 조용히 오래 바라보기만 했다. 마침내 매기가 입을 열었을 때 이 모든 것은 사실상의 헌신이었다. "부인이 최선을 다했을 거라고 확신해요."

패니 어싱험은 그 말에 다시 잠시 침묵했다. "당신은 천사 같다고 늘 생각했어요."

하지만 이것만으로는 큰 도움이 되지는 않았다! "우리 결혼 바로 직전에, 2~3일 전이었어요. 저 물건이…!" 그리고 이상하게 웃다가 울음을 터뜨렸다.

"맞아요. 내가 말했듯이, 나와 지낼 때였죠. 하지만 몰랐어요. 특히 저 물건을 전혀 몰랐어요." 설득력이 없게 들렸지만, 자신의 주장을 내세웠다. "내 말은 그때 몰랐던 건 지금도 모른다는 거예요. 그런 거예요." 그러나 패니는 여전히 허둥댔다. "내 말은 내가 그랬다고요."

"하지만 부인이 과거에 어땠는지 그리고 현재 어떤지가 어떻게 같아요?" 나이든 부인의 말은 최근 상황에 대해 맞지 않는다는 어조로 들렸고, 허울뿐인 이해력으로, 증명할 수 있는 것이 아무것도 없기에, 확실히 반증할 것이 아무것도 없는 시기에 대해 말했다. 결정적인 것이 나오면서 상황은 어쨌든 바뀌었고, 이로 인해 매기는 적어도 확고한 견해를 유지할 수 있었다. "아메리고가 나와 결혼한 건 전부 그 때문이었어요." 매기의 시선은 다시 저주스러운 물건으로 향했다. "그게 바로 저거라고요!" 하지만 그녀의 시선은 다시 손님으로 향했다. "아버지가 그 여자와 결혼 것도 다 저것 때문이에요."

매기의 손님은 그 말을 있는 그대로 받아들였다. "그 두 사람은 고귀한 뜻을 가지고 결혼했다는 걸 믿으세요."

"아버지는 물론 그러셨죠." 이런 자각이 다시 들자, 모든 것이 매기를 덮쳤다. "아, 그런 일을 우리에게 강요하고, 우리 사이에서, 우리와 함께 있으면, 매일 그랬어요. 그리고 그 대가로, 그 대가로-! 아버지한테 그렇게 했어요. 아버지한테요!"

패니는 망설였다. "아버지 때문에 당신이 너무 괴롭다는 뜻이에요?" 그러자 왕자비는 한 번 처다보더니 돌아서서 방안을 돌아다녔다. 어쩌면 그 질문이 큰 실수였을지도 모른다. "우리가 지금 이야기하는 모든 것이 아버지를 위한 것일 수도 아닐 수도 있어서 물어보는 거예요."

하지만 매기는 다음 순간 패니의 말을 듣지 못한 것처럼 얼굴을 마주했다. "아버지는 날 위해서 결혼하신 거예요. 오직 날 위해서 모든 일을 하셨어요."

어싱험 부인은 바로 고개를 들었지만, 말하기 전에 다시 머뭇거렸다. "그래요…!"

의도한 단 한 마디였지만, 잠시 후 메기는 그 말을 들었다는 걸 보여줬다. "그게 이유라는 뜻이에요? 하나의 이유라고요?"

그러나 처음으로 패니는 이에 대한 대답을 생각하면서도, 진심을 전부 말하지 않았고, 대신 다른 말을 했다. "당신을 위해서 결혼을 했어요. 대부분의 이유는 적어도 당신이에요. 그리고 작은 관심에서 당신을 위해서 내가 할 수 있는 일을 했어요. 내가 당신을 위해서 뭔가 할 수 있다고 생각했어요. 난 당신 아버지처럼 당신의 관심이 뭔지 알았다고 생각했어요. 샬롯의 관심도요. 난 그 친구를 믿었어요."

"나도 샬롯을 믿었어요."

어싱험 부인은 다시 기다렸지만, 곧 말을 이었다. "그때 샬롯은 자신을 믿었어요."

"네?" 매기는 중얼거렸다.

절묘하고 희미하게 열망하는 무언가가 즉각적인 단순함 속에서 자신의 친구를 더 응원했다. "그리고 왕자는 믿었어요. 그의 믿음은 진짜였어요. 자신을 믿었던 것처럼."

메기는 그 말을 이해하는 데 시간이 걸렸다. "그 사람이 자신을 믿었어요?"

"나도 그 사람을 믿었던 것처럼. 정말 믿었어요, 매기. 그리고 지금도 믿어요. 정말이에요."

매기는 다시 그 말을 듣고는 불안했지만, 말을 끝냈다. "지금도 샬롯을 믿으세요?"

어싱험 부인은 이제 감당할 수 있을 것 같다는 생각에 항변했다. "샬롯에 대해서는 다른 날에 이야기해요. 어쨌든 두 사람 모두 그 당시에는 스스로 괜찮다고 생각했어요."

"그렇다면 내가 알 수도 있는 모든 일을 왜 숨겼을까요?"

패니는 온화한 눈빛으로 바라봤다. "왜 내가 당신에게 숨겼을까요?"

"아, 당신은 말할 의무가 없잖아요."

패니는 이 말에 외쳤다. "매기, 당신은 정말 신성한 사람이네요!"

"그 사람들은 날 사랑하는 척했어요. 그리고 아버지를 사랑하는 척했고요!"

"나는요?"

"어쨌든 아메리고와 샬롯을 신경 쓰는 것만큼 날 신경 쓰지는 않았죠. 그 사람들이 더 재미있으니까, 당연하죠. 어떻게 아메리고를 좋아하지 않을 수 있었겠어요?"

어싱험 부인은 단념했다. "어떻게 그러지 않을 수 있었겠느냐고요?" 그런 후 자유롭게 할 말을 했다. "어떻게 그러지 않을 수 있을까요?"

메기는 그 말에 눈을 동그랗게 떴다. "알겠어요. 믿을 수 있다는 건 아름다워요. 물론 샬롯을 돕고 싶으셨겠죠."

"맞아요. 샬롯을 돕고 싶었어요. 하지만 견고하게 묻었다고 생각했던 과거를 파헤치지 않으면서, 당신도 돕고 싶었어요. 지금도 여전히 모두를 돕고 싶어요."

그 말에 메기는 다시 한번 동작을 취했지만, 이번에는 빨리 강한 어조로 말했다. "만약 모든 일이 정말 순조롭게 시작된 거였다면, 그럼 내 잘못인가요?"

패니 애싱햄은 최선을 다해 말을 받아줬다. "당신은 너무 완벽했어요. 당신은 너무 많은 생각을 했어요."

하지만 왕자비는 이미 그 말을 알아들었다. "맞아요, 난 생각만 너무 많이 했어요." 잠시 그 잘못만 계속 생각했지만 제 생각을 재빨리 패니에게 밝혔다. "소중한 아버지를요!" 패니는 이렇게 바로 메기의 아버지에 대한 메기의 시각을 이해할 수 있었고, 새로운 긴장감으로 그녀를 지켜보았다. 그것은 선의의 거짓말일 수 있었고, 마치 더 넓은 빛의 틈 같았다. "그분은 아름다움 때문에 샬롯을 믿었어요."

"맞아요. 그리고 그렇게 믿게 만든 사람이 나예요. 그때는 무슨 일이 일어날지 전혀 몰랐기 때문에 그렇게 할 생각은 없었어요. 하지만 그렇게 만들었어요."

"당신도 아름다워요."

하지만 매기는 또 다른 문제라는 걸 스스로 확인했다. "문제는 샬롯이 그 일이 가능할 거라는 생각을 하도록 만들었다는 거예요."

패니는 다시 주저했다. "왕자가 그런 생각을 하도록 만들었다는 거예요?"

아버지가 그랬다는 의미였기에 매기는 빤히 봤다. 하지만 시각이 넓어지는 것 같았다. "두 사람 모두 그렇게 만들었어요. 샬롯은 그 사람들이 없었다면 생각하지 못했을걸요."

"하지만 아메리고는 너무나 정직해요. 당신 아버지의 믿음에 반하는 건 아무것도 없어요."

그러나 그 말에 매기는 잠시 가만히 있었다. "아마도 샬롯이 알고 있었다는 것만 알았겠죠."

"알았다고요?"

매기는 패니에게 갑작스럽게 물었다. "아버지가 나를 위해 많은 일을 했다는 걸 알았다고요. 샬롯이 알고 있다는 걸 그 사람은 어느 정도까지 알았을까요?"

"아, 그런 관계에서 사람들 사이에 무슨 말이 오갔는지 누가 말할 수 있겠어요? 한가지 확신한 건 그 사람은 관대했다는 거예요." 그리고 어싱험 부인은 확신에 찬 미소를 지었다. "당연히 자기 자신에 대해 옳은 일을 알고 있어요."

"그 말은 샬롯에게도 옳은 일이라는 거겠죠."

"네, 샬롯에게도 옳은 일이었죠. 중요한 건 그가 뭘 알고 있든, 자신의 선의를 위한 것이었다는 거예요."

매기는 계속 응시했고, 패니는 그녀의 다음 움직임을 기다렸다. "중요한 것은 그의 선의가 나에 관한 관심만큼 그녀를 받아들이는 믿음이었다는 거겠죠"

"그는 두 사람의 오랜 우정을 인정하고 받아들여요. 하지만 이기심에서 그런 거 아니었어요."

매기는 더 깊은 고민을 하며 말했다. "아뇨. 자신의 이기심을 내세우는 만큼 샬롯의 이기심도 내세우고 있어요."

"그렇게도 말할 수 있죠."

"확실해요. 이기심이 없었다면, 샬롯에게 청했을 거예요. 그리고 샬롯은 그 후에야 알았겠죠."

어싱험 부인은 멍한 표정을 지었다. "그 후라고요?"

"그리고 그 사람은 샬롯이 알아냈다는 걸 알게 되었을지도 몰라요. 결혼 이후 샬롯은 그 사람이 얼마나 많은 것을 요구했는지, 당신 자신이 이해했던 것보다 더 많은 걸 요구했는지 판단했다는 것도 알았고요. 마침내 그러한 요구가 결국 샬롯에게 어떤 영향을 미치는지 이해했을 거예요."

"그 사람이 많은 일을 저질렀을지도 모르지만, 한 가지는 분명하지 않았을 거예요. 샬롯이 그 사람에게 받기로 이해했던 것만큼의 1/4도 그는 보여주지 않았을 거예요."

"난 가끔 샬롯이 정말 뭘 이해했는지 궁금했어요. 하지만 그건 나에게 절대 말하지 않았던 거예요."

"그렇다면 나에게도 말해주지 않았던 거라서, 아마 우리는 결코 알 수 없을 것이고, 우리가 상관할 바가 아니라고 생각할 수도 있어요. 우리가 결코 알 수 없는 일들이 많아요"

메기는 그 말을 한참 생각했다. "절대 모르겠죠."

"하지만 우리를 바라보는 다른 사람들이 있고, 이제 당신이 어떤 어려움을 겪는 거 같아도 그것만으로도 충분할 거예요. 아버지는 정말 대단한 분이세요."

마치 메기가 자신의 길을 알게 되는 것처럼 느껴졌다. 서둘러 다시 이 말에 힘을 냈다. "대단하시죠."

"훌륭하시고요."

"훌륭하시죠."

"그러니까 그분은 할 수 있는 모든 일을 스스로 해내실 거예요. 당신을 위한 일도 끝까지 하실 거예요. 무너지려고 그렇게 하신 게 아니에요. 조용하고 인내심이 강하고 정교하신 분인데 무너지시겠어요? 결코 실패한 적이 없으시고 이번에도 실패하지 않으실 거예요."

"아, 이번에도!" 그리고 메기는 그 말에 갑자기 통곡했다. "그 모든 일에도 아버지가 무슨 일인지 알고 있다고 내가 확신할 수 있을까요? 아니면 모르신다고 확신할 수 있을까요?"

"그렇다면 모르시는 게 훨씬 더 나아요. 아버지를 내버려 두세요."

"아버지를 포기하라는 뜻인가요?"

"아버지에게 샬롯을 맡기라고요."

매기는 어두운 표정으로 지었다. "샬롯에게 아버지를 맡기고요? 이런 일이 있는데도요?"

"모든 일을 겪어도요. 그 문제에 있어 현재 두 사람은 잘 지내고 있잖아요?"

"잘 지낸다고요? 내가 어떻게 알겠어요?"

"모든 일을 겪고도 당신과 아메리고는 잘 지내고 있잖아요?"

매기의 눈이 커질 만큼 커졌다. "아직은 두고 봐야 해요."

"잘 지내지 못하는 거라면, 당신의 믿음은 어때요?"

"내 남편에 대한 믿음요?"

어싱험 부인은 잠시 망설였다. "아버지에 대해서요. 모든 게 믿음에 대한 것으로 돌아오고, 그것에 달렸어요."

"아버지의 무지에요?"

"아버지가 당신에게 뭘 제안하든, 받아들이세요."

"받아들이라고요?"

어싱험 부인은 고개를 들었다. "그리고 감사해하세요." 그 말에 곧 왕자비는 그녀를 마주 보았다. "알겠어요?"

"알겠어요."

"그럼 됐어요." 하지만 매기는 얼굴에 뭔가를 감추려고 창가 쪽으로 몸을 돌렸다. 매기가 그 자리에 서서 길거리를 바라보는 동안 어싱험 부인은 벽난로 쪽에 있는 그 복잡한 물건으로 다시 향했는데, 이상하게 놀라움과 항변을 반복했다. 부인은 계속 그 물건을 쳐다보고 새롭게 바라보고 이제 손으로 만들고 싶은 충동에 굴복했다. 눕혔다가 들어 올렸는데 그 무게에 놀랐다. 그렇게 많은 양의 금을 다뤄본 적이 거의 없기 때문이었다. 그 영향으로 왠지 더 제멋대로 말을 했다. "난 이게 믿기지 않아요."

그 말에 매기는 뒤돌아봤다. "믿기지 않으세요? 내가 말해주면 믿게 되실걸요."

"아무 말도 하지 말아요! 안 들을 거니까." 어싱험 부인은 잔을 계속 들고 있었기에 매기는 그녀에게 집중했고, 다음 순간 흥분된 긴장감을 느꼈다. 이상하게 그 모습은 어싱험 부인이 자유롭게 굴면서 의도적인 태도를 보이는 것 같았고, 경고의 말보다 눈빛이 더욱 분명하게 말하고 있었다. "가치가 있는 물건이지만, 금이 가 있어서 그 가치가 훼손된다는 걸 알았어요."

"금이 갔다고요? 황금인데요?"

"금이 아니에요." 매기는 왠지 이상한 미소를 지었다.

"그게 중요해요."

"그럼 뭔데요?"

"유리에요. 금박 아래쪽에 금이 가 있어요."

"유리라고요? 이렇게 무거운데요?"

"크리스털이고, 한때는 귀한 물건이었을 거예요. 하지만 그걸로 뭘 하겠어요?"

매기는 세 개의 창문 중 유리한 '뒤쪽'을 즐기고 서쪽 하늘과 저녁

노을을 볼 수 있는 넓은 창가에서 멀어졌다. 반면 어싱험 부인은 흠이 있는 그 잔에 사로잡혀 서서히 사라지는 빛이 비치는 쪽으로 다가 갔다. 여기서 단 하나의 잔을 엄지손가락으로 만져보고, 무게를 재고, 뒤집어보고, 무엇보다도 거부할 수 없는 충동을 갑자기 더 의식하면서 곧 다시 말을 꺼냈다. "금이라고요? 그렇다면 당신의 전체적인 생각도 금이 갔겠네요."

이때까지 그녀와 어느 정도 거리를 두고 있었던 매기는 잠시 말하는 걸 미뤘다. "부인이 말하는 내 생각이 그 잔 때문이라고 말하는 거라면…."

하지만 패니가 이미 결단을 내리고 말했다. "우리가 걱정하는 단 하나예요. 우리가 무엇이든 할 수 있는 한 가지 사실이고요."

"그렇다면 그게 뭔데요?"

"당신 남편은 정말 결코, 절대로…!" 하지만 방 건너편에 있는 친구에게 시선을 돌리는 동안, 이 말의 심각성으로 매기는 순식간에 화를 냈다.

"결코, 뭔데요?"

"지금처럼 당신에게 어느 정도 관심이 있었던 적이 없어요. 하지만 모르겠어요?"

매기는 생각했다. "아, 오늘 내가 부인에게 한 말 덕분에 알게 됐죠. 오늘도 모습을 보여주지 않고, 나한테서 멀러 떨어져 있었고 오지도 않았어요." 그리고 모든 그럴듯한 말을 부정하듯 고개를 저었다. "아시다시피, 그 물건 때문이에요."

"이것 때문이라면…!" 매기를 살피고 확실히 영감은 얻은 패니 어싱햄은 두 손으로 잔을 머리 위로 힘차게 들어 올렸고, 엄숙하게 왕자비를 향해 근엄한 미소를 지으며 자신의 의도를 나타냈다. 그래서 순간적으로 자기 생각만 한 그녀는 그 귀중한 잔을 들고 창문 안쪽의 광택이 나고 깨끗하고 단단한 바닥을 주의 깊게 살핀 후, 그 잔을 대담하게 바닥으로 내동댕이쳤고, 쾅 하는 소리와 함께 깨진 것을 보고 스릴을 느꼈다. 매기가 그 광경을 놀라 얼굴을 붉혔듯이, 어싱험 부인도 얼굴을 붉혔고, 이렇게 그들은 잠깐 이렇게 상기된 채로 있었다. 잠시 후 어싱험 부인은 말했다. "당신이 뭘 말하고 싶었든, 이제 알고 싶지 않아요. 그건 더 이상 존재하지 않으니까요."

"도대체 뭘 하자는 거예요?" 마치 용수철을 건드린 것처럼 패니의 말에 이 말이 먼저 나왔다. 왕자가 조심성 없이 문을 열었기 때문에, 크리스탈이 깨지는 것과 거의 같은 날카로운 소리가 두 여자가 몰두하는 분위기를 깨뜨렸다. 분명 그는 패니가 한 행동의 결과를 파악할 시간이 있었고, 그 넓은 공간에서 그의 시선은 이 여인의 발밑에서 빛나고 파는 파편에 고정됐다. 그는 아내에게 질문했지만, 곧 손님을 바라봤고, 결혼식 전날과 샬롯이 다시 나타났던 오후에 카도간 플레이스에서 그가 보낸 시간 이후로 무언의 상태에서 당연히 어찌할 바를 몰랐다. 압박의 강도에서 이 사람들에게 다시 뭔가가 가능해졌고, 그 무언가는 그 이야기를 계속해서 그때 나눴던 맹세를 이행하는 것일지도 모른다. 이렇게 억누른 애원과 감춰진 반응의 빠른 전개는 실제로 여러 결과로 이어졌고, 어싱험 부인은 빨리 정신을 차렸으며, 아메리고의 생각과 자신이 처리한 증거에 대한 추측을 인지했는데, 놀랍게도 그를 바라면서 감지했다. 어싱험 부인은 그 자리에서 하고 싶은 말이 많았기에 그를 보고 또 보았다. 하지만 매기도 보고 있었고, 더구나 두 사람 모두를 보고 있었다. 그래서 그 부인에게는 하려던 말이 금방 하나로 줄어들었다. 여전히 조용한 분위기였지만 너무 늦지 않게 그의 질문에 답했다. 3조각으로 깨진 황금잔을 두고 가자고 마음먹었고, 그냥 매기에게 그를 맡겼다. 나중에 보자고, 곧 다시 다 함께 보자고 했다. 그러면서 매기가 한 말에 대해서는 문을 나서면서 매기 자신도 이때쯤 당연히 그에게 말할 각오가 되었을 거라고 말했다.

34.

그러나 남편과 함께 남겨진 메기는 아무 말도 하지 않았다. 남편이 그걸 정리할 때까지 그 사람 얼굴을 다시는 보고 싶지 않다는 생각만 강하고 예리하게 들었다. 매기는 잠시 정신을 차리고 패니가 다음에 어떻게 할지 충분히 알았고, 남편이 방으로 들어온 후 놀란 눈빛으로 그 모습을 보았다. 그리고 매기는 남편이 매첨에서 늦게 돌아온 밤에 그녀의 괴로운 영혼에 빛을 비췄던 잊히지 않는 말과 그에 대한 통찰력으로 그 상황을 재빨리 판단하는데 자신이 얼마나 대단한 전문가가 되었는지 알게 되었다. 비록 짧은 순간이었지만 그 중대한 시점에서 지었던 표정은 어떤 일이 있을 수 있다는 느낌이 들었고, 패니 어싱험이 떠나기 전에 충분히 알아볼 만큼 오래전부터 매기에게 강조되었을 것이다. 매기는 그 표정에서 손님의 태도와 모호한 말로 얼굴을 붉힌 상황과 예기치 못하게 마주친 일의 결과를 남편이 알았다는 것을 알아차렸다. 그는 넓은 공간의 바닥에 3조각으로 깨져 있는 귀중한 물건이 혼란스럽지만 분명 뭔가 알았고, 잊히지 않는 이미지를 생각나게 하는 이 일을 당연히 이해하지 못했다. 그것은 충격이었고 마치 패니의 격렬한 행위은 의도를 넘어선 폭력이었고, 입을 때리는 순간 뜨거운 피를 불러일으키는 폭력이었던 것처럼 고통스러웠다. 매기는 남편에게서 돌아서면서 자신은 그의 고통을 원치 않는다는 걸 알았다. 그의 미모 속에 타오르는 확신의 붉은 자국이 아니라 자신의 단순한 확신을 원했다. 눈을 가린 채 계속할 수 있었다면 가장 좋아했을 것이다. 지금 자신이 해야 할 말을 하고 남편이 하는 말을 받아들이는 게 문제였지만, 그것을 감쌀 수 있는 어떤 맹목적인 자세가 이익에 가까운 접근방식이 될 것이다.

매니는 패니가 그 순간만큼은 분명 의도적으로 놀라운 에너지를 내뿜었던 자리로 조용히 가서 아메리고가 보는 앞에서 그 반짝이는 파편을 집었다. 바스락거리는 옷차림에 보석으로 화려하게 치장한 그녀는 겸손한 자세로 재빨리 하려고 했지만, 한 번에 두 조각밖에 옮길 수 없었다. 매기는 파편들을 패니가 잔에 사로잡혀있었던 장소였던 벽난로 선반으로 가려가서 조심스럽게 내려놓은 후 바닥에 남아있는 단단한 잔 아랫부분으로 주우러 돌아갔다. 이것을 들고 벽난로 선반으로 돌아와서 가운데에 신중하게 놓은 후 다른 파편들과 맞추려고 잠깐 집중했다. 눈에 보이지 않았던 금 때문에 너무 깔끔하게 깨져서 만약 그 잔을 고정할 수 있는 뭔가가 있었다면 몇 걸음 떨어져서 보면 여전히 아름답고 멀쩡한 것으로 보였을 것이다. 하지만 그것들을 고정할 수 있는 건 당연히 매기의 손밖에 없었기에 몇 분 동안 조심스럽게 받침대 옆에 놓고 남편의 눈앞에 둘 수밖에 없었다. 매기는 아무 말 없이 계속했지만, 마치 원하는 결과를 얻기 위해 지금까지 빨리 성취한 것보다 훨씬 더 오랜 시간이 걸린 것처럼 보였다. 아메리고는 아무 말이 없었지만, 침묵은 그녀가 받아들이라고 훈계하는 것처럼 보이는 경고의 분위기 때문이었다. 마치 아내가 보인 태도 때문에 남편이 그녀가 하는 일을 제대로 보기 위해 가만있는 듯했다. 그는 조금도 의심하지 말아야 한다. 매기가 알고 있었고 그 깨진 잔이 알고 있다는 증거였지만, 남편이 엉뚱한 말을 하는 걸 전혀 바라지 않았다. 그는 아내가 이 물건을 훨씬 더 잘 알고 있다는 걸 생각해야 하고, 현재 그녀가 중시하는 것은 남편이 알아야 한다는 것뿐이었다. 매기는 온종일 그를 의식하고 있었거나 혹은 적어도 패니 어싱험에게 전념했다는 것에 막연해하고 본능적으로 불안했지만, 그의 불안이 미친 영향에 대해서는 틀렸다. 눈에 띄는 중상에서 멀리 떨어져 있는 것에 대한 그의 두려움은 적어도 들어오는 것에 대한 두려움보다 더 큰 것으로 확인됐다. 심지어 남편이 위험을 무릅쓰고 들어왔으며 매기의 생각보다 어떤 잘못된 말로 위태로운 상황이 되지 않도록 정신을 가다듬었고, 그곳에서 그들 사이에 끼어서 의사가 엄지손가락으로 맥박을 재는 동안 계속해서 두근거렸다는 걸 알았다. 매기는 그 사람 앞에서 잔은 깨졌지만, 근거는 깨지지 않았다고 생각했다. 그녀가 결심한 근거, 친구를 부른 근거, 남편 눈에 보이는 자리를 마련한 근거였고, 모두 것이 한 가지 근거였으며, 그 문제에 진지하게 매달렸기 때문에 패니의 행동과 그 물건에 대한 그의 불안으로 인해 일어난 일은 남편이 받아들이기로 하면서 매기에게 일어난 것이 아니라 절대적으로 그리고 직접 그 사람에게 일어난 일이었다. 그곳에서 시간에 대한 매기의 바람은 자신이 아니라 아메리고의 시간에 끼어드는 것으로, 그녀는 아주 오랫동안, 몇 시간 동안 영원과 함께 살아왔고 앞으로도 살아갈 것이기 때문이다. 남편에게 이렇게 말하고 싶었다. "당신이 필요한 건 다 가져요. 어쨌든 내가 가장 적게 고통받거나 가장 덜 왜곡되고 가장 덜 흉하지 않은 것을 보기 위해서 당신이 정리하고, 이 새로운 기준에 따라 당신을 편할 때 마음을 정하세요. 기다려요. 잠깐만요, 당신은 곧 샬롯과 의논을 하겠죠. 그러면 당신은 그때 훨씬 더 잘할 거예요. 우리 모두에게 훨씬 쉬워질 테니까요. 무엇보다도 당신의 개인적인 평온함, 비교할 수 없는 우월감 속에서 내가 보여주는 끔찍한 흐릿함, 긴장감과 당혹감의 황폐함을 이해할 때까지 나에게 보여주지 말아요." 벽난로 선반에서 작은 물건들을 정리한 후, 사실 그런 애원을 막 하려는 찰나였다. 반면 매기가 생각을 분명히 정리하는 동안 그들이 외출한 시간이 점점 지나가고 있었는데, 남편은 치장하지 않았고 매기는 옷을 차려입었지만, 얼굴은 아직도 붉고 여러 가지 면에서 흥분한 상태였기 때문에 대사의 일행들이 할 수 있는 말과 해석을 생각해서 거울 앞에서 외모를 다시 가다듬어야 했다.

　한편 아메리고는 깨진 잔을 치우는 허례허식 같은 행동으로 아내의 기다리라고 한 말을 최대한 이용할 수 있었다. 어싱험 부인이 아내 대신 약속한 대로 아내가 말을 할 때까지 기다리기로 했다. 비록 그런 긴장감 때문에 현재 그녀가 말하는 건 아니지만, 다시 이렇게 지체하는 것은 확실히 그녀의 침착성을 시험했다. 일단 매기는 남편한테서 시선을 떼면서, 곧 그 사람의 재치를 상당히 부담스러워한다는 것을 깨달았다. 매기가 아메리고에게 등을 돌렸을 때, 이상하게 그를 용서하고 싶다는 바람을 기묘함을 다시 한번 느꼈는데, 그 이상함은 깊은 고민을 할 때, 마치 무턱대고 하늘에서 우물로 급강하하는 새의 거친 날개처럼 이미 50번이나 스쳐 지나갔던 생각으로, 새가 순간적으로 펄럭여서 저 멀고 둥근 하늘이 어두워졌을 것이다. 그녀의 완전한 생각이 군건해지기보다는 무뎌진 것처럼 보이게 하는 나쁜 행동에 대한 이러한 기호는 놀랄 만했고, 매기가 그 점을 인지할수록 더욱 놀랄 만했다. 마침내 모든 것을 알고, 모든 가증스러운 사실이 그녀 앞에 완전히 드러났기 때문에, 더는 덧붙일 게 없다는 확신이 들었기 때문이었고, 그곳에 조용히 그와 함께 있는 것만으로도 그녀는 마음속 신념과 행동 사이에서 갑작스러운 분열을 느꼈다. 놀랍게도 그 두 가지는 그 자리에서 연결이 끊어지기 시작했다. 즉, 신념은 한 치의 흔들림도 없이 땅에 더욱 단단히 발을 디뎠을 뿐이었지만, 행동은 지상에 머물러 있는 힘에 흥분하여 더 가볍고 크지만, 더 편안한 형태처럼 움직이기 시작했다. 자유롭고, 독립적이며, 그 자체로 놀랍고 멋진 모험을 떠날 수 있을 것이다. 말하자면, 자유의 책임에 대해 비난할 수 있으며, 지금도 매기에게 희미하게 보이는 것은, 시간이 지날수록 남편이 아내의 필요성을 새롭게 느끼고, 그 필요성은 사실 바로 이 순간에도 그들 사이에 생겨나고 있다는 가능성이 더 짙어졌다는 것이다. 지금까지 그가 그 어떤 것과도 비교할 수 없다고 느꼈을 정도로 그녀에게는 정말 새롭게 충격적이었다. 이 상황으로 그는 정말로, 절대적으로, 전체 인간관계에서 첫 번째 연결 고리로 그녀를 정말로 필요로 할 것이다. 아니, 이 전에도 그녀를 이용했고, 심지어 매우 즐긴 적이 있었지만, 그녀가 그에게 필요성을 입증한 전례는 없었다. 더욱이 이 특별한 단서의 엄청난 장점은 그녀가 이제 아무것도 준비하거나 바꾸거나 위조하지 않고 일관되게 단순하고 확실하다는 것이었다. 그녀는 여전히 등을 돌리고 하는 일에 집중하면서 가장 이상적인 방법이 무엇인지 자문했다. 바로 다음 순간 모든 답이 떠올랐고 그에게 돌아섰다. "패니 어싱험 부인이 깨뜨렸어요. 금이 있어서 힘을 충분히 가하면 깨진다는 걸 알았어요. 내가 부인에게 그걸 말했을 때, 부인이 보기에는 그게 최선의 방법이라고 생각했어요. 그건 내 생각이 아니었어요. 하지만 내가 이해하기도 전에 부인이 그렇게 했어요. 난 반대로 당신이 볼 수 있게 여기에 뒀어요."

아메리고는 주머니에 손을 넣고 서 있는 상태로 벽난로 선반에 있는 깨진 잔을 보았고, 매기는 친구의 폭력적 행동의 결과에 대해 생각할 기회를 받아들이는 것에서 안도하는 모습을 알아보았고, 이때부터는 성찰하고 미룰수록 그에게 배로 유리해졌다.

아내가 남편을 돕고, 남편이 스스로 하도록 도와줌으로써, 아내는 남편이 자신을 도울 수 있도록 해야 한다는 소중한 진리가 지금 그녀의 내면에서 마지막까지 강렬하게 작용했다. 매기는 이미 남편과 복잡한 미로에 있지 않은가? 실제로 매기는 그를 위해 자기 자신이 행동의 중심이 돼서 확실한 방향과 본능에 따라 그를 안전하게 미로 밖으로 안내하고 있지 않은가? 그녀는 이렇게 그가 미리 상상하지 못했던 지원을 확실히 했고, 게다가 배신행위가 없다고 믿고 공표될 때까지 면밀한 관찰이 정말로 필요했다. "그래요, 한 번 생각해 봐요." 매기는 자신의 말이 다른 것으로 들리는 동안에도 남편이 자신의 말을 듣는 것으로 아는 듯했다. "있잖아요, 그 박살이 난 증거에 여전히 살아 있는 진실과 당신이 생각한 것처럼 내가 그렇게 바보가 아니라는 더 놀라운 모습 두 가지 모두를 봐요. 난 남들과 다르기에, 당신이 나와 함께 그 문제를 해결할 수 있다면, 당신에게 아직 무언가가 있을 수 있다고 생각해 봐요. 물론 이런 이점을 자유롭게 이용하기 위해 당신이 어떤 것에 굴해야 하고 어떤 대가를 누구에게 치러야 하는지에 대해 생각해 보세요. 그러나 어쨌든 당신의 기회를 너무 무턱대고 망치지 않는다면, 당신에게 뭔가가 있다는 것을 인정해요." 아메리고는 그 저주의 파편에 더 가까이 가지 않았지만, 서 있는 곳에서 안 보는 척은 하지 않았다. 이 모든 것이 그녀에게는 어느 정도 추적 가능한 과정으로 보였다. 그리고 매기가 내뱉은 말은 아메리고가 끼어 들어서 할 법한 말과는 상당히 달랐다. "아주 오래전 나도 모르는 사이에 우리 결혼식 하루 이틀 전에 샬롯과 함께 시간을 보냈던 블룸즈버리에 있는 작은 골동품 가게에서 당신이 봤던 바로 그 황금잔이에요. 두 사람 모두 그 잔을 봤지만 사지는 않았어요. 날 생각해서 내버려 뒀고, 놀랍게도 지난 월요일에 우연히 같은 가게에 들렀어요. 당신에게 말했던 크라이튼 씨와 약속으로 박물관을 방문한 후 집에 가는 길에 아버지 생일 선물로 작고 오래된 물건을 찾으려 다녔거든요. 난 그 물건을 보고 마음에 들어서 샀죠. 그 당시에는 그 물건에 대해 아무것도 몰랐어요. 이제야 알게 됐어요. 불과 몇 시간 전, 오늘 오후에요. 자연스럽게 그 물건을 보고 큰 인상을 받았죠. 그리고 바로 저기에 있어요. 세 조각이 됐네요. 당신과 샬롯이 함께 본 것이 맞는지 확인하고 싶으면 두려워하지 말고 그렇게 해요. 깨져 버린 바람에 그 아름다움과 예술적 가치에서는 안타깝지만, 다른 것은 그대로예요. 당신에 대한 많은 진실을 알려주는 가치는 그대로라는 의미에요. 그래서 당신이 그게 쓸모 있다고 생각하지 않는 한, 난 그게 어떻게 되든 크게 신경 쓰지 않아요. 쓸모가 있다면, 폰스로 가져갈 수 있어요."

이 좁은 고개를 통과했을 때, 그녀는 자신이 정말 무언가를 성취했다는 느낌, 즉 덜 위축된 가능성을 내놓고 있다는 느낌에 놀라웠다. 매기는 남편을 본능대로 했으며, 남편이 아내를 충족시킬 수 있는 순간적이지 않은 기반을 마련했다. 마침내 아메리고가 고개를 돌려 매기의 얼굴을 봤을 때, 그의 표정에서 마지막으로 희미하게 드러난 것이 바로 이것이었다. 하지만 그의 고통에 대한 인식과 눈빛에 나타난 의구심이 눈에 들어왔다. 그가 말을 꺼내기 전에 잠깐 사이에 매기의 뛰어난 명석함에 대해 전에 없던 교감이 이뤄졌다. 하지만 그가 말을 꺼냈을 때, 불길한 예감이 바로 들지는 않았다. "그런데 패니 어싱험은 도대체 그 물건과 무슨 상관이 있죠?"

그의 질문은 매기가 모든 것을 단념할 만큼 큰 영향을 미쳤기 때문에, 숨 막힐 듯한 고통 속에서 겨우 미소 지을 수 있었다. 하지만 그 말에 매기는 더 솔직해질 수밖에 없었다. "내가 바로 와달라고 불렀고 어싱험 부인이 바로 왔던 것과 관련 있어요. 부인이 알고 있을 거라는 걸 알았기 때문에 가장 먼저 만나고 싶었거든요. 내가 스스로 알아내고 이해할 수 있는 것보다 더 많이 알고 싶었어요. 내가 스스로 이해할 수 있는 만큼 이해했고, 그렇게 끝내고 싶었어요. 하지만 그 모든 것에도 더는 나아가지 못했고, 그래서 부인이 정말 큰 도움이 됐어요. 부인이 노력한 만큼 원하는 만큼이 아니었지만요. 하지만 부인은 당신을 위해서 최선을 다했고, 그 점을 절대 잊어서는 안 돼요. 부인이 없을 때 할 수 있었던 것보다 내가 훨씬 끝없이 나아갈 수 있도록 해줬어요. 부인은 나에게 시간을 벌어줬고, 지난 3개월이 그랬어요. 모르겠어요?"

매기는 일부러 "모르겠어요?"라고 말했고, 다음 순간 그 말이 효과 있었다고 느꼈다. "지난 3개월요?"라고 왕자가 물었다.

"매첨에서 아주 늦은 밤에 집으로 돌아왔던 날부터 계산하면요. 샬롯과 함께 글로스터에서 보낸 시간부터 세어봐요. 성당을 방문했던 이야기를 나에게 아주 자세히 해줬던 거 잊지 않았겠죠. 그때부터 난 확신하기 시작했어요. 그전에도 충분히 의심하고 있었고요. 샬롯과 두 번의 인연을 맺었고, 오랫동안 그 관계를 유지한 게 분명하다고 확신했어요."

아메리고는 그 말을 듣고 조금 어쩔 줄 몰라 하며 바라봤다. "두 번요?" 그 말투에서 무언가 모호하고 바보 같은 느낌이 들었고, 매기는 순식간에 가장 영리한 사람조차도 우스꽝스러운 일을 하게 되는 예정된 불운의 결과는 잘못된 행위에 대한 형벌의 본질일 수 있다고 생각했다. "아, 50번일 수도 있어요. 샬롯과 같은 관계를 50번 가졌으니까! 내가 말하는 건 샬롯과의 관계 종류의 수인데, 아버지와 내가 생각했던 것처럼 한 가지 종류의 관계가 아닌 한, 숫자 자체는 문제가 안 돼요. 한 가지 종류는 우리 앞에 있는 것이고, 당신도 알겠지만, 우리는 그것을 당연하게 여겼고 받아들였어요. 우리 눈에 보이지 않는 다른 종류의 관계가 있을 거라고는 생각 못 했어요. 하지만 내가 말했던 그날 저녁 후에 다른 뭔가가 있다는 걸 알았죠. 말했듯이 그전에도 당신은 상상도 못 했던 어떤 생각이 들었어요. 내가 말하는 순간부터 더 많은 일이 있었고, 당신들은 당신 자신들 되었고, 당신과 샬롯은 막연하지만 불안하게 그 차이를 의식했어요. 하지만 지난 몇 시간 동안 우리가 어떤 상황인지 가장 잘 알 수 있었어요. 패니 어싱험 부인과 내 의구심에 관해 이야기를 나눴기 때문에 내 확신을 부인에게 알리고 싶었어요. 하지만 부인은 아무 상관이 없다는 거 당신이 이해해야 해요. 부인은 당신을 감쌌어요."

아메리고는 아내에게 모든 관심을 기울였고, 본질적으로 아내가 충분히 생각할 수 있다는 이런 인상을 처음 받았으며, 이상하지만 자신의 모든 것을 잃는다고 해도 아내가 말하는 것이 좋았다. 마치 그는 더 나쁜 일이 일어나기를 기다렸던 것처럼 그리고 매기가 생각하는 모든 것, 확실한 사실, 더 정확하게 입에 올려도 되는 모든 것을 내뱉어서 그도 자신의 권리에 따라 어떤 상황에 있는지 알기를 바라는 것처럼 잠시 조용했다. 말하는 아내의 얼굴을 쫓는 동안, 무엇보다는 그를 자극하는 건 아내가 자신 앞에 놓아둔, 아직 직접 만지기가 두려운 뭔가를 집어 들고 싶다는 충동이었을 것이다. 자유롭게 꺼내고 싶었지만, 이미 결정을 내렸다는 이유로 손을 떼야 했으며, 모든 것을 상실하면서 겪는 고통 때문에 아메리고는 열기, 참을 수 없는 차가움과 분명한 인식의 눈빛으로 아내를 갈망했다. 아내가 아버지를 위해서 말하는 것이 그에게 영향을 미쳤고, 아메리고는 자신이 질문하지 않아도 그녀가 대답하도록 눈빛으로 최면을 걸려고 했을지도 모른다. "장인어른은 현재 더 알고 계신 게 있어요?"라는 말을 그가 입 밖으로 내뱉지 않으려고 참아야 했고, 그녀는 확실히 편해지려고 아직 아무것도 하지 않을 것이다. 매기는 남편이 얼마나 꼼짝 못 하는 상태인지에 대해 격렬한 전율을 느꼈고, 그런데도 계속 그런 상태로 두려는 현재의 의식적 목적은 보잘것없는 연민과 완벽하게 부합했다. 그런 불안과 양심의 가책을 근거로 매기 아버지를 거론하는 것은 샬롯을 저버리는 것처럼 불가능한 일을 하는 것일 것이다. 아메리고는 갑자기 알게 된 열린 틈새로 눈에 띄게, 분명히, 뒤따를 수 있게 뒤로 물러섰지만, 이상하게 그 두 사람 사이에는 어림잡을 수 없는 일들이 너무 많았다. 신뢰감의 역사가 정말 그녀 앞에 우뚝 솟았다. 그러한 상황을 바탕으로, 즉 타고난 자기만족 덕분에 매기는 그런 확신이 늘 자신을 지키는 것이라고 여기면서 강한 신뢰를 높이 쌓았다. 아메리고는 어쨌든 피하고 싶은 추악함, 헤아릴 수 없는 곤란함을 느꼈는데, 아내처럼 자신도 너무나 단순한 사람인 것처럼 준비가 되지 않았기 때문이었다. 한편 매기는 매우 단순하지만, 자기 입장에서는 거리낄 것이 없기에, 아메리고는 그녀한테서 무슨 말을 듣든, 어떤 이유로도 샬롯이라는 이름을 절대 거론할 수 없다는 것을 알았다. 장인의 아내인 베버 부인이 그들 사이에서 위엄 있고 엄두를 내서는 안 되는 것으로 떠올랐고, 그녀를 보호하고, 감싸고, 설명하면 적어도 아내에게 의구심이 생길 것이라고 베버 부인의 남편에게도 똑같은 충격이 될 것이다. 하지만 이것은 정확히 매기가 남편에게 공개하지 않았던 것으로, 다음 순간에 그가 고통 속에서 상당히 몸부림치지 않는지 자문했다. 그는 그 가설에 따라 몇 초 더 몸부림쳤다. 자신이 할 수 있는 것과 할 수 없는 것 사이에서 선택해야 했기 때문이다.

"아주 사소한 일로 엄청난 결론을 끌어내고 있네요. 공정하게 말해서, 저기 박살이 난 잔이 나에게 되돌아왔다고 내가 완전히 인정한다면, 비난이든 이기는 거든 내가 뭐라고 말할지 모르지만, 너무 쉽게 생각하는 거 아니에요? 그 일에 지금 솔직히 말하자면, 그 당시에는 당신에게 말하고 싶지 않았어요. 우리는 약속을 잡고 두세 시간을 함께 보냈어요. 당신이 말하는 시기는 내 결혼식 전날이었어요. 하지만, 당신 결혼식 전날이기도 했고, 그게 중요했어요. 막판에 당신에게 줄 작은 결혼 선물을 찾고 싶었고, 당신에게 줄 가치가 있으면서 다른 관점에서 나에게도 쓸모가 있는 것을 찾고 싶었죠. 전부 당신을 위한 선물이었기 때문에, 당연히 듣지 못했던 거예요. 우리는 함께 나가서 여기저기 샅샅이 찾았고, 찾아 헤맸어요. 그리고 우리는 우연히 저 크리스탈 잔을 발견했어요. 내 명예를 걸고 말하자면, 이유가 뭐든 패니어싱험이 그렇게 다뤄서 유감이네요." 아메리고는 계속 주머니에 손을 넣고 있었다. 깨진 잔으로 다시 시선을 돌렸지만, 이번에는 더 만족하는 눈빛이었다. 매기는 남편이 설명이 끝내고 비교적 안도하며 길고 깊은숨을 내쉬는 것을 느낄 수 있었다. 모든 것을 뒤로하고, 마침내 아내와 이야기해서 왠지 위안이 되었고, 자신이 말할 수 있다고 자신에게 증명하는 듯했다. "블룸즈버리에 있는 작은 가게였어요. 지금도 거기 찾아갈 수 있어요. 그 남자는 이탈리아어를 알아들었고, 그 잔을 무척이나 팔아치우고 싶어 했어요. 하지만 난 믿음이 안 갔고, 우리는 사지 않았어요."

매기는 솔직한 말에 관심을 가지고 들었다. "아, 날 생각해서 사지 않았다고요. 그럼 뭘 샀어요?"

아메리고는 처음에는 기억하려고 하다가 나중에는 잊어버린 것처럼 아내를 보았다. "아무것도 안 샀어요, 그 가게에서는."

"그럼 다른 곳에서는 구했어요? 결혼 선물로 나에게 뭘 샀죠? 그게 목적이었잖아요?"

왕자는 당당하게 계속 생각했다. "우리가 당신에게 아무것도 안 줬어요?"

매기는 조금 기다렸고, 시선은 한동안 계속 그에게 향했지만, 이 말에 깨진 파편 쪽으로 쏠렸다. "줬죠. 결국은 당신이 나에게 저 잔을 가져다줬어요. 나도 다른 날에 우연히 아주 멋진 기회가 생겼고, 그 잔을 똑같은 장소에서 찾았고 당신 말대로 이탈리아어를 아는 똑같은 작은 남자가 그거 사라고 강요했어요. 난 본능적으로 믿음이 갔던 거 같아요. 왜냐면 그걸 보자마자 샀으니까요. 하지만 그때는 전혀 몰랐어요. 내가 무엇을 사는 건지."

왕자는 잠시 이것이 무엇이었을지 생각하려고 노력하는 것에 경의를 아내에게 확실하게 표했다. "소설이나 연극에서 주로 일어나는 우연의 일치가 놀랄 만하다는 건 동의해요. 하지만 그 중요성이나 연관성은 모르겠네요."

"당신이 사지 않았던 곳에서 내가 샀다는 거요?" 매기는 재빨리 그의 말을 이어받았지만, 다시 한번 그를 바라보았고, 그가 무슨 말을 하든 여전히 자기 생각을 고수했다. "기묘한 우연의 일치는 4년 후에 내가 그곳에 갔다는 게 아니에요. 런던에서 그런 일이 쉽게 일어나지는 않잖아요? 이상한 건 집에 가져온 후 내가 구매한 물건이 어떤 의미로 다가왔는지, 그리고 그런 친구를 찾았다는 놀라움에서 비롯된 가치였어요."

"그런 친구요?" 놀랍게도 남편은 그 말을 받아들일 수밖에 없었다.

"그 가게의 작은 남자 같은 친구요. 그 사람은 자기가 아는 것보다 더 많은 걸 해줬고, 난 신세를 졌어요. 그 사람은 나에게 관심을 보였고, 그 관심 때문에 당신이 방문했던 것을 떠올렸고, 나에게 당신 이야기를 해줬어요."

왕자는 회의적인 미소를 지으며 말을 건넸다. "하지만 여보, 사람들이 당신에게 관심을 보여서 특별한 일이 생기는 거라면…."

"그런 경우엔 내 인생이 매우 불안해질까요? 뭐, 그 사람은 날 마음에 들어 했어요. 정말 각별하게. 그래서 나중에 그 사람한테서 들은 말이 설명돼요. 사실 오늘 나에게 그 이유를 솔직하게 이야기 해줬어요."

"오늘요?"

하지만 매기는 자신의 명백함과 실마리를 위해 자신만의 규칙에 따라 견딜 수 있었고, 놀랍게도 '타고 난' 것이라고 나중에 혼잣말했다. "나는 그에게 동정심을 불러일으켰어요. 그러나 그가 나에게 도움이 될 수 있는 동정을 베풀었다는 게 기적이었어요. 나도 모르는 사이에 정확히 그 사람을 찾아갔다는 게 정말 이상한 우연이었어요."

그는 기껏해야 한 쪽으로 비켜서서 아내를 지켜보고 그녀가 지나가도록 하는 것처럼 보았다. 그저 모호한 말을 하고 쓸모없는 몸짓을 취할 뿐이었다. "당신 친구들을 나쁘게 말해서 미안하지만, 그 일은 오래전 일이에요. 게다가 나에게 반복되는 말일 뿐이에요. 하지만 나에게 그 남자는 단호하고 불쾌한 사람이었어요."

매기는 그게 문제가 아니라는 듯 천천히 고개를 저었다. "득이 될 것도 없는데 그 사람이 친절하다고만 생각했어요. 사실 그 사람은 잃을 것만 있었어요. 그 물건의 실제 가치보다 너무 높은 가격을 요구했다는 걸 말하려고 날 찾아왔어요. 그 사람이 언급하지 않았던 특별한 이유가 있었고, 그 이유로 고민하고 후회를 했데요. 다시 날 만나고 싶다고 전보를 보냈고, 그래서 오늘 오후에 이곳에서 그 사람을 만났어요."

"여기서요?" 왕자는 그 말에 주변을 둘러보았다.

"아래층에 있는 작은 빨간 방에서요. 기다리는 동안 그 사람은 그곳에 걸려 있던 사진 몇 장을 봤고 그중 두 장을 알아봤어요. 아주 오래전 일이지만 신사 숙녀의 방문을 기억해냈고, 그게 연결 고리가 됐어요. 모든 걸 기억하고 말해줬어요. 당신도 그 결과를 알아요. 다만 당신과 달리 그 사람은 그걸 다시 떠올렸고 다시 말했어요. 당신들 서로에게 선물을 주고 싶었지만 바라던 대로 되지 않았다는 걸 나에게 말해줬어요. 그 숙녀는 내가 그 사람한테서 산 그 잔에 크게 끌렸지만, 당신이 그걸 거부할 이유가 있었고, 옳았어요. 당신이 그 사람보다 더 현명하게 거기에 흠이 있다고 짐작했고 쉽게 깨질 수 있다고 했는지에 대해 생각했어요. 그 사람은 내가 선물용으로 직접 샀다는 걸 알았어요. 특히 내가 값을 낸 이후에 그는 이 일이 신경 쓰였어요."

매기의 이야기는 잠시 멈췄지만, 여전히 작은 에너지를 내뿜었고, 그 에너지는 힘을 소진했다. 그래서 그는 그 힘이 다시 생기기 전에 말한 기회가 생겼다. 하지만 지금 그가 하는 말은 기묘했다. "그래서 얼마였어요?"

그녀는 다시 잠시 말을 멈추었다. "확실히 비쌌어요. 저기 깨진 걸 보니 말하기가 부끄럽네요."

그러자 왕자도 그것을 다시 보았고, 점점 익숙해지는 듯했다. "하지만 최소한 돈을 돌려받을 수 있어요?"

"아뇨. 돈을 돌려받고 싶지 않아요. 왜냐면 그만한 가치를 얻고 있으니까요." 남편이 답하기도 전에 매기는 빠르게 화제를 전환했다. "우리가 지금 이야기하는 그 날에 중요한 사실은 놀랍게도 그 당시에 날 위한 선물이 마련되지 않았다는 거예요. 당신들이 그것 때문에 약속했던 거라면, 적어도 그런 일이 일어나지 않았어요."

"그때 아무것도 못 받았어요?" 왕자는 애매하고 심각한 표정으로 과거를 회고하며 걱정했다.

"빈손으로 돌아와서 미안하다는 사과만 받았죠. 그 사과에 난 별문제가 아닌 것처럼 여겼고, 매우 솔직하고 멋지고 감동적이라고 생각하게 됐죠"

관심을 가지고 이 말을 들은 아메리고는 아직은 혼란스럽지 않았다. "아, 당연히 개의치 않았을 거예요." 분명 매기가 말을 할수록, 아메리고는 어색한 상황에서 점점 벗어나고 있었다. 그들이 함께 나서기 전에, 그 상황에서 잘못 선택의 경우에 대한 여지를 만들고 그녀의 말을 듣고 괴로워할 필요가 없다고 이해하는 것처럼 굴었다. 아메리고는 시계를 보았다. 그들이 할 이야기가 여전히 남았다. "하지만 나에게 불리한 게 뭔지 이해가 안 되네요."

"내가 말한 모든 일이겠죠? 그렇게 오랫동안 날 용케 잘 속였던 모든 일이요. 날 위한 선물을 찾겠는 생각은 그 자체로는 매우 좋았지만, 그때 당신들이 함께 아침 시간을 함께 보낸 것과는 별로 관련이 없었어요. 정말 선물을 찾는 일을 해야 했지만, 당신들 다시 얼굴을 마주한 순간부터 그럴 수 없었어요. 내가 두 사람 사이에 끼어들기 전에도 두 사람 사이에 많은 일이 있었기 때문이죠."

매기의 남편은 그녀 눈앞에서 그동안 왔다 갔다 했지만, 이 말에 조바심을 내지 않는지 살피려고 다시 가만히 서 있었다. "지금, 이 순간에 당신이 신성한 존재가 되지 않았다면, 그때 나에게 당신이 가장 신성한 존재가 됐을 거예요."

매기는 남편의 확신에 찬 말에 그가 당당하다는 것을 알 수 있었다. 그렇게 말하는 그와 눈을 마주쳤을 때, 낯선 일관적 태도에서 차갑고 순간적으로 상상할 수 없는 무언가가 멀리서 그녀에게 숨을 불어넣는 것 같았다. 하지만 자신이 갈 길을 계속 갔다. "오, 내가 가장 잘 아는 건 당신 두 사람이 함께 우리의 기분이 상하는 건 원치 않았다는 거예요. 그러지 않기를 아주 간절히 원했고, 그렇기 위해서 그동안 했던 조심스러운 행동들이 오랫동안 나에게 강한 인상을 남겼어요. 그래서 내가 가장 잘 알게 됐어요."

"안다고요?"

"네, 우리가 결혼할 때 내가 생각했던 것보다 당신들이 더 오래된 친구들이고, 훨씬 더 친밀한 친구들이라는 것을 알아요. 나에게 말하지 않은 일이 있었고, 나에게 일어났던 다른 일들이 조금씩 다른 의미였다는 걸 알아요."

"그런 일을 알았었다면 우리 결혼 문제에 영향이 있었을까요?"

매기는 생각할 시간을 가졌다. "우리 결혼에는 영향이 없었겠죠."
그러자 아메리고는 억누를 수 없는 열망으로 다시 아내에게 시선을
고정했다. "문제는 그보다 훨씬 더 커요. 내가 아는 게 나에게 얼마나
중요한지 알잖아요." 그 말은 그에게 영향을 줬고, 아내가 알고 있는
내용의 타당성과 다양한 방향에 대한 의문이 반복되면서 그 자리에서
어떤 좋은 방향으로 흐르는 척 자신을 믿을 수 없었다. 아내가 주장하
는 것이 '알고 있다'라는 그 말 자체를 분명히 반복하는 영향의 결과일
뿐이라도 그의 신경을 건드릴 수밖에 없다는 걸 의미했다. 매기는 남
편이 별 마음이 없는데 거만하게, 오히려 책임감에서 외식해야 할 때
그에게 미안해할 수 있었다. 하지만 그녀는 가장 명확히 할 소중한 기
회에는 그러지 않았다. "내가 이 상황을 당신에게 강요하지 않았고,
만약 당신이 들어오지 않았다면 일어나지 않았을 거라는 걸 당신은
꼭 기억해 둬야 해요."

"알다시피, 난 잘 들어오잖아요."

"오늘 저녁은 안 들어올 거라고 생각했어요."

"왜죠?"

"글쎄요, 당신은 여러 종류의 책임 있어요." 매기는 패니 어싱험에
게 했던 말을 떠올렸다. "그리고 너무 깊이 관여하고 있어요."

그는 표정 관리를 잘하고 있었지만, 얼굴을 찡그리게 됐다. "깊이
끼어드는 건 당신이에요."

매기는 곧 그의 말을 인정했다. 마침내 그게 사실이라는 걸 알 수
있었다. "그래야 하니까요."

"하지만 만약 내가 들어오지 않았다면 당신은 어떻게 하려고 했죠?"

매기는 망설였다. "모르겠어요. 당신은 뭘 하려고 했죠?"

"아, 그게 문제가 아니잖아요. 난 당신을 믿고 계속 그럴 거예요. 내일 이야기하려고 했어요?"

"기다렸을 거 같아요."

"왜요?"

"나 자신에게 어떤 변화가 생길지 알고 싶어서요. 마침내 제대로 알 수 있으니까요."

"아!"

"어쨌든 내가 지금 말하고 싶은 건 당신에게도 영향을 미칠 수 변화에요. 당신이 들어온 순간부터, 나는 당신이 알고 있는 것만 생각했어요." 그리고 메기는 그 말을 반복하는 걸 아메리고는 들어야 했다. "내가 그만뒀다는 걸 당신이 아는지…."

"그만둬요?" 사실 매기가 잠시 말을 멈췄을 때, 그가 그녀에게 말하도록 상당히 압박했다.

"모르는 상태로 있었던 것을 그만뒀다고요."

잠시 후 아메리고는 다시 한번 수용하는 자세를 보여야 했다. 하지만 이 말의 한가지 결과는 그가 원하는 바와 같은 종류의 뭔가가 여전히 있다는 것이었다. 그는 다시 망설였지만, 마침내 다음과 같은 이상한 말을 했다. "그럼 다른 사람은 알아요?"

아메리고는 매기 아버지를 거론하려고 가까이 왔지만, 매기는 거리를 유지했다. "다른 사람이요?"

"그러니까 패니 어싱험 말고요?"

"이때쯤이면 당신이 알 거라고 생각했는데요. 왜 나한테 묻는지 모르겠네요."

잠시 후 아메리고는 아내가 말하는 바를 이해했다. 그리고 이상하게 매기는 샬롯이 남편만큼 아무것도 모른다는 사실을 더욱 분명히 알게 됐다. 이 생각에 어떤 상상의 모습이 떠올랐는데, 폰스에 다른 두 사람이 함께 있는 모습과 그중 한 명인 샬롯이 늘 알지도 못하면서 더듬거리며 계속 나아가고자 애쓰는 모습이었다. 그 모습은 아버지의 동기와 원칙을 자신의 것과 동일시할 수 있는 고유의 색깔을 동시에 띄었다. 아버지는 아메리고 말대로 '깊은 곳'에 계셨기 때문에, 고요한 공기의 진동이 딸에게 닿지 않았다. 그녀가 아버지의 평온 혹은 그의 존엄성을 위해 단단한 에나멜과 같은 자신의 가장 중요한 법칙을 만들면서 그러한 묘사를 하게 되었다. 무엇보다 이상하게 남편은 이제야 이 문제에 대해 아내를 도와주겠다고 말하는 것 같았다. "난 당신이 말해주는 것 말고는 아무것도 몰라요."

"내가 하고 싶은 말은 다 했어요. 나머지는…!"

"나머지는…?"

매기는 잠시 남편 앞에 섰고, 말을 이어가는데, 시간이 걸렸다. 남편 얼굴을 마주한 순간, 매기가 처한 심각한 상황이 그녀의 내면에서 솟구쳤다가 가라앉았다. 하지만 어떻게든 그녀는 다시 힘을 다시 냈다. 매기가 모든 것을 견디고 어딘가에 발을 딛고 있지만, 상대방은 분명 어쩔 줄 몰라 했다. 계속 발을 디디면서 발밑에 있는 것에 압박을 가했다. 매기는 벽난로 옆으로 가서 종을 울렸고, 아메리고는 매기의 하녀를 부르는 것을 받아들여야 했다. 현재 모든 것이 멈췄다. 그에게 가서 옷을 입으라는 통고였다. 하지만 매기는 고집해야 했다.
"직접 알아봐요!"

PART V

35.

폰스에 작은 파티를 다시 열기로 한 후, 파티를 완벽하게 하려고 열흘 정도 걸렸으며, 매기는 자연스럽게 최근 런던에서 일어났던 모든 일에 정신이 더 팔렸다. 옛날 미국에서 들었던 관용구가 떠올랐다. 그 관용구에 따르면 그녀는 인생 전성기를 보내고 있었는데, 계속된 흥분에 이런 생각에 잠혔다는 걸 인정하거나 숨기기에는 너무 격렬하다는 것 알았다. 마치 어두운 터널, 빽빽한 숲 혹은 연기가 자욱한 방에서 벗어났지만, 허파에 든 바람이 계속 차 있는 거 같았다. 마침내 인내의 열매를 거두는 것 같았다. 그 당시 알고 있던 것보다 인내심이 훨씬 더 컸거나 더 오래 인내했거나 둘 중 하나였다. 망원경의 위치를 1인치 옮기는 것만큼이나 큰 시각적 차이를 가져오는 변화였다. 실제로 어떤 범위 내에 있었던 것은 그녀의 망원경으로, 더 매력적인 사람들의 감시에 자신을 노출해 자신을 위태롭게 했고, 그래서 이런 시각적 자원을 더 무모하게 이용하는 것 같았다. 어떤 도발에도 그런 모습을 공개적으로 보여주지 않는 것이 불변의 원칙이었다. 하지만 이중적 태도의 필요성은 배로 늘어난 반면 그 어려움은 줄어들지 않았다.

아버지와 함께 그렇게 했던 속임수는 단순한 의심에 근거한 비교적 간단한 문제였지만, 하지만 이제 다뤄야 할 문제는 훨씬 더 커졌고, 연극에서 작은 배역을 맡아 열심히 대사를 배웠는데 갑자기 여주인공이 돼서 5막 전부에 등장해야 하는 젊은 연극 여배우와 다르지 않다고 느꼈다. 매기는 어젯밤에 남편에게 자신이 '알고 있는 것'을 전했지만, 하지만 그것은 정확히 시치미만 뗄 수 있었던 순간부터 자신이 알았던 일로 책임감이 더해지고 소중하고 위태로운 무슨 일을 맡았다 한다는 단순한 문제가 된다는 것이었다. 매기는 도와줄 사람이 아무도 없었고, 이제 패니 어싱험조차도 없었다. 이 훌륭한 친구의 존재감은 지난 포틀랜드 플레이스 방문에서 그 역할을 다했다. 어싱험 부인은 많은 도움을 줬고, 부인에게 많은 도움을 받았지만, 그들이 어떤 문제를 논의하든, 적어도 매기에게는, 분명 두드러지게 애처로운 부분에서만 받을 수 있었다. 부인은 지나치게 모든 것에 대한 분명한 부정만을 위한 가치로서 그곳에 있었다. 정확히 말하자면, 상처받지 않은 행복의 일반적인 상징이었으며, 다소 고단하고 불쌍한 인물로 살아가야 했다. 아메리고나 샬롯과 있을 때 몰래 그런 상황에서 빠져나갈 수도 있겠지만, 집주인과 있을 때만은 눈 깜짝할 사이에 벗어날 수 없었다. 그런 일탈은 그녀 일이었고, 현재는 매기는 전혀 생각할 수 없는 일이었다. 한편 어싱험 부인은 그러한 흔들림을 보이지 않도록 자신의 젊은 친구를 대했다. 대령과 함께 문에 내리는 순간부터 가장 상태가 좋을 때 모든 일이 그들 사이에 일어났다. 어제 저녁 매기의 방에서 부인이 한 행동으로 그 어느 때보다 부부가 더 가까워졌는가? 그 결과

도움이 되는 일에 대한 의심을 불러일으킬 수 있기에 성공한 모습 뒤에 숨으면서 어떤 경솔함을 보이지 않아야 하는가? 따라서 그녀는 조화만을 알았고, 안절부절못하며 평화만을, 즉 지나치고 의미심장하며 공격적인 평화, 결국 그 장소의 견고한 고요함과 어울리지 않는 평화, 일종의 투구를 쓰고 삼지창을 흔드는 팍스 브리태니커Pax Britannica, 영국에 의한 평화를 퍼트렸다.

덧붙여 말하자면, 그 평화는 시간이 흐르면서 대체로 활기를 띠었고 충족되었는데, '동료'의 존재 덕분에 매기의 현상 유지 능력은 오래전부터 최고의 재원을 알았다. 이런 재원은 현재 모든 사람의 요구를 가장 잘 충족시키는 것처럼 보였던 것이 사실 놀라웠고 이목을 끌었다. 마치 모든 사람이 다른 사람의 눈에 띄지 않기를 바라며 허상의 문제를 만들어내고 혼란을 초래하고 사람들을 자리에 모이게 하는 것처럼 말이다. 사실 랜스 부인과 루치 자매가 짧은 기간이지만 여전히 뭉쳐있기도 하면서 떨어져 있으면서도 가까운 해안지역에 내려왔다는 점에 다 같이 마음이 뭉클해졌다. 적어도 파티의 분위기는 '주말'이 가까워지자 몇몇 사람들이 다시 모습을 보이면서 오히려 이상하게 좋아졌다. 이렇게 매기는 그다지 멀지 않은 해의 잊을 수 없는 그 오후, 공원에서 아버지와 함께 앉아 그들의 오래된 규칙과 오래된 위험의 절정을 기념하는 것처럼 결정적인 9월 일요일, 휠체어를 쓸 때 부르는 전문가처럼 샬롯을 '부르자'라고 제안했던 그 날부터 함께 여행했던 장소를 살폈다. 기분 전환으로 한때 멸시했던 키티와 도티에게 신세를 지기로 한 것이 다소 꺼림칙한 신호였을까? 사실 매기가 도시를 떠나기 전에 매첨에서 보내던 역사적인 주에 이미 캐슬딘 부부와 다른 사람들 부르기로 했으며, 항상 어떤 생각을 해왔는데, 그 이후로 아무 생각 없이 이 사람들에게 다가간 적이 없었고, 그들과의 왕래에서 점점 소름 끼치는 부분이 있었기 때문이다. 이런 특별한 날 동안 새롭게 타올랐던 불꽃과 모든 일에 횃불을 들었던 그 방식은 전통에서 비롯된 환희의 절정으로 활기를 되찾았을 것이다. 그 자체로 매기는 개인적 동기를 정당화하고 사교 능력을 다시 가다듬었다. 그녀는 이미 이 사람들의 도움으로 자신이 추구하던 어떤 결과, 즉 동료들이 좋은 것이라면 무엇이든 '좋은 일'이 되었고, 자신을 위해 다른 사람이나 그 어떤 것도 포기하라고 요구하지 않는 결과를 이미 나왔다. 게다가 그녀가 즐겼던 예민한 점도 있었다. 자신이 보여주고자 했던 진실, 즉 평온하고 의문이 들지 않는 모든 형태와 함께 진지한 노력의 꽃이 두툼하게 뿌리 내린 그녀의 최근 삶은 겉으로 봐서는 어떤 조짐도 보이지 않는다는 점을 강조했다. 마치 그녀의 압박에 어느 쪽도 공모 관계를 끝낼 수 없는 것처럼 보였다. 한 마디로 마치 아메리고와 샬롯은 상대가 배신할까 두려워서 캐슬딘 부인의 '세트'라는 주제에 대해 쓸데없이 일관적 태도를 보였고, 같은 일격을 받은 이 두 사람은 진취적 기상을 물려받았음에도 불구하고, 다소 어리둥절하고 겁을 집어먹은 채 자신들이 이해하지 못한 범위와 관계 입증을 도와줄 수밖에 없는 것을 보았다.

그런데도 그들은 폰스에서 무리와 어울리고 행동하고 목소리를 냈다. 낮에 지루해서 사람들을 위협하기보다는 어두운 시간에 다니는 유령들처럼 오래된 집의 기다란 복도에서 사람들에게 맴돌았고, 저녁 식사 때 응접실에서 마주치거나 저녁 식사에 옆에 앉는 외부인들 중 한 명이라고 느끼면서 자기 역할을 했다. 게다가, 왕자비는 오컬트적인 방법으로 주의를 딴 데로 돌리는 것에 실패했다면, 여전히 패니 어싱험의 상처 입은 철학으로 얻은 이득에 여전히 동조했을 것이다. 매기는 이 좋은 친구의 관계는 사실 다른 사람들보다 훨씬 더 알지 못했던 매첨에서 그녀의 가려진 갈망의 보복이라고 내비쳤다. 거침없이 올바른 소리를 내며 매기는 폰스에서 그 누구보다 잘 알고 있었고, 그녀를 주목할 수 있었다. 그녀의 복수는 다른 모든 사람에게 용감하게 지적하는 관대함, 저항할 수 없고 의식적이며 거의 동정심에 가까운 멋진 격려였다. 이곳에 매기가 의기양양하게 주목받도록 한 집이 있었는데, 열쇠를 잃어버려서 잠시 막막해지고 얼떨떨해진 손님들에게 기꺼이 기쁜 마음으로 장소를 제공하는 가치에 신경이 매우 곤두서 있었다. 어느 날 저녁, 매기가 사람들이 직접 하는 말을 다시 듣고자 움직이게 된 것은 오랜 친구와의 특별한 공동체 의식의 긴장감이 부분적으로 영향을 미쳤을 것이다. 사람들은 늦게까지 함께 아래층에 남아 있었고, 다른 여성들은 혼자 또는 무리 지어서 '웅장한' 계단을 올라갔는데, 마찬가지로 웅장한 홀에서 이렇게 사람들이 오가는 모습을 항상 즐겁게 관찰할 수 있었다. 남자들은 흡연실로 향하는 것이 분명했고, 왕자비는 보기 드문 시야를 확보한 채 그 모습을 즐기려는 듯 서성거렀다. 그때 어싱험 부인이 재밌어하며 아직 남아있는 모습을 보았다. 이제 모호한 표정을 짓고 있는 부인이 가까이 다가올 때까지 두 사람은 탁 트인 전망을 사이에 두고 서로를 바라보고 서 있었다. 그 모습이 부인이 아직 할 수 있는 일이 있는지 물어보는 거 같았다고, 매기가 최근에 갑자기 불러서 포틀랜드 플레이스에 갔을 때처럼 더욱 가까이에서 그 질문에 바로 대답이 된 거 같았다. 기회가 사라진 자리에 새롭게 붙잡은 순간들로 인해 그들의 암묵적 합의가 이루어졌다.

"내가 알고 있다는 걸 남편은 샬롯에게 말한 적이 없었어요. 이제야 만족스러워요." 어싱험 부인은 눈을 크게 떴다. "우리가 내려왔을 때부터 그 사람이 뭘 하는지, 무슨 의도인지 또 그들 사이에 무슨 일이 있었는지 아무것도 모르고 있었어요. 하지만 하루나 이틀 만에 의심이 들기 시작했고, 오늘 저녁에 여러 가지 이유로 난 확신하게 됐고, 그 이유가 너무 많아서 부인에게 말하기 힘드네요. 그걸로 설명돼요." 왕자비는 힘있게 반복해서 말했다. "설명된다고요!" 부인이 나중에 대령에게 이상하게 가장 차분한 흥분이라고 묘사했던 태도로 매기는 말했다. 그녀는 습한 낮과 쌀쌀한 밤 때문에 쌓아둔 통나무가 타서 불씨로 변한 벽난로 쪽으로 돌아갔으며, 매기가 알려준 말이 너무 강렬해서 패니 어싱험은 그녀가 입을 열기를 기다렸다. 이 놀라운 사실은 입을 벌린 채 바라고 있다는 걸 인식하고 있는 패니가 한 번에 이해할 수 있는 것보다 더 많은 것을 설명했다. 하지만 왕자비는 관대함과 자신감으로 빠르게 설명해줬다. "그 사람을 내가 알고 있다는 사실을 샬롯에게 알리지 않았고, 분명히 그럴 생각도 없었어요. 아무 말도 하지 않겠다고 이미 마음을 정했어요. 그래서 스스로는 알 수 없었던 샬롯은 내가 실제로 얼마나 아는지 전혀 몰라요. 내가 아무것도 모른다고 알고 있고 확신하고 있어요. 왠지 나에게 큰 도움이 되고 있어요."

"굉장하네요." 어싱험 부인은 아직 말이 다 끝나지 않았지만 손뼉을 치며 중얼거렸다. "그럼 남편은 일부러 아무 말 안 하는 거예요?"

"일부러요." 매기는 그 어느 때 보다 눈빛을 반짝거렸다. "이젠 절대 말하지 않을 거예요."

패니는 궁금해졌고, 매기에 대해 알려고 애썼고, 무엇보다 이 말은 대담한 명석함을 띄었기 때문에 자신의 어린 친구를 존경했다. 패니는 마치 제복을 완전히 갖춰 입고 포위 공격을 이끄는 지휘관이 갑작스러운 소식을 접해서 동요된 것처럼 그곳에 서 있었다. 이러한 무게감은 그녀의 동료에게 숨을 불어넣었다. "그래서 괜찮아요?"

"아, 그렇다고 할 수 있어요. 적어도 내가 어떤 상황인지는 알 거 같아요."

패니는 모호한 점이 있었기에 한참 고민했다. "그럼 남편한테 들었어요? 그 사람이 직접 말해줬어요?"

"나한테 말했느냐고요?"

"당신이 지금 하는 말이요. 남편이 장담했기 때문에 말하는 거 아니에요?"

매기는 빤히 쳐다봤다. "세상에, 아니에요. 그렇게 생각하셨어요?"

"아니에요?" 패니가 웃으며 말했다. "난 그런 줄 알았죠. 그럼 당신은 뭘….."

"그 사람한테 뭘 물어봤냐고요? 아무것도 묻지 않았어요."

이 말에 이번에는 패니가 빤히 쳐다봤다. "그럼 대사관 만찬이 열렸던 그 날 저녁에 두 사람은 아무 얘기도 안 했어요?"

"오히려 반대요. 전부 말했어요."

"전부라고요?"

"전부요. 내가 알고 있는 것과 어떻게 알았는지도 남편에게 말해줬어요."

어싱험 부인은 기다렸다. "그게 다예요?"

"그거면 충분하잖아요?"

부인은 고개를 쳐들었다. "그건 당신이 판단할 일이죠!"

"난 그렇게 판단했어요. 남편이 알아들었는지 확인한 후 그 사람을 내버려 뒀어요."

어싱험 부인은 궁금해했다. "하지만 그 사람이 설명하지 않던가요?"

"설명해요? 아니요!" 매기는 그 생각에 겁에 질린 듯 고개를 뒤로 젖혔고, 바로 말을 덧붙였다. "나도 그러지 않았어요."

자부심에 찬 품위가 차가운 빛을 발했지만, 상대방은 오히려 심장이 마구 뛰었다. "만약 하지만 왕자가 부인하지도 않고 자백하지도 않는다면요?"

"자신이 더 잘하는 일을 수없이 하고 있어요. 그냥 내버려 두는 거 말이에요. 그이는 자기가 하고 싶은 대로 해요. 그럴 거라고 난 확신해요. 그 사람은 날 혼자 내버려 뒀어요."

"그럼 당신이 현재 어떤 처지인지 어떻게 알 수 있죠?"

"뭐, 그것만으로도 알죠. 비록 우연한 기회였지만 결국에는 내가 그걸 모를 만큼 너무나 어리석지 않았다는 점을 그에게 알렸어요. 그 사람은 내가 변했다는 걸, 그토록 오랫동안 해왔던 나에 관한 생각과는 상당히 다르다는 것을 알아야 했어요. 그때는 그 사람이 정말로 그 변화를 받아들이고 있는지가 문제였는데, 지금은 그렇게 하고 있다는 것을 알 수 있어요."

"당신을 혼자 내버려 둬서요?"

매기는 부인을 잠시 바라봤다. "샬롯을 혼자 내버려 두면서요."

어싱험 부인은 그 말을 받아들이려고 했지만, 너무나 엄청난 분위기에서 받을 수 있는 영감에 가까운 생각을 떠올렸다. "아, 그런데 샬롯이 그가 그렇게 하도록 그냥 뒀어요?"

"아, 그건 또 다른 일이고. 내가 실제로 할 수 있는 일이 없어요. 하지만 샬롯은 그렇지 않았다고 감히 말할 수 있어요." 그리고 왕자비는 그 질문으로 떠오른 이미지에 더 먼 곳을 응시했다. ""사실 샬롯이 어떻게 할 수 있는지 잘 몰라요. 하지만 나에게 중요한 건 그 사람이 이해한다는 거예요."

"그렇군요. 이해하는군⋯."

"내가 원하는 것을요. 사람들이 오지랖을 부릴 만큼 커다란 틈이 없는 행복을 원해요."

"적어도 시작은 훌륭하고 완벽하네요. 알겠어요."

"그 황금잔이 원래 그랬어야 해요." 그리고 매기는 이 흐릿해진 형상에 대해 곰곰이 생각했다. "우리의 모든 행복이 담겨 있고 금이 없어야 했어요."

어싱험 부인에게도 그 귀중한 물건은 재구성돼서 눈앞에 다시 빛나는 듯했다. 하지만 여전히 한 부분이 빠졌다. "하지만 그 사람이 당신을 내버려 두고 당신이 그 사람을 내버려 두면…?"

"우리가 그렇게 하면 눈에 띈다는 말이죠? 우리는 그러지 않기를 바라고 그러지 않으려고 신경 쓰고 있어요. 우리의 일은 우리끼리만 그리고 당신만 알고 있어요. 당신도 여기 오고서야 우리의 멋진 연기에 놀랐잖아요?"

어싱험 부인은 머뭇거렸다. "당신 아버지한테는요?"

아버지에게 직접 말하지 않았기 때문에 매기도 망설였다. "부인이 이제 알게 된 것은 모두에게, 샬롯에게도 비밀이에요."

그 말에 부인은 다시 한번 놀랐다. "샬롯에게도, 알았어요. 당신들 계획이 그렇다면요. 그래서 함께 있을 수 있는 거겠죠. 당신들은 다른 사람들과 다르고 특별해요."

매기는 그 말에 감사했지만, 예의를 갖췄다. "아뇨, 난 특별하지 않아요. 모두를 위해 조용히 있는 거예요."

"그게 바로 특별하다는 거예요. 나보다 더 '조용히' 있고, 그래서 난 뒤처져 있어요." 그 말에 어싱험 부인은 다시 솔직하게 곱씹었다. "당신 말대로 이제 이해가 되지만, 한 가지 이해 안 되는 부분이 있어요. 샬롯이 어떻게 왕자를 압박하거나 덤벼들지 않았을까요? 어떻게 샬롯이 물어보지 않았을까요?"

왕자비는 명쾌하게 말했다. "어떻게 그러지 않았느냐고요? 당연히 물론 그랬을 거예요."

"그렇다면?"

"그 사람이 샬롯에게 말했을까요? 정확히 내 말은 그가 그런 일을 하지 않을 거라는 뜻이에요. 오히려 반대일 거예요."

부인은 그 말을 심사숙고했다. "진실을 알려달라고 직접 호소해도요?"

"직접 호소해도요."

"명예에 간청을 해도?"

"명예에 간청을 해도요. 그게 요점이에요"

패니 어싱험은 용감히 맞섰다. "아메리고가 샬롯에게 전하는 진실을 위해서요."

"누구에게나 전하는 진실을 위해서요."

어싱험 부인의 낯빛이 밝아졌다. "그냥 그렇게 계속 거짓말을 할까요?"

매기는 둥글게 받아쳤다. "그냥 그렇게 계속 거짓말할 거예요."

하지만 그 말에 어싱험 부인은 다시 사로잡혔어, 단 한 번의 움직임으로 그녀에게 가까이 다가왔다. "당신이 날 어떻게 도왔는지 알았으면 하네요!"

매기는 가능한 한 부인 말을 이해하고 싶었지만, 생각을 해봤을 때, 자신이 알려서는 안 됐던 미스터리한 일들 때문에 그럴 가능성이 어떻게 제한적인지 나중에 깨달았다. 우리가 봐왔듯이, 왕자비는 이제야 최악의 사태에 빠졌다고 큰소리를 칠 수 있는 처지가 되었기 때문에, 이러한 무능력은 실제로 놀랍지 않았다. 매기는 아무리 좋은 친구라도 일부 마음만 보여줄 수 있다는 생각으로 살았고, 그 문제에 대해서는 스스로 계속해서 살펴볼 뿐이었다. 하지만 마음 한구석에서는 여전히 우울하지만 분명 그들에게 말하고자 하는 게 있었다. 매기는 시내를 떠나기 전날에 거의 꿰뚫어 보지 않고도 그들 마음을 들여다봤다. 남편에게 인정하라고 했던 위기 상황의 어떤 '친숙한' 결과가 오랫동안 혹은 짧게 없는 것이 주된 특징인 관계의 이상함만을 이해했다. 그들은 매기 방에서 그 일이 일어났던 다음 날 아침에 매우 짧게 얼굴을 마주하고 이 위기 상황을 다시 다루었지만, 매기는 그저 남편 손에 맡기는 이상한 결과를 낳았다. 그는 그녀로부터 열쇠나 위임장 목록을 받는 것처럼, 아내의 지시에 주의를 기울이되, 당분간은 매우 조심스럽고 안전하게 주머니에 넣었을 뿐이었다. 그 지시사항들은 매일 매일 그의 어떤 행위, 즉 말이나 침묵에 거의 영향을 미치지 않는 것 같고, 아직은 행동의 열매를 거의 맺지 못했다. 한 마디로 그는 만찬을 위해 옷을 차려입기 전에 바로 자리에서 아내한테서 모든 지시를 들었고, 다음 날에 밤사이 전할 말이 또 생겼는지 물어봤다. 그러나 그는 후자의 목적을 위해 자신 마음대로 할 수 있는 예사롭지 않은 초연함과 신중함과 호소력이 있었는데, 그 자신은 다른 사람들에게 '건방지다'라고 묘사했다며 매기는 멋지다고 묘사했을 것이고, 특정한 근거에 따라 그 사람을 믿어야 한다는 암시였다. 그의 말이나 침묵은 매기에게 지난 몇 주 동안의 압박감과 별다르게 와닿지 않았다.

그러나 매기가 자신이 상처받을 수 있는 생각에 완전히 눈감지 않았다면, 남편의 평온한 태도, 다시 정신을 되찾은 남편의 모습을 이해했을 것이다. 남편과 같은 계급과 유형의 위대한 사람이나 대단한 귀족들은 흐트러진 질서를 다시 확립하는 방법에 따라 뻔뻔해지기 때문이다.

그가 자신을 던지겠다고 한 말에 무례함이 없다고 매기가 확신할 수 있었던 것은 순전히 운이 좋아서였다. 그가 거의 당혹스러운 방식으로 아무것도 대답하지 않고, 아무것도 부인하지 않고, 아무것도 해명하지 않고, 아무것도 사과하지 않았지만, 그 일을 '가치'가 없는 것으로 취급하기로 마음먹은 게 아니라는 것을 어떻게든 매기에게 전했기 때문이다. 그는 두 번 모두 아내의 말을 경청할 때 배려심도 있었지만, 동시에 극도로 말을 아꼈다. 포틀랜드 플레이스에서 두 번째 그리고 더욱 짧게 마주쳤을 때 나눴던 대화에서 남편이 자신에게 임시거처를 확실히 제안한다고 생각했던 것을 기억해야 했다. 그것은 남편이 아내를 눈여겨보는 정도의 문제에 불과했고, 매기는 암묵적 제안으로 여겼다. "나에게 여유를 줘요. 의심하지 말아요. 지금 내가 가진 건 이것뿐이고 내가 원하는 만큼 혼자 있게 해준다면, 당신의 인내심에 대한 보답으로 뭔가를 약속할게요. 그게 무엇인지 아직은 모르지만요." 매기는 자신의 귀에 들리는 듯한 무언의 말에 남편에게서 돌아섰고, 실제로 그녀는 그 말을 영적으로 들었으며 그의 특별한 실패에 직면한 자신의 특별한 인내심을 확실히 하기 위해 여전히 그 말을 다시 들어야 했다고 스스로 생각했다. 아메리고는 자신들의 결혼 전 샬롯과 친밀한 관계로 지냈던 기간에 대해 매기가 몰랐던 것에 대해 제기한 질문에 대해 한순간도 맞춰주는 척도 하지 않았다. 그와 샬롯이 개인적 관심을 가졌던 것과 수년 동안 서로의 이익을 완벽하게 보호했다는 점을 매기가 알게 됐고, 그는 바로 그 자리에서 제일 먼저 변명해야 했다. 하지만 아주 오래 고심할 뿐이었다. 그는 쌀쌀한 태도로 그런 찬사를 바쳤고, 매기는 일시적이어도 현재 자신의 능력으로 1주일 전에 치명적인 오싹함을 느끼며 역사의 한 장과 타협할 무언가가 없었다면 정말 어리둥절했을 것이다. 어쨌든 그녀는 이렇게 넓어진 시야로 매시간 익숙해지고 있었고, 매기는 런던에서 왕자가 이의를 제기할 만한 단 하나의 의견을 폰스에서 자문했을 때, 작고 긴장한 아내로서 그녀는 빈 극장의 조명 앞에서 박스석에 있는 관객을 향해 숨을 헐떡이며 어려운 스텝을 밟고 있는 무용수처럼 문제의 순간에 집중하지 못했다.

한편, 아메리고가 확언하지 않는 것에 대해 그가 본론으로 유일하게 돌아가고 사실 그 사람 때문에 본론으로 명쾌하게 돌아가게 했던 질문을 상기하면서 매기는 가장 잘 이해할 수 있었다. 그는 아내가 집에서 블룸즈버리 상점 주인을 만났던 매우 놀라운 일을 다시 마무리 짓고 싶었다. 이 일화를 당연히 그에게는 더 직설적으로 말할 필요가 있었고, 그 일에 대한 왕자의 태도는 다시 한번 추궁에 거의 가까웠다. 그 상인과 관련하여 어려운 문제는 그의 동기였는데, 우선 가장 유리한 거래를 했던 부인에게 그 거래를 취소하겠다면서 편지를 적었고, 그 후 개인적으로 사과하기 위해 그녀를 만나러 온 게 그의 동기였다. 매기는 자신의 설명이 빈약하다고 느꼈지만, 그것이 사실이었고 달리 설명할 게 없었다. 매기가 친구에게 이야기하듯 그에게 거리낌 없이 이야기했기 때문에, 거래가 끝난 후, 손님이 아버지의 생일 선물로 사려고 했다는 것을 사실을 알고 홀로 남겨진 그 상인은 어떤 계급의 상인한테서는 거의 찾아볼 수 없는 양심의 가책을 느꼈고 이스라엘의 검소한 아이들에게도 거의 전례를 찾아볼 수 없었던 행동을 취했다. 그 상인은 자신이 한 일이 마음에 들지 않았고, 무엇보다 자신이 한 일이 '좋은 일'이 되어버렸다. 구매자의 착한 마음과 매력적인 존재를 생각하면서, 사랑하는 부모에게 드리는 선물로 구매했던 물건에 사악한 의미와 불운한 결과를 줄 수 있다는 죄책감과 미신에 따라 그는 당연히 다른 거래 관계에서 괴로운 적이 없었기에 자신의 상업 정신에 오히려 놀라운 변덕을 부렸다. 매기는 자신의 모험이 특이하다는 걸 깨닫고 그 일이 무엇인지 보여주기 그 잔을 두었다. 반면에 아메리고가 그 이야기가 별로 와닿지 않았다면, 재미나게 지켜볼 문제라고 생각했을 수 있다는 것을 매기는 알아채지 못했다. 그는 매기가 "아, 그 사람은 내가 '마음에 들었기' 때문이라고 확실히 말했어요." 라고 말하자 웃기도 하고 악도 쓰면서 괴상한 소리를 냈다. 비록 매기는 그 어눌한 설명이 친근함 때문인지, 아니면 자신이 견뎌내야만 했던 상황 때문인지 여전히 의구심을 품고 했던 말이었지만 말이다. 거래의 당사자가 그녀를 다시 만나기를 간절히 원했고 그 핑계를 대면서 선뜻 달렸다는 것 또한 매기는 타박을 하거나 분개하지 않고 오히려 감사하고 빚진 마음으로 우물쭈물하지 않고 왕자에게 솔직하게 표현했다. 그 상인은 진심으로 매기에게 돈 일부를 돌려주기를 바랐지만, 그녀는 거절했다. 그리고 나서 그 상인은 아무튼 매기가 그 크리스탈 컵을 그토록 다정하고 운 좋게 자신에게 말했던 그 아름다운 목적으로 이미 바치지 않았기를 바라는 자신의 희망을 말했다. 그녀가 좋아하는 사람에게 선물할 만한 물건이 아니었고, 그녀는 불운을 가져올 선물을 주고 싶지 않았기 때문이었다. 그런 생각에 그는 가만히 있을 수 없었고, 매기에게 말했기 때문에 기분이 나아졌을 것이다. 무지한 행동으로 그녀를 이끄는 것은 그가 부끄러워해야 할 일이었으며, 자비로운 여성으로서 매기가 제멋대로 한 그의 모든 행동을 용서한다며, 그 잔을 유용하게 사용할 수 있을 것이다.

당연히 그 후에 아주 기이한 일이 벌어졌는데, 그가 두 장의 사진을 가리키며 자신이 아는 사람이라고 말했고, 더 놀라운 사실은 몇 년 전에 정확히 같은 물건 때문에 그들을 알게 됐다는 것이었다. 그때 그 여인은 신사에게 그것을 선물하고 싶어 했고, 신사는 매우 현명하게 짐작하고 회피하면서 그런 의심스러운 물건을 받지 않겠다고 단언했다. 그 작은 상인은 그 사람들에 대해서는 신경 쓰지 않았다고 했지만, 그 사람들의 대화와 얼굴, 인상을 결코 잊은 적이 없었고 그 신사를 감동시킬 물건을 정말로 알고 싶었다면, 다른 구매자들에게 부족한 어떤 물건에 맹목적으로 빠졌다고 생각했다. 그 상인은 오랜 세월

이 지난 후 그 사람들이 매기의 지인이라는 것을 이렇게 우연히 알게 되면서 엄청난 충격을 받았다. 그들은 사라졌고, 이것이 그가 알았던 유일한 것이었다. 그 사람은 자신이 알게 된 것과 책임감에 얼굴을 붉혔고, 신기하게도 그 관계가 자신이 따랐던 충동과 관련이 있었을 거라고 단언했다. 그리고 매기는 남편이 다시 자신 앞에 서 있는 동안 갑작스럽고 심하게 받은 충격을 그에게 숨기지 않았다. 매기는 얼굴을 똑바로 바라보면서도 속마음을 드러내지 않으려고 최선을 다했지만, 동요하면서 정보제공자가 어떻게 생각하는지를 장담하지 못했다. 그 상인이 어떻게 생각할지 모르지만, 매기가 그 사람에게 질문하고 또 질문하는 동안 당연히 거의 신경을 쓰지 않았다. 그리고 그는 기억을 떠올리면서 매기가 바라는 만큼 말해줬다. 그는 다른 방문객들이 서로 함께 하는 것처럼 보이는 '조건들'과 사실 그 사람들이 조심스럽게 행동했지만, 자신을 떠날 수밖에 없었던 그들의 친밀감의 성격과 정도에 대한 확신하며 기꺼이 말했다. 그는 관심 있게 지켜보고 판단했고 잊지 않았다. 그들이 대단한 사람들이라고 확신은 했지만, 왕자비를 좋아하는 것만큼 확실히 그 사람들을 '좋아하지' 않았다. 그는 매기에게 잔과 계좌를 모두 보냈고, 매기는 확실히 처리했기에, 그녀의 이름과 주소를 확실히 알았다. 하지만 그가 다른 사람들에 대해 궁금하기만 했는데, 사람들이 다시 돌아오지 않을 거라는 건 확신했기 때문이다. 그리고 그들이 방문했던 시기에 몇 시간 후에 중요한 거래가 있었기에 장부에 명확하게 기록할 수 있었다. 간단히 말해서, 그 상인은 매기에게 뜻밖에 이런 정보를 알려주면서 그들의 작은 거래에서

'정직하지' 못했던 것에 대해 만회할 수 있어서 확실히 기뻐하며 떠났다. 게다가 아메리고가 그랬던 것처럼 그의 기쁨은 매기의 상냥함, 온화함, 우아함, 매력적인 존재감, 편안한 인간미와 친근함이 그에게 영감을 줬던 개인적인 관심의 문제였다. 매기는 이 모든 것을, 즉 자신의 당면한 감정과 고통의 무분별함, 결국에 자신이 말해야 하는 다른 확실한 이야기에 대해 계속해서 생각하는 동안, 왕자가 알아내기에는 너무 긴 이야기가 될 것이다.

한편 캐슬딘 부부와 초대받은 사람들이 떠난 후 그리고 랜스 부인과 루치 자매가 오기 전, 사나흘 간 매기는 자신이 간파당해서는 안 된다는 것 알았고, 며칠 전 패니 어싱험에게 털어놨던 진실이 가진 모든 힘을 느꼈고 모든 도움에 자신을 맡겼다. 매기는 그 점을 미리 알았고, 집에 사람들로 가득할 때 스스로에게 경고했다. 샬롯은 스스로가 잘 아는 본성에 따라 계획을 세웠고, 자신들이 덜 어울리게 되는 더 좋은 기회만 기다리고 있었다. 이런 생각은 구경꾼들이 늘어났으면 하는 매기 바람의 근본적 이유였다. 매기에는 분명 계획적으로 미루고 애썼던 것보다 감추지 못해서 회피했던 순간들이 있었고, 그동안 자신의 젊은 계모가 만약의 경우에 자신에게 공을 들이려고 하는 여러 방식 (2~3가지 가능하다)을 걱정을 하면서 넘겼다. 아메리고가 아내와 주고받은 말을 샬롯에게 '말하지' 않은 것은 매기의 의식과 상태에 대해 완전히 새로운 양상을 부여했는데, 이제 왕자비는 이해와 경이로움, 상당히 부조화로지만 때로는 동정심과 같은 것을 생각해야 했다. 죄책감을 나누는 그 사람이 상당한 영향을 미칠 수 있는 그 문제에 대해서는 숨기는 의도가 무엇인지 자문했다. 틀림없이 이 미스테리한 인물을 위한 것이었다. 매기는 남편이 자신에게 의도하는 바가 무엇인지, 단순히 '형식적'이든, 진심이든, 연민이든 신중함이든 여러 가지를 생각할 수 있었다. 예를 들어 그의 장인이 알아채고 더 알아보면서 두 여자 사이의 관계 변화 같은 양상을 없애려고 할 것이다. 그러나 두 사람의 친밀감을 고려할 때 샬롯과 함께 조금 더 생각해서 이 위험을 피할 수 있었을 것이다. 사실 샬롯에게 의심을 받는 위험 상황에 대해 솔직하게 경고를 하고 어떤 대가를 치르더라도 표면적으로는 평화를 유지하는 중요성에 대해 솔직하게 경고하는 것이 가장 해 볼 만한 방법이었다. 경고와 충고 대신 아메리고는 그녀를 안심시키고 속였으며, 그래서 먼 옛날부터 습관적으로, 아니 천성적으로 다른 사람을 희생시키는 것을 인생의 큰 함정이고 그것을 경계했던 우리 젊은 여성은 이제 적어도 자신들은 가장 운이 없다고 생각하는 그 두 사람의 상황에 자신이 끌리고 있다는 걸 알게 됐다.

매기는 현재 아메리고가 의도하고 있는지 전혀 생각하지 않았는데, 이게 어느 정도인지 그는 아무런 반성 없이 똑같은 방법으로 부인의 독창성에 더 많이 맡겼다. 그는 아내를 거들었고, 그 일이 시험대에 오르자, 아내를 대하는 그의 태도는 세상을 감탄시킬 정도로 겉으로 보기에는 지나치게 품위가 있었고, 확실히 그런 행동은 부정적인 사교술일 뿐이었다. 매기가 어싱험 부인에게 말했던 것처럼 그는 예의를 지켰으며, 무엇보다도 일이 잘못되도록 둔다면 그 일은 걷잡을 수 없이 커졌을 것이다. 매기는 이 모든 것의 의미가 자신이 이룰 수 있거나 지시하기에 적합하다고 생각하는 것이 무엇이든 두말하지 않고 따르겠다는 남편의 암묵적 맹세로 와닿았을 때 정말 한동안은 의기양양했다. 그리고 그 두려움에 숨을 참는 동안에도 정말 무엇이든 할 수 있을 것 같았다. 믿을 수 없을 만큼 짧은 시간에 남편에게 아무것도 아닌 존재에서 전부가 된 것 같았다. 고개를 돌릴 때마다, 말투 하나하나가, 요즘에 비굴하게 굴어야 하는 자존심 강한 남자가 버틸 수 있는 유일한 방법이라고 의미하는 것 같았다. 매기가 기도하는 동안 그런 모습이 가장 크게 어렴풋이 드러났고, 남편 이미지가 드러나서 멋졌고, 자신이 너무 적은 대가를 치르고 있다고 스스로 생각했다. 겸손함에서 빛나는 아름다움과 남편 존재의 모든 자부심 속에 숨어 있는 겸손함을 확인하기 위해, 그녀는 두통이나 비 오는 날처럼 피상적이었을 수 있었던 것이 비해 어렵고 불안하더라도 더 많은 대가를 치렀을 것이다.

이러한 의기양양함은 복잡한 상황이 커져서 매기가 치러야 할 대가가 자신이 감당할 수 있는 범위를 넘어설 수 있을 거라는 의문이 들면서 사그라들었다. 독창적이든 숭고하든, 매기가 그 문제를 자주 떠올리는 한, 복잡한 상황은 매우 충분히 커졌고, 샬롯은 자신보다 더 예리한 비밀과 씨름할 수밖에 없었다. 그런 확신이 어떻게 몇 번이고 그녀에게 영향을 미쳤는지 이상했다. 예를 들어, 모의할 기회를 빼앗

긴 아메리고가 어떻게 거짓 해명으로 불안한 존재와 만남을 미루고, 그녀의 특별한 도전을 받아들이고, 특별한 요구를 회피했는지에 대한 의문이 들었다. 샬롯이 연인의 아내에게 자신의 문제를 시험할 기회를 기다리고 있다는 확신에도, 금박 철사와 멍든 날개, 넓지만 공중에 떠있는 우리, 영원히 불안하고 서성거리고 울리고 흔들리는 집안의 풍경으로 향했던 매기의 생각은 모두 헛됐고, 당황한 의식은 속수무책으로 해결됐다. 그 우리는 현혹된 상태였고, 그걸 알았던 매기는 오히려 우리의 본질을 이해했다. 그녀는 아주 넓은 원을 그리며 조심스럽게 샬롯의 집 주변을 걸었다. 그리고 어쩔 수 없이 대화해야 할 때 매기는 비교적 외부에, 자연의 한가운데에 있다는 것을 느꼈고, 철창 너머로 보이는 죄수의 얼굴 같은 상대방의 얼굴을 보았다. 화려한 금박을 입혔지만 단단하게 박힌 철창 사이로 샬롯은 마침내 단호하게 그녀에게 달려들었고, 처음에 왕자비는 우리의 문이 갑자기 열린 것처럼 본능적으로 뒤로 물러났다.

36.

그날 저녁에 단 6명이 남았고 저녁 식사 후 4명은 빠지지 말라는 말에 따라 흡연실에서 '브릿지'를 하려고 했다. 그들은 식탁에서 일어나 다 함께 그 방으로 갔고, 샬롯과 어싱험 부인은 늘 흡연에 관대했는데, 사실 패니가 말했듯이 대령이 아내가 자신의 시가를 훔칠까 봐

금지하지 않았다면, 그녀는 짧은 담배 파이프로만 따라 피웠을 것이다. 이곳에서 카드놀이는 당연히 신속하게 하는 것이 규칙이었고, 이전에도 종종 그랬듯이 베버 씨는 어싱험 부인과, 왕자는 베버 부인과 파트너가 되었다. 대령은 내일 아침 일찍 보내야 하는 편지들을 마음 편하게 정리하고 싶다고 매기에게 양해를 구하고 방 반대편에서 이 일에 몰두하고 있었고, 브릿지 게임은 진지하고 조용한 분위기였기에, 왕자비는 비교적 조용한 시간을 맞이했는데, 마치 피곤한 여배우가 운 좋게 '쉬는' 행운이 생겨서, 동료 배우들이 깨어 있는 동안 낮잠을 잘 수 있을 만큼 오랫동안 별실에 있는 소파에서 시간을 보냈다. 만약 매기가 잠깐 눈을 붙일 수 있었다면, 그 낮잠은 의식적으로가 아닌 기분상일 것이다. 그러나 램프 근처에 최신 프랑스 정기 간행물을 보면서, 잠시 혼자서 기운을 되찾으려고 했지만 그러지 못했다.

당연히 그녀가 눈을 감고 도망치려고 했다. 잡지 위로 사람들이 조용히 다시 살아났다. 페이지를 가득 채운 세련된 고등 비평higher criticism, 성서의 문학적·역사적 연구에 맞지 않았다. 매기는 친구들이 있는 그곳에 있었고, 그 어느 때 보다 더 그곳에 있었는데, 마치 갑자기 개인적인 강렬함과 드물게 복잡한 관계로 그들이 막 성가셔졌다. 아무도 없는 첫날 저녁이었다. 랜스 부인과 루치 자매는 다음 날에 올 예정이었지만, 그동안 그녀에게 녹색 천과 은색 불꽃 주위에서 여러 가지 상황이 똑바로 보였다. 그녀의 아버지의 아내의 연인이 자신의 정부를 마주 보고 있다는 점, 아버지가 그들 사이에 조용히 앉아있다는 점,

샬롯이 남편을 옆에 두고 탁자 너머 모든 일을 계속하고 있다는 점, 멋진 사람인 패니 어싱험이 세 사람 반대에 앉아있고 그 세 명이 각자가 알고 있는 것보다 더 많이 알고 있다는 점이었다. 무엇보다도 매기와의 관계에서 개별적으로나 집단으로 가장 통렬한 점은, 그녀가 그동안 그렇게 자리를 비웠지만, 짐작건대 다음에 플레이할 카드보다도 현재 각자에 더 많은 관심이 간다는 것이었다. 그렇다, 그런 오명 속에 매기 생각에, 구석에서 그들을 지켜보지 않고 의식적으로 붙잡고 있지 않았다면, 분명한 스트레이트 플레이straight play의 모든 이면이 궁금했을 것이다. 매기는 마침내 어떻게 그들이 그걸 할 수 있는지 자문했는데, 비록 카드놀이가 그녀에게 중요하지 않았고, 어떤 움직임도 따라갈 수 없어서 늘 무리에 끼지를 못했지만, 중대함과 적절성의 문제에서 집안의 엄격한 기준을 똑같이 따른다고 생각했기 때문이다. 자신의 아버지는 최고의 숙달자 중 한 명이라는 것을 알았고, 자신의 우둔함이 아버지의 작고 유일하게 절망하는 점이라는 걸 알았다. 아메리고는 모든 기술을 이해하고 노련했기 때문에 쉽게 두각을 나타냈으며, 게다가 어싱험 부인과 샬롯은 고귀한 일관성을 유지할 수 없는 구성원으로서 '좋았다'. 따라서 분명 그들은 매기를 위해서든 자신들을 위해서는 모든 것을 단순히 평범한 형태로 행하지 않았다. 게임 양상을 완벽하게 정복하면서 얻는 기쁨과 적어도 성취감은 일종의 약올림으로 그녀의 신경을 자극했다. 그녀는 5분 동안, 그들 근처에 앉아있는 것처럼 자기 마음대로 할 수 있는 엄청난 효과에 관한 생각으로 전율을 느꼈다. 만약 자신이 조금만 달랐다면, 아, 정말 달랐다면,

이 모든 고상함이 위기일발이었을 거라는 생각이 들었다. 이렇게 어질어질 순간에 괴물 같은 것에 대한 매혹, 소름 끼칠 수 있는 일의 유혹이 절대적으로 그녀를 지배했는데, 우리는 종종 설명할 수 없는 도피와 반응에서 더 나가지 않도록 갑자기 나서서 따라간다.

매기의 잘못된 행동에 모두가 놀라고 쳐다보고 창백해지는 모습이 조금은 생생하게 그려진 후에, 그녀는 여러 소름 끼치는 문장 중에서 쉽게 선택할 수 있는 단 한 문장으로 그들의 운명에 대해 소리 낼 수 있었다. 그 눈 부신 빛을 마주하고 어두워지는 것을 느낀 후, 그녀는 자리를 내려놓으면서 자리에서 일어나 카드 플레이어들 주위를 다니고 의자 뒤에서 잠시 발걸음을 멈추면서 천천히 방을 한 바퀴 돌았다. 그들의 행동을 거의 따라 하지 않았지만 잘되기 바란다는 의미로 조용하고 신중한 그녀는 그들에게 모호하면서 온화한 표정을 지어 보였고, 엄숙한 속에서 그녀는 탁자 너머로 각자와 눈을 맞춘 후, 몇 분 후에 테라스로 향했다. 아버지와 남편, 어싱험 부인과 샬롯은 그녀와 눈만 마주쳤을 뿐 아무것도 하지 않았다. 하지만 각각 눈빛으로 주고받는 뜻은 달랐고, 모든 사람의 표정 뒤에 비밀이 숨겨져 있었고, 그녀를 바라보면서 그 비밀을 부정하려고 했기 때문에 오히려 대단했다.

매기가 어슬렁거리며 다닐 때 그 모든 것이 그녀에게 가장 이상한 인상을 남겼는데, 네 명의 눈빛에서 아직 그녀에게 받아들이라고 한 적 없는 어떤 부정보다 더 깊은 호소, 확실한 자신감, 그리고 각자의 입장에서 그녀가 맺은 어떤 관계에 대해 말하는 것처럼 보였으며, 이는 다른 사람들과의 관계의 위험, 실제 현재의 긴장감에서 벗어나게 했다. 따라서 그들은 말없이 매기에게 자신들의 모든 복잡한 위험 상황을 처리하도록 맡겼고, 그녀는 그곳에 있었기 때문에 그 이유를 바로 알아차리고 이해했다. 옛날에 희생양이 사람들의 죄를 뒤집어쓰고 사막으로 가서 그 무거운 짐을 감당하고 죽는 모습을 담긴 끔찍한 그림을 예전에 한 번 본 적 있었는데, 그 그림처럼 매기는 스스로 떠맡았다. 사실 그것은 그들의 계획과 관심사가 아니었다. 매기는 어떻게든 그들을 위해서 살고, 심지어 가능한 벗으로 지내야 하고, 그들이 정말 무사히 빠져나오고 그녀가 여전히 그곳에서 단순하게 생각하고 있다는 것을 계속 입증해야 한다는 것은 그들의 생각이 아닐 것이다. 여름밤이 너무 습하고 눅눅해서 가벼운 숄이 거의 필요하지 않은 테라스에서 맴도는 동안, 아직은 희미하지만, 꾸준히 커지고 있는 그녀의 단순함과 그녀가 받아들이도록 하려는 그들의 단합된 몸부림에 관한 생각에 매달렸다. 사람들이 있는 방의 기다란 창문 중 몇 개가 열려 있었고, 희미한 빛줄기가 오래되고 매끄러운 돌 위로 떨어졌다. 달도 별도 보이지 않고 공기도 무겁고 고요한 시간이었기 때문에 이브닝드레스를 입은 매기는 추위를 두려워하지 않고, 바깥의 어둠 속에서 짐승이 목을 향해 달려들 듯 소파에서 그녀를 공격했던 기회의 도발에서 벗어날 수 있었다.

사실 그녀가 테라스에 잠시 있을 때 사람들이 창문으로 그녀를 보는 것이 상당히 의식되고 감사하게도 더 안전하다고 느껴지는 것은 정말 낯설었다. 멋진 방에 있는 그들을 정말 매력적이었고 샬롯은 항상 그렇듯 정말 아름답고 눈에 띄었는데, 그들은 매기가 쓴 연극을 연습하는 인물들이었을지도 모른다. 그들은 계속해서 행복한 모습을 보여주기 때문에 각자의 강한 개성으로 어떤 작가든 연극의 성공에 대한 확신으로 가득 찼었을 것이다. 즉 어떤 미스터리라도 표현할 수 있었을 것이다. 무엇보다도 중요한 것은 미스터리의 열쇠, 즉 용수철을 튕기지 않고도 감았다 풀 수 있는 열쇠가 그녀의 주머니에 있다는 것, 혹은 오히려 그녀가 이 위기상황을 움켜잡고 왔다 갔다 걸으면서 마음에 새겼다는 것이다. 매기는 빛이 닿지 않는 곳까지 걸어갔고, 돌아와서 자신이 떠났던 자리에 다른 사람들이 그대로 있는 것을 보았다. 집안을 돌아다니다가 불이 켜져 있지만, 지금은 텅 비어 있는 응접실을 들여다봤는데, 매기의 목소리로 통제했던 모든 가능성에 대해 더 많은 목소리를 내는 것 같았다. 연극이 펼쳐지길 기다리는 무대처럼 넓고 화려한 그곳은 평온과 품위와 품격으로, 또는 매기가 그토록 주워 담으려 애쓰던 깨진 황금잔 파편처럼 불쾌한 공포와 수치와 폐허로 가득 채울 수 있었다.

계속 걷다가 말다가 했다. 마치 어떤 인식이 그녀를 붙잡은 것처럼 흡연실을 들여다보기 위해 다시 발걸음을 멈췄는데, 이 무렵 그녀는 하나의 그림처럼 완전히 단절된 상태에서 도망쳤던 유혹에서 왜 처음부터 제 잘못의 세속적 열기에 그렇게 열중하지 못했는지 알았다. 그 사람들을 지켜보면서 잃어버린 물건처럼 아쉬워했을지도 모른다. 특히 자신이 속은 것에 대한 정당한 복수심, 분노할 권리, 질투 어린 분노, 열정적인 항의 등을 갈망했다. 많은 여자에게 많은 의미가 있는 다양한 감정들이지만, 아내이자 딸인 매기에게는 그것은 태양 아래 투박한 색채가 비추고, 공중의 사나운 파이프, 하늘을 향한 높은 창, 그 모든 것이 스릴과 자연스러운 즐거움으로 다가오는 동부의 거친 캐러밴과 같은 경험이었지만, 그것이 그녀에게 닿기 전에 다른 좁은 길로 빠져버렸다. 아무튼, 매기는 공포 그 자체는 자신에게 거의 도움이 되지 않는 이유를 알았다. 미리 전조를 보인 공포는 익숙하지 않은 모든 것을 고통스럽게 외치게 했을 거라고 생각했다. 선한 것만 꿈꾸던 곳에 악이 자리 잡은 것을 알게 되는 공포를 느꼈고, 수많은 신뢰, 가식, 고귀함, 영리함, 친절함 뒤에 숨어 있는 것의 공포였다. 그것은 그녀가 살면서 처음으로 알게 된 신랄한 거짓이었다. 일요일 오후 조용한 집에 두꺼운 카펫이 깔린 복도에서 놀란 불쾌한 표정의 낯선 사람처럼 그녀와 마주쳤지만, 놀랍게도 그녀는 공포와 역겨운 면을 자세히 살필 수 있었고, 그런 생생한 모습에서 씁쓸하고 달콤한 면을 멀리해야 한다는 것을 알 뿐이었다. 창가에서 그렇게 구성된 무리의 모습에서 입술이 굳어진 매기는 이유와 방법을 곧바로 알 수 있었고, 그래서 억누를 수 없는 정도로 영향을 미칠 모든 사실과 다른 관계 가능성을 직시해야 했다. 참 놀라웠다. 즉각적이고 필연적으로 달래는 방법, 즉 분개하는 순진한 사람과 배신을 당한 관대한 사람들을 위한 방식으로 그들에 대해 생각하는 것을 그들을 단념하는 것이며, 단념하는 것은 놀랍게도 생각해서는 안 된다는 것을 분명히 깨달았다. 그녀는 처음 확신했을 때부터 지금까지 그들을 거의 단념하지 않았다. 당연히 몇 분 후에 발걸음을 내디딘 결과 더욱더 그렇게 하지 않겠다는 생각이 떠올랐다. 매기는 다시 걷기 시작했고, 여기저기서 걸음을 멈추면서, 차갑고 매끄러운 석제 난간에서 쉬었는데, 그 과정에서 텅 빈 응접실의 불빛을 다시 지나치게 됐고, 그곳에서 보고 느낀 것 때문에 다시 발걸음을 멈췄다.

단번에 구체적으로 보이지는 않았지만, 곧 샬롯이 방 가운데에 서서 자기 주변을 둘러보고 있는 모습을 확인할 수 있었다. 그녀는 자신의 의붓딸과 함께 자리할 것이라고 기대하고 카드 테이블 옆 통로로 돌아서 왔다. 매기가 얼마 있다가 자신들을 떠나는 모습을 보았기 때문에, 그녀는 큰 응접실이 텅 비어 있는 것을 보고 멈췄다. 브릿지 게임이 중단되거나 변경되면서 탐색에 나선 샬롯의 모습은 왕자비에게 상당히 크게 엄습했고, 샬롯의 다음 모호한 움직임에 대한 추측과 더불어 그녀의 태도와 양상, 추구하는 바와 목적에 의미를 재빨리 더했다. 이 의미는 샬롯이 전부터 매기의 존재를 너무나 의식하고 있었고, 마침내 혼자 있는 매기를 찾게 될 것이라는 걸 알았고, 어떤 이유에서 밥 어싱험에게 도움을 요청했을 정도로 그녀를 원했다는 것이었다. 그는 샬롯의 의자를 붙잡아 일어나게 해줬고, 매기에게는 그런 모습은 샬롯이 진심이라는 훌륭한 증거였다. 사실, 사람들이 서로를 감시해서는 안 되는 상황에서 표면적으로는 흔한 일이지만 그 자리에서 우리 젊은 여성에게 영향을 미친 것은 철창을 부수는 것과 같은 힘이었다. 눈부시게 빛나는 나긋나긋한 생명체가 우리 밖으로 나와 활개 쳤고, 이제 어떤 술책으로 그녀가 있었던 곳에서, 그리고 더 나아가기 전에 사방으로 둘러싸이고 보호받을 수 있는지에 대한 의문이 거의 기괴하게 제기되었다. 이 경우에는 잠깐 창문을 재빨리 닫고 경고를 하면 되는 문제였을 것이다. 매기 생각에 샬롯이 자신에게 뭘 원하는지 알 수 없었지만, 이렇게 지배권을 쥔 상황에서 분노한 아내가 미약함을 인정했다는 부끄러움에 이렇게 회피하고 테라스를 따라 거닌 결과에 대해 아무 말도 해서는 안 된다는 떨림을 충분히 느꼈다. 그런데도 분노한 아내가 현재 호소한 것은 이런 미약함이었다. 그녀가 마침내 멀리서 잠깐 멈췄을 때 생각했던 것처럼, 그녀는 다른 방법으로 집에 몰래 들어가 자신의 방에 무사히 도착하지 않을 만큼 어쨌든 비참한 상태를 충분히 견딜 수 있다는 점을 가장 크게 내세울 수 있을 것이다. 말 그대로 피하기만 했는데, 그 순간 자신이 지금까지 가장 두려워했던 것이 무엇인지 한 마디로 생생하게 알 수 있었다.

매기는 샬롯의 잘못과 의심받았던 불명예스러운 일에 대해 말할 준비가 안 됐기에, 그녀와 개인적 대화로 그녀가 아버지에게 속마음을 털어놓겠다고 마음먹을까 봐 두려웠다. 만약 샬롯이 그렇게 하기로 했다면, 이것은 이상하게도 다른 가능성과 비전이 떠오르게 했던 생각의 계산에 따랐을 것이다. 샬롯은 남편이 자신의 수중에 있다고 여기며 남편의 딸이 방어 자세를 취하고 샬롯의 대의와 말과는 다른 매기의 대의와 말로서 결국 확실히 승리하는 것은 매기가 아니었다는 점을 확신시킬 수 있다고 충분히 알려주었다. 자신만의 이유, 경험과 확신에 근거한 이유, 다른 사람은 이해할 수 없지만, 자신에게는 익숙한 이유에 근거할 수 있는 그런 생각이 드러나자마자 활짝 펼쳐졌다. 만약 이것이 나이든 부부 사이에 여전히 굳건한 기반이었다면, 아름다운 부부 모습이 그토록 일관되게 유지되었다면, 깨진 것은 매기 자신이 알고 있는 황금잔뿐이었다. 그 깨진 물건은 의기양양한 세 사람 사이의 불안이 아니라, 단지 그들을 대하는 매기의 태도가 너무나 변했다는 걸 의미할 뿐이었다. 물론 그녀는 그 순간에 샬롯과 관련된 변화를 완전히 판단할 수 없었고, 어쩔 수 없이 불안한 이미지로 남았는데, 만약 매기가 신중하게 조롱하는 기분으로 이루 말할 수 없고 끊임없이 그리고 분명하게 암시하는 바에 대해서 샬롯을 만족시키지 못한다면, 매기의 아버지는 예의를 따지지 않고 딸에게 그렇게 하라고 했을 것이다. 하지만 샬롯은 타고난 재주 덕분에 계속 자신감과 눈에 보이지 않는 오만함을 보였고, 작업등이 갑자기 커지는 것처럼 그녀에게 새로운 기반과 새로운 체계 같은 것이 생겨나는 것 같았다. 매기는 새로운 시스템이 어떤 모습일지 이해하는 순간, 심장이 심하게 쪼그라드는 것을 느꼈고, 자신이 두려워했던 일이 이미 일어났다는 것을 인지하기 전에 이해했다. 샬롯은 탐색 범위를 넓히면서 멀리서 스스로 정의를 내린 듯했고, 어둠이 짙게 깔렸지만 잠시 후 왕자비는 흡연실의 투명하게 비추는 창문의 도움으로 이를 확신했다. 샬롯은 천천히 그 원 안으로 들어왔고, 이때까지도 매기가 테라스에 있다는 사실을 알아차리지 못했다. 매기는 테라스 끝에서 샬롯이 창문 앞에 멈춰서 흡연실 안에 있는 사람들을 바라보는 것을 보았고, 더 가까이 다가와서 다시 멈추는 것을 보았지만 여전히 그들은 상당히 떨어져 있었다.

그렇다, 샬롯은 멀리서 매기가 자신을 지켜보고 있다는 것을 알았고, 시험대에 더 집중하기 위해 바로 멈춰 섰다. 그녀는 밤새도록 매기를 주시했다. 우리에서 힘으로 탈출한 생명체였지만, 모든 움직임에는 비록 희미하지만, 일종의 불길하고 지적인 고요함이 있었다. 그녀는 의도를 가지고 탈출했지만, 조용한 조치와 상응할 수 있도록 그 의도는 아주 확실했다. 어쨌든 두 여자는 처음 몇 분 동안 거리를 두고 얼굴을 마주 보면서 아무 말도 하지 않은 채 그 자리에 서 있었다. 서로가 강렬한 눈빛으로 바라봐서 마침내 매기는 의심과 두려움과 망설임에 굴복하고 필요했던 다른 증거가 없다면 잠시 그녀를 완전히 외면했을 거라는 무서운 생각이 들기 시작했다. 그녀는 얼마나 오래 쳐다보고 있었을까? 1분 아니면 5분? 어쨌든 침묵의 영향, 기다림과 지켜봄의 영향과 우유부단과 두려움으로 시간을 들여서 확실히 때를 맞추는 영향으로 매기는 자신의 손님이 불가항력으로 내던진 뭔가를 분명히 잡았다고 느끼기에 충분했다. 겁에 질려 뒤로 물러나 과거의 모든 가식을 희생했다면, 샬롯은 마침내 매기가 등장하는 것을 보면서 엄청난 이점을 알게 되는 순간이었을 것이다. 매기는 가슴에 손을 올린 채 들어왔다. 눈을 크게 뜬 그녀를 본 후, 매우 격렬하고 힘든 운명에 대한 확실한 예감에 시계가 똑딱 소리를 내는 것처럼 심장이 두근거렸지만, 고개 숙여 인사했다. 매기가 옆에 설 때까지, 샬롯이 아무 움직임도 없이, 아무 말 없이 매기가 다가와 옆에 서도록 내버려 둘 때까지, 매기는 이미 위험을 감수했기 때문에 이제 모든 게 사라졌다는 의식이 도끼가 떨어졌는지 아닌지에 대한 모든 인식을 흐리게 했다. 사실 베버 부인과 함께 있는 것으로 그 '이점'은 아주 충분했다. 매기는 처음부터 목이 반쯤 꺾고 무기력한 표정으로 쳐다보는 것 외에 무엇을 생각했겠는가? 그 자세는 샬롯의 품위 때문에 생긴 나약함과 고통으로 찡그린 표정으로 설명될 뿐이었다.

"당신과 함께 있으려고 왔어요. 여기 있을 줄 알았어요."

"네, 여기 있었어요." 매기는 다소 단조롭게 대답하는 자신의 목소리를 들었다.

"집안이 아주 후텁지근하네요."

"대단히요. 하지만 여기도 그래요." 샬롯은 조용하고 심각했다. 온도에 대해 말할 때도 엄숙한 표정이었다. 하늘만 어렴풋이 바라보게 된 매기는 자신의 목적이 실패하지 않았음을 느낄 수 있었다. "천둥이 칠 것처럼 공기가 무겁네요. 폭풍이 올 것 같아요." 어색함을 없애려고 말을 했지만 언제나 상대방에게 좋은 것이다. 이어지는 침묵으로 계속 어색한 분위기였다. 샬롯은 아무 대답도 하지 않았다. 어스름 속에서 샬롯은 변함없는 표정에 눈썹은 짙은 색이었고, 매우 우아한 모습과 아름다운 머리와 길고 곧은 목은 뿌리 깊은 완벽함과 고상한 올곧음을 증명했다. 마치 그녀가 하고자 했던 일이 이미 시작된 것 같았고, 그 결과 매기가 어쩔 수 없이 "뭐 필요한 거 없어요? 내 솔 줄까요?"라고 말했을 때 모든 것이 찬사의 상대적 빈곤 속에서 허물어졌을지도 모른다. 다시 움직일 때까지 흐트러짐 없이 계속 진지한 표정을 지은 그녀에게 매기의 모든 메시지가 성공적으로 전해졌다는 것이고, 베버 부인의 거절은 그들이 쓸데없는 말을 하지 않았다는 간결한 표시였다. 그들은 곧 샬롯이 왔던 길로 돌아갔지만, 흡연실 창가 근처에서 매기를 다시 멈춰 세워서는 카드 게임을 하는 곳에 서게 했다. 3분 동안 그들은 나란히 조화로운 모습과 확실한 매력과 충분한 의미를 보여줬는데, 매기는 이제 결국 해석하는 사람마다 해석이 다를 수 있다는 걸 절실히 깨달았다. 매기 자신도 15분 전에 그 모습을 보며 맴돌았고, 샬롯에게 적당한 비꼼과 침묵 외에 단호한 비난으로 보였을 것이다. 하지만 이제 샬롯이 알려주는 걸 보는 것은 그녀였고, 현재 순종적으로 받아들여야 한다는 것을 충분히 빨리 알아차렸다.

다른 사람들은 카드 게임에 몰두하거나 테라스에서는 들리지 않는 말을 내뱉으면서 정신이 팔린 상태였고, 매기는 무표정인 아버지의 평온한 얼굴을 바로 주목했다. 베버 씨의 아내와 딸은 그를 면밀히 주시하고 있었는데, 그가 이걸 알았다면, 먼저 눈을 치켜뜨고 충동적으로 반응했을 것이다. 그는 평형상태를 유지하기 위해 그들 중 누군가에게서 불안의 싹을 없애는 것이 중요하다고 느꼈을까? 아버지 결혼 이후 매기가 아버지를 오랫동안 차지한 것이 분열과 다툼의 대상이라고 그토록 심하고 무섭게 인식한 적은 없었다. 매기는 샬롯의 허락과 지시에 따라 아버지를 살피고 있었다. 마치 매기가 아버지를 살피는 특정한 방식이 정해져 있는 것처럼, 심지어는 다른 방식으로 그를 살피는 것이 거부당한 것처럼 말이다. 매기는 이런 도전은 그의 이익과 보호를 위한 것이 아니라, 어떤 대가를 치르더라도 끈질기게 샬롯의 안전을 지키기 위한 것이라는 점을 알았다. 이런 멍청한 표명으로 그녀는 틀림없이 매기에게 대가에 대해 말하고, 매기 자신에게는 제대로 알아야 할 돈의 문제로 여겼을 수 있다. 그녀는 무사히 남아있어야 했고, 매기는 제 일로 치러야 할 대가를 치러야 했다.

따라서 왕자는 그 어느 때 보다 모든 게 더 똑바로 와닿았고, 찰나의 순간에 아버지가 쳐다보길 바라는 터무니없는 바람이 마음속에 타올랐다. 몇 초 동안 아버지에 대한 갈망으로 두근거렸다. 즉 아버지가 눈을 들어서 더 넓은 공간에 가로질러 어두운 바깥에 함께 서 있는 자신들 모습을 보기 바랐다. 그럼 그는 그 모습에 자신들을 그대로 받아들일 수 있을 것이고, 매기는 무엇인지 거의 알지 못하지만 어떤 신호를 보내서 이런 식으로 모든 대가를 치르려야 하는 딸을 구할 수 있을 것이다. 그는 어쩌면 편애를 해서 두 사람을 차별할 수도 있고, 딸에 대한 연민으로 그가 요구한 것보다 그녀가 더 노력을 기울였다는 편을 들 수도 있을 것이다. 그것은 한결같은 매기에게 하나의 작은 잘못으로, 계획 전체에서 유일한 작은 어긋남이었다. 그다음 순간 아버지의 시선은 전혀 변함이 없었기에 아무 소용이 없었고, 샬롯은 바로 손으로 그녀의 팔을 잡고 매우 확고하게 끌어당겼는데, 그 문제에 있어 갑자기 샬롯도 자신들의 인상이 호소할 수 있는 것보다 더 많은 방법에 대해 똑같이 인식하는 거 같았다. 그들은 발걸음을 되돌려 나머지 테라스를 따라 걷다가 집의 모퉁이를 돌았고, 즉 여전히 불이 켜져 있고 여전히 비어 있는 화려한 응접실의 다른 창가에 함께 이르렀다. 여기서 샬롯은 다시 멈춰서, 매기가 직접 본 것을 다시 한번 가리키는 것 같았다. 그 장소는 고요함 속에서 생생하고, 어떤 교류나 국정 문제가 오가는 공식 만찬회를 위해서 훌륭한 물건들이 정리되어 있었다. 이때 샬롯은 매기를 다시 한번 쳐다봤고, 이미 전했던 모든 일의 결과를 더듬었고, 테라스와 음침한 밤이 생각의 완성에 너무 빈약한 증거가 될 것이라는 걸 보여줬다. 얼마 지나지 않아 응접실 안에서, 베니스의 오래된 광채와 폰스 집 벽에 걸려 있다가 마침내 옮겨진 동시대의 몇몇 훌륭한 초상화들 아래에서, 매기는 지금까지 베버 부인이 자신에게 각각 따로 요구했던 바가 얼마나 쌓였는지 알게 되면서 처음에는 턱에 숨이 너무 찰 정도로 그녀를 응시했다.

"당신 생각보다 더 오랫동안 물어보고 싶었는데, 지금만큼 좋은 기회는 없었던 거 같아요. 적어도 한 번이라도 나에게 기회를 줬다면 더 쉬웠을 거예요. 이제 기회를 잡았네요." 그들은 커다란 방 중앙에 서 있었고, 매기는 20분 전에 상상했던 장면이 이때까지 충분히 충족시킨 거라고 생각했다. 이렇게 직설적인 말들이 나왔고, 자신이 하고자 했던 말을 했다. 샬롯은 화려한 옷자락을 끌며 곧장 나아갔고, 확고한 말에 맞게 아름답고 자유롭게 행동했다. 매기는 가지고 나온 숄을 긴 장갑에 꽉 움켜쥐었고 겸손함에 몸을 가리고 숨을 곳을 찾으려는 듯이 몸에 둘렸다. 누군가의 위풍당당한 문 앞에서 불쌍한 여자가 머리에 쓰는 것처럼, 그 자리에서 머리에 쓰고 밖을 내다봤다. 매기는 불쌍한 여자처럼 기다렸고, 어쩔 수 없이 샬롯과 눈을 마주쳤다. 매기는 "그래서 무슨 문제죠?"라고 내뱉을 수 있었지만, 머리부터 발끝까지 모든 것이 샬롯에 관한 문제였다. 샬롯은 매기가 말하고 있는 점을 너무 잘 알고 있었다. 그래서 패배를 목전에 두고 존엄성을 조금이라도 지키기 위한 모호한 태도는 이미 실패했고, 아둔한 행동이라도 두려워하지 않는 것처럼 보이려고 노력하는 것 같았다. 전혀 두려워하지 않는 것처럼 보일 수 있다면, 조금도 부끄럽지 않을 것처럼 보일 수도 있을 것이고, 두려워하는 것은 부끄러운 게 아니지만, 샬롯은 그런 생각에 매달려 있고 줄곧 그런 두려움으로 움직였다. 어쨌든 도전, 놀라움, 공포 등 공허하고 모호한 겉모습은 그녀가 보여주고자 하는 바가 무엇이든 의미를 상실한 혼합물이 되었다. 지금까지 쌓아온 이점에 현재 샬롯이 다음으로 할 말 자체에는 덧붙일 것이 없었기 때문이다.

"내게 불만이 있는 이유가 있나요? 당신에게 잘못했다고 생각하는 일이 있어요? 드디어 당신에게 물어보네요."

그 말에 그들을 오랫동안 시선을 마주쳤다. 매기는 적어도 시선을 돌리는 불명예를 피했다. "뭘 묻고 싶은 거예요?"

"자연스럽게 알고 싶었어요. 당신도 오랫동안 그래왔잖아요."

매기는 잠시 기다렸다. "오랫동안요? 생각을 해봤다는…?"

"내 말은 매주 당신에게 골치 아프거나 걱정스러운 무슨 일을 생각하는 모습을 몇 주 동안 봐왔다는 말이에요. 내가 어느 정도 원인이 되는 일이에요?"

매기는 모든 힘을 모았다. "도대체 그게 뭘까요?"

"아, 내가 짐작하지 못하는 일이죠. 그리고 이런 말을 하게 돼서 정말 미안해요! 내가 당신을 실망시켰을 수도 있고, 당신이 상당한 관심을 가질 만한 사람을 실망시켰을 수도 있어요. 내가 어떤 잘못을 저질렀다면 무의식중에 저질렀을 것이고, 당신에게 솔직하게 듣고 싶을 뿐이에요. 하지만 내가 오해하는 거라면, 내가 생각했던 것처럼 큰 차이가 있는 거라면, 분명 훨씬 더 좋겠죠. 당신이 제대로 말해준다면 그것으로 아주 족할 거예요."

그녀는 점점 목소리를 높이며 아주 편안하게 말했고, 매기는 놀라웠다. 자신이 모든 걸 말하는 것처럼 듣는 방식도 세세하게 이해하는 데 도움이 되는 것 같았다. 매기는 샬롯 말이 옳다는 걸 알았다. 이것이 샬롯이 취해야 할 태도였고 할 일이었고, 지체되고 불확실한 상황 속에서 미리 그 어려움을 훨씬 과장했다는 걸 알았을 것이다. 어려움은 적었고, 상대편이 계속 움츠러들면서 적어졌다. 샬롯은 원하는 대로 했을 뿐만 아니라, 이때쯤 효과적으로 상황을 마무리하고 끝냈다. 하지만 그 모든 일로 매기는 이제 샬롯을 끝까지 지켜봐야 한다는 예리하고 단순한 필요성을 더 깊이 느끼게 되었다. "오해하고 '있다면'이라고 말했죠?" 왕자비는 거의 말을 더듬거리지 않았다. "오해하고 있어요."

샬롯은 매기를 아주 열심히 쳐다보았다. "전부 내 실수라고 아주 확신하네요?"

"내가 말할 수 있는 건 당신이 잘못된 생각을 했다는 거예요."

"아, 그렇다면 더 다행이네요. 그 생각이 들 때부터 조만간 이야기해야 한다는 걸 알았어요. 그게 내 방식이니까요. 이제야 말하기 잘했다는 생각이 드네요. 정말 고마워요."

매기에게도 이것으로 어려움이 해소된 것처럼 보여서 이상했다. 샬롯이 자신의 부정을 받아들인 것은 더는 상황을 악화시키지 않겠다는 맹세와도 같았다. 자신의 거짓된 행동을 튼튼히 하는데 긍정적인 도움이 되었고, 이에 따라 또 다른 방해를 했다. "나도 모르게 당신에게 어떤 식으로는 영향을 준 게 분명하세요. 당신이 나에게 잘못했다고 생각한 적 없어요."

"나는 어떻게 그런 생각을 했을까요?"

매기는 이제 샬롯을 보다 편안하게 바라보면서 아무 말도 하지 않으려고 했지만, 현재 시점에서 뭔가를 더 말했다. "당신을 비난하지 않아요."

"아, 다행이에요!"

샬롯은 너무 명랑하게 이 말을 내뱉었다. 매기는 아메리고가 그녀에게 어떤 상황에서 어떤 거짓말을 했고 어떤 단서를 제공했는지에 대해 계속 집중해서 생각해야 했다. 남편도 그만의 고충이 있었을 것이고, 결국 매기는 그보다 못하지 않았다. 매기가 마주하고 있는 것처럼 이 멋진 사람을 마주하고 있는 그의 모습이 맴도는 덕분에 멀리서 하지만 세세한 부분까지 가리키는 곧고 강하고 짙은 빛이 그녀에게 비치는 것 같았다. 남편은 아내에게 순응할 일을 알려줬고, 아내는 그의 말대로 순응하지 않음으로써 어리석게 그의 말을 '어기지' 않았다. 아메리고와 매기는 그렇게 함께 있었고, 가까이 있었다. 반면에 샬롯은 그녀 앞에서 눈부신 모습으로 일어섰지만 실제로는 고독하고 괴로운 공간의 어두움에서 벗어나는 것이었다. 그래서 왕자비의 마음은 굴욕 속에서도 벅차올랐다. 옳은 일과 조화를 이뤘고, 그리고 분명, 불가능한 벼랑 끝에서 꺾어낸 희귀한 꽃과 같은 무언가가 그녀에게 일어날 것이다. 옳은 일이라…. 그렇다, 거짓말하는 이런 놀라운 행태가 마지막까지 이어졌다. 아슬아슬하게 진실을 비껴가지 않느냐의 문제에 불과했다. 그래서 매기는 단단히 마음먹었다. "당신의 불안은 오해에서 비롯된 거예요. 당신 때문에 내가 괴롭다고 생각한 적 한 번도 없다는 걸 분명히 할게요." 그리고 놀랍게도 그 말을 더 발전시켰다. "난 당신을 아름답고 멋지고 좋은 사람이라고만 생각했어요. 내 생각에 이 정도만 물어봐도 될 거 같은데요."

샬롯은 잠시 더 그녀를 붙들었는데, 그때 눈치가 없었던 게 아니라, 마지막 말이 필요했다. "내가 생각했던 것보다 훨씬 더 많은 말을 해줬어요. 난 단지 당신이 부정해주길 바랐을 뿐이었어요."

"그럼 이제 됐네요."

"당신의 명예를 걸고요?"

"내 명예를 걸고요."

그리고 매기는 외면하지 않기로 약속했다. 숄을 잡고 있던 손이 느슨해져서 숄이 뒤로 떨어졌지만, 그걸 다시 집을 때까지 그 자리에 서 있었다. 그래서 앞으로 어떤 일이 일어날지 곧 충분히 알 수 있었다.

샬롯의 얼굴에서 알 수 있었고, 두 사람 사이의 의도적인 새빨간 거짓의 냉정함을 완성하는 냉랭한 분위기를 느낄 수 있었다. "그럼 키스해 줄래요?"

승낙도 거절도 하지 않았지만, 소극적인 그녀에게 도움이 되는 것이 샬롯이 얼마나 물러설지 판단하는 것이었다. 하지만 뺨에 키스를 받는 동안 매기에게 기회가 되는 다른 일이 일어났다. 자리를 비운 일행과 합류하기 위해 카드 게임을 그만하고 일어나 방 끝의 열린 문에 다다른 다른 사람들이 그들 모습을 보고 잠시 멈췄다. 매기의 남편과 아버지가 앞에 있었고, 샬롯이 그녀를 포옹한 것은 (매기는 자신이 샬롯을 포옹한 건지 그들은 구별하지 못하리라 생각했다) 큰 관심사가 되었다.

37.

매기 아버지는 평온한 시간을 보내고 사흘 후에, 더욱 성숙해진 루치 자매와 한때 위압적이었던 랜스 부인이 다시 모습이 보인 것에 어떤 영향을 받았는지 딸에게 물었다. 이렇게 물어본 결과 두 사람은 이전에 더 휘젓고 다니던 지인들이 방문했을 때 필요했던 것처럼 나머지 일행과 떨어져 공원으로 다시 함께 산책했는데, 큰 나무 아래 한적한 벤치에서 두 사람이 긴 대화를 나누던 중 특정 질문이 나오고, 매기가 현재 상황의 '첫 시작'으로 여기는 버릇이 생겼던 것에 대해 아둔한 논의를 했다. 다른 사람들이 차를 마시려고 테라스에 모이는 동안, 시간의 소용돌이가 일어 두 사람이 서로 얼굴을 마주했고, 애덤 베버는 그의 익숙한 표현을 빌리자면 아득한 가을 오후와 그토록 오래 분명히 지속된 위기에 예전 방식으로 '빠져나가고' 싶은 이상한 충동이 똑같이 일어났다. 지금 생각해 보면 그들의 걱정과 신중함 때문에 그당시 여러 징후에서 덜 성숙했던 랜스 부인과 루치 자매의 존재를 한때 위기라고 여겼다면 우스꽝스러웠을 것이고, 이 여자들을 치료가 필요할 만큼 생생한 위험의 상징으로 생각했다면 웃었을 것이다. 사실 자신들이 실제로 느꼈던 인상에서 이런 즐거움과 도움을 얻고자 했으며, 매기가 보기에, 그 사람들은 지난 몇 달 동안 자신들이 별로 생각하지도 않았고 신경 쓰지 않았던 모든 사람, 거의 무리를 지어 다니기 시작한 사람들을 만나면 열심히 이야깃거리를 찾고 대화를 하면서 안도감을 찾고 있었다. 그리고 예를 들어 캐슬딘 부부가 머무는 동안 이룰 수 있었던 것보다, 현재 화젯거리를 즐기는 것처럼 흉내 내고 세 여자를 평하면서 과거의 망령 주위에 갇혔다. 캐슬딘 부부는 비교적 새로운 웃음거리였고, 매기가 보기에 그들을 항상 스스로 그 방법을 배웠다. 반면, 디트로이트, 프로비던스 Providence, 미국 로드아일랜드주 도시는 오래되고 풍부한 웃음거리였는데, 재미난 고집을 부릴 수 있었다.

  더군다나 오늘 오후에는 오랫동안 느껴졌지만 뭐라고 말할 수 없었던 어떤 긴장감으로 인해 그저 함께 쉬고 싶다는 바람을 밝혔다. 누구 말대로 어깨를 맞대고 손을 맞잡은 채 상대방이 쇠약지는 모습을 보지 않도록 아주 간절히 눈을 감았고, 사실 피곤할 수밖에 없지 않은 가? 요컨대, 단 30분 만이라도 딸과 아버지가 내적 행복을 다시 한번 느낄 수 있었고, 그 행복을 가장 쉽게 누릴 수 있는 구실을 잡은 것 같았다. 누군가에게는 정말 대단한 남편이었고 아내였다. 하지만 예전처럼 이웃들이 함께한 테라스 파티가 자신들 없이도 잘 진행될 것임을 알고 다시 오래된 벤치에 앉았는데, 마치 수많은 문제가 있는 여러 남편과 여러 아내가 공기를 너무 뜨겁게 만드는 해안에서 함께 배에 올라 노를 저어 떠나는 모습처럼 멋졌다. 배 안에 탄 사람들은 아버지와 딸이었고, 도티와 키티는 자신들의 상황에 맞게 노와 돛을 충분히 공급했다. 또한, 매기에게 일어난 그 일에 있어 그들이 함께 사는 한 왜 그들은 항상 한배에 탈 수 없었을까? 매기는 그 질문에 있어 자신을 진정시키는 활기를 느꼈다. 그들은 결혼하지 않은 상태에서 앞으로 서로만을 알면 됐다. 같은 장소의 기분 좋았던 저녁에 그는 미혼이었고, 말하자면 자신들의 상황이 변하는 것을 억제했다. 그렇다면 그 기분 좋았던 저녁은 최고의 원기회복이라는 상당히 예측 가능한 결과와 더불어 현재의 기분 좋은 저녁과 비슷할 것이다. 결국, 무슨 일이 있어도 그들은 항상 서로 함께했다. 숨겨진 보물이자 구원의 진리였던 서로에게 실현성 있는 일로 하고자 하는 것을 꼭 했다.

그 덕분에 종말 전에 하지 못했을 수도 있는 일을 누가 알 수 있었겠는가?

그들은 7월의 오후 여섯 시 무렵, 울창한 켄터키 숲에 드리워진 황금빛 공기 속에서, 그녀의 옛 놀이 친구들의 사회적 진화의 몇 가지 특징들을 함께 따라가고 있었는데, 도달할 수 없는 이상이 여전히 손짓하는 것처럼 보였고, 여전히 바다 너머로, 그들의 본래 자리로 돌아가 뭐라고 불러야 할지 몰랐지만, 도덕적이고 재정적 대화를 다시 준비하고 영원히 방랑하는 유대인Wandering Jew. 최후의 심판이 있는 날까지 방랑을 계속해야 할 운명을 짊어진 전설상의 유대인처럼 나타났다. 그러나 우리 두 사람은 마침내 이런 연대기를 연구하는 데 지쳤고, 잠시 후 다른 문제, 또는 적어도 처음에는 즉각적인 연관성이 분명하지 않은 문제를 다루어야 했다. "요즘 다른 사람들이 무엇을 위해 몸부림칠지 궁금했던 내가 재미있으셨어요? 내가 멍청하다고 생각하세요?"라고 진지하게 물었다.

"멍청하다고?" 그는 당황한 듯했다.

"마치 높은 곳에서 내려다보는 것처럼 우리의 행복의 숭고함을 말하는 거예요. 아니면 오히려 우리의 일반적인 위치에서 숭고하다는 거예요." 불안한 양심의 습관에서 인간적 교섭을 위해 영혼의 '책' 상태에 대해 스스로 확신하려고 뭔가를 했다. "어떤 사회적 상황으로 눈이 멀거나 '거만해'지고 싶지 않거든요." 매기 아버지는 딸의 일반적인 자비의 예방책이 여전히 자신들을 드러내는 것처럼 섬세함과 아름다움의 매력은 말할 것도 없이 여전히 그를 놀라게 할 수 있는 것처럼 이 선언에 귀 기울였다. 그는 딸이 얼마나 멀리 갈 수 있고 어디에 다다를지 보고 싶었을 것이다. 하지만 그녀는 조금 기다렸다. 마치 아버지가 자신의 말에 너무 많이 믿는다는 생각에 긴장한 거 같았다. 그들은 진지한 것을 피하고, 불안한 마음으로 현실을 외면했고, 조심스러

위하는 걸 감추기라도 하는 듯, 같은 피난처를 함께 공유했던 다른 대화에 몇 번이고 빠졌다. "예전에 그 사람들이 여기 왔을 때 우리가 그 상황 자체를 견딜지 확신하지 못했다고 말씀드렸던 것 기억나세요?"

그는 최선을 다해 기억을 떠올렸다. "사회적 상황 말이니?"

"맞아요, 우리가 이런 식으로 하면 안 된다고 패니 어싱험이 처음으로 말해줬던 후에요."

"우리가 샬롯을 선택한 거 말이니?" 그가 쉽게 기억했다.

매기는 중요한 순간에 샬롯을 잡았다는 것을 이제야 주춤하지 않고 단언하고 인정할 수 있게 되었다는 점에서 또다시 멈칫했다. 마치 이러한 생각이 그들의 성공에 대한 정직한 관점의 기본으로 그들 사이에서 요동친 듯했다. "키티와 도티에 대한 내 감정이 어땠는지 기억나요. 그때 이미 우리가 좀 더 '자리를 잡았거나', 지금 아버지가 뭐라고 말하든 간에, 왜 다른 사람들이 더 작은 생각으로 나를 더 고귀하게 만들지 못했는지 궁금해하는 핑계가 되지 않았을 거예요. 예전에는 우리 그런 감정을 느꼈으니까요."

그는 달관한 듯이 답했다. "아, 그래. 우리가 예전에 느꼈던 감정이 기억하는구나."

매기는 마치 자신들도 존경할 만한 사람이었다는 듯이, 회고하면서 조금이라도 애원하고 싶어 하는 듯했다. "아버지 위치에서 동정심이 없다는 것이 상당히 별로라고 생각했어요. 하지만 사실 난 너무나 두려웠고 여전히 두렵기에, 응원해 줄 사람조차 없는 상황에서 숭고하게 구는 것은 더 나빴어요." 그리고 그녀는 스스로 오래 살아남았다고 여기면서 다시 한번 진지한 태도를 보였고, 지금도 당연히 위태로운 상황이지만 무게를 잡았다. "사람들은 박탈감을 느낄 수 있는 다른 사람의 상태에 대해 늘 어느 정도 상상력을 발휘해요. 하지만 키티와 도티는 우리가 그렇다는 걸 생각하지 못했어요. 그리고 지금, 바로 지금…!" 그러나 그 사람들의 경이로움과 부러움을 탐닉하려고 말을 멈췄다.

"그리고 이제 그들은 우리가 모든 것을 가졌고 지켰음에도 교만하지 않을 수 있다는 걸 더욱더 알게 됐지."

"맞아요. 우리는 교만하지 않아요. 우리가 그렇게 교만한 건지는 잘 모르겠어요." 하지만 매기는 그다음 순간에 화제도 바꾸었다. 하지만 마음이 홀렸던 것처럼 회상하면서 그렇게만 할 수 있었다. 그녀는 이 새로운, 여전히 더 도발적인 방문으로 그를 곁에 두고 시간의 흐름을 거슬러 올라가서 부드러운 물을 과거의 움푹 파인 대야에 다시 담기를 바랐을 것이다. "우리는 그 이야기를 했었는데, 아버지는 저만큼 잘 기억을 못 하시네요. 아버지도 잘 모르셨어요. 아버지가 멋지셨다는 거. 키티와 도티처럼 아버지도 우리에게 위치가 있다고 생각하셨고, 그 사람들이 생각하는 대로 하지 않는다고 말했어야 한다는 내 생각에 놀라셨어요. 사실 지금은 그렇지 않아요. 실제로 우리는 그 사람들이 원하는 사람들에게 소개하지 않아요."

"그렇다면 지금 함께 차를 마시고 있는 사람들은 뭐니?"

그 말에 매기는 불쑥 말했다. "저번에 누군가 있었을 때 저한테 물어보셨던 게 바로 그거예요. 아무한테도 어떤 일도 연락한 적 없다고 말씀드렸는데요."

"우리가 그토록 환영했던 사람들은 '헤아리지' 않았다는 걸 기억해. 패니 어싱험도 그걸 알았다는 거 기억하고 있고." 매기는 그 공감하는 에 자각했고, 그리고 벤치에서 조금 전처럼 그는 즐겁게 고개를 끄덕 이며 초조하게 계속 발을 흔들었다. "그래, 미국에서 와준 것만으로도 충분히 좋은 사람들이야. 나는 그렇게 기억하고 있어."

"그게 바로 그 방법이었어요. 그리고 저에게 그 사람들에게 말해야 한다고 생각하지 않느냐고 물으셨어요. 특히 랜스 부인에게 우리가 그때까지 그럴듯한 구실로 손님을 맞이했다고 말해야 한다고요."

"그래, 하지만 넌 부인이 이해하지 못했을 거라고 했어."

"그 경우에 아버지가 부인과 비슷하다고 대답하셨어요. 이해하지 못하셨어요."

"이해 못 했지. 하지만 우리가 아무런 위치도 없는 순진무구한 상 태에서 네가 설명을 하면서 나에게 뭐라고 한 건 기억하는구나."

매기는 기쁘게 말했다. "아 그럼, 다시 한번 말씀드릴게요. 아버지 는 혼자만 어떤 위치에 있다고 말씀드렸잖아요. 그건 분명해요. 아버 지는 저와는 달랐고, 항상 그런 위치에 계셨어요."

그녀 아버지가 동의했다. "그러고 그런 일에 왜 너는 그렇지 않으 냐고 물었었지."

"정말 그러셨죠." 그는 대화에서 다시 함께 살 수 있다는 증명된 진 실의 결과로 밝은 표정으로 딸의 얼굴을 바라봤다. "내가 결혼을 하면 서 내 자리를 잊어버렸다고 대답했어요. 그 자리는 절대 다시 찾지 못

할 거예요. 되찾으려고 뭔가를 했지만 뭘 해야 할지 정말 몰랐어요. 당시에 어쨌든 되찾지 못했어요. 항상 어싱험 부인은 내가 어떤 자리를 잡을 것이라고 확신시켜줬어요. 내가 각성을 하면요. 그래서 정신을 차리려고 매우 열심히 노력하고 있어요."

"맞아, 그리고 어느 정도 성공도 했고 나를 일깨워졌지. 하지만 너 많은 어려움을 겪었어. 매기, 네가 모든 일을 어렵게 만들려고 해."

그녀는 잠시 아버지를 바라봤다. "내가 그렇게 행복했던 일이요?"

"네가 그렇게 행복했던 일이었지."

"괜찮은 어려움이었다고 인정하시네요. 우리의 삶이 멋지다고 고백하셨어요."

그는 잠시 생각했다. "그래, 나에게는 그렇게 보였으니 인정한 걸 수도 있겠네." 그러나 그는 희미하고 편안한 미소를 지으며 자신을 지켰다. "이제 나한테 뭘 하고 싶은 거니?"

"우리의 삶이 조금은 이기적이지 않은지 궁금한 적이 있었잖아요."

이번에도 역시 애덤 베버는 과거로 거슬러 올라가 말을 바로 잡았다. "패니 어싱험이 그렇게 생각했으니까?"

"아니요, 부인은 그런 생각을 한 적도 없고, 할 수도 없어요. 가끔 사람들이 때때로 바보라고 생각할 뿐이죠. 사람들이 잘못된 행동을 그러니까 사악하게 구는 것에 대해 별로 생각이 없는 거 같았어요. 사람들이 사악하다는 것을 개의치 않아요."

"그렇구나." 그러나 그가 그렇게 분명하게 알지 못한 것은 딸 때문이었을 지도 모른다. "그럼 그 부인은 우리는 바보들만 생각하니?"

"아, 아뇨. 그 이야기가 아니에요. 우리가 이기적으로 구는 걸 말하는 거예요."

"그게 패니가 묵인한 사악함에 들어가는 거니?"

"패니가 묵인한다고 말하는 게 아니에요!" 매기는 양심의 가책을 느끼기 시작했다. "게다가, 난 예전 일을 말하는 중이잖아요."

그러나 잠시 후 매기는 아버지는 그 차이를 이해하지 못하는 모습을 보였다. 그들이 쉬고 있는 장소에서 잠시 생각에 잠겼다. "매기, 난 이기적이지 않아. 내가 이기적으로 구는 건 절대 있을 수 없는 일이야."

아버지가 그 이야기를 한다면, 매기 또한 단언할 수 있었다. "그렇다면 내가 이기적이네요."

"아, 빌어먹을!" 애덤 베버는 가장 진지한 순간에 비속어를 뱉었다. "아메리고가 너에 대해 불평한다면 그 말 믿어줄게."

"아, 내 이기심은 바로 그 사람이야. 그러니까 그 사람 때문에 내가 이기적인 거예요. 모든 일에서 그 사람이 나의 원동력이에요."

매기 아버지는 경험이 딸이 하는 말을 생각했다. "하지만 여자는 남편 문제에 있어 당연히 이기적으로 굴 권리가 있지 않니?"

"그 사람을 질투한다는 뜻이 아니에요. 하지만 그건 내가 아닌 그 사람에게 좋은 거죠."

그는 딸의 말에 다시 재밌었다. "그럴 수도 있지. 그렇지 않으면 뭔데?"

"아, 어떻게 다른 이야기를 하겠어요? 다행히도 그러지 않아요. 모든 상황이 달라진다면 당연히 모든 게 달라질 거예요. 조금만 사랑하면 자연스럽게 질투를 하지 않거나 질투도 조금만 해서 문제가 되지 않는 거 같아요. 하지만 깊고 열렬히 사랑하면, 그만큼 질투를 하죠. 그리고 그 질투심은 당연히 몹시 사나워요. 하지만, 한없이 깊고 형언할 수 없는 방식으로 사랑하면, 모든 것을 초월하고, 그 어떤 것도 무너트릴 수 없어요."

베버 씨는 반박할 말이 없다는 듯이 들었다. "그게 네가 사랑하는 방식이니?"

매기는 잠시 말을 잇지 못하다가 마침내 대답했다. "그런 이야기를 하려는 게 아니에요. 하지만 모든 걸 넘었다고 느껴요. 그래서 내가 어디에 있는지 잘 모르겠어요."라고 유쾌하게 말을 덧붙였다. 그 밑에 담긴 미세한 열정의 맥박, 따뜻한 여름 바다에 의식적으로 떠다니며 빛나는 생명체의 암시, 눈부신 사파이어와 은으로 이루어진 어떤 구성물, 사라지지 않는 두려움이나 어리석음 속에서 위험하게 떠다니는 심연 속 생명체 등 이 모든 것이 그가 신중하게 어느 정도 동의를 하고, 한참 때에 많은 사람에게 주거나 받는다고 확신하지 못했던 황홀경을 즐기면서, 그에게 선물 이상이 되었을 수도 있었다. 그는 마치 여러 번 조용히 입을 다물고 훈계를 받는 것처럼 잠시 앉아있었지만, 그래서 그가 놓친 것보다 오히려 그녀가 얻은 것이 더 많았을 수도 있는 결과였다. 게다가, 결국 그가 얻지 못했거나 심지어 얻은 것이 무엇인지 그 자신 외에는 누가 제대로 알았을까? 어쨌든 딸의 상황이 좋아서 계속 바다를 볼 수 있게 됐고, 그곳에서 개인적으로 하는 수영은 끝났지만, 모든 것이 그에게 빛날 수 있었고, 그 분위기와 철썩철썩 소리와 물놀이는 그에게 너무 센세이션이 되었다. 그렇다고 해서 그가 그리워한다고 할 수는 없었다. 개인적으로 물 위에 떠있지 않고, 모래사장에 앉아있는 게 아니라도, 그 향유를 맛보는 데 거부할 수 없는 방식으로 행복의 숨결을 느낄 수 있었기 때문이다. 그가 없었다면 아무것도 없었을지도 모른다는 것을 알기 때문에 전혀 놓칠 수 없었다. "난 한 번도 질투해본 적 없는 것 같아." 그는 마침내 말을 꺼냈다. 그리고 그 말은 그가 의도했던 것보다 딸에게 더 큰 의미였다는 걸 나중에 자각했는데, 마치 용수철의 압력에 그녀가 말할 수 없는 것을 말하는 듯한 표정을 그에게 지어 보였기 때문이다.

하지만 매기는 마침내 그들 중 한 명을 위해 애를 썼다. "아, 아버지, 내가 모든 것을 초월했다고 말하는 사람은 바로 아버지예요. 그 어떤 것도 아버지를 무너트릴 수 없어요."

그는 이번에는 어쩔 수 없이 근엄한 태도를 보였지만, 편안하게 교감하는 표정으로 돌아왔다. 그는 무슨 말을 할지 알았을 것이고, 다른 일들은 주제를 넘든 아니든 자제하는 것이 나았을 것이다. 그래서 그저 당연한 말을 하기로 했다. "그래, 우리는 짝을 이뤘고, 우리는 괜찮아."

"아, 우리는 괜찮아요!" 선언은 매기가 눈에 띄게 강조해서 시작되었을 뿐만 아니라, 마치 그들의 짧은 소풍의 목적이 이제 끝난 것처럼 단호하게 일어나면서 확실해졌다. 그러나 이 시점에서, 즉 모래톱을 지나 입항하는 것처럼, 바람을 이겨내야 하는데 다른 일이 일어났다. 아버지는 자리를 지켰고, 마치 그녀가 먼저 일어나 그가 따라오기를 기다리는 것 같았다. 그들이 괜찮다고 하면, 괜찮았다. 하지만 그는 망설이며 이 이상의 어떤 말을 기다리는 듯했다. 그의 시선은 넌지시 매기의 시선과 마주쳤고, 그녀가 아버지에게 미소를 짓고 나서야 그는 벤치에서 나머지 이야기를 했다. 그는 벤치에 기대서 고개를 들어 딸의 얼굴을 보았고, 다리는 조금 지친 듯 앞으로 뻗었고 손으로 의자 양쪽을 잡았다. 그들은 바람을 거슬렀고, 매기는 여전히 생생했다. 그들은 바람을 거슬렀고 기껏해야 더 박살이 난 배처럼 그는 마냥 축 처졌다. 하지만 침묵 후 매기는 그에게 손짓했고, 잠시 후 할 말을 찾은 그는 그녀 옆에 있었다. "단 한 가지, 네가 이기적인 척하는 거 말이야…!"

이 말을 매기가 그를 거들었다. "내 말 이해 못 하신 거예요?"

"이해 못 했어."

"물론 그러시겠죠. 그게 아버지 방식이니까. 그건 중요하지 않고 단지 증명할 뿐이죠! 뭘 증명하는지도 중요하지 않아요. 바로 이 순간에 난 이기심으로 가득하니까요."

그는 똑같이 딸 얼굴을 한참 더 마주했다. 이상하게 그들이 말하지 않은 것을 받아들이거나 적어도 그것에 대한 언급을 이렇게 갑자기 멈추면서, 사실상 그러는 척하는 것을 포기한 것처럼 보였다. 그들이 이룰 말할 수 없이 피하고 있던 무슨 일을 당하게 되는 것 같았지만, 수많은 암시로 두려움을 인정하는 것처럼 그 두려움 자체가 어떤 면에서는 하나의 유혹이었다. 그리고 매기는 아버지가 자신이 마음대로 하도록 놔준다고 생각했다. "넌 언제나 고통받는 다른 사람에 대해서 말했어. 하지만 조금 전에 네 남편에게 충분한 기회가 있다면 어떻게 받아들일지에 대해서 말해줬어."

"아, 남편 이야기가 아니에요."

"그럼 누구를 말하는 거니?"

이전에 주고받은 그 어떤 말보다 반박과 반론이 빠르게 오갔고, 매기 입장에서는 순간적으로 무너졌다. 그러나 아버지가 지켜보는 동안 무너져서는 안 됐고, 아버지가 딸의 행복을 위한 대가로 위선적인 아내의 이름을 예상하지 않았는지 궁금해하는 동안, 훨씬 더 괜찮다고 생각한 말을 했다. "아버지요."

"내가 희생물이었다는 거니?"

"물론 저의 희생물이셨죠. 나를 위한 일 말고 다른 일을 하신 적 있으세요?"

"너한테 말할 수 있는 것보다 훨씬 많은 일을 했지. 네가 스스로 생각해 봐. 내가 자신을 위해 한 모든 일에 네 생각은 어떻니?"

"아버지 자신을 위해서요?" 매기는 비웃음을 지었다.

"내가 미국에서 했던 일에 대해 어떻게 생각하는데?"

"공인으로서의 아버지를 말하는 것이 아니라 개인적인 모습에 말하는 거예요."

"글쎄, 그걸 개인화한다면, 미국도 나에게 상당히 개인적인 면이야. 내 평판을 위해 한 일에 대해 어떻게 생각하니?"

"아버지의 평판요? 아버지는 보잘것없는 끔찍한 사람들 때문에 그

걸 포기하셨어요. 그 사람들이 천박한 농담으로 그 평판을 산산조각 내도록 내버려 두셨어요."

"오, 난 그런 천박한 농담은 신경 안 써."

매기는 의기양양하게 말했다. "바로 그거예요. 그런 무관심과 동의 때문에 아버지에게 영향을 미치고 아버지를 둘러싼 모든 것이 희생되고 있다고요."

그는 앉은 자리에서 딸의 얼굴을 조금 더 쳐다보다가 천천히 일어나서는 주머니에 손을 집어넣고 그녀 앞에 서서 웃으며 말했다. "물론, 너는 나의 희생이지. 하지만 네가 살기 위해 대가를 치러야 한다고 생각한 적은 없어. 그런 걸 보고 싶지 않았어." 아주 잠깐 그들은 다시 얼굴을 마주했다. "아버지로서 그렇게 한 거야. 그게 어떻게 내가 희생양이 된다는 거니?"

"내가 아버지를 희생시키니까요."

"하지만 도대체 무슨 일에 희생시키는데?"

이때 아직 절대 말해서는 안 된다는 생각이 마음에 걸렸고, 아버지의 긴장된 미소에서 몰래 불안해하는 모습이 잠시 보였고, 매기 마음 속 깊이 닿았다. 서로가 조심하는 과정에서 살짝 잘못 건드려서 뚫릴 수 있는 얇은 벽이 아슬아슬하게 버티는 순간이었다. 이러한 투명함이 그들의 숨결과 함께 그들 사이를 흔들었다. 정교하게 짜인 직물이었지만 틀에 맞췄기 때문에 조금만 숨을 세게 쉬어도 바로 찢어질 것이다. 매기는 숨을 죽였는데, 딴 곳으로 시선을 돌리게 할 수 없는 아버지의 눈빛에서 아버지가 자신의 의도가 딸과 같은지를 확신하고 있다는 것을 알았기 때문이었다. 그 순간 그가 얼마나 믿는가 하는 그 자체에 그녀는 완전히 설득되었고, 마치 현기증 날 정도로 눈을 끄게 바라보는 아버지 앞에서 30초 동안 가늠했고, 거의 흔들릴 뻔했다. 그녀는 의식 있는 모든 사람이 각자가 다른 방식으로 똑같이 구하고자 하는 평형상태에 한동안 있었던 건지도 모른다. 그리고 적어도 그녀 자신은 그 평형상태를 구하는 중이었다. 현기증이 가라앉으면서 그녀는 그것은 여전히 실행 가능한 일이라고 말할 수 있었다. 매기는 자신을 다잡았다. 이제 자신이 서 있는 자리에서 연기로 모든 것이 단번에 해결될 것이다. 너무 많은 생각이 들었지만, 자신은 계속 침착한 상태였다는 것을 이미 알았다. 아버지의 눈빛에 조심하며 계속 냉정함을 지켰고, 다시는 동요해서는 안 됐다. 방법과 이유를 알았기 때문에 차가운 태도가 정말 도움이 되었다. 그는 혼잣말했다. '매기는 울면서 아메리고 이름을 말할 거야. 나를 희생시키는 건 사위 때문이라고 하겠지. 그리고 그것으로 다른 수많은 일과 더불어 나의 의심은 확실해질 거야.' 그는 무슨 말을 하는지 알려고 딸의 입술에 주시했지만, 어떤 말도 없었고, 아무것도 얻지 못했다. 곧 정신을 차린 매기는 사실 자기 남편 이름을 말하는 것보다 아버지 아내 이름을 말하기가 훨씬 더 쉽다는 것을 알았다. 만약 그녀가 일부러 아버지에게 '샬롯, 샬롯'이라고 말하는 것을 피하지 말라고 강요했다면, 아버지는 단념했을 것이다. 하지만 이 정도로도 충분했고, 두 사람이 무엇을 하고 있는지 시간이 지날수록 더 분명하게 알 수 있었다. 그는 자신이 꾸준히 해오던 일을 하고 있었다. 딸에게 자신을 희생했고, 최선이라고 생각했으며, 제안을 수락한 것이 아니라면 지난 몇 주 며칠 동안 딸을 어디에 이미 발을 딛고 있었을까? 여전히 딸을 힘 빠지게 하지 않는 그의 태도에서 이렇게 친밀하고 개인적인 모습에 괴로웠기 때문에 매기는 점점 더 차갑게 변했다. 그것은 바로 그녀의 확신이자 그의 압박의 강렬함이었다. 지독한 일이 일어나지 않았다면, 두 사람 모두에게 이렇게 지독한 일을 하지 않았기 때문일 것이다. 반면 매기는 자신의 속내를 드러내지 샬롯 이름을 말할 수 있는 매우 유리한 상황에 있었는데, 그 문제에 있어 다음 순간 아버지에게 알려줬기 때문이다.

"아버지를 모든 일과 모든 사람에게 희생시켰어요. 아버지 결혼의 결과를 지극히 자연스럽게 여겼어요."

그는 고개를 약간 뒤로 젖히며 한 손으로 안경을 고쳐 썼다. "넌 그 결과가 뭐라고 생각하니?"

"결혼으로 성공한 인생을 이뤘어요."

"우리가 원하는 대로 되었구나."

매기는 잠시 머뭇거렸지만, 자신이 생각했던 것 이상으로 침착하게 굴었다. "정확히 제가 바랐던 거예요."

안경을 똑바른 쓴 그의 시선은 계속 딸을 향하고 있었고, 보다 굳어진 미소를 지은 그는 스스로 고무되었다는 걸 알고 있었을지도 모른다. "그럼 내가 원했던 건 뭐라고 생각하니?"

"아버지가 가진 것 말고는 아무것도 생각하지 않아요. 그게 핵심이에요. 그렇게 하려고 한 적이 없어요. 결코요. 저는 제가 얻을 수 있는 것과 아버지가 주는 것을 받아들이고 아버지가 할 수 있는 일을 하실 수 있도록 할 뿐이에요. 나머지는 아버지 일이에요. 전 걱정하는 쓰는 척도 하지 않아…!"

"걱정을 해?" 그는 얼굴을 마주치지 않으려고 하고 조금 말을 더듬는 딸을 바라봤다.

"아버지가 정말 어떻게 될지요. 우리는 처음부터 그렇게 하지 않기로 했잖아요. 당연히 전 매우 좋았어요. 내가 고집한 게 아니에요."

매기가 숨을 고를 때 다시 한번 기회가 있었지만, 그는 그때 그렇게 말하지 않았다. 대신 이렇게 말했다. "아, 세상에…. 아, 아!"

하지만, 최근의 일이고 그리 멀지 않지만, 과거가 암시하는 바가 무엇인지 알기 때문에 별 차이가 없었다. 그녀는 자기주장의 진실을 해치지 말라고 경고하면서 재차 부정했다. "전 어떤 일에도 관여하지 않았고, 지금도 그래요. 아버지의 예의 바른 딸로서 아니면 한 채가 아닌 집 두세 채를 마련하고, 내가 원했다면 50채도 준비하셨겠죠, 아이를 편하게 보살피게 해주서서 아버지를 계속 좋아했을까요? 아버지가 일단 독립하시면, 제가 당연히 아버지를 미국으로 돌려보냈을 거라고 주장하는 건 아니시죠?"

이것은 직접적인 질문이었고, 조용한 숲이 우거진 곳에서 꽤 울려 퍼졌습니다. 애덤 베버는 잠시 생각에 잠겼다. 하지만 매기는 그 모습을 보고 그 질문에 어찌해야 할지 재빨리 알려주었다. "매기, 네가 그런 식으로 말할 때 내가 뭘 바라는지 아니?" 그리고 그는 다시 대답을 기다렸고, 그녀는 아버지한테서 그늘 깊숙이 뒤에 숨어 있던 무언가가 조심스럽게 앞으로 나와서 모습을 드러내기 전에 그 방법을 안다는 느낌이 더 들었다. "너 때문에 자주 미국으로 돌아가고 싶다는 생각이 들게 해. 네가 계속 그러면….” 하지만 그 말을 하는 건 정말 참아야 했다.

"계속 그러면요?"

"돌아가고 싶다는 생각이 들어. 미국이 우리에게 최고의 장소라고 생각하고 되고.”

그 말에 매기는 눈에 보이지 않게 몸을 떨었다. "'우리'에게요?”

그는 웃으며 말했다. "나와 샬롯에게 말이야. 우리가 간다면 너에게도 상당히 도움이 된다는 거 알지? 그리고 네가 더 그렇게 말한다면, 우리는 갈 거야.”

아, 그때 신념으로 가득 찬 잔이 약간 닿기만 해도 넘쳐흘렀다! 매기는 아버지의 분명한 생각에 잠시 압도당했다. 희미한 빛 한가운데에서 샬롯은 대조적으로 검은색 물체처럼 보였고, 그녀가 흔들리기 시작하다가 떠나고 없어지는 모습이 떠올랐다. 그리고 아버지는 샬롯의 이름을 다시 말했고, 매기가 그렇게 하도록 만들었고, 그녀에게 굉장히 필요했던 전부였다. 마치 백지의 편지를 불에 갖다 대고 보니 그녀가 기대했던 것보다 훨씬 더 크게 써진 것 같았다. 그 글씨는 알아보는 데는 몇 초가 걸렸지만, 말을 끝낸 후 그녀는 이 소중한 편지를 접어서 주머니에 다시 넣었을 것이다. "그럼 제가 어느 때 보다 아버지가 하시는 일의 원인이 되겠네요. 내게 도움이 된다고 생각하셔서 그렇게 하시려고 하는 걸 조금도 의심치 않아요. 아버지 말대로 작은 기쁨이 '더' 생기니까요. 그러니까 어떤 대가를 치르더라고 내가 아버지를 희생시키는 거라고 말하는 것을 아버지에게 계속 설명할 수 있게 해주세요."

매기는 긴 숨을 내쉬었다. 아버지가 자신을 위해 모든 일을 하도록 만들었고, 아버지가 남편을 거론하지 않고 그 길을 밝혔다. 그 침묵은 날카롭고 들릴 수밖에 없는 소리만큼이나 뚜렷했고, 마침내 매기가 어떤 상황인지 인정하고 특정한 질문을 간청하는 것 같은 갑작스러운 분위기가 이제 그의 뒤를 따랐다. "그럼 내가 알아서 못할 거라고 생각하니?"

"아, 그게 바로 내가 생각했던 일이에요. 그게 아니었다면…!"

그러나 그녀는 말을 하다 말았고, 두 사람은 다시 한번 얼굴을 마주했다. "네가 나를 희생하기 시작했다고 생각한 날이 오면 알려줄게."

"시작했다고요?"

"글쎄, 그 날은 네가 더는 날 믿지 않는 날일 거야."

안경을 쓴 그는 여전히 딸에게 시선을 고정했고, 주머니를 손에 넣고 모자는 뒤로 젖혀 있고, 다리를 조금 벌린 채로, 다른 이야기로 넘어가기 전에 딸에게 일종의 확신을 심어주거나 지난 일을 정리하는 듯했다. 그 말에 매기는 자신의 완벽한 젊은 아버지로서 한 모든 일을 상기하게 됐고, 그를 대표자로 받아들일 수 있고 두 개 반구의 시선으로 유리하게 딸의 관심을 불러일으킬 수 있다고 이해했다. 과거에 '성공한' 인정이 많은 사람, 훌륭하고 아낌없이 주고, 독특하고, 대단히 고집스러운 시민이자 유능한 수집가이자 절대적 최고 권위자였던 아버지는 지금도 그렇다. 그 자리에서 매기는 이러한 모습들이 연민이나 질투심에 아버지를 대할 때 고려해야 하는 특성으로 멋지게 보완해야 한다는 것을 깨달았다. 그런 생각에 그는 딸에게 허풍을 떠는 것처럼 보였고, 그래서 이 순간 매기는 오랫동안 지녔던 그렇게 강렬하지 않고 거의 훈계에 가까운 인식에서 아버지를 바라봤다. 아버지의 성공, 독창성, 겸손함, 괴팍함, 헤아릴 수 없는 엄청난 에너지에는 언제나 그렇듯 그의 조용함이 한몫을 했다. 그리고 어쩌면 이러한 특성은 감탄스럽고 흔적을 남길 만한 노력의 결과이기에 어떤 귀중한 예술 작품이 그의 눈에 들지 않았던 것처럼 그녀의 눈에 들어오지 않았다. 매기의 인상은 점점 고요한 박물관에서 이름과 날짜가 새겨진 물건, 시간이 지나면서 광이 나고 봉헌된 목록 앞에서 전형적이고 매력적인 관리인 같았던 시기가 있었다. 특히 놀라운 것은 그는 다양한 방식으로 딸에게 영향을 미쳤다는 것이다. 아버지는 강인했고, 그것은 큰 강점이었다. 아버지는 자신의 생각이 무엇이든 늘 확신했다. 그 표현은 희귀하고 진실된 것에 대한 확고한 취향과 일치했다. 하지만 모든 것을 뛰어넘어 눈에 띄는 것은 그가 항상 놀랍도록 젊다는 것이었고, 이 시점에서 그의 모든 매력에 압도당할 수밖에 없었다. 매기는 자신도 모르게 아버지는 훌륭하고 생각이 깊고 위대한 사람이라는 의식에 사로잡혀, 애정을 가지고 그를 사랑하는 것이 자부심을 느끼고 사랑하는 것이 다르지 않다는 걸 깨달았다. 이상하게 매기는 갑자기 너무나 안도했다. 그가 실패자가 아니며, 결코 그리될 수 없다는 생각이 모든 비열한 상황을 씻어냈고 마치 그들이 정말로 변화된 모습으로 함께 하면서 고통 없이 웃을 수 있게 된 거 같았다. 새로운 자신감이 생긴 것 같았고, 잠시 후 그 이유를 훨씬 더 잘 알게 되었다. 현재 이 침묵의 순간 동안 아버지도 딸이자 혈육인 그녀를 생각하고 있기 때문이 아니었을까? 아, 그렇다면 그녀에게 별로 열정이 없고 어떤 결점을 가진 자녀가 아니라면, 그녀도 충분히 강인한 사람이 아닌가? 그 생각이 점점 커졌다. 그렇다면 그녀도 실패자가 아니라 그 반대였다. 그의 강점은 그녀의 강점이었고, 그녀의 자존감이 그의 자존감이었으며, 두 사람 모두 예의가 바르고 유능했다. 이 모든 것이 마침내 아버지에게 한 대답에 담겨 있었다.

"그 누구보다 아버지를 믿어요."

"그 누구보다도?"

매기는 그 말뜻에 망설였지만 천 번을 생각해도 의심의 여지가 없었다. "그 누구보다요." 이제 아무것도 숨길 게 없는 매기는 아버지와 눈을 마주쳤고 말을 이었다. "그게 아버지가 절 믿으시는 방법이라고 생각해요."

그는 딸을 조금 더 바라봤지만, 마침내 정확한 말을 했다. "그 방법이라면, 맞아."

"그렇죠?" 그 이야기는 끝내고 다른 문제로 넘어가고자 말했다. 다시 그 이야기를 꺼내지 않을 것이다.

"그래!" 그는 손을 내밀었고 딸이 그 손을 잡자 자신의 품에 안았다. 그는 딸은 꽉 안고 오래 끌어안았고, 그녀도 아버지를 안았다. 그러나 그 포옹은 친밀하지만 어떤 거부감이나 눈물을 흘리지 않는 위엄있고 엄숙한 포옹이었다.

38.

매기는 이 대화 후 며칠 전 아버지 부인과 포옹했던 일이 두 사람에게 어떤 영향을 미쳤는지 생각했다. 이 모습을 방으로 돌아가던 아버지가 우연히 보게 됐고 게다가 카드 게임을 그만두고 당구실을 나서던 자신의 남편과 어싱험 부부도 보았다. 그녀는 그때 다른 사람들이 어떻게 생각하며 제 일에 어떤 영향을 미칠지 충분히 의식했지만, 누구도 그 일을 먼저 언급하려고 하지 않았고, 만장일치로 침묵하기로 했다. 매기는 어떤 부조리함을 발견한 것처럼 구경꾼들을 의식하게 되면서 샬롯한테서 바로 떨어졌고, 상당히 어색한 결말이었다고 생각했을지도 모른다. 반면 구경꾼들을 겉으로 봐서 그들이 서로 애정 어린 표현을 했을 거라고 여기지 않았을 것이다. 그러나 동정심과 유쾌함 사이에서 양심의 가책을 조금 느끼며 망설이는 것은 말과 웃음이 허용된 범위를 넘어서 똑똑하게 들려야 천박하게 들리지 않을 거라고 생각할 수 있다. 분명 그 사람들은 두 젊은 부인이 싸움 후에 야단스럽게 '화해'하는 것으로 생각했다. 하지만 그 화해에 대해서 매기 아버지와 아메리고, 패니 어싱험의 시각은 달랐다. 우연히 보게 된 일에 각자에게 뭔가 할 말이 있었지만, 본질적 이야기가 아니면 할 수 없는 말이 없었다. "봐요, 여러분들. 다행히 싸움이 끝났어요!" "우리가 싸웠어요? 뭐 때문에 싸웠는데요?"라는 대화가 필요했을 것이고, 다른 사람들은 민첩하게 이해했을 것이다. 만연된 분위기 속에 더욱 세심한 감정으로 진실을 알려고, 확인해 보지도 않고 어떤 소원한 관계에 대해 허구적인 이유를 누구도 만들지 않았으며, 그 직후 모두가 불편해지기 싫어서 할 말이 없는 척했다.

매기 기준에서 전체적인 추론에서 고심해 볼 것이 가득했다. 사실상 그 자리에 있던 모든 사람, 특히 샬롯에 대해 한숨을 쉬었다. 그 광경이 주는 메시지는 사람마다 달랐지만, 여러모로 보아 눈에 띄는 것은 매주 그리고 최근에 사는 데 아무런 문제가 없는 것처럼 말하고 행동하려고 매우 노력한다는 것이었다. 그러나 놀랍게도 이 잔을 들고 있는 동안 매기의 생각은 그 자리에서 샬롯을 위해 마련된 성공의 특성을 바꿔놓았다. 자기 아버지가 어떻게 몰래 놀랐으며, 남편이 어떻게 몰래 궁금해했을지, 패니 어싱험이 어떻게 몰래 바로 이해했는지 짐작해본다면, 무엇보다도 그녀는 대화를 통해 상대방과 관련해 큰 수확을 얻었다. 매기는 온몸으로 샬롯이 자신의 굴욕적인 모습을 보여주려고 절대적으로 대중의 관심이 얼마나 필요했는지 느꼈다. 그것은 한 번 더 손길이 닿은 것이고, 이제 부족한 것은 없었다. 계모를 공평히 평가하자면, 베버 부인은 그날 저녁부터 자신이 인지하고 있는 것을 생동감 있게 보여주고 싶을 뿐이었다. 매기는 계속해서 질문을 던졌다. 이를테면 어떤 신비한 힘으로 저녁 내내 함께 어울렸던 것, 적당히 초조함을 느끼면서 4명이 규칙에 따라 시간에 맞게 브릿지 카드 게임을 했던 것, 샬롯의 조바심만큼이나 그들의 공언되지 않은 공통된 충동에 말이다. 그들의 집착은 괴상하게 굴면서 배회하는 사람에게 향했고, 모르는 척하는 모두에게 이런 집착은 눈에 띄었다.

한편, 베버 부인이 그날 밤에 꽃 피운 마지막 행복으로 어떤 쪽으로 결정되었다는 생각이 들었다면, 우리의 젊은 여성은 완전히 영원하게 안심할 수 없다는 점을 결국 알게 되었을 것이다. 매기는 샬롯이 위기에 잘 대처하고 굉장히 멋진 사람이 되고 싶어 한다는 걸 분명 보았고, 멋진 광택을 뽐내는 방과 크리스탈과 은빛의 반짝임 아래에서 억지로 얻은 확신을 증명하기 위한 올바른 방법으로 혼란한 상태에 기름을 부을 뿐 아니라 그들의 전반적인 왕래에서 윤활제 역할을 하기로 결심하는 것을 보았다. 그녀는 자신이 멋지다고 인정한 일에 맞게 보답할 능력이 있다고 고집하면서 재량권의 한계를 넘어섰다. "왜 멋지죠?"라고 매기는 마음껏 물어볼 수 있었다. 만약 정직하게 굴었다면, 그런 일은 분명 크지 않았을 테니까 말이다. 그런 경우 그리고 각자에게 왕자비는 아무런 어려움 없이 진실을 말할 수 있었을 것이다. 사실 왕자비의 기분이 개인적 즐거움으로 바뀔 수 있었다면, 그렇게 현명한 사람이 그렇게 현혹되는 것을 보는 즐거움을 저버리지 못했을 것이다. 관대한 태도에 대한 샬롯의 이론은 모든 것을 씻어버리는 의붓딸의 말로 구름 한 점 없는 평온한 관계를 되찾았다는 것을 분명하게 표현하는 것이었다. 요컨대, 이런 관점에서 볼 때, 이상적으로 결정적이었기 때문에 어떤 망령도 다시는 걸을 수 없었다. 그러나 그 황홀감은 그 자체는 사소한 타협이었으며, 실제로 일주일 안에 매기는 어린 시절 친구를 의심할 기회가 생겼고, 오히려 갑작스럽게 기억을 되찾았다. 매기는 이미 남편이 자신에게 말해준 일을 확신했고, 남편의 정부에 대한 믿음을 공연한 것이 정교하게 계산된 행위라는 것을 확신했기 때문에, 남편의 숨겨진 영향력에서 겉모습의 변화, 표현이나 의도의 차이를 해석하고자 했다. 우리가 알다시피 왕자비가 살면서 마음껏 바라던 바를 펼칠 수 있었던 때를 거의 없었지만, 하지만 그 관계의 세부적인 부분의 형상화된 공허함에 빠졌을 때 신중하지 못했다. 이것은 계속해서 새로운 이미지로 가득 채울 수 있는 영역이었다. 땅거미가 질 때 숲속에 숨어 있던 기묘한 조합처럼 여러 이미지가 그곳에 몰려들었다. 그 이미지들은 분명하게 다가왔다가 모호하게 사라지기도 했지만, 현재 중요한 신호로서 매기에게 그런 이미지들은 항상 어렴풋하게 흔들렸다. 너무나 더없이 행복해서 불안했던 처음 생각은 이제 사라졌다. 매기는 넋을 잃었을 때 마법의 숲, 오래된 독일 숲에 대한 꿈만큼 낭만적인 숲속에서 함께 있는 오페라 속 한 쌍의 커플, 바그너 연인 (마음 깊은 곳에서 이렇게 비유했다)으로 보는 것을 멈췄다. 반대로 그 모습은 문제의 희미함에 가려졌다. 그 뒤에서 애석하게도 그녀는 소중한 자신감을 잃어버린 형체들을 분간할 수 없다고 느꼈다. 그래서 요즘 비록 아메리고와 함께 있지만, 처음부터 그러리라고 예상했던 것처럼, 당황스럽지 않은 언급 비슷한 것도 거의 하지 않았고, 근거를 깨부수는 상대방의 개인적이고 사라지지 않는 권리에 대한 그의 접근성에 대한 그녀의 적극적인 개념은 이전과 다르지 않았다. 그래서 매기는 모든 일에도 불구하고 남편은 여전히 흐름을 통제하는 존재로, 또는 오히려 실제로 모든 가능성을 억누르며 그의 공범을 계속해서 새로운 길로 인도하는 존재라고 생각했다. 자신에 관해서 매기는 솔직하지 못한 현실에서 자신의 환심을 사려는 남편의 기발한 뜻을 매주 점점 의식하게 됐고, 자신의 비뚤어진 갈증과 고통이 사막에 있을 수 없는 물줄기 소리를 듣는 길 잃은 순례자의 고통과 같은 갈증이라고 느꼈으며, 그의 입술에도 그런 갈증이 조금 남았을 것이다. 그 어떤 것도 가릴 수 없는 작은 열정에 대한 존엄성의 근거를 가장 찾고 싶을 때, 자신 앞에 이렇게 방해받은 상태의 남편을 두고 싶었다. 매기가 존엄성을 내려놓는 외로운 시간이 충분히 있었다. 그리고 마음 깊은 곳의 어떤 세포에 날개 달린 집중력으로 꽃에서 모든 것을 채집한 것처럼 벌집 모양의 다정함을 비축했을 때 다른 일들이 있었다. 그는 겉치레로 그녀 옆에서 걷고 있었지만, 사실 어쩔 수 없이 찾았던 회색 매개체에 계속 빠졌는데, 그녀로서는 끊임없는 고통이었고, 필요하다면 언제까지나 지속할 수 있지만, 그의 행동만으로 안심된다는 생각이었다. 매기는 할 수 있는 최선을 다했기에 더는 할 수 있는 일이 없었다. 그동안 남편에게 의지하여 안내를 받고, 심지어 고통 속에서도 안내받았지만, 다양한 깊이에서 그와 함께 방황하는 것을 견디는 건 쉽지 않았다. 따라서 그가 아내로부터 소중한 확신을 얻고 샬롯에게는 자기만족으로 위태로운 상황에 이르지 않도록 신경을 써야 한다고 즉시 경고했다는 것이 가장 명확한 추론이었다. 그가 얼마나 기탄없이 거짓말을 했는지 알게 된 후, 매기는 그의 개인적인 태도에 대한 성찰이 얼마나 더디게 빛을 발할지 알 수 없었기에 여전히 기다림의 하루를 보냈다. 매기는 요즘에 샬롯이 자신도 모르게 어떤 더딘 전개를 촉발했는지를 자문했다. 그래서 매기가 고개를 숙이는 동안에도, 샬롯은 다시 가엾은 샬롯이 되었고, 모르고 지나쳤던 이유를 자꾸 떠올리게 됐다. 매기는 왕자와 마주친 그녀가 더 심각한 어려움이 있을 수 있다는 가장 엄격한 경고를 받는 것을 보았다. 샬롯이 용감하게 물어보는 것이 맞지 않아서 신경질을 내며 침울한 말투로 그에게 물어보는 것을 들었다. 그리고 터무니없는 예언의 방식으로 친숙하고 멋진 목소리로 아메리고가 자신을 위해서 신중해야 한다는 답하는 걸 들었다. 이에 왕자비는 샬롯의 차가운 분위기를 느꼈고, 연민을 느끼며 그와 그녀에게서 돌아섰고, 그럼 그녀는 어디에 기대야 하는지 자문하며 이리저리 그녀 뒤에서 맴돌았다. 그런 생각에 매기는 마치 보이지 않는 그녀를 따라다니며 그녀의 무기력한 모든 발걸음을 세고, 그녀의 발걸음을 멈추게 하는 모든 장애물에 주목하는 것처럼 빙빙 돌고 서성댔다.

따라서 최근 며칠 동안 매기가 타협하게 한 테라스에서 마주친 그 밤 결과와 더불어 고결하고 평화로운 승리의 찰나의 행복에 대한 격정으로 변화가 생겼다. 우리가 알다시피, 매기는 금으로 된 창살이 구부러지고 그 안에서 강제로 열린 철창문, 그리고 갇혀 있었던 생명체가 활개를 치고 다니는 환상을 보았는데, 그 생명체의 움직임은 그 짧은 틈에도 인상적인 아름다움을 지녔지만 움직임에 한계가 있었고, 최근에 아버지와 큰 나무 아래에서 이야기를 나누는 동안 다른 방향으로 눈에 들어왔다. 아버지가 의미심장한 이야기를 할 때 그 생명체에서 애처로운 아버지 부인의 얼굴을 보았고, 그때 매기는 그 얼굴이 창백해지는 것을 볼 수 있었고, 아버지가 가장 불길한 언급의 그림자

속에서 '운을 다한' 그녀에 관한 생각이 무슨 의미인지 알게 된 거 같았다. 내가 말했듯이, 만약 지금 관심을 가지고 매일 그렇게 맴돌았다면, 샬롯의 진지한 눈빛으로 주시했던 어떤 길에서 스스로 멈췄다. 매기가 그 길에서 확실히 알아본 것은 건너편에서 밀짚모자와 흰색 양복 조끼에 파란색 넥타이를 하고 시가를 입에 물고 주머니에 손을 넣은 채 혼자 다니며, 종종 공원의 전망을 천천히 살피고 우울하게 자신의 발걸음을 세는 동안(그렇게 보일 수도 있는) 다소 심사숙고하는 뒷모습을 보여준 작은 조용한 신사였다. 1, 2주일 동안 마치 저택에서 방에서 방으로, 창가에서 창가로 계모를 조심스럽게 뒤쫓듯이, 여기저기서 그녀를 보고, 그녀의 불안한 전망을 시험해 보고, 그녀의 문제와 운명에 의문을 제기하는 데 시간을 집중했다. 이전에는 한 번도 없었던 일이 그녀에게 닥친 게 분명했다. 새로운 복잡한 사정이 생겼고 새로운 불안감이 일어났고, 연인의 질책을 마음속에 담고 그걸 마음 편하게 내려놓을 수 있는 구석을 찾아다니게 하는 일이었다. 점잖은 척한 태도, 오랜 탐색의 공허함이 더 아이러니한 시선에서는 괴상했을지도 모른다. 하지만 우리가 별거 아니라고 여겼던 매기의 역설적인 면이 지금은 거의 없었고, 눈에 띄지 않게 그녀를 지켜보는 동안 그 여자에게 "이봐요, 정신 차려요. 너무 겁먹지도 말고. 어떻게든 모든 게 밝혀질 거예요."라고 말을 할 뻔해서 놀랐던 순간들이 있었다.

사실 그렇게 한다고 하더라도 샬롯은 말은 쉽다고 대답했을지도 모른다고 매기는 생각할 수 있었다. 그곳에서 혼자서 주문을 거는 형언할 수 없는 분위기를 풍기며 밀짚모자를 쓰고 사색을 즐기는 작은 남자가 계속 시야에 들어오는 한 어떤 큰 의미도 부여할 수 없었다. 지평선 어디에서도 봐도 그가 이 일에 열중하고 있다는 것을 알 수 있었고, 매기는 그가 자신이 한 생각을 고려해 봤다는 암시를 두세 번의 특별한 일로 알게 되었다. 최근 공원에서 긴 대화를 나누고 나서야 매기는 자신들이 얼마나 깊이, 얼마나 속속들이 서로를 이해했는지 알았다. 그래서 결과적으로 그들은 탁자에 팔꿈치를 대고 편하게 앉아서 각자의 가득 채운 잔을 마지막까지 비우는 붙임성 있는 술꾼과 같은 모습으로 한동안 함께 있었다. 잔들은 여전히 탁자 위에 있었지만 뒤집혀 있었고, 상대방에게는 와인이 맛있었다는 걸 조용한 침묵으로 확인하는 것 외에는 아무 일도 없었다. 마치 양쪽에서 무슨 일이 일어나든 준비된 듯이 단호하게 헤어졌고, 한 달이 지나면서 두 사람 사이의 모든 일이 이와 비슷한 분위기에 조금의 진실함이 더해졌다. 현재 그들 사이에는 무한한 신뢰로 서로를 바라보고 있다는 것 외에는 그 어떤 일도 없었다. 그것은 더 이상의 말을 원하지 않았고, 깊은 여름날에 사람들이 없을 때 만나도 아침과 저녁에 키스하며 인사하거나, 다른 경우에 만났을 때도 한 쌍의 새들은 서로를 초대하여 앉게 하고 새로이 걱정하는 것처럼 항상 마음껏 축하했다. 그래서 매기는 그 어느 때 보다 많은 보물을 임시로 놔준 집에서, 그 집의 자랑인 커다란 갤러리의 끝에서 끝까지 때때로 그를 보기만 했는데, 마치 박물관의 한 전시실에 있는 베데커Baedeker 여행안내서를 들고 있는 성실한 젊은 여성과 베데커조차 모르는 얼빠진 신사 같았다. 그는 물론 걸어 다니면서 자신의 물건들을 살피고 상태를 확인했지만, 매기가 생각하기에 이것은 지나치게 빠져 있는 여가였고, 그 근처를 지날 때 그가 미소를 지으려고 돌아섰을 때 (혹은 그렇다고 믿을 때) 사색에 더 깊이 빠져 작은 콧노래를 계속 흥얼거리는 모습을 포착했다. 걸으면서 낮은 소리로 혼자 노래하는 것 같았고, 그리고 때때로 샬롯이 옆에서 맴돌며 지켜보고 듣고 있는 것 같기도 하고, 노래를 알아들을 만큼 목소리가 닿는 거리지만, 어떤 이유에서인지 멀리 떨어져 있고 감히 나서지 못하는 것 같았다.

샬롯이 결혼 직후 그에게 가장 큰 관심을 준 것은 희귀한 물건에 관한 관심, 아름다운 물건에 대한 타고난 열정, 남편이 부인에게 가르칠 수 있는 어떤 것도 놓치지 않으려는 감사한 마음이었다. 매기는 적절한 때에 동정심의 자연스러운 원천이 이런 관심이 다행히 '효과가 나타나는 것'을 보았다. 그녀는 전부 손에 넣었다. 남편과 함께 모든 땅, 가장 맑고 깨끗한 공기, 함께 호흡할 수 있는 매개체가 그녀를 위한 것이라고 가정했을 때 이상할 정도로 풍족했다. 이에 매기는 이런 열렬한 응원 속에서 그녀가 아버지의 관심 분야에 너무 그를 가두는 것이 아닌지 궁금했지만, 이것은 그가 딸에게 한 번도 해 본 적이 없는 불만이었으며, 샬롯은 적어도 훌륭한 본능과 절대 뒤처지지 않는 이해력 덕분에, 아마도 그에게 한 번도 거슬리는 실수를 하거나 아둔함을 보이지 않았을 것이다. 매기는 놀랍게도 여름날에 그것이 결국 상냥한 아내가 되는 한 가지 방법이라는 생각이 들게 되었고, 아메리고 말대로 폰스 집에서는 함께 있으면서도 동시에 따로 지냈는데, 매일 그 배우자와 마주치는 이 이상한 순간들만큼 강요된 적은 없었다. 샬롯은 주의를 집중하며 뒤로 처져 있었다. 그녀는 제 남편이 발걸음을 멈추면 멈췄는데, 한두 개의 케이스 또는 연속적으로 놓은 물건의 거리만큼 멈춰 섰으며, 두 사람의 연결은 그가 아내의 아름다운 목에 감긴 비단으로 된 기다란 고삐의 끝을 한 손으로 잡고 주머니에 넣고 있는 것과 비슷하다고 여기면 될 것이다. 잡아당기지 않았지만, 잡아 당겨졌다. 끌고 가지 않았지만 따라갔다. 왕자비는 아버지한테서 아내의 존재가 자신이 딸에게 말하는 것을 방해하지 못하게 하고, 그녀가 지나갈 때 당연히 딸이 얼굴을 붉히지 않도록 두세 가지 표정으로 무언의 암시하는 것을 보고 놀라워했다. 말 없는 미소에 지나지 않았지만, 그 미소는 꼬인 비단 고삐를 부드럽게 흔드는 것이었고, 자신 뒤에 있던 문 닫히는 소리를 우연히 들었던 것처럼 그녀가 떠나고 나서야 매기는 속에 품고 있는 생각을 해석했다. "그래, 보다시피 난 그 여자 목을 잡고 파멸로 이끌고 있어. 그리고 그 여자는 두려워하고 있지만 그게 뭔지는 몰라. 만약 네가 그 여자 심장 소리를 듣게 된다면, 너는 쿵 하는 소리를 듣게 되겠지. 그 여자는 저 너머에 있는 끔찍한 장소가 자신의 운명이라고 생각할 거야. 하지만 물어보지 않는 것이 두렵듯이 물어보는 것도 두려워해. 현재 자신을 둘러싼 수많은 일이 불길한 징후와 배신으로 느껴지는 것처럼 말이야. 하지만 알게 될 때는 알게 될 거야."

한편 샬롯에게 예전에는 잘 가졌고, 빈틈없고 매력적인 인물에게 잘 맞는 자신감 있는 분위기를 위한 한 가지 기회는 계절이 지나도 계속 찾는 손님들의 존재로, 오히려 사실 점심을 먹고 차를 마시러 찾아오는 사람들 모두 이제 이제는 충만해지고 유명해져서 매기는 '일행'이라는 이 큰 요소를 헐떡이는 금붕어가 계속 떠 있는 수조에 새로운 물을 공급하는 것과 같은 것이라고 다시 생각하게 됐다. 그것은 분명 서로에게 도움이 되었고, 그렇지 않았다면 친밀한 왕래가 있을 수 있었던 많은 침묵의 강조를 약화했다. 그녀에게 아름답고 멋진 것은 때때로 이러한 개입의 효과로, 무엇보다도 무관심했던 일에 각자가 영웅심을 절실히 느낀다는 것이었다. 그들은 아무렇게나 사는 법은 상당히 익혔고, 하루 중 최대한 많은 시간을 그렇게 지냈다. 그것은 유령의 집 중간에 있는 커다란 아치와 과하게 광을 낸 넓고 원형 공간과 비슷했는데, 화려하지만 문은 불길한 원형 통로로 열렸다. 그들은 가까이 다가가는 것에서 느꼈던 불쾌함을 부정하며 서로에게 무표정한 얼굴을 지어 보였고, 이곳에서 그들은 천막으로 친 곧게 뻗은 복도처럼 외부 세계와 장소를 연결하고 치장한 서커스 단원들이 통과하는 링과 같은 틈으로 사교계의 난입을 부추기는 문을 제외하고는 수많은 문을 조심스럽게 닫았다. 베버 부인이 사교계에서 큰 역할을 한 것은 운 좋게도 매기의 도움 덕분이었을 것이다. 런던에 샬롯의 개인적인 친구들이 있었고, 두 집에는 편리한 즐거움 중 하나였고, 이런 위기 상황에 그녀가 고립되는 상황이 실제로 누그러졌다. 그리고 사람들의 호기심에 대한 그녀의 호소를 억누르는 것을 두려워하지 않은 때가 최고의 순간이었다는 걸 추측하는 것은 어렵지 않았을 것이다. 사람들의 호기심은 막연할지 모르지만 현명한 안주인은 분명했고, 그녀는 매일 반 크라운half crown, 영국 옛날 주화의 수확량을 세는 것처럼 아무것도 아끼지 않고 그들을 살폈다. 매기는 가장 이상한 시기에 갤러리에서 파티를 열고 있던 그녀를 다시 만났다. 매기는 샬롯이 훈계하고, 관심, 모욕, 심지어 당황스러운 일에도 뻔뻔스럽게 굴고 미소를 지으며 고집하는 것을 들었고 (이것은 대부분은 그럴 수밖에 없었다) 어떤 면에서 우리의 젊은 여성은 치유할 수 없을 정도로 현혹되어, 누구에게는 진지하게 굴고 다른 사람에게는 비뚤어지게 구는 사람의 미스터리한 모습에 다시 놀라워했다. 막연히 돌아다니기만 하는 자기 아버지가 아내의 보살핌을 받을 때 뒤에 서는 것은 언제나 샬롯이었지만, 샬롯이 안내를 할 때 진열품 주변에서 조심히 그리고 얌전하게 이리저리 다니면서 아버지는 전면에 나서지 않았는데, 기본적 양심으로 마술을 부리는 그의 모습은 별로 방해하지 받았다. 멋진 여성들은 막연한 감정으로 그에게 향했지만, 그의 반응은 몰아치는 파도가 지나간 후 캐비닛이 모두 잠겨 있고 모두 조화로움이 회복된 것을 확인하기 위해 고용된 사람처럼 별 반응이 없었다.

베버 부인이 여는 오찬이 열리기 전과 10마일 떨어진 이웃들이 도착한 후였던 아침에, 매기는 막 지나가려던 갤러리 문턱에서 멈춰 서서 반대편 문에서 마주친 그의 얼굴 인상에 잠시 비틀거렸다. 샬롯은 전보로 물어보고 감탄했고 이런 일관성을 보이는 손님들이어서 (그들이 지금 그곳에 있었기에!) 다소 겁을 먹었고, 어느 정도 예상하며 자신의 재량권에 따라 꾸밈없이 어떤 일을 하며 뭉쳐있었다. 크고 맑고 약간 딱딱한 그녀의 목소리가 남편과 의붓딸에게 닿았는데, 당연히 자신의 의무를 즐겁게 하는 목소리였다. 많은 사람을 대상으로 그녀의 말이 몇 분 동안 그곳에 울려 퍼졌고, 마치 작은 초 때문에 교회에 불이 붙었고 그녀가 찬송가를 부르는 것처럼 모두가 조용히 경청했다. 패니 어싱험은 넋을 빼앗긴 채 보고 있었고, 다른 친구들이나 집주인이나 왕자비나 프린시피노를 저버렸다. 그녀는 천천히 움직이고 투덜거리면서 존재감을 드러내면서 항상 샬롯을 응원했고, 처음에는 망설였지만 앞으로 나아간 매기는 패니가 무슨 생각인지 알 수 없는 엄숙하고 헤아릴 수 없는 태도와 상냥한 눈빛에 주목할 수밖에 없었다. 하지만 매기가 다가가자, 패니는 무언의 호소로 대단한 모험을 하는 것처럼 시선을 매기에게 돌리며 제 생각을 드러냈다. "샬롯이 이런 일을 하지 않으면 무슨 일을 할지 모른다는 걸 알겠어요?" 젊은 친구가 별 저항 없이 움직이는 동안 어싱험 부인이 호기롭게 내뱉은 이 말은 다시 모호해졌고, 무슨 의미인지 별로 알려주지 않거나 뭔가를 숨기면서 곧 창가로 돌아섰으며 어색하고 무의미하게 기다렸다. "세 작품 중 가장 큰 것은 오래된 작센_{vieux Saxe} 최고급 도자기에서 볼 수 있는 꽃무늬가 둘려진 희귀한 특성이 있고, 출처와 시기도 다르고 심지어 완벽한 멋을 내고 있지 않아요. 이것은 후대에 제작되었고, 물건이 매우 드물고 이만큼 중요한 것도 없기에 전체적으로는 약간 바로크 양식이지만 하나의 본보기로서 그 가치는 거의 헤아릴 수 없죠."

그렇게 사람들이 입을 딱 벌리고 보게 하려는 큰 목소리가 떨렸다. 그래서 별 사심이 없는 판사들이 말하는 것처럼, 일을 쌓아두고 어떤 일이든 하는 화자는 영광스럽게 생각하는 믿음을 정당화하는 것처럼 보였다. 한편 창가에 있던 매기는 이상한 일이 벌어지고 있다는 걸 알았고, 갑자기 울기 시작했거나 울기 직전이었는데, 자기 앞에 불이 켜진 광장은 온통 흐릿하고 희미해졌다. 그 큰 목소리는 계속 말했고, 그 떨림은 확실히 특별한 관심이 있는 사람만이 느낄 수 있었는데, 우리 젊은 여성에게는 30초간 고통에 빠진 영혼의 비명처럼 들렸다. 조금 있으면 부서지고 무너질 것이다. 그래서 매기는 깜짝 놀라며 다음 순간 아버지에게 향했다. "그만해도 되지 않나요? 충분하잖아요?"라고 아버지에게 부탁할 거 같은 질문들을 자신에게 던졌다. 그런 후 아버지는 갤러리 중간 건너편에 매기가 그를 처음 본 그 자리에 그대로 있었는데, 낯선 눈물을 흘리면서 예민한 감정을 드러내는 모습이 들어왔다. 그 모습은 "불쌍한 사람, 사람들 신뢰를 얻으려고 허풍을 떨고 있지 않니?"라고 직접 와닿았다. 그 후, 이 정도까지 함께 있고 또 다른 긴장된 순간을 보낸 후에 수치심, 연민, 더 나아진 견문, 숨 막히는 이의, 심지어 신성한 고뇌조차도 그를 압도했기에 눈 주위가 붉어졌고 곧 돌아섰다. 숨죽이는 순간들이 있었고, 이렇게 알게 된 교감에 매기는 기분이 붕 뜨면서 늦게까지 추측했다. 솔직히 말해서, 여러 가지가 심하게 섞였고, 그런 일들을 나중에 생각했을 때(사실 이미 여러 경우에서도 이랬다) 하나의 형벌로 무엇보다 가장 심각한 것은 일부 죄책감과 비뚤어짐이 터무니없어 보이지 않을 거라고 확신할 수 없다는 것이다. 예를 들어, 그날 아침 아메리고는 이 시기에 주목받기를 원하는 것처럼 보였는데도 자리를 비웠다. 그는 온종일 런던에 가 있었는데, 요즘에 그에게 자주 불가피하게 일어나는 일이었고, 그는 손님들이 있고, 아름다운 여성들이 잇따라 있고, 공개적으로 보인 애정 어린 관심사가 펼쳐지는 동안 영향을 끼치는데 여러 번 어려움을 겪었다. 그의 아내가 그에게 솔직담백하게 의견을 말한 적은 전혀 없었지만, 마침내 어둑한 8월 새벽에 잠을 이루지 못하고 창가에서 계속 살금살금 걸으며 우거진 숲의 시원함을 느끼고 숨 쉬고 있을 때, 또 다른 비범한 직관력으로 동쪽에서 희미한 붉은 빛을 느꼈다. 남편이 때때로 지나친 솔직함으로 죄를 지을 수 있다는 사실이 그녀의 시야를 장밋빛으로 물들였다. 솔직하지 않았다면, 포틀랜드 플레이스에 가서 그곳에서 책을 정리하고 있었던 이유를 말하지 않았을 것이다. 그는 최근에 책을 많이 샀고, 그녀의 아버지가 관심을 가졌던 오래된 인쇄물을 로마에서 많이 보냈다. 그러나 그녀의 상상력이 먼지투성이의 마을에 관리인 한 명과 식모 한 명이 있는 가림막과 엷은 장막이 쳐진 집까지 펼쳐졌을 때, 본 것은 셔츠 차림의 그가 낡은 상자들을 푸는 모습이 아니었다.

사실 매기는 그가 밀폐된 어둑한 방에서 이곳저곳을 돌아다니거나, 오랫동안 소파에 깊이 몸을 기대서 끊임없이 피어나는 담배 연기를 응시하는 등 쉽게 현혹되지 않는 모습을 보았다. 매기는 지금 당장 남편이 혼자 자기 생각에 빠지는 것을 세상에서 가장 좋아하는 것처럼 보이게 했다. 그녀 자신이 그의 생각과 연결되어 있으므로 그 어느 때 보다 그 사람과 단둘이 있는 것처럼 계속 생각했다. 그가 폰스에 서 겪었던 무관심한 일에 계속된 긴장감에서 벗어나서 쉬게 했다. 그 리고 그녀는 거의 불가능에 가까운 이러한 대안에 대한 느낌을 이해 할 수 있었다. 그가 감옥에 보내지거나 돈이 없어 간혀 지내는 지저분 한 방법으로 속죄하는 것과 같았고, 그를 정말로 음식 없이 지내게 한 다고 생각하는데 그녀는 많은 시간이 걸리지 않았을 것이다. 그 사람 은 도망쳤을 수도 있고, 쉽게 떠날 수도 있었을 것이고, 훨씬 더 많은 자유를 누릴 권리가 있다고 매기는 현재 멋진 생각을 했다. 물론 그 의 비밀로 폰스에서 그는 내내 움츠러들었고, 세상 사람들에게 익숙 한 자존심의 신비, 내면에서 튀어 오르는 것이 무엇이든 간에 그가 갑 자기 폭발하는 것을 막을 수 있는 강한 압박에 줄곧 자기 자신을 뒤로 내던졌다는 것이다. 매기는 어떤 이유에서인지 그날 아침 일출을 바 라보며 그가 자리를 비울 핑계의 근거를 예사롭지 않게 살폈다. 그는 어떤 소리를 피해 도망쳤다는 생각이 들었다. 그 소리는 여전히 매기 의 귀에 맴돌았고, 조용해진 갤러리의 캐비닛 앞에서 떨었던 샬롯의 큰 목소리였다. 전날 매기 자신에게 들렸던 고뇌에 빠진 사람의 목소 리로 흐릿한 창문으로 도피하면서 눈물을 흘릴 수밖에 없었던 사람의 목소리였다. 샬롯의 이해력이 너무 높아져서 그녀에 대한 경이로움에 그는 정말 더 넓은 간격과 더 두꺼워진 벽의 필요성을 느끼지 않게 되 었다. 그것에 탄복하기 전에 매기는 역시 생각에 잠겼다. 지금 생각해 보면 상당히 모호하게 와닿았던 멋진 의도를 그가 등한시하기보다 펼친 것을 계속 확인하고 있었다. 마치 어둠 속의 정원 위에 걸려 있는 것 같았고, 커지는 일의 혼란스러움으로 아무 일도 생기지 않았지만, 그 일들은 접힌 꽃이라는 느낌이 들었고, 흐릿한 달콤함은 공기 전체를 매개체로 삼았다. 그는 돌아서야 했지만 적어도 겁쟁이는 아니었기에, 그 자리에서 자신이 한 일에 대한 문제를 기다릴 것이다. 매기는 창가 자리의 난간에 팔을 대고 무릎을 꿇었는데, 자신에게 무슨 일이 닥치든 그를 기다릴 수밖에 없다고 여기며 눈을 가렸다. 그가 가까이 다가오고 있다고 생각하며 오랫동안 얼굴을 파묻었다. 하지만 잠시 후 갤러리에서 낯선 울부짖음이 필연적으로 계속 울려 퍼지자, 그 소리에 그가 얼마나 창백하고 찡그린 얼굴을 지을지 깨달았다.

39.

일요일 오후의 덥고 여전히 밝은 햇살 속에 처음 나왔을 때만 해도 그녀에게는 비슷한 점이 없었다. 어떤 사람이 새로 오거나 방해받지 않고 6명이, 프린시피노를 포함해 7명이 지낸 것을 여름 중 두 번째 일요일뿐이었다. 하지만 왕자비는 자신이 예상했던 바로 그 자리에 멀리 떨어져 앉아있는 샬롯을 보면서, 그날 밤 테라스에서 통찰력 있는 추구에 자신만큼 그 여자는 별로 영향을 받지 않았는지 궁금해졌다. 오늘 그 관계가 다시 돌아왔는데, 매기가 별빛이 없는 어둠 속에서 샬롯이 자신에게 위협적으로 다가오는 것을 지켜봤듯이, 샬롯은 여운이 남는 낮에 매기가 오는 것을 보았으며, 거리를 두고 마주 보고 있었을 때 매기가 잠시 기다리는 순간이 있었는데, 그동안에 다른 때보다 조용히 인지하고 낯선 의미로 가득 찼다. 하지만 중요한 것은 그들의 위치가 달라졌다는 것이다. 매기는 창가에서 계모가 정원이나 숲을 산책하려고 평소와 달리 한여름인 8월 3시에 집을 나서는 것을 보았고, 그 결과 3주 전 상대방이 갑자기 나타났던 것처럼 똑같은 예민함을 느끼며 결심하는 충동을 느꼈다. 가장 더운 날이었고, 모두가 그늘에서 편안히 낮잠을 자려고 했을 것이다. 하지만 우리의 매기는 사람들 사이에서 휴식의 필요성을 절실히 느끼지 못했고 좋은 분위기에 자리를 떴다. 이것은 어두컴컴한 큰 식당에서 말 그대로 베버 부인 없이 열었던 차갑고 형식적인 오찬과 비슷했기에 더욱 눈에 띄었다. 그녀는 두통이 심하다고는 변명을 댔는데 남편인 베버 씨가 나머지 일행에게 말하는 게 아니라 하녀가 대리인으로 베버 씨에게 직접 전했다.

매기는 진수성찬이 차려지고 쨍그랑 소리가 나는 주전자가 천천히 도는 자리에 다른 사람들과 함께 앉았고, 패니 어싱험은 틀어박힌 푹신하고 편안한 곳에서 거의 나오지 않았다. 불안의 공동체가 될 뻔한 나른함의 공감대가 현장을 좌우하고 있었는데, 이 분위기는 미첼 신부의 변덕스러운 시험에 의해서만 덜어졌는데, 선량하고 거룩하고 동경을 받는 사람이고 신뢰할 수 있고 지나치게 일을 많이 하는 런던의 친구이자 조언자인 그는 매기의 후원으로 1, 2주 동안 지역 예배를 올려줬고 모든 편의와 혜택을 누리고 있었다. 미첼 신부는 애매하고 종잡을 수 없는 미소를 지으며 태연하게 이야기를 나눴고, 대체로 이러한 경우에 그의 축복으로 느끼는 왕자비의 힘은 사실 자신의 첫 번째 문제부터 그의 길잡이 없이 자신의 길을 찾았다는 걸 알게 되는 어색함 때문에 떨어지지 않았다. 그녀는 때때로 자신이 신부를 얼마나 교묘하게, 얼마나 괴곽하게 내버려 뒀는지를 그가 의심하는지 자문했고, 그가 개인적으로 짐작했을 모든 것이라는 상상과 무엇도 짐작하지 않았다는 확신 사이에서 가늠했다. 그런데도 그는 현재 자신의 표정보다 더 예리한 본능이 자신에게 충분히 도움이 되었고, 비유적으로 말하면, 그를 둘러싼 살얼음과 긴장감의 연장이 사치가 미덕에 가까운 모임에서는 대부분 이질적이라는 걸 알아서 그 틈을 점잖게 채웠을 것이다. 행복한 계절의 어느 날, 그녀는 양심에 가책을 느끼면서도 고백하지 못했던 것을 그에게 고해성사할지도 모르지만, 그러나 현재 그녀는 가냘프고 뻣뻣한 손에 가득 찬 잔을 들고, 한 방울도 흘리지 않겠다는 다짐을 했다. 그녀는 더 훌륭한 지혜의 숨결, 더 높은 곳의 다툼, 하늘의 도움 자체를 두려워했으며, 게다가 어찌 됐든, 오늘 오후 그녀는 지금까지 없었던 무거운 압박에 숨을 돌렸다. 어떻게든 어딘가에서 심각한 일이 일어났고 신은 그녀가 어떤 추측을 할지 알았으며, 무엇보다 남편과 아버지 사이에 끈이 끊어지지 않았을까 하는 생각이 들자 매기의 심장이 멈췄다. 그녀는 그러한 가능성, 추악한 형태가 눈앞에 보였기에 당황하며 눈을 감았다. "당신이 직접 알아봐요!" 잔이 깨졌던 그 날 밤, 누가 '알았는지'에 대한 질문에 그녀가 아메리고에게 던진 마지막 말이었고, 그 이후로 아주 일관된 태도로 남편을 조금도 돕지 않았다는 것에 우쭐해졌다. 그 말에 그는 최근 몇 주 동안 분주하게 보냈고, 그녀는 그의 반신반의에 대한 강박으로 무자비하고 끝없이 그의 존엄성을 가지고 노는 것에 몇 번이고 각성했다. 그리고 그가 무관심해지려고 해도 그럴 수 없고 확신을 가질 수 없는 무지의 상태에 빠지게 했다. 그가 관대한 만큼 그의 정신을 파고들었고, 그녀는 그에게 건 마법을 깨고 아버지의 표면에 광택이 나는 오래된 상아가 완전 무결하게 되도록 만들려면, 그가 갑자기 어떤 실수나 폭력적 행동을 저지르고 공기가 들어오도록 창문을 부수고 그의 가장 축복받은 취향대로 하나도 못 할 것이라고 여러 번 혼잣말 했다. 그런 식으로, 단 한 번의 잘못된 발걸음으로 겉모습의 완벽함이 무너지면서 잘못된 처지에 놓이게 될 것이다.

미첼 신부가 쓸데없는 말을 하는 동안 이런 그림자들이 그녀를 따라 생겼다가 사라졌는데, 다른 그림자들과 함께 샬롯에게도, 똑같은 의심의 사냥감으로 표시된 그림자들, 특히 매기가 감히 마주할 수 없었던 두 남자의 관계 변화에 관한 생각에도 그림자가 드리워졌다. 아니면 매기가 생각한 것처럼 다른 가능성도 있었는데, 그런 가능성은 항상 너무 컸고, 마침내 모든 신경을 기울였을 때 그 모든 일은 사악했다. 더는 불을 피울 수단이 없는 야수의 땅에서 밤을 지키는 파수꾼이 겪는 곤경처럼 어둠 속에서 배회하는 위험에 처하게 되었다. 매기는 그런 불안에 떨며 거의 누구든 어떤 일이든 짐작했을지도 모른다.

끊임없이 살피고 매기 아버지의 와인을 진지하게 평가하는 밥 어싱험의 일과 마침내 뒤로 편안하게 앉아서 엄지손가락으로 배를 만지작거리는 선량한 신부의 일도 그럴 것이다. 신부는 디캔터decanter, 액체류를 담은 유리병와 다양한 디저트 접시를 열심히 바라보았다. 그는 마치 사람들이 오늘 대화를 나누려고 자신을 만났을 수도 있었다는 듯이 반쯤 비스듬한 자세로 그들을 바라보았다. 하지만 왕자비는 마침내 그 모습에 대해서도 환상을 가졌는데, 자신도 모르게 미첼 신부와 샬롯 사이의 대화 한가운데에 있었는데, 아마도 바로 그날 아침 미첼 신부가 헌신의 실천에서 분명 벗어난 상황에 대해 그녀에게 다가가려고 했을 것이다. 그는 이 상황에 자연스러운 추론을 끌어냈을 것이고 숨 막히는 내부 문제의 징후로 여기고 그런 곤경에서 벗어나는 방법은 큰 해결책을 무시하지 않는 것이라는 교훈을 자연스럽게 가르쳤을 것이다. 아마도 회개하라고 했을 것이다. 아마도 회개하라고 했을 것이다. 어쨌든 그 신부는 우리의 매기가 그런 망상적인 일에 빠지게 하는 헛된 휴식을 자극했다. 배신의 오명을 받아들이는 것이 장미꽃 길처럼 보였던 것과 비교해 그 허상은 덫을 놓았다. 이상하게 그런 용인으로 매기는 할 일이 없었었다. 원한다면 오만하게 굴며 수동적인 상태로 남았을 수도 있었을 것이다. 반면에 그녀와 반대로 나아가지 못하며 할 일이 생겼고, 더욱이 그것은 비밀에 싸였다. 그녀는 매일매일 자신의 대의명분의 정당성과 면죄부의 정의와 정당성을 확인해야 했다. 그래서 미첼 신부의 명백한 관심에는 그녀의 성공에 대해 실제적 깊은 조롱이 담겨 있지 않았겠는가?

아무튼, 이 의문에 대한 답은 오찬에 참석한 사람들이 흩어지기 시작할 때쯤에 나왔는데, 베버 부인이 자리를 비우는 핑계에 대한 매기의 생각은 비웃음과는 분명히 달랐다. 매기는 헤어지기 전에 신부와 눈을 마주쳤는데, 신부는 정말 최악의 상황에도 정말 훌륭한 사람들이었기 때문에 그녀는 한없는 관대함으로 그녀에게 말하기 직전인 그를 잠깐 믿었다. 하지만 "베버 부인에게 가보세요. 가보면 그분을 도울 수 있다는 걸 알게 될 거예요."라는 말은 없었다. 포만감에 엄지손가락을 다시 만지작거리고, 폰스에서 연어 마요네즈를 먹으려고 손을 쓴 것에 대해 재미나고 솔직하게 말할 뿐이었다. 서로가 등 뒤로 기대는 것 외에는 아무 일도 일어나지 않았다 특히 어깨가 살짝 굽은 아버지가 습관적으로 아내가 자리에 있었을 때 보다 마찬가지로 참을성 있게 주문을 거는 것처럼 보였다. 매기의 남편은 사실 무슨 일이 있는지 알기 위해서 자리에 있었고, 어쩌면 이 사람이 '비뚤어진' 확실한 본보기를 바로 따르기 위해 신속하게 움직인 이유일 것이다. 그는 할 일이 있었고, 아마 폰스에서도 책을 정리하는 것이었다. 게다가 낮잠을 자는 생각은 모든 상황에서 크게 말할 필요도 없었다. 결국, 매기는 어싱험 부인과 잠깐 단둘이 있게 됐는데, 그 부인 안심할 때까지 기다렸다가 설명을 하려고 하는 듯 보였다. 그들에게 '이야기를 나누는' 단계는 이미 지나간 지 오래였고, 그것은 아주 궁극적인 사실에 대해 소통했다. 그러나 패니는 자기 입장에서 아무것도 벗어날 수 없는 관심의 존재를 증언하고 싶었다. 그녀는 다른 관중들이 출구로 엄청나게 쏟아져 나가는 동안 서커스장에서 서성거리다가 아마도 궁색한 생각으로 엄격한 부모님 때문에 과로하는 어린 공중그네 곡예사와 마주쳤고, 무명의 훌륭한 예술가로서 그녀에게 자비로운 관심을 보였던 친절한 숙녀와 같았다. 우리 젊은 여성의 상상 속에서 가장 선명하게 떠오른 것은 언제든, 어떤 상황에서도 자신이 어려움에 부닥칠 수 있다는 것이었다. 그녀는 근본적으로 최후의 수단으로 주변에서 등한시하고 회피하는 것에 대한 짐을 짊어지기 위해 거기에 있었고, 오늘 그녀가 자포자기한 것이 분명했고, 그리고 감정이 누그러지면서 어싱헴 부인은 그녀와 함께 있었다. 어싱햄 부인은 자신이 아직도 성벽 위에 있다고 했지만, 잠시 후 그녀의 용맹함은 사실 호기심에 불과하다는 것이 증명됐다. 그녀는 주위를 둘러봤고 멀어진 사람들을 보았다.

"정말 우리가 안 갔으면 좋겠어요?"

매기는 희미한 미소를 지었다. "정말 가고 싶으세요?"

패니의 얼굴은 붉어졌다. "아니요. 하지만 당신을 한 번 보고 있었어요. 우리는 희생적 행위로 짐을 싸서 떠날 거예요."

"아, 그러지 마세요. 날 끝까지 보살펴 주세요."

"내가 원하는 거 그거였어요. 내가 너무 야비했어요. 게다가 당신은 너무 멋져요.'"

"멋지다고요?"

"훌륭해요. 그리고 당신은 전부 잘 해내고 있어요. 해냈고요" 하지만 매기는 절반만 이해했다.

"내가 뭘 했는데요?"

"당신이 원했던 거요. 잘 되고 있어요."

매기는 계속 그녀를 바라보았다. "이게 내가 원했던 거예요?"

"그건 말할 사람은 당신이 아니에요. 그분이지요."

"내 아버지요?" 매기는 망설이다가 물었다.

"당신 아버지 일이죠. 그 사람이 선택했고 이제 그 친구도 알아요. 샬롯은 모든 게 눈앞에 있지만 말할 수도 없고 방해할 수도 없고 손가락 하나 까딱할 수 없어요. 그래서 그녀 문제이기도 해요."

그들이 그곳에 서 있는 동안 왠지 어떤 하나의 그림이 떠올랐고, 그게 무엇이든 간에 자신의 환상이 충만한 상태에서도 항상 자신의 어떤 말보다 다른 사람의 말이 더 훌륭한 그림을 만들어낸다는 것을 알 수 있었다. 매기는 덧문 틈 사이로 들어오는 자연의 눈 부신 빛을 보았고, 사실상 궁지에 몰렸지만, 진실을 지키는 마지막 은총을 보호하는 샬롯 모습을 예상했다. 침묵 속에 창백한 얼굴로 자신의 운명을 받아들이며 어떤 도움도 받지 않고 어딘가로 향하는 모습을 떠올렸다. "샬롯이 부인에게 말했나요?"

상대방은 환한 미소를 지었다. "들을 필요가 없어요. 감사하게도 매일 뭔가를 알았어요." 그러자 매기는 잠시 궁금해하는 듯했다. "길게 펼쳐진 바다와 아주 거대한 나라, 국가와 국가가 이어져 있는 모습이 제 눈에는 그렇게 거대하거나 대단하다고 느낀 적은 없었어요. 하루하루, 그리고 한 걸음 한 걸음씩, 마침내 저 멀리서 그들이 다시는 돌아오지 않는 걸 알았어요. 하지만 절대 단순하지 않아요. 난 한 번도 가본 본 없고 당신은 가본 적 있는 매우 '흥미로운' 장소와 샬롯이 그곳에 정확히 어느 정도 관심이 보일지 알아요."

"그럴 거예요."

"기대한다고요?"

"관심 있어 한다고요."

이 말에 그들은 잠시 눈이 마주쳤고, 그 후 패니가 말했다. "맞아요. 그럴 거예요. 그래야만 하는 사람일 거예요. 그리고 그것은 영원히 그렇겠죠." 패니는 친구로서 많이 말했지만 매기는 여전히 그녀를 바라보기만 했다. 이 말들은 광대한 말이고 큰 통찰력으로 현재 더욱더 퍼지고 퍼져나갔다. 하지만 그 와중에도 어싱험 부인은 말을 이었다. "내가 '안다'고 말할 때, 사실 당신처럼 알 권리가 있다는 뜻이 아니에요. 당신은 알지만 난 몰라요. 그 사람을 이해하지 못해요."라고 상당히 투박하게 실토했다.

매기는 다시 망설이면 말했다. "아메리고를 이해 못 한다는 말인가요?"

그러나 패니는 고개를 저었고, 마치 자신의 이해력에 호소하는 것처럼 모든 일에도 불구하고 아메리고를 이해하는 것은 오래전에 필요없게 된 거 같았다. 그리고 나서 매기는 패니가 한 말의 범위와 의미를 판단했다. 다른 이름은 언급되지 않았고, 어싱험 부인은 바로 눈빛으로 말했지만, 여전히 조금 부족했다. "당신은 그 사람이 어떤 감정인지 알아요."

이 말에 매기는 천천히 고개를 저었다. "난 아무것도 몰라요."

"당신의 감정은 알잖아요."

하지만 매기는 재차 부인했다. "아무것도 몰라요. 만약 알았다면…!"

"만약 알았다면요?" 패니가 말을 더듬으며 물었다.

하지만 매기는 충분히 힘들었고, 돌아서면서 말했다. "죽어야죠."

매기는 조용한 집을 지나 자신의 방으로 가서 의미 없이 다른 부채를 들고 돌아다니다가, 이 시간에 프린시피노가 낮잠을 자고 있는지 그늘진 방으로 향했다. 그녀는 첫 번째 빈방인 육아실을 지나 열린 문 앞에서 잠시 멈췄다. 크고 어둡고 시원한 안쪽 방은 똑같이 고요했다. 아들의 크고, 고풍스럽고, 역사가 있는 왕실 아기침대는 소문으로는 분명히 다른 상속인들이 봉헌한 것으로 어린 나이에 할아버지로부터 받은 선물이 방 한가운데를 차지했고, 그곳에서 매기는 아이의 부드러운 숨소리를 들을 수 있었다. 아이 옆에 최고 보호자가 있었다. 그녀의 아버지는 거의 움직이지 않고 거기에 앉아있었다. 고개를 뒤로 젖히고 눈을 감은 채, 한쪽 무릎 위에 초조함을 드러내기 쉬운 발을 올리고 양쪽 겨드랑이에 엄지손가락을 집어 놓을 수 있는 흰색 양복 조끼의 부단히 흠잡을 데 없는 새로움에 헤아릴 수 없는 마음을 담고 앉아있었다. 노블 부인은 고상하게 사라졌고, 모든 사람이 그녀가 잠시 자리 비우는 것을 받아들였지만, 실제 상황은 변함없었고 매기는 머뭇거리며 보기만 했다. 그녀는 부채 위부분으로 얼굴을 가리고 오랫동안 바라보며 아버지가 정말 잠을 잤는지, 아니면 자신을 의식하고 일부러 가만히 계신 것인지 궁금해졌다. 어쨌든 매기는 잠시 부동 상태의 아버지를 지켜보았다가 다시 한번 완전히 순종하는 것처럼 아무 소리 없이 자신의 방으로 돌아갔다.

매기 마음속에 이상한 충돌이 격렬하게 일어났지만, 부담감을 느끼고 싶지 않았다. 그녀는 며칠 전 창밖으로 떠오르는 첫 새벽을 바라던 아침만큼 잠을 잘 수 없었다. 동향인 방은 이제 그늘이 드리워져 있었고, 여닫이 창문의 두 날개를 뒤로 젖혀져 있었고, 높은 테라스 위에서 바라본 풍경은 마치 바위 위에 세워진 성 탑처럼 매력적으로 보였다. 그곳에 서 있는 동안 매기는 정원과 숲을 내려다보았고, 이 시간에는 쏟아지는 빛 속에 꾸벅꾸벅 졸았다. 수 마일에 달하는 그늘은 더워 보였고 꽃밭은 어둡게 보였고 난간 위의 공작새는 꼬리를 축 늘어뜨렸고 작은 새들은 나뭇잎 사이에 숨었다. 그래서 만약 매기가 막 돌아서려는 순간에 계단참에 내려진 선명한 녹색 햇빛 가리개가 움직이는 것을 보지 않았다면 그 찬란한 허공에서 그 어떤 것도 흔들리지 않는 것처럼 보였을 것이다. 시야가 먼 곳에서 보면 테라스에서 내려온 것이 사람의 머리와 뒷모습을 자연스럽게 가렸지만, 하지만 매기는 이 모험가의 하얀 드레스와 특별한 움직임을 금방 알아차렸는데, 즉 누구보다도 샬롯이 정오에 정원을 거닐기로 했고 정원의 깊숙한 곳이나 이미 최고의 피난처로 찜한 사람들이 찾지 않는 곳으로만 갈 수 있었다는 걸 알았다. 왕자비는 몇 분 동안 샬롯의 걸음걸이와 가는 방향을 알 만큼 충분히 지켜봤고, 그리고 나서 두 사람은 왜 조금도 가만히 있지 못하는지 스스로 이해했다. 당황스럽게도 고대 신화의 장면들이 떠올랐는데, 괴롭힘을 당하던 이오Io, 제우스의 사랑을 받았으나 혜라의 미움을 받아 흰 암소로 변한 여자나 적막한 해안을 배회하는 아리아드네Ariadne, 테세우스의 미궁 탈출을 도운 미노스 왕의 딸 모습이었다. 그 모습에 매기 제 뜻과 바람에 대해 생각하게 됐다. 그녀 역시 그 시간 동안 몹시 시달린 여주인공이었을 수도 있었지만, 그 역할에 대해 영감을 주는 선례가 없다는 것을 정확히 알 뿐이었다. 매기는 샬롯 없이 다른 사람들 사이에 앉아있던 내내, 이렇게 떨어져 있는 사람에게 곧장 가서 어떻게든 자기 뜻을 표명하고 싶었다. 구실만 있으면 됐고, 매기는 곧 어떤 구실을 찾았다. 그녀는 샬롯이 사라지기 전에 흰 드레스 주름에 반쯤 가려져 있는 짙은 색 표지의 책 한 권을 들고 있는 것을 얼핏 보았고, 그녀와 마주쳐 깜짝 놀랄 경우를 대비해 목적을 설명해줄 책이었고, 정확히 지금 매기의 테이블 위에 짝을 이루는 책이 놓여 있었다. 그 책은 며칠 전에 매기가 언급했던 오래된 소설책으로 포틀랜드 플레이스에서 가져온 3권으로 된 매력적인 원서였다. 샬롯은 그 책을 읽을 기회에 그럴듯한 반짝이는 관심을 보이며 반가워했고, 우리의 매기는 다음 날에 하녀에게 베버 부인의 방으로 책을 가져다주라고 지시했었다. 그 후 그녀는 이 심부름을 하는 하녀가 무지하든 부주의하든 간에 첫 번째 책이 아닌 한 권만 없어진 것을 알았다. 따라서 매기가 계속 첫 번째 책을 가지고 있는 동안 샬롯은 그동안 어쩔 수 없이 두 번째 책을 들고 정원에서 로맨스를 쌓는 동안, 매기는 그 자리에서 나갈 채비를 했다. 파라솔과 제대로 된 책, 대략 어떻게 할지에 대한 용기가 있으면 됐다. 그녀는 별 방해 없이 다시 집안을 지나서 테라스로 나왔고, 우리가 이미 주목했던 샬롯에게 열세를 만회하기 위해 그늘을 따라 걸어갔다. 그러나 밖으로 나와 경내를 탐험하기 시작한 후 베버 부인은 여전히 멀리 있었고, 방이라는 보호 공간을 공개되고 빛나는 공간으로 바꾼 것에 대해 기이함은 더욱 커졌다. 하지만 다행스럽게도 끈질기게 따라 걸으면서 멋진 그늘질 공간에 다다를 수 있었다. 이곳은 아마도 가엾은 방황하는 여인이 마음에 두고 있던 피신처였을 것이다. 특히 여러 개의 골목은 상당히 길었고, 덩굴장미와 인동덩굴이 빽빽하게 아치형을 이루고 있었고, 푸른 경치, 그늘진 신전, 오래된 원형 건물이 있었으며, 폰스의 다른 것과 마찬 가지고 별로 수리되지 않았으며, 지금까지 현재의 난폭함과 미래의 어떤 위협을 알지 못하는 곳이었다. 샬롯은 격앙된 상태에서, 혹은 뭐라고 불리는 상태든 그곳에서 잠시 멈췄다. 그 장소는 상상이 되는 은신처였고, 매기가 멈춰서 전체적으로 바라보기 시작할 때 샬롯은 자신도 모르게 주저앉은 것 같은 자리에서 그녀 앞을 응시하고 있었다.

그 어느 때 보다 테라스에서 만났던 그 날 저녁의 상황이 반복됐다. 거리가 너무 먹어서 그녀를 바로 알아봤다고 확신하기 어려웠지만, 왕자비는 샬롯이 다른 때 기다렸던 것처럼 다른 의도를 가지고 기다렸다! 매기는 그 의도를 잘 알고 있었고, 그래서 조급해졌다. 그래서 매기는 시선을 다른 곳에 두면서 앞으로 나아갔지만, 갑자기 알아차렸다. 샬롯은 누가 따라올 거라고는 꿈에도 몰랐으며, 본능적으로 창백한 눈빛을 보내면서 몸이 굳어졌다. 매기는 그 모습을, 사람이 가까이 다가오는 것에 대한 두 번째 인상이 그녀의 태도에 바로 영향을 미쳤다는 걸 이해할 수 있었다. 공주는 진중하고 조용하게 다가왔지만, 그녀가 하고 싶은 것을 위한 시간을 주기 위해 다시 발걸음을 멈췄다. 매기는 샬롯이 무엇을 하고, 무엇을 할 수 있든 무엇보다도 가능한 한 편하게 하기를 원했다. 샬롯이 전날 밤에 원했던 건 아니었지만, 중요한 것은 선택했다는 것이었다. 처음에 분명 샬롯은 겁을 먹었지만, 추적자가 어떤 계획 없이 따라오지는 않았을 거라는 생각이 빠르게 들었고, 자신이 추적자였다면, 자신의 의붓딸이 어떤 정신과 목적으로 그렇게 생각해 보지 않겠는가? 그때 매기는 그런 고집을 부렸고 베버 부인도 그 점을 느끼고 이해했고, 그런 압박감에 대한 놀라운 기억은 지금까지도 자연스럽게 남았다. 그녀는 상대방이 깊은 땅의 역할을 해주기로 찬성했지만, 대충 묻은 보물들이 다시 드러나서 자신의 손에 던져질지도 모른다는 두려움에 빤히 쳐다보는 듯했다. 그렇다, 이 몇 분 동안 왕자비는 그녀의 특별한 불안을 분명 알아차렸다. '이건 저 여자의 거짓말이고, 죽도록 동의하지 않겠지. 더는 반항심을 억누를 수 없고, 철회하고 부인하고 끝내려고 하고, 대신 내 앞에서 온전한 진실을 보여주려고 해.' 이렇게 집중된 순간에 매기는 그녀가 숨을 헐떡이는 걸 느꼈지만, 그녀 상태에 대한 무례함과 연민만 일으킬 뿐이었다. 매기는 자신이 가져온 책을 들고 조심스럽게 맴돌며 가능한 한 위태롭지 않고 온화한 모습을 보일 수 있었다. 황량한 서부에서 총을 들고 오지 않았다는 표시로 손을 들어 올리는 사람들에 관한 이야기 속 모습을 떠올렸다. 자신이 얼마나 악의가 없는지 제대로 보여주기 위해 아직 힘들다는 걸 알았지만 마침내 미소 지울 수 있었다. 매기는 너무나 약한 무기인 책을 들고 계속 거리를 유지하며 배려했고, 가능한 한 떨리는 목소리로 설명했다. "창가에서 당신이 나가는 걸 봤어요. 당신에게 제1권이 없이 여기 왔을 거라는 생각에 참을 수 없었어요. 이게 제1권이에요. 당신은 다른 책을 받았고 내가 제대로 가져왔어요."

　매기는 말을 끝내고 나서도 자리를 지켰다. 적과 담판을 벌이는 것 같았고, 고상하고 작게 띈 미소는 공식적인 허가를 요구했다. "이제 더 가까이 가도 될까요?"라고 말하는 듯했다. 그러나 다음 순간 그 자리에서 서서 샬롯의 대답이 이상한 과정, 몇 가지 예민한 단계를 거치는 것을 보았다. 잠시 후 그녀의 얼굴에서 두려움이 사라졌다. 하지만 분명 샬롯은 다소 이상하지만 일부러 환심을 사려는 매기를 여전히 믿을 수 없었다. 만약 샬롯의 환심을 사려는 거라면, 매기는 처음에는 분명 그 생각이 위험하다고 여겼던 것이었다. 매기는 끈질기게 그렇지 않다는 걸 보여줬고, 마침내 받아들여졌다. 그 점을 인지하면서 매우 안도했고 곧 모든 것이 엄청나게 바뀌었다. 매기가 그녀에게 다가간 이유는 가슴에 비수를 꽂는 것 같은 이별의 운명을 알고 있었기 때문이다. 억제하기 어렵고 잠을 수 없는 평화에 대한 매기의 맹목적인 물리적 탐구 중에 어싱험 부인이 암울한 미래로 큰 바다와 큰 대륙 너머로 내걸었던 샬롯에 대한 그림이 처음으로 실현됐다. 어싱험 부인은 이런 식으로 매기 뒤에 있는 위장 선박을 불태우고 매기 앞에 놓은 두려움을 크게 다루도록 내버려 두고 떠났다. 이 시간에 평소의 우아함에 대해 그들에게 말하는 게 아니었고, 정체가 드러났고 부끄럽지 않았지만, 비교적 자신감이 돌아오면서 바로 시치미를 뗐지만, 왕자비는 비참하게 여겨졌다.

공격이 아니라 방어를 위해서 본질적으로 아주 분명한 태도 변화가 일어났고, 순간적으로 자존심을 세우니 얼마나 비참하겠는가. 그다음 순간, 자존심은 두둔과 외고집에 사로잡힌 망토가 되었고, 자유를 잃는다는 것을 부정하는 의미로 그 망토를 던졌다. 그녀의 상황에서 운명에 처한다는 것은 엄청난 불운을 초래하는 것으로, 그래서 같은 방법으로 참혹함을 인정하는 것은 잘못을 인정하는 것이었다. 매기는 수천 번 인정하지 않았다. 결속을 깨트린 것에 대해 그럴듯한 뭔가를 숨김없이 그리고 치열하게 찾아다닐 뿐이었다. 매기가 그 책을 언급하자 샬롯의 눈은 커졌고 마음은 부풀어 올랐고, 그 모습에 매기는 정말 자신이 그녀를 도와줄 수만 있다면 좋겠다고 생각했다. "원한다면 있어도 돼요!"라는 의미로 샬롯은 곧 일어났고, 잠시 되는 대로 움직일 때, 기온 이야기를 하면서 한껏 즐겼다고 말할 때, 일관성이 없이 두 번째 책을 들고 하면서 매기 생각보다는 똑똑하지 못하다고 이야기하고 고맙다고 말할 때, 매기가 문제의 책을 벤치에 놓을 수 있을 정도 가까이 다가오고 여분의 책을 고맙게 여길 때, 이런 말을 다 하고 다른 자리에 앉았을 때, 다른 곳을 쳐다봤다. 우리의 젊은 여성은 용기 있는 행동을 하는 동안 낯선 순간을 겪었는데, 상대방이 자신을 아랫사람으로서 편안하게 받아들일 뿐만 아니라, 아주 비참한 상황이 아닌지에 대해 궁금해하면 비밀리에 황홀감에 빠졌기 때문이었다. 막연하지만 점점 더 이런 가능성이 그녀에게 희미하게 나타났다. 샬롯에게 분명 그녀가 한 번 더 굽실거리는 것으로 보였고, 그것은 정말 연기였다. 그때는 분명 두 사람 모두에게 똑같이 눈부신 장점이었다.

"단둘만 있으니 좋네요. 당신에게 하고 싶었던 말이 있었어요. 난 지쳤어요. 지쳤…."

"지쳤다고요?"

다음 말을 한 번에 끝맺지 않았다. 하지만 매기는 이미 다음 말을 추측하고, 홍조를 띠었다.

"이 삶에 지쳤어요. 당신은 마음에 들겠지만 난 다른 꿈을 꾸었어요." 샬롯은 이제 고개를 들었고, 빛나는 눈빛은 더욱 의기양양해졌고, 자신의 길을 찾아 따라가고 있었다. 같은 영향을 받은 매기는 그 모습이 보이는 곳에 앉았다. 피하는 중인 뭔가가 있었고, 왕자비가 스스로 그걸 판단했고, 그리고 희생하러 왔지만, 샬롯이 단단한 견고한 해안에서 불확실한 곳, 아마도 위험할 수 있는 깊은 곳으로 뛰어드는 것을 지켜보는 것과 같은 긴 순간이었다. "다른 인생을 생각해 봤어요. 내 마음에 쏙 드는 생각이 있었고, 오래 생각해왔어요. 우리가 틀렸다는 생각이 들어요. 우리의 진짜 삶은 여기에 없어요."

매기는 숨을 죽였다. "'우리'라고요?"

"나랑 내 남편요. 당신 이야기가 아니고요."

"아!" 매기는 바보처럼 보이지 않기만을 바랐다.

"우리의 인생, 그 사람의 인생을 말하는 중이에요."

"알겠어요. 내 아버지를 위해서네요."

"당신 아버지를 위해서지, 다른 사람이 있나요?" 이제 서로를 열심히 쳐다봤지만, 매기는 그녀의 강렬한 관심에 고개를 돌렸다. 매기는 상대방의 질문이 대답을 바라는 거라고 여길 정도로 어리석지 않았고, 절제된 조용함은 곧 옳았다는 것이 증명됐다. "당신은 당연히 무엇과 관련 있는지 아니까, 내가 이기적이라고 생각할까 봐 걱정돼요. 맞아요. 난 이기적이에요. 남편은 최우선으로 생각해야 해요."

매기는 미소 지으며 말했다. "뭐, 내 입장도 그래요."

샬롯은 점점 기분이 좋아지며 말했다. "나랑 다투지 않겠다는 거죠? 난 계획을 다 세워놨어요."

매기는 어렴풋이 이해했지만 기다렸다. 기회가 눈앞에 있었다. 유일한 위험은 그 기회를 망치는 것이었고, 심연에서 빠져나오는 거 같았다. "당신 계획이 뭔지 물어봐도 될까요?"

10초간 꾸물거렸지만, 갑자기 대답이 나왔다. "그이를 고향으로, 진짜 자리로 데려가는 거예요. 기다리지 않고요."

"이번 계절을 말하는 거예요?"

매기는 힘주어 말했다. "곧바로이요. 그리고 지금 말하는 게 더 나을 거 같네요. 마침내 그 사람이 날 조금만 생각해줬으면 좋겠어요. 당신에게 이상하게 들리겠지만, 내와 결혼한 남자를 지키고 싶어요. 그러기 위해서는 행동에 옮겨야 해요."

매기는 제대로 이해하려고 했지만, 자신의 눈시울이 붉어지는 걸 느꼈다. 생각에 잠긴 그녀는 그 말을 따라했다. "곧바로라고요?"

"떠날 수 있을 때 바로요. 모든 물건은 옮기는 건 어쨌든 사소한 일일 뿐이에요. 돈만 있으면 모든 걸 할 수 있어요. 내가 바라는 건 확실한 변화고, 그리고 지금 그러길 바라요." 목소리가 커지면서 고개도 더 높이 들었다. "아, 난 내 문제를 알아요!"

집중을 제대로 할 수 없었지만, 매기는 영감을 얻었고, 다음 순간 떨리는 목소리로 말했다. "내가 당신의 문제라는 건가요?"

"당신과 그 사람이 함께요. 내가 그 사람을 보려고 할 때 항상 당신이 있었으니까요. 하지만 내가 직면하고 있고 이미 직면했던 문제를 알고 싶다면, 그건 스스로 이겨냈어요. 그것과 싸움은 그다지 즐겁지도 않았고, 그 자체로도 매력이지 않았어요. 당신에게 모두 말하자면, 종종 너무나 크고 너무나 이상하고 추하다고 생각했어요. 하지만 난 잘 될 거라고 믿어요."

베버 부인은 이 말을 하면서 일어나 몇 걸음 걸었다. 반면 매기는 처음에는 가만있다가 앉은 채 그녀를 쳐다봤다. "나한테서 내 아버지를 빼앗고 싶은 거예요?"

통렬하고 크고 거의 원시적인 울부짖는 소리에 샬롯은 뒤돌아봤고, 이런 움직임은 왕자비의 속임수가 적절했다는 것을 증명했다. 응접실에 서서 샬롯이 괴롭다는 것을 부정하던 밤에 두근거렸던 것처럼 마음속 뭔가가 두근거렸다. 만약 상대방이 기회를 준다면 다시 거짓말을 할 준비가 되어 있었다. 그 후에 자신이 모든 일 다 했다는 걸 알아야 했다. 샬롯은 분노의 어조와 비교하려는 듯 매기의 얼굴을 열심히 바라보았다. 그리고 이것을 알아챈 매기는 좌절한 모습처럼 보이도록 인상을 지었다. "난 정말 남편과 있고 싶은 거예요. 그리고 또한 그런 가치가 있는 사람이에요."

매기는 그말을 받아들이는 것처럼 일어났다. "아, 그럴 가치가 있죠!" 멋지게 말을 뱉었다.

매기는 그 어조가 다시 영향을 끼쳤다는 걸 알아차렸다. 샬롯은 얼굴이 시뻘게졌고, 매기의 열변을 진심으로 믿었는지도 모른다. "아버지의 가치를 알고 있다고 생각해요?"

"지금까지 그랬고, 정말 그렇다고 생각해요."

매기는 곧바로 대답했고, 이번에도 놓치지 않았다. 샬롯은 그녀를 잠깐 바라보기만 하다가 억눌렀던 말을 했고, 매기는 그말을 예상했다. "당신이 우리 결혼을 얼마나 탐탁지 않아 했는지 알아요!"

매기는 잠시 후 물었다. "나한테 물어보는 거예요?"

샬롯은 주위를 둘러보다가 벤치에 놓아두었던 파라솔을 집었고 책 한 권을 집어 들어서 보란 듯이 내팽개쳤다. 자신이 마지막으로 무슨 말을 해야 할지 알았다. 딸깍 소리를 내며 파라솔을 펼쳐 자랑하듯 어깨에 걸치고 빙그르르 돌렸다. "당신한테 물어요? 왜요? 당신이 날 반대했었다는 거 아는데!"

"아, 아, 아!" 왕자비가 소리쳤다.

샬롯은 그녀를 떠나 아치형 통로에 다다랐지만, 여기서 폭발하며 돌아섰다. "날 반대 안 했다는 거예요?"

매기는 마치 양손으로 날개를 퍼덕이는 새를 품에 안고 있는 것처럼 그 말을 듣고 눈을 감았다. 그런 후 눈을 뜨고 말했다. "내가 실망시켰다고 해도 무슨 상관이겠어요?"

"그럼 실망시켰다는 거 인정하는 거예요?"

매기는 기다렸다가 상대방이 조금 전에 그랬던 것처럼 자리에 있는 책 두 권을 보고는 함께 가지런히 내려놓은 후 마음을 굳혔다. "맞아요!" 시간을 내서 샬롯이 떠나기 전에 큰 소리로 말했다. 매기는 샬롯이 멋지고 곧은 자세로 미끄러지듯 걸어가는 모습을 보았다. 그런 다음 자리에 주저앉았다. 그렇다, 그녀는 모든 것을 해냈다.

PART VI

40.

그달 하순 어느 날 매기는 남편에게 말했다. "우리가 여기에 있는
게 너무 불합리하거나 너무 불편하거나 너무 무리하는 거라고 생각한
다면, 난 당신 뜻에 따를게요. 그분들을 기다리지 않고 지금 떠나거나
아니면 그분들이 출발하기 3일 전에 시간 맞춰서 돌아오는 거예요.
당신이 말만 하면, 함께 외국으로 갈게요. 스위스, 티롤Tyrol, 오스트리아
서부 및 이탈리아 북부의 산악 지역, 이탈리아 알프스 등 당신이 다시 가보고 싶
은 곳에, 로마 다음으로 당신에게 좋았고 자주 말했던 아름다운 곳으
로 가요."

이런 제안을 하게 되고, 퀴퀴한 런던의 9월이 가까워지면서 그들이
남아있는 것에 만족해야 한다는 것이 정말 우스꽝스러워 보일 수도
있는 곳은 적막한 포틀랜드 플레이스로 이전에는 한 번도 그런 적이
없었고, 요금을 받으려고 훑어보는 마부가 움직일 수 없는 위험을 망
각한 채 주저앉을 수 있는 곳이었다. 하지만 아메리고는 매일매일 상
황이 나아질 수 없다고 생각했고, 심지어 인내심을 넘어서는 시련이

아내에게 닥치면 그녀를 안심시키기 위해 어떤 방법을 써야 할지에 대한 대답도 전혀 해주지 않았다. 당연히 이것은 자신들의 존재가 시련이었거나 지금까지 그랬다는 걸 나약한 말로 인정하는 것을 마지막까지 놀랍도록 버텼기 때문으로, 상황의 함정에 빠지거나 잘못된 방식을 취하고 짜증을 내면서 그런 부조리함에 빠지지 않았다. 그의 아내는 정말로 훌륭한 모습의 그가 처음으로 현재까지 아내의 비용 지출에 너무 융통성 없이 군다고 말했을지도 모른다. 다만, 공교롭게도, 그녀는 그런 종류의 일을 할 수 있는 사람이 아니었고, 실제로 그들 사이의 이상한 암묵적 동의는 각자에게 맞는 인내에 대한 이성적인 비교와 확실한 대조에 바탕을 뒀을 수도 있다. 그녀는 그를 끝까지 지켜보고 있었고, 그를 이해한다면 그 사람은 유리한 입장이 됐다. 매주 이런 암묵적인 이해는 시간이 지남에 따라 시간의 헌신을 사실상 받아들였다. 하지만 아내가 자기 생각이 아니라 남편의 생각대로 그를 이해하거나 다시 말해서 설명할 수 없는 남편의 실현 가능한 방법을 그에게 허락한다는 것을 단언할 필요가 거의 없었다. 만약 그런 식으로 아직 그에게서 익숙한 행복이 완전히 사라지지 않고, 더 지루한 면을 보여준다면 (마음껏 뜻을 굽힐 수 있는 이점이 있지만, 그 어떤 것도 다른 사람들에게 신세 지지 않을 수 없다) 문제의 거짓된 얼굴(가면)은 아내가 다짐을 받았다는 것 말고 무엇을 의미했을까? 만약 매기가 의문을 제기하거나 맞서거나 간섭했다면, 즉 그런 권리를 스스로 남겨두었다면, 다짐을 받지 못했을 것이다. 반면, 모든 사람이 그녀의 변절 가능성에 촉각을 곤두세우며 긴장의 끈을 지금까지 놓지 않았고 당분간 놓지 않을 것이다. 아내는 마지막까지 그 다짐을 다지고, 잠시라도 자신의 자리를 비워서는 안 됐다. 분명히 그래야만 자신이 남편의 뜻에 반대하지 않고 함께 한다는 것을 보여줄 것이다.

그가 아내와 언제나 '함께' 있었다는 일련의 징후들이 얼마나 드물었는지 놀라웠다. 그들은 지금 긴장된 상태에서 극도로 기다렸기에, 그런 성찰은 그녀도 예외가 아니었다. 남편이 조상 동상처럼 자기 자리에 그대로 서 있는 동안, 아내는 남편에 관해서 '모든 것'을 하고, 모든 방법을 살피고, 지칠 줄 몰라야 한다고 받아들이는 그런 성찰이었다. 매기는 그가 생각하는 장소의 의미가 있고, 그것은 파기할 수도 없고 막을 수 있는 특징이며, 다른 사람들이 그에게 뭔가를 확실히 원하는 순간부터, 마호메트와 산의 유명한 관계를 기억하며 그는 분명히 할 수 있는 조치를 더 취하는 게 필요하다는 것을 홀로 있는 시간에 추론했다. 만약 누군가 그걸 받아들인다면 이상하기는 하지만, 아메리고가 말하는 장소들은 역사적으로 무수한 일, 선조들, 본보기, 전통, 습관에 의해 그전에 만들어진 것과 같았다. 반면 매기가 말하는 곳은 새로운 나라의 정착민이나 무역업자와 관련됐다는 것을 알게 됐는데, 진보적이라고 알려진 그런 즉흥적인 '곳'으로, 등에 갓난아기를 업고 구슬 제품을 팔려는 인디언 여자와 비슷한 모습이었다. 간단히 말해서, 매기의 장소는 그런 사회적 관계에 대한 가장 기본적인 지도에서 부질없이 찾는 것이었을 것이다. 그곳을 표시하는 유일한 지리적 요소는 당연히 근본적인 열정일 것이다. 어쨌든 왕자가 기다리던 '결말'은 장인어른이 베버 부인과 함께 미국으로 떠나겠다고 말하면서 그 기대감으로 나타났다. 그렇게 예상했던 일은 본디 젊은 부부에게 도피를 신중하게 여기라고 조언한 것으로, 폰스에서 큰 격변이 일어나기 전에 다른 성가신 사람이 물러나는 것에 대해서는 아무 말도 하지 않았다. 이 거주지는 한 달 동안 짐꾼, 이사업자, 대장장이들로 붐빌 예정이었는데, 그들의 일이 포틀랜드 플레이스에 특별히 알려졌고, 샬롯이 통솔할 예정이었다. 어느 날 어싱험 부부가 톱밥을 뒤집어쓰고 삼손이 신전을 무너뜨리는 것을 본 것 같은 창백한 모습으로 매기에게 다시 나타났을 때, 그녀 머릿속에는 엄청난 규모와 방식이 그렇게 대단하게 느껴지지 않았다. 어싱험 부부는 적어도 그들이 물러났다는 느낌에 매기가 알지 못하는 많은 일을 봐왔다. 매기는 현재 남편의 시간은 재는 시계나 두 사람의 시간을 재는 남편의 모습을 비추는 거울(이 모습이 더 정확할 것이다)에 시선을 두고 있었다. 카도간 플레이스에서 온 지인들은 어쨌든 중간중간에 공감을 해줬다. 특히 어싱험 부인과 왕자비가 주고받은 대화에서 공감이 생겼다. 걱정하는 여인이 폰스에 있는 어린 친구에게 다가갔을 때, 그녀는 많은 상실감을 인정한 후 다시 캐묻기 시작했는데, 눈에 띄는 괴팍한 행동의 기묘한 구분에 대한 이런 질문만큼 그런 필요성에 굴한 적이 없었을 것이다.

"정말 여기 계속 있을 거예요? 저녁 시간에는 도대체 뭘 할 건데요?"

매기는 잠시 기다렸고, 여전히 모호한 미소를 지었다. "사람들이 우리가 여기에 있다는 것을 알게 되면, 물론 신문에도 실리고요, 우리를 보러 사람들이 다시 몰려들 거예요. 당신과 대령님도 왔잖아요. 우리 저녁 시간은 별반 다르지 않을 거예요. 아침이나 오후와도 별반 다르지 않을 거예요. 두 분이 도와주신다면 시간을 보내는 데 도움이 된다는 점을 제외하고요. 그이가 원한다면 집을 빌리려 어디든 가겠다고 했었어요. 하지만 이것만은 아메리고 생각이에요. 어제 적당하고 생각되는 걸 말해주고 설명해줬어요." 그리고 왕자비는 효과가 있는 것처럼 다시 한번 미소를 지었다. "그러니까 우리의 무모한 행동에도 방법이 있어요."

그 말에 어싱험 부인은 궁금해졌다. "그래서 그 방법이 뭔데요?"

"그이는 '우리가 하는 일을 가장 단순한 표현으로 축소하는 것'이라고 말했어요. 따라서 우리가 아무것도 하지 않고 있고, 그가 원하는 대로 가장 가중된 방식으로 그렇게 하고 있어요. 물론 난 이해해요."

"나도요!" 잠시 후 매기의 손님은 숨을 내쉬었다. "당신은 집을 비워야 했어요. 그건 당연한 일이었죠. 하지만 적어도 여기서 그 사람은 겁먹지 않네요."

매기는 그말을 인정했다. "피하지 않아요."

하지만 그 말에 패니는 반쯤만 만족했고, 생각에 잠긴 듯 눈썹을 치켜떴다. "그 사람은 대단해요. 하지만 당신이 말을 고쳐 말했듯이, 피할 일이 뭐가 있죠? 나의 무례함을 용서해줘요. 그 여자가 그에게 접근하는 것이 아니라면, 그 여자가 그 사람에게 연락하지 않는 한 말이에요. 그게 왕자에게 중요할지도 몰라요."

하지만 그 질문에 왕자비는 각오가 되었다. "그 여자는 그이 가까이에 올 수도 있고, 연락할 수도 있고, 나타날 수도 있어요."

"그렇게 할 수 있을까요?"

"못할까요?"

그들은 잠시 눈을 마주쳤고, 잠시 후 부인이 말했다. "내 말은 그 사람을 혼자서 만날 수 있다는 거였어요."

"내 말도 그래요."

여러 이유로 어싱험 부인은 미소지을 수밖에 없었다. "그래서 그 사람이 남겠다는 거라면…!"

"자신에게 오거나 자신을 부르는 어떤 연락을 받기 위해 머무는 거라고 난 이해했어요. 그것도 감수하려고요. 그이는 체면 유지를 위해서 남는 거예요."

"체면이요?" 어싱험 부인은 진지하게 그 말을 따라 했다.

"체면이죠. 만약 그 여자가 연락한다면…."

"그래서요?" 어싱험 부인은 재촉했다.

"뭐, 그러길 바라요!"

"그 사람이 그 여자를 만나길 바란다고요?"

하지만 매기는 머뭇거리며 직접 대답하지 않았다. "쓸데없는 바람이죠."라고 곧 말했다. "그 여자는 그러지 않을 거지만, 그이는 그럴 거예요." 조금 전에 무례한 말에 대해 친구가 사과했던 말은 계속 눌러지는 초인종처럼 매기의 귀에 날카롭게 맴돌았다. 간단히 말해서, 샬롯이 오랫동안 그녀를 사랑했던 남자에게 '접근'할 가능성에 의문을 제기해야 한다는 건 사실 끔찍하지 않은가? 무엇보다도 이상한 건 매기의 이러한 관심이 도움이 될지, 아니면 해가 될지 모른다는 것이다. 더 이상한 건 매기가 여전히 남편과 함께 그 대상에 대해 직접적인 언급할 가능성에 순간 막연한 추측에 빠졌다는 것이었다. 몇 주가 지나고 나서 놀란 듯이 갑자기 "그분들이 떠나기 전에 당신은 개인적으로 그 여자에게 뭔가를 해줘야 하지 않아요?"라고 말한다면 너무나 끔찍하지 않겠는가? 매기는 자신의 기분을 위해서 이런 모험의 위험을 저울질할 수 있었고, 그런 가능성을 살피는 동안 가장 그녀를 믿는 사람과 지금처럼 이야기를 나누면서도 상당히 맥이 빠질 수도 있었다. 어싱험 부인은 이런 때에 매기의 생각을 어느 정도 맞게 추측했기 때문에 균형을 어느 정도 회복할 수 있었다. 하지만 현재 매기의 생각은 여러 가지였고, 연속적으로 제시됐다. 베버 부인이 여전히 기대하는 보상의 정도에 대해 매기가 모험을 거는 가능성도 사실 있었다. 결국, 그 여자가 남편에게 연락할 가능성은 항상 존재했고, 실제로 그녀가 몇 번이고 그렇게 했을 가능성도 있었다. 이에 맞서는 것은 당사자들의 실제 관계에서 더 무자비하게 강요되거나 더 절망적으로 느껴지는 패니 어싱험 자신의 궁핍함에 대한 명백한 믿음뿐이었다. 물론 3개월 이상 전부터 왕자비에게 그런 확신을 생기게 한 모든 것을 뛰어넘었다. 아메리고에게는 어떤 습관도 없었고, 설명이 필요한 가식도 없었기에 이런 가정들은 분명 근거가 없을 수도 있었다. 포틀랜드 프레이스에 사는 부부가 공공연하게 알기로는, 샬롯은 개인 소지품들을 옮겨야만 해서 이튼 스퀘어로 여러 번 와야 했다는 것이었다. 그녀는 포틀랜드 플레이스에 오지 않았고, 심지어 런던에서 지낸다는 사실이 그곳 가족들에게 알려졌을 때 함께 점심을 먹자고 청하지도 않았다. 매기는 시간과 출현하는 것을 비교하고, 요즘 같은 시기에 편안한 조건에서 밀회, 지켜보는 눈이 있는 가운데 느닷없이 잡힌 면담이 제대로 될지에 대한 생각에 무게를 두는 것을 싫어했다. 그러나 이는 부분적으로는 가엾은 여인이 풀지 못한 비밀을 손에 쥐고 용감하게 떠나는 모습에 사로잡혀 다른 이미지를 떠올릴 틈이 없다는 것을 알았기 때문이다. 다른 이미지라면 감춘 비밀이 어떻게든 알아내고, 어떻게든 억지로 해석하고 고이 간직하고 있는 회유의 비밀이라는 것이었을 것이고, 두 종류의 은폐 사이의 차이가 너무 커서 실수를 허용할 수 없었다. 샬롯은 자존심도 기쁨도 아닌 굴욕감을 숨기고 있었고, 앙심을 품은 도피에 너무 무력해진 왕자의 열정은 단단한 유리 같은 자신의 의문에 가장 뿌리 깊은 상처를 입었다.

유리 뒤에는 그녀가 그토록 코를 납작하게 대고 들여다보려고 했던 관계의 모든 역사가 숨어 있었고, 현시점에서 베버 부인은 그 유리 안쪽에서 억누르지 못하고 미친 듯이 두드리며 애원하고 있었을지도 모른다. 매기는 폰스 정원에서 계모와 마지막 대화를 나눈 후, 더는 할 일이 없고, 이제 손을 떼도 된다고 혼자 흡족해하며 말했다. 하지만 개인 자존심 차원에서 왜 여전히 더 밀어붙이지 않고 더 낮은 자세로 굽히지 않았을까? 왜 여전히 친구의 고뇌를 그에게 알리고 그녀의 필요성을 그에게 납득시키는 메시지 전달자의 역할을 하지 않는가?

따라서 매기는 내가 말한 대로 베버 부인이 유리창을 두드리는 것을 50가지 형태로 해석할 수 있었을 것이고, 아마도 가장 깊숙이 꿰뚫어 볼 수 있을 것이다. "당신은 사랑받고 헤어지는 것이 뭔지 몰라요. 그런 관계를 맺어본 적이 없으니까 헤어본 적이 없어요. 우리의 관계는 관계가 될 수 있는 모든 것이었고, 의식의 포도주로 가득 차 있어요. 그리고 아무런 의미가 없다면, 당신과 같은 사람이 괴로움에 숨만 쉴 수 있다면, 왜 나 자신이 모든 것을 속였을까요? 왜 불과 몇 년 만에 황금빛 불꽃이 한 줌의 검은 재로 변한 것을 발견하고 책망했을까요?" 우리의 젊은 여성은 순간적으로 자신의 동정심이 이렇게 실패할 운명인 교묘함에 굴복했고, 몇 분 동안은 새로운 의무의 무게가 자신을 짓누르는 것처럼 느껴지기도 했는데, 헤어지기 전에 말해야 하는 그 의무는 망명자에게 마지막으로 남은 물건으로, 낡은 비단에 싸여 언젠가 곤궁한 상황에서 거래 협상을 할 수 있는 보석처럼 어떤 이득을 간청하며 틈을 만들어야 한다.

더는 스스로 어찌하지 못하는 여성에 대한 이러한 상상은 매기가 다니는 길모퉁이마다 있는 함정 중 하나였다. 신의 능력을 빠르게 붙잡는 딸깍하는 소리 뒤에는 필연적으로 날개를 펄럭이고 몸부림치고 미세한 깃털이 흩어지는 소리가 들렸다. 바로 이러한 생각에 대한 갈망과 치우친 동정심, 그들을 무너뜨릴 수 없는 충격을 상당히 느꼈기 때문이다. 지난 몇 주 동안 폰스에서, 그토록 그렇게 눈에 띄는 인물의 시선 끌기는 규칙적인 혁명에서 모든 관점의 더 먼 끝을 끊임없이 가로지르고 있었다. 이튼 스퀘어에서 할 일을 하던 샬롯이 외투 아래 다른 기회를 숨겼는지를 아는 사람이든 모르는 사람이든, 계속 방황하는 작은 남자가 조용히 숙고할 문제였다. 밀짚모자와 흰 양복 조끼, 주머니에 손을 넣는 행동, 코안경을 쓰고 시선을 고정한 채 느린 발걸음을 걷는 것은 그의 오랜 습관의 일부였다. 그림 속 물건으로 지금까지 절대 실패하지 않은 것은 아내의 무형의 밧줄인 비단 올가미의 빛이었으며, 지방에서 지내던 지난달에 매기의 눈에 두드러져 보였다. 베버 부인의 곧은 목에서 그 줄은 확실히 빠지지 않았고, 편리하게도 길 줄의 다른 끝은 남편의 엄지손가락에 작은 고리로 걸어서 눈에 보이지 않게 했다. 아주 얇더라고 그 줄의 역할을 알게 되었다면, 그 줄이 어떤 마법으로 꼬였고, 어떤 긴장감이 이는지 궁금할 수 있지만, 적합성이나 완벽한 내구성은 의심할 수 없었을 것이다. 왕자비는 이렇게 알게 된 상황에 대해 다시 입이 벌어졌다. 그러니까 자신의 아버지는 알았지만, 왕자비는 몰랐던 많은 일이 있었다!

현재 이 모든 것이 일순간의 떨림으로 어싱험 부인과 함께 매기를 훑고 지나갔다. 그녀는 생각의 변화가 불완전했지만, 아메리고가 제 처지에서 그 전제에서 무엇을 할 수 있어야 하는지에 대한 생각을 표현했고, 상대방의 대답하는 눈빛을 느꼈다. 하지만 매기는 자기 뜻을 고집했다. "그 사람은 샬롯이 스스로 잘한다면, 그녀를 보호하고 독립적인 방식으로 만나기를 틀림없이 원할 거예요." 매기는 확신하며 말했다. "기꺼이 그럴 것이고, 행복할 것이고 하나의 역사가 막을 내리는 게 아니지만, 그녀의 말을 듣겠다고 맹세했을 거예요. 마치 그가 아무것도 가져가지 않고 떠나고 싶었던 것처럼요."

어싱험 부인은 공손하게 생각에 잠겼다. "그런데 무슨 목적으로 두 사람이 다시 그렇게 친밀하게 만난다는 거죠?"

"원하는 어떤 목적을 위해서요. 그게 바로 그 사람들의 일이잖아요."

패니 어싱험은 마구 웃었고, 억누를 수 없이 변함없는 의견으로 다시 돌아왔다. "당신은 멋져요. 정말 멋져요" 왕자비는 성급하게 고개를 흔들면서 그 말을 전혀 받아들이지 않았기에, 부인은 말을 덧붙였다. "그렇지 않다면 당신이 너무 확신하기 때문이에요. 그 사람을 확신한다는 말이에요."

"아, 정말 그 사람에 대한 확신이 없어요. 확신했다면 의심하지 말았어야 했어요!" 하지만 매기는 부인의 말을 고심했다.

"뭘 의심하는데요?" 패니는 답을 기다리면서 다그쳤다.

"뭐, 그 사람이 그 여자보다 얼마나 덜 대가를 치렀고, 그리고 어떻게 그 여자의 존재감이 계속 느꼈는지를 의심하죠."

이 말에 잠시 후 어싱험 부임은 미소를 지었다. "그녀가 현재 자리를 지키도록 그 사람을 믿어요. 하지만 계속 방심할 수 있게 그 사람을 믿어요. 그의 방식대로 내버려 둬요."

"그이한테 모든 걸 맡길 거예요. 그렇게만 생각하고 있어요. 부인은 그게 내 천성이라고 알고 있죠."

"너무 많이 생각하는 게 당신 천성이에요." 패니 어싱험은 조금은 귀에 거슬리는 말을 했다.

하지만 왕자비는 그 비난을 재빨리 수긍했다. "그럴지도 모르죠. 하지만 생각하지 않았다면…!"

"지금 이런 상황에 있지 않았을 거라고요?"

"네, 왜냐하면 그 사람들은 그 점만 빼고 모든 것을 생각하거든요. 내가 생각할 수 있는 걸 빼고 생각해요."

패니는 너무 대충 동의했다. "아니면 당신의 아버지도 그럴 수 있어요!"

어쨌든 이 말에 매기는 구분을 했다. "아니에요, 그렇다고 해서 그 사람들을 막을 수 없어요. 아버지가 가장 신경 쓰는 건 내가 신경 쓰지 않게 하는 거라는 걸 그 사람들도 아니까요. 그게 아버지의 바람일 거예요."

패니 어싱험은 그 말을 더 깊이 받아들였고, 바로 더 큰 목소리로 외쳤다. "그럼 그분은 훌륭하군요."라고 거의 공격적으로 말했고, 매기는 그 말을 긍정적으로 받아들일 수밖에 없었다.

"아, 부인이 하고 싶은 대로 말하세요."

매기는 이렇게 말하고 말았지만, 그 어조에 다음 순간 패니는 새로운 반응을 했다. "당신 두 사람 모두 끝없이 그리고 조용히 생각해요. 하지만 그래서 당신들이 구원받을 거예요."

"아, 어쨌든 그 사람들이 우리 생각을 알게 된 순간부터 그들이 구원받은 거예요. 그들은 살고 우리는 길을 잃을 거예요."

"잃어요?"

"아버지와 내가요." 패니가 이의를 제기하려고 하자 매기는 아주 분명하게 말했다. "네, 맞아요. 아메리고와 샬롯보다 훨씬 더 서로에게 상실감을 느낄 거예요. 그 사람들에게는 그것이 정당하고, 옳고, 마땅한 일이지만, 우리에게는 슬프고 낯설 뿐 우리 잘못이 아니에요. 하지만 왜 내가 이런 이야기를 하는지 모르지만, 아버지에게 정말 그 일이 달려 있기는 해요. 아버지에게 맡겼어요."

"그분에게 맡겼지만, 그렇게 하시도록 두지 않을 거잖아요."

"내가 해야죠."

"하지만 당신이 뭘 할 수 있죠?"

"할 수 있어요. 처음부터 내가 해야 할 일을 알고 있어요. 아버지를 단념하면 끝나는 거예요."

어싱험 부인은 반대했다. "하지만 그분이 양보하면요? 그렇다면 그분이 결혼한 바로 목적, 즉 당신을 더 자유롭게 해주려는 것을 이루는 거잖아요?"

매기는 그녀를 오래 바라보았다. "맞아요, 그렇게 하시도록 도와주는 거예요."

어싱엄 부인은 망설였지만, 마침내 용기를 냈다. "그렇다고 솔직하게 아버지의 완전한 성공이라고 말할 수 있지 않아요?"

"그러게요, 이제 내가 할 일은 그것뿐이네요."

어싱험 부인은 영리하게 대화를 발전시켰다. "당신이 그저 개입 안 해서 성공한 거예요." 그리고 경솔하지 않게 말했다는 것을 알려주려는 듯이 더 발전시켰다. "그 사람들 때문에 뜻을 이뤘네요."

"아, 그렇네요!" 매기는 대답을 하면서 생각에 잠겼다. "맞아요. 그래서 아메리고가 남아있는 거예요."

"그래서 샬롯이 떠난 거죠." 어싱험 부인은 대담하게 웃으며 말했다. "그래서 그도 알아요?"

하지만 매기는 머뭇거렸다. "아메리고요?" 하지만 그 후 그녀는 상대방이 알아볼 수 있을 정도로 얼굴을 붉혔다.

패니는 떨리는 목소리를 말했다. "당신 아버지요. 당신이 알고 있는 거 아세요? 그러니까 얼마나 아시는데요?" 매기의 침묵과 눈빛에 사실을 질문을 멈춰야 했지만, 한결같은 태도를 유지하기 위해 포기할 수 없었다.

"내가 말하고 싶은 거 얼마만큼 아시냐 하는 거예요?" 여전히 곤란했지만 고쳐서 말했다. "얼마나 그러니까 어디까지 갔는지 아시냐는 거죠."

매기는 한 가지 질문만 하고 기다렸다. "아신다고 생각해요?"

"적어도 뭔가를 아시지 않을까요? 오, 난 그분을 잘 모르겠어요."

"그럼 부인은 알아요?"

"얼마나 많이 아냐고요?"

"네."

"어디까지 아냐고요?"

"네."

패니는 확실히 하고 싶었지만, 시간이 지나면서 미소까지 지으며 기억난 말이 있었다. "전에도 내가 아무것도 모른다고 말할 적 있었죠."

"뭐, 난 그렇게 알고 있어요."

패니는 다시 주저했다. "그러면, 아무도 몰라요? 그러니까 당신 아버지가 얼마큼 아는지 아무도 몰라요?"

매기는 그 말뜻을 이해했다. "아무도 몰라요."

"조금도요? 샬롯도요?"

"조금이요? 그 여자가 뭐든 안다는 건 충분히 안다는 거예요."

"그래서 샬롯은 아무것도 몰라요?"

"샬롯이 알았다면, 아메리고도 알았겠죠."

"그 사람은 모른다는 거죠?"

"그래요." 왕자비는 곰곰이 생각하며 말했다.

어싱험 부인은 깊이 생각했다. "그럼 어째서 샬롯은 그렇게 붙잡혀 있는 거죠?"

"그냥 그렇게요."

"무지해서요?"

"무지해서요."

패니 어싱험은 궁금했다. "괴로워서요?"

"괴로우니까요." 매기는 눈물을 글썽이며 말했다.

상대방은 잠시 그 눈물을 보았다. "그렇다면 왕자는?"

"어떻게 붙잡혀 있냐고요?"

"어떻게 붙잡혀 있죠?"

"그건 말할 수 없어요!" 그리고 왕자비는 다시 입을 닫았다.

41.

샬롯의 이름으로 온 전보가 일찍 도착했다. '괜찮다면 5시에 차를 마시러 갈게요. 어싱험 부부에게는 점심을 먹자고 했어요.' 매기는 바로 그 전보를 남편 앞에 두면서, 전날 밤이나 그날 아침에 올라온 아버지와 부인이 호텔로 간 것이 분명하다고 말을 덧붙였다. 왕자는 '자신의' 방에 있었고, 종종 그곳에 혼자 앉아있었는데, 신문 6부가 절반 정도 펼쳐져 있었고, 유명한 '피가로'지뿐만 아니라 '타임즈'도 주위에 흩어져 있었지만, 하지만 실제로는 입에 시가를 물고 담배 연기를 내뿜으며 방을 왔다 갔다 거린 듯했다. 이렇게 그에게 다가갔을 때, 그녀는 어떤 필요에 따라 여러 번 늦게 그렇게 했기 때문에 특별한 인상을 받은 적이 없었는데, 아내가 방 입구에 들어서자 어떤 이유에서인지 매우 힘차고 재빨리 돌아섰다. 그 이유는 부분적으로 열 때문에 달아오른 그의 얼굴 때문이었는데, 최근이 자신이 이해할 수 없을 정도로 너무 많은 '생각을 한다'는 패니 어싱험의 비난 다시 떠올랐다. 그 말은 계속 기억나서 더 많은 생각을 하게 됐다. 그래서 처음에 그녀는 그곳에 들어설 때 자신이 원치 않았던 긴장감을 일으킨 것에 책임감을 느꼈다. 지난 3개월 동안 그를 살렸고, 절대 말한 적 없는 어떤 생각에 대해 완벽히 알았다. 그러나 마침내 일어난 일은 때때로 그녀를 바라보는 남편의 시선은 하나의 생각이 아니라 어떻게든 궁리를 해야 하는 다양한 50가지 생각의 존재를 인식하는 것처럼 보였다. 매기는 갑자기, 상당히 이상하게, 이 시간에 전보를 들고 그에게 가는 게 기뺐다. 하지만 어떤 구실로 교도소 같은 그의 방에 들어가서 남편 얼굴을 바라보고 가만히 있지 못하는 그를 에워싸고 있는 네 개의 벽에 익숙해지는 동안, 초여름과 대저택에서 샬롯이 처했던 것 상황처럼 자물쇠가 잠긴 우리와 비슷하다는 것을 알게 됐다. 그는 우리에 갇혀 있는 모습으로 보였고, 아내의 감정에 바로 영향을 미친 그 남자는 아내가 완전히 닫지 않은 문을 본능적으로 밀었다. 그는 조급한 마음에 스무 번을 돌아다녔고, 그녀가 한 번 그와 함께 있게 됐을 때, 수도원 독방에 그에게 빛을 비춰주고 음식을 주기 위해 그를 찾아온 것처럼 같았다. 그런데도, 그와 샬롯이 갇혀 있는 것은 달랐는데, 남편은 자신의 행동과 선택에 따라 그곳에 숨어 있었다. 아내의 등장에 사실상 그는 놀랐고, 이마저도 방해가 되는 것 같았다. 아내의 50가지 생각에 대한 남편의 두려움이 실제로 보였고, 잠시 후 거부하거나 설명해주고 싶다는 마음을 갖게 됐다. 자신이 말할 수 있었던 것보다 더 놀라웠다. 마치 자신이 의도한 것 이상으로 그와 잘 되는 것 같았다. 이 순간 동안 매기는 남편이 과장하고 있다는 느낌, 목적을 너무 비방하고 있다는 생각이 들었다. 1년 전부터 매기는 어떻게 하면 남편이 자기를 더 많이 생각하도록 할지 자문하기 시작했는데, 결국 그는 지금 무슨 생각을 하고 있는가? 그는 전보에서 눈을 떼지 않았고, 비하가 담겨 있었지만, 쉽게 이해하려고 여러 번 읽었고, 그동안 폰스 정원에서 샬롯과 있을 때 자신이 정말 비무장 상태로 왔다고 알려 주고 싶었던 것과 거의 비슷한 위압감을 느꼈다. 의도가 많았던 게 아니었다. 이 시점에 미친 남편의 영향 때문에 자신의 유일한 의도가 어떻게 되었는지 거의 알지 못했다. 그가 알고 있는 오래된 생각 말고는 다른 생각이 없었다. 사실 4~5분이 지나자 그 생각도 없어진 거 같았다. 그는 전보를 돌려주면서 특별히 해주길 바라는 게 있는지 물었다.

매기를 귀한 물건인 것처럼 전보를 두 번 접고 숨을 죽이고 그를 바라보며 서 있었다. 어째서인지, 단지 그들 사이에 이 몇 마디 적힌 말이 오간 것만으로도 갑자기 놀라운 점이 밝혀졌다. 그는 마치 매기인 것처럼, 어느 정도의 강렬함과 친밀감으로, 새롭고 낯설게, 마치 밀물이 밀려와 고인 곳을 흐트러지게 하고 뜰 수 있게 하는 듯한 느낌을 주면서 그녀와 함께 있었다. 이렇게 급박하게 샬롯이 그에게 손을 내밀지 못하고 연락하지 못하게 하는 게 무엇이었을까? 다른 때에 그와 그 여자가 비밀리에 말을 전하려고 하는 피상적인 자극에 매기가 종종 숨이 멎을 정도로 아버지를 붙잡고 싶은 충동을 알고 있는 걸까? 무엇이 그녀를 구했는지 바로 말할 수 없었지만 아직은 아무런 문제가 없었다. 전보를 깔끔하게 접으면 그저 할 일을 했다. "그냥 당신이 알고 있었으면 했어요. 그래야지 실수로 그분들을 놓치지 않죠. 마지막이니까요."

"마지막이라고요?"

"작별인사라고 생각해요." 그리고 언제나처럼 미소 지었다. "공식적으로 떠나시는 거예요. 필요한 일은 다 했어요. 내일 사우샘프턴 Southampton, 영국 잉글랜드 햄프셔주 남부에 위치한 도시로 가신데요."

"필요한 일을 하신다면, 왜 식사하러 오지 않으시죠?"

매기는 망설였지만, 최대한 가볍게 대답했다. "우리가 여쭈어봐야 해요. 당신은 편하겠죠. 하지만 그분들은 당연히 너무 일이 많….."

왕자는 당황했다. "식사를 못 할 만큼, 장인어른은 잉글랜드에서 당신과 마지막 저녁을 못 할 만큼 바쁘신 거예요?"

이 질문에 매기는 답하기가 더 어려웠지만, 임시방편이 없는 거 아니었다. "우리 넷이 함께 어디에 가서 축하 파티를 하자고 제안하실지도 모르죠. 완벽하게 마무리하려면 패니와 대령님도 함께해야 한다는 점을 빼면 말이에요. 그분들은 어싱험 부부과 차 마시는 것을 원하지 않으세요. 샬롯이 충분히 말하고 있잖아요. 그 전에 그 부부를 정리하는 거예요. 우리만 함께 있기를 바라세요. 그리고 우리와 차를 마시고, 패니와 대령님과는 오찬으로 하는 거라면, 런던에서 마지막 밤은 서로를 위하며 그분들끼리만 있고 싶으신가 보죠."

매기는 생각이 떠오르는 대로 말했고, 스스로 그 모든 대답을 잊을 수 있었겠지만, 생각을 억누를 수는 없었다. 하지만 마지막 날을 사랑하는 사람과 함께 있는 것이 좋지 않겠는가? 매기는 매 순간 점점 남편과 함께 그 사람의 감옥에서 기다리는 것 같았다. 프랑스 혁명 당시 고귀한 포로들이 두려움의 어둠 속에서 마지막 남은 물건으로 축제를 열거나 수준 높은 담론을 나누며 기다리는 것처럼 말이다. 만약 매기가 지난 몇 년간 지켜왔던 모든 것을 인제 와서 그만뒀다면, 침착하게 있기에는 자신이 노력해 왔던 일이 너무 가까워졌다는 것을 받아들여야 했다. 그는 아내가 갑자기 마음껏 쏟아낸 말이 개인적으로 그 사람을 붙잡기 위한 것뿐이었다는 것을 몰랐기 때문에, 남편의 시선에 분별력을 잃었을 수도 있었다. 그는 또한 정해지지 않은 상황의 주도권을 대담하게 속여서 현재 그와 함께 있는 아내의 방법이라는 것도 몰랐다. 프랑스 혁명 시기의 사람들에게는 분명 모든 것이 정해졌을 것이다. 그녀 생각에 단두대는 확실했다. 반면 샬롯의 전보 내용은 헤아리지 못한 실수였다는 점을 빼면 분명한 해방이었다. 하지만 중요한 것은 그것이 남편보다는 매기 자신에게 더 분명했다는 것으로, 자신이 그토록 비굴하게 노력해서 얻은 분명함과 여유는 천사들, 쇠창살을 뚫고 비치는 빛, 때때로 진수성찬, 쇠사슬에 묶인 사람들의 열광적인 환영의 형태로 그녀에게 몰려들려고 했다. 매기는 그들이 함께 떠난다는 예고에 가슴이 얼마나 쿵쾅거렸는지, 내일이면 당연히 알게될 거라는 생각이 나중에 들었는데, 송두리째 풀려고 하는 복잡한 문제에 대해 여유를 가지고 판단해야 했다. 다른 사람들의 존재감이 거의 드러나지 않는 문제도 풀고 싶었지만 여유롭게 살펴야 했으며, 실제로 남편이 그 말을 듣고 나서 지었던 표정보다 훨씬 이미 단순화하고 있었다. 그는 장인어른과 베버 부인이 함께 저녁 시간 보내는 걸더 좋아할 수 있다는 말에 당혹스러울 수도 있었다. "하지만 서로 떠나는 거 아니었어요?"

"아, 아뇨. 서로를 떠나는 게 아니었어요. 언제 다시 그럴지는 모르지만, 그분들은 자연스럽게 그리고 너무나 즐거운 시간을 마무리하고있을 뿐이에요." 그렇다, 매기는 그들의 '시간'에 대해 그렇게 이야기할 수 있었다. 그녀는 어떻게든 견뎌왔고, 현재 자신의 입지를 더 다지기 위해 버텨왔다. "그분들에게 이유가 있고, 생각할 일이 많을 거고, 그걸 어떻게 알 수 있겠어요? 하지만 아버지가 우리와 마지막 시간을 함께하자고 제안하실 가능성 또한 늘 있고, 아버지가 그러시면 난 그럴 거예요. 아버지가 저만 어디론가 데리고 가서 단둘이 가서 옛날이야기를 하며 식사하고 싶어 하실지도 몰라요. 그러니까 진짜 옛날이요. 할아버지, 할머니가 태어나시기 전 이야기, 아버지가 이루신 일 중에 처음으로 큰 관심을 받았던 멋진 시기와 훌륭한 계획과 기회, 발견한 물건과 거래, 아버지가 좋아하셨던 외국 레스토랑에서 늦은 시간까지 우리가 함께 앉아있던 것, 유럽 모든 도시에서 탁자에 팔꿈치를 올리고 불이 대부분 꺼졌지만, 아버지가 그날 보고 듣거나, 제안을 받았거나, 물건을 확보했거나 거절했거나 잃어버렸던 것을 이야기했었어요! 아버지는 날 여러 곳에 데리고 가셨는데, 당신은 믿기지 않겠지만, 날 하인에게만 맡길 수 있는 곳도 종종 있었어요. 만약 아버지가 옛정을 생각해서 얼스 코트 전시장Earl's Court, 영국 켄싱턴 근처 주택지와 상업지역이 우리의 모험과 아주 비슷할 거예요." 아메리고가 그녀를 지켜보는 동안 그리고 사실 그 모습 때문에 어떤 기발한 생각이 떠올랐고 곧 그 생각에 따랐다. "그러면 아버지는 우리가 없는 동안 샬롯을 당신에게 맡기실 거예요. 마지막 저녁을 여기서 보내고 싶지 않다면 어딘가로 데려가야 할 거예요. 그럼 식사하고 멋진 시간을 보내겠죠. 당신이 원하면 그렇게 할 수 있어요."

그녀는 미리 확신할 수 없었을 것이고, 정말로 확신하지 못했지만, 이 말을 들은 남편은 아이러니와 망각의 싸구려 사치로 받아들이지 않았다는 모습을 보였다. 실수하지 않으려고 진지하게 노력하는 남편의 표정만큼 매기에게 그렇게 기분 좋았던 것은 없었다. 매기의 목적이 전혀 아니었지만, 그를 괴롭게 만들었고, 그를 어리둥절하게 만들었지만, 그녀는 어쩔 수 없었고, 별로 신경 쓰지 않았으며, 결국 그녀가 생각지도 못할 만큼 남편이 매우 단순하다는 것을 깨달았다. 이전에 알게 됐던 것과는 다른 발견으로 신선했고, 그리고 남편이 아내가 할 수 있다고 생각했던 여러 생각을 다시 알게 됐다. 그런 생각들은 전부 그에게 분명 이상했지만, 매기는 몇 달이 지나면서 적어도 그 생각 속에 무언가가 있을 수 있다고 인식이 생겼고, 그래서 남편은 아내의 말에 아름답고 침울하게 서 있었다. 남편에게도 뭔가 꿍꿍이가 있고 모든 것을 판단하고 의미를 파악하려고 한다고 매기는 확신했다. 몇 주 전에 아내의 방에서 그녀가 남편을 시험해 보기 위해 놓아줬던 블룸즈버리 잔과 마주치고 자신에 대한 장인어른 생각은 뭐냐는 질문에 그녀가 "직접 알아봐요"라는 소리를 들었던 그 날 저녁부터 계속 붙잡고 있었다. 매기는 몇 달 동안 그가 알아내려고 노력하고 있고 무엇보다도 다른 소식통에서 격렬하고 더 교활하게 파고 있는 형태로 알게 되는 것을 피하는 것처럼 보이지 않도록 노력한다는 것을 알고 있었다. 하지만 아무것도 알지 못했다. 쉬우리라 생각했지만, 지인들이 갑작스럽게 충분히 말해주지 않아서 결국 성과가 없었다. 샬롯은 고통과 고뇌에 빠졌지만, 그는 그녀에게 이유를 충분히 알렸고, 샬롯이 남편을 따라야 할 의무에 대한 나머지 모든 문제와 관련하여 당사자와 매기는 결과와 원인 사이의 모든 연결 고리를 너무 뒤섞어 놓

앉기 때문에, 그 의도는 사어死語로 유명한 시 문구처럼 다양한 해석이 가능했다. 그 모호함을 다시금 일깨워준 것은 매기 아버지와 매기의 공통된 제안, 즉 적절한 방식으로 베버 부인과 헤어질 기회에 대한 매기의 낯선 이미지이었고, 게다가 취향 때문에 아주 한심한 방식으로 그 문제에 대해 다툴 수도 없었다. 그에게 취향은 하나의 시금석으로서 이제 망망대해에 있다. 정확히 그가 항상 순응했던 것이 아니었던 매기의 50가지 생각 중 아니면 어쩌면 49가지 중 한 가지 생각 자체가 전혀 중요하지 않다고 누가 말할 수 있을까? 그러는 동안 남편이 매기 말을 진지하게 여긴다면, 다시는 이득을 얻지 못할 수도 있기에 이것으로 이익을 얻고자 하는 더 큰 이유가 되었다. 그녀는 남편이 자신의 마지막 말에 대답한 바로 그 순간에 그 말이 매우 적절하고 충분히 맞지만, 처음에는 매우 이상하게 여겨졌던 말을 심사숙고했다. "가장 현명한 일을 하고 계시네요. 만약 떠나신다면…!" 라고 말한 후 시가로 시선을 내렸다.

간단히 말해, 만약 그 사람들이 떠난다면, 아버지의 연세, 샬롯의 입문 필요성, 그리고 그 사람들이 자리 잡고 노련해져야 하는 일의 일반적인 규모를 고려할 때, 기묘한 앞날을 '살아가는' 방법을 배우기에는 적당한 시기였다. 용기를 내야 할 때였다. 이것은 탁월한 생각이었지만, 다음 순간 이의를 제기하는 왕자비를 막지 못했다. "하지만 당신은 샬롯이 조금도 보고 싶지 않아요? 멋지고 아름답지만, 왠지 죽어가고 있는 거 같아요. 실제로 죽는다거나 육체적으로 아픈 건 아니고요. 진짜로 신체적으로 그렇다는 게 아니고, 지금까지 그랬던 것처럼 멋져요. 하지만 당신과 나를 위해서 죽어가고 있고, 그래서 그 여자에게 많은 일이 남았다는 생각이 들어요."

왕자는 잠시 시가를 피웠다. "당신 말대로, 그 여자는 멋지고, 앞으로도 그럴 거지만, 다른 사람들과 할 일이 많이 남았을 거예요."

"하지만 우리는 샬롯과 완전히 끝난 게 아니라고 생각해요. 어떻게 우리가 항상 그녀를 생각하지 않을 수 있겠어요? 그 여자의 불행이 우리에게 필요했던 것 같아요. 우리 관계를 시작하고 단단히 하려고 그녀의 희생이 필요했던 거 같아요."

그는 그 말을 고심했지만, 명쾌한 질문으로 맞섰다. "왜 당신 아버지 아내의 불행을 이야기하는 거예요?"

매기가 답은 찾는 데 오랜 시간이 걸렸기에, 그들은 눈빛을 오래 주고 받았다. "왜냐면 그러지 않으려고요…!"

"그러지 않으려고요?"

"아버지에 대해 말해야 할 것 같으니까요. 그리고 난 아버지에 대해 말할 수 없어요."

"할 수 없다고요?"

"할 수 없어요." 매기는 다시 말하지 말라는 의미로 명확하게 말했다. "너무 많은 일이 있어요. 아버지는 너무 대단하세요."

왕자는 시가 끝을 보고 나서 담뱃잎을 다시 밀어 넣었다. "누구에게 그렇게 대단하신데요?" 매기가 머뭇거리자, 그가 말했다. "당신에게는 아니죠. 당신이 바라는 만큼 나에게 그렇죠."

"내게 너무 대단하시다는 말이에요. 그 이유를 알았어요. 그 정도면 충분해요."

그는 매기가 궁금증을 부채질하는 듯한 표정으로 그녀를 다시 한 번 처다보았다. 매기는 남편이 왜 그렇게 생각하느냐고 물어볼 거라고 생각했다. 하지만 매기는 계속 경고의 눈빛을 보냈고, 그는 잠시 후 다른 말을 했다. "중요한 것은 당신이 그분의 딸이라는 거예요. 적어도 그래요. 다른 말은 하지 않겠지만, 적어도 그 점을 높이 평가해요."

"아, 그래요, 그렇게 말할 수도 있겠네요. 나 자신도 그 점을 최대한 이용해요."

이 말을 들은 그에게 놀라운 연결 고리가 생겼다. "샬롯은 당신을 이해했어야 했어요. 지금 나도 그렇고요. 당신을 더 잘 이해했어야 했어요."

"당신이 이해했던 것보다 더요?"

"맞아요. 나보다 더 잘 이해했어야 했어요. 그 여자는 당신을 전혀 몰랐어요. 지금도 모르고요."

"아, 아뇨, 잘 알아요!"

하지만 아메리고는 자기 말의 의미를 알았기 때문에 고개를 절었다. "나보다 당신을 이해하지 못할 뿐 아니라, 너무나도 알지 못해요. 나조차도…!"

"당신조차도?" 그가 말을 늘이자, 매기가 압박했다.

"나조차도, 나도 아직…!" 다시 그는 말을 하다 말았고, 두 사람은 침묵했다.

하지만 매기가 마침내 그 침묵을 깼다. "샬롯이 나를 이해 못 한다면, 그건 내가 그렇게 못 하게 했기 때문이에요. 내가 작정하고 그 여자를 속이고 거짓말을 했어요."

왕자는 그녀에게 눈을 떼지 않았다. "당신이 어떻게 했는지 알아요. 하지만 똑같이 그랬어요."

"그래요, 난 당신들 일을 짐작했을 때 그렇게 하기로 했어요. 하지만 당신은 그 여자가 당신을 이해한다는 의미예요?"

"조금 힘들다는 거예요!"

"확신해요?"

"그럼요. 하지만 그건 중요치 않아요." 그는 잠시 기다렸고, 자욱한 담배 연기를 올려다봤다. 그리고 갑자기 말했다. "그 여자는 멍청해요."

"아…!" 매기는 길게 한탄하며 이의를 제기했다.

사실 그런 반응에 그의 안색이 변했다. "내 말은 당신이 말하는 것처럼 샬롯이 불행하지 않다는 거예요." 그리고 그는 모든 걸 논리적으로 풀어나갔다. "모르는데 어떻게 불행하겠어요?"

"모른다고요?" 매기는 남편의 논리를 곤란하게 만들려고 했다.

"당신이 아는 것을 모르잖아요."

그가 그렇게 말하자, 그녀는 바로 3, 4가지 답을 떠올랐다. 하지만 처음으로 한 대답은 이랬다. "그게 전부라고 생각해요?" 그리고 그가 대답하기 전에 매기는 분명히 말했다. "알아요, 안다고요!"

"그런데 무엇을요?"

그러나 매기는 고개를 뒤로 젖히고 다급하게 그에게서 멀어졌다. "오, 당신에게 말해줄 필요가 없어요! 그 여자는 충분히 알아요. 게다가 우리를 믿지 않아요."

그 말에 왕자는 잠시 빤히 쳐다봤다. "아, 그 여자는 너무 많이 물어봐요!" 그러나 그 말에 아내가 또 한 번 한탄하며 이의를 제기했고, 그는 판단을 내렸다. "샬롯은 당신이 자신을 불행하게 여기도록 두지 않을 거예요."

"그렇게 여기지 않을 거라는 누구보다 내가 더 잘 알아요."

"좋아요, 두고 보면 알겠네요."

"놀라운 일들을 보겠죠. 난 이미 그런 일들을 알고 각오도 했어요." 매기는 기억을 떠올렸다. 끔찍해요. 여자들에게 항상 끔찍한 일이라는 거 난 알아요.

왕자는 심각하게 아래를 내려봤다. "남자에게도 모든 게 끔찍해요. 샬롯은 자기 인생을 살아가고 있어 잘 해낼 거예요."

아내는 그에게 등을 돌렸고, 막연하게 물건들을 똑바로 세우며 탁자 쪽으로 돌아다녔다. "그건 그렇고, 샬롯이 그렇게 살아가는 동안, 우리의 인생도 살아가고 있네요." 이 말에 그는 아내와 눈을 바라봤고, 매기는 최근에 그녀와 함께 있었던 일을 말하는 동안 그를 붙잡았다. "방금 샬롯이 내가 '알고 있다'는 것을 당신에게서 알지 못했다고 말했죠. 그럼 당신은 내가 알고 있는 걸 받아들이고 인정하는 것으로 이해해도 되요?"

그는 모든 명예를 걸고 그 질문의 중요성을 살피고 답에 신중을 기했다. "내가 더 멋지게 당신에게 알려줘야 했었다고 생각해요?"

"멋지냐의 문제가 아니라 단지 진실의 양의 문제일 뿐이에요."

"아, 진실의 양!" 왕자는 분명치 않지만 많은 말을 중얼거렸다.

"바로 그 자체가 중요해요. 하지만 그래도 선의의 문제와 같은 문제들도 있어요."

"그럼요!" 왕자는 서둘러 대답했고, 그 후 보다 천천히 말을 꺼냈다. "태초부터 한 인간이 선의로 행동했다면요!" 하지만 단순히 그렇게만 말했다.

그 후, 허공에 던져진 한 줌의 금가루처럼 어느 정도 안정되자, 매기는 그말을 깊이 이상하게 받아들이고 있었다. "알겠어요." 그리고 이 답이 최대한 완벽하게 들리길 바랐다. "알겠다고요." 그가 할 수 있는 말은 그것뿐이었다.

하지만 그녀는 상세하게 말하지 않았다. "당신은 너무 오랫동안 침묵을 지켰어요!"

"그래요, 내가 침묵했다는 거 알아요. 하지만 날 위해 한 가지 더해줄 수 있어요?"

잠시 새로운 일을 알게 된 것처럼 그녀의 얼굴은 창백해졌다. "한 가지가 남았어요?"

"아, 여보, 내 사랑" 그는 말로 할 수 없는 것을 다시 억눌렀다.

하지만 왕자비가 못할 말은 없었다. "당신이 그게 뭔지 말해주면, 뭐든 할게요."

"그럼 기다려요." 그리고 훈계하는 듯한 손짓을 했고, 이보다 확실하게 표현하는 적은 없었다. 목소리도 그 말투에 맞췄다. "기다려요"

매기는 이해했지만, 그에게 듣고 싶었다. "그분들이 이곳에 계속 있는 때까지요?"

"그래요, 그분들이 갈 때까지요. 떠날 때까지요."

매기는 말을 이었다. "나라를 떠날 때까지요?" 그녀는 약속의 조건을 분명히 하려고 남편을 주시했고, 그래서 그는 실제로 약속으로 응답했다. "우리가 그분들을 그만 볼 때까지요! 정말 우리끼리만 남을 때까지요!"

"아, 그뿐이라면…!" 그렇게 매기는 그 답을 들었을 때, 오랫동안 느끼지 못했던 친밀하고 즉각적이며 익숙하고 확실한 진한 숨결이 느껴졌을 때, 다시 돌아서서 문손잡이에 손을 올렸다. 하지만 처음에는 꽉 움켜쥐지 않았다. 매기는 남편을 떠나려고 다른 노력을 했고, 그 노력은 조금 전에 그들 사이에 주고받았던 모든 말, 억누를 수 없고 과도한 부담이 된 그의 존재감 때문에 두 배로 어려워졌다. 말할 수 없는 뭔가가 있었고, 마치 함께 갇힌 것처럼, 원래 자리에서 너무 멀리 온 것 같았고, 그래서 단지 그 사람을 떠나는 것도 잃어버리고 사라진 것을 되찾으려 하는 듯했다. 그녀는 10분 동안 특히 지난 3, 4분 동안 자신에게서 사라져버린 무언가를 받아들였고, 이제는 움켜쥐거나 잡으려고 애쓰는 것이 헛된 일이 되어버렸다. 사실 그 생각은 고통스러웠고, 망설이는 동안 끝없는 항복의 힘에 대한 두려움에 강렬히 균형을 잡았다. 남편은 정말로 아내가 조금씩 양보하도록 압박하기만 하면 되었고, 그녀는 담배 연기를 통해 그를 바라보는 동안 이 소중한 비밀의 고백이 그가 끌어낼 수 있도록 자리 잡고 있었다는 것을 지금 알았다. 몇 초 동안 그 느낌은 정말 대단했고, 아직 자신을 구원하지 않는 한, 나약함과 욕망이 빛과 어둠처럼 그녀의 얼굴에 피어났다. 이 상황을 수습할 말을 찾다가 차에 대한 질문으로 되돌아가 더 일찍 만나지 말아야 한다는 듯이 말했다. "그럼 다섯 시쯤으로 해요. 당신을 믿을게요."

하지만 그에게도 뭔가가 전해졌고, 바로 이것이 그에게 기회를 줬다. "아, 그런데 나 당신을 볼 수 있는 거죠? 아니에요?" 그는 가까이 다가오며 말했다.

매기는 여전히 손잡이에 손을 올린 채 등을 문에 대고 있었기 때문에 그가 다가오는 동안 한 걸음도 채 물러서지 못했지만, 다른 손으로 그를 밀쳐 낼 수는 없었다. 그가 너무 가까이 있어서 그녀는 그를 만지고, 체취를 맡고, 키스하고, 안을 수 있었다. 그는 아내를 거의 압도했고, 찡그리는 건지 웃는 건지 모르겠지만 오직 아름답고 낯설었던 그의 얼굴 온기는 꿈에서 흐릿하게 보이는 대상처럼 다가왔다. 그녀는 눈을 감았고, 다음 순간 자기 뜻과 달리 손을 내밀었고, 그는 그 손을 잡았다. 그런 후, 눈을 감은 상태에서 바른말이 나왔다. "잠깐만요!" 그 말은 그 사람의 괴로움과 애원의 말이었고, 그들 두 사람을 위한 말이었고, 망망대해에 있는 그들에게 의지가 되는 것이었다. 손을 잡고 있었고, 그래서 그녀는 다시 말했다. "잠깐만요, 기다려요!" 눈을 감고 있었지만, 손으로 뜻을 전했고, 잠시 후 그의 손이 그 뜻을 알았다는 걸 깨달았다. 남편은 아내를 놓아주고 돌아섰고, 아내는 남편이 다시 등을 보이며 창밖을 응시하는 것을 보았다. 매기는 자신을 구하고 떠났다.

42.

오후에 다른 사람들이 도착하기 전에, 그들의 재회 방식은 적어도 주목할 만했는데, 동쪽 큰 응접실에서 그들은 경직된 공식 방문을 염려하며 분위기를 살피거나 신경을 곤두세웠을 것이다. 매기는 불안한 마음에 방 안 모습을 이용했는데 오후의 그늘이 드리워져 있고, 오래된 태피스트리 걸려 있고, 완벽한 광택으로 바닥에 화병과 준비된 티 테이블의 은 식기와 리넨이 반사되는 높고 시원한 방에 관해 이야기했다, 천천히 걷고 돌아서는 왕자의 동작에 대해서도 말했다. "우리는 분명 부르주아예요!" 그녀는 옛 공동체의 메아리처럼 조금은 엄숙하게 내뱉었다. 상당히 초연한 구경꾼에게 그들은 특권이 있는 한 쌍일 수 있었겠지만, 그들은 왕족의 방문을 기다리는 것으로 여겼다. 사전에 전달된 말에 따라 계단 밑부분을 함께 수리할 준비가 되어 있었을지도 모른다. 왕자는 왕자의 지위로서 어느 정도 앞서서 열린 문으로 나가고 심지어 계단을 내려가 마차가 멈출 때 존엄한 출현을 맞이했다. 중요한 일들 때문에 시간이 지체되었다. 칙칙한 하루 끝에 9월의 고요함이 가득했고, 기다란 창문 두 개가 황량한 발코니를 향해 열려 있었는데, 그 발코니는 봄날에 매기가 아버지, 프린시피노와 보글 양이 함께 리젠트 파크에서 돌아오는 시간에 아메리고와 샬롯이 함께 내려다보는 걸 봤던 곳이었다. 아메리고는 몇 번이나 나갔던 곳에 지금 다시 나가서 서 있다가, 아무것도 보이지 않는다는 것을 알리려고, 솔직히 딱히 할 일도 없었기에 응접실로 돌아왔다. 왕자비는 책을 읽는 척했고, 그는 지나가면서 그녀를 봤다. 그녀는 책 읽은 모습으로 마음의 동요를 감췄고, 다른 경우에 대한 자기만의 생각에 맴돌고 있었다. 마침내 아메리고가 자신 앞에 서 있다는 걸 느꼈고 고개를 들어 올렸다.

"오늘 아침 이 일을 전해주면서 특별히 내가 해줬으면 하는 일이 있다고 물어봤던 것 기억나요? 집에 있으라고 말했지만, 그건 당연한 일이었어요." 매기가 무릎에 책을 내려놓고 시선을 마주치는 동안 그는 말을 이었다. "내가 실제로 일어났으면 좋겠다는 바라게 하는 뭔가에 대해 말했어요. 내가 그 여자를 단둘이 만날 가능성에 대해 말했었죠. 만약 그런 일이 생기면 내가 어떻게 할지 알아요? 전부 나한테 달렸어요."

"아, 이제 당신이 알아서 해요!" 그의 아내는 그렇게 말했지만, 그 말에 자리에서 일어나게 됐다.

"내 생각대로 할 거예요. 그녀에게 거짓말했었다고 말할 거예요."

"안돼요!"

"그러면 당신이 그랬다고 말할 거예요."

매기는 다시 고개를 저었다. "더욱 더 안 돼요!"

그렇게 서로 견해가 달랐고, 만족스러운 생각에 고개를 꼿꼿이 세운 그는 가문의 문장 위에 앉아있었다. "그럼 그 여자가 어떻게 알 수 있죠?"

"알 수 없을 거예요."

"당신이 그렇지 않았다고 계속 생각할까요?"

"내가 항상 바보라고요? 그 여자는 자기 맘대로 생각할 수도 있어요."

"내가 이의를 제기하지 않도록 그렇게 생각할까요?"

왕자비는 움직였다. "당신이 무슨 상관이죠?"

"그 여자 생각을 바로잡아야죠?"

매기는 남편이 직접 자기 질문을 들을 수 있을 정도로 말을 길게 울려 퍼지게 했다가 그제야 질문을 이어갔다. "바로잡는다고요?" 그리고 이제 실제로 울려 퍼지는 건 그녀의 질문이었다. "그 여자가 누군지 잊은 거예요?" 그 질문에 남편이 처음 듣는 위엄 있는 말투였기에 가만히 쳐다보던 동안, 그녀는 책을 내려놓고 경고의 의미로 손을 들었다. "마차가 오네요!"

"오네요!"라는 명쾌하고 확고하게 나머지 말과 일치했고, 그들이 아래층 복도에 있을 때, 열린 문과 한 줄에 서 있는 하인들 사이에서 그에게 "가봐요!"라는 말과도 일치했다. 그래서 그는 모자를 쓰지 않은 채 마차에서 내린 베버 부부를 왕족처럼 맞이했고, 매기는 문턱에 있었다. 나중에 다시 위층에서 매기는 조금 전 남편에게 상기시킨 한

계의 힘을 더 많이 느꼈다. 차를 마실 때, 샬롯의 존재감이 확인되면서 그녀는 안도의 한숨을 길게 내쉬었다. 다시 한번 가장 낯선 인상을 받았지만, 30분 동안 가장 많이 느낀 것은 베버 부부가 분위기를 매우 편하게 만들어 주고 있다는 것이었다. 웬일이지 그들은 함께 연결되었고, 전에는 결코 본 적 없는 현재의 효과를 내기 위해 연결되었고, 그리고 얼마 지나지 않아, 아메리고는 억누를 수 없는 생각 속에 그녀의 시선과 마주쳤다. 샬롯에게 말을 바로 잡는 정도에 대한 질문이 순간적으로 떠오르고 맴돌다가 그 질문 자체의 무게에 의해 눈에 띄게 가라앉았다. 그녀가 무의식적으로 질문하는 것처럼 분위기가 정점을 이뤘고, 눈부시게 평온함을 과시하는 데 성공했다. 아름다움과 안심속에 딱딱한 분위기의 그늘은 한순간도 비치지 않았다. 마치 화려한 색깔과 금박으로 장식된 깊고 아치형의 움푹 들어간 곳 같은 시원하고 드높은 은신처였고, 샬롯은 앉아서 웃고 기다리며 차를 마시고 남편을 언급하며 자신의 사명을 기억하는 곳이었다. 그녀의 사명은 상당히 형태를 갖췄는데, 자신의 큰 기회에 관한 관심의 다른 이름으로 즉 멀리 떨어져 무지 속에 쇠약해지는 사람들에게 예술과 은총을 의미하고 있었다. 매기는 10분 전에 왕자에게 충분히 암시를 주었기 때문에 그녀가 다르게 생각하는 이유에 대해 알려줄 필요가 없었다. 하지만 이제 그녀의 다양한 고귀한 면모 중에서 분명한 찬사를 보내야한다는 어려움이 있었다. 대충 말하자면 샬롯은 처음에 15분 동안 무색해지려고 하는 우리 매기의 관심을 끌기 위해 신중을 기했다. 하지만 애덤 베버는 이때 딸과 있는데도 어떤 불평을 하지도 않는 뚜렷한 특성으로 사실 득을 봤다. 함께 방에 있는 한 매기는 아버지가 여전히 거미줄을 짜고 길고 가는 줄을 치는 것을 느꼈고, 폰스에서 알았던 것처럼 이 조용한 과정의 존재를 잘 알고 있었다. 그는 어디에 있든 조용히 방안을 돌아다니며 무엇이 있는지 확인하는 방법이 있었고, 이제 습관이 된 그의 태도는 이미 눈에 보이는 물건들을 잘 알고 있었기 때문에 아내를 딸의 계획에 맡기려는 의사를 어느 정도 분명하게 보였다. 이보다 더 많은 의사를 보여줬다. 왕자비가 이해하기에, 그것은 제대로 아버지를 생각한 순간부터, 그의 사색에 잠긴 희미한 콧노래 반주가 거의 필요 없는 그들의 보편적 타당성에 대한 독립적이고 확립된 인식과 함께, 실제로 드문 이런 계획에 특별한 견해를 나타냈다.

누구 말대로, 샬롯은 안주인과 주인 사이 자리에 앉았고, 그 자리에 앉자마자 그 모습은 결정체를 이루며 빛을 냈다. 그 조화로움은 표면적이라는 이유로 덜 한결같이는 않았고, 그 조화를 깨는 유일한 방법은 아메리고가 막연하게 이상하게 여기는 장인어른에게 호소하거나 권하거나 말할 수 있는 만큼 오래 서 있고 어떤 할 말이 없을 때는 쿠키 접시를 내밀 때였다. 매기는 자기 남편이 이렇게 다과를 권하는 것을 (지켜본다고 말할 수 있다면) 지켜봤고, 그녀는 완벽한(이 말은 그녀가 개인적으로 쓰는 단어였다) 방식에 주목했는데, 그 방식으로 샬롯은 자신의 동의, 비인간적인 미소, 배신, 사소한 가치, 의식을 지웠다. 그리고 1~2분 후 어떤 모습이 천천히 밀려오는 걸 느꼈는데, 방을 가로질러 아버지가 자신의 결혼식 때 선물한 초기 피렌체 성화 그림을 보고 서 있었다. 조용히 마지막 작별을 고하는 걸 수도 있었다. 아버지가 절대적인 존경을 품었던 작품이라는 걸 그녀는 알고 있었다. 그런 소중한 보물을 주는 것으로 딸에게 표현한 애정은 완전한 고취와 끊임없는 표현의 일부가 되었다. 그의 아름다운 감정은 마치 그의 정신적인 면을 위해 만들어진 하나의 틀처럼 항상 그녀를 향했다. 그녀는 지금, 이 순간 그 작품을 자신의 품에 남겨두는 것은, 아버지가 딸에게 자신의 일부분을 남겨주려고 하는 것이라고 스스로에게 말했을지도 모른다. 매기는 아버지의 어깨에 손을 얹었고, 두 사람의 눈빛은 변함없는 행복에 다시 한번 맞닿았다. 그들은 말로는 다 전할 수 없다는 듯이 희미한 미소를 지었고, 수줍은 실수를 하기 쉽고 변함없는 의견에 따라 너무 많이 재회하는 오랜 친구처럼 연락처를 묻는 마지막 단계가 남은 것처럼 다음 순간이 궁금해지기 시작했을 것이다.

"괜찮지?"

"아, 당연히 괜찮죠!"

그는 그림의 훌륭한 위대한 점에 대해 질문했고, 그녀는 대답으로 그림에 대해 말했지만, 그 순간 자신들의 말이 마치 또 다른 점을 의미하는 것 같아서, 다른 모든 물건을 둘러보고 말의 의미를 확장했다. 매기는 아버지 팔짱을 끼고, 그들이 지나가는 다니는 곳에 인정과 박수를 받으려고 최고의 상태로 놓여 있는 다른 물건들, 다른 그림들, 소파, 의자, 장식장, '중요한' 작품들을 둘러봤다. 그들의 시선은 작품에서 작품으로 함께 움직였고, 마치 그의 오래된 지식을 평가하는 것처럼 고귀하게 전부 받아들였다. 차를 마시며 대화를 나누던 두 고귀한 사람은 이렇게 화려한 효과와 전반적인 조화에 빠졌다. 하지만 베버 부인과 왕자는 자신들도 모르게 그 장면에서 미학적으로 필요한 소품 역할을 되었다. 그들의 존재감과 장식적 요소의 조합, 선택한 물건들의 업적에 대한 그들의 기여는 완벽하고 감탄할 만했다. 장기적으로 볼 때, 실제로 요구될 때보다 더 예리하게 봐야 하지만, 그 사람들 또한 희귀한 구매력에 대한 구체적인 증거로 여겨질 수도 있었다. 다시 입을 연 애덤 베버의 말투에는 참으로 많은 뜻이 담겨 있었고, 그의 생각이 어디에서 멈췄는지 누가 말할 수 있을까? "예상대로구나. 넌 좋은 물것들을 가졌어."

매기는 새롭게 받아들였다. "아, 잘 어울리죠?" 이 말에 그들의 배우자들은 느린 대화 중간중간에 진지하게 관심을 기울였고, 마치 중대한 일반적 의무를 따르는 것 같았고, 마담 투소 박물관에 전시된 한 쌍의 현대 위대한 인물 모형처럼 가만히 앉아서 평가받는 것 같았다. "마지막으로 아버지를 봐서 정말 기뻐요."

매기가 허망하게 그 말은 한 후, 그 분위기는 사실 놀라웠다. 부부에서 부부가 관계의 최후를 받아들이는 낯선 분위기는 설명을 하려고 애쓰지 않는 것만으로도 어색함에서 벗어날 수 있었다. 그렇다, 방대한 내용을 다루었기 때문에 그 말이 무시되는 일이 놀라웠다. 그래서 그런 구분은 어떤 이별의 범위를 넘어서는 규모였다. 그런 시간을 정의롭게 사용하려면 그 근거에 어느 정도 의문을 제기해야 했을 것이고, 그렇기에 네 사람이 압박을 가장 확실히 피하면서 합심해서 하늘 높이 남아있는 것이었다. 아메리고나 샬롯이 얼굴을 마주 보고 압박을 가하는 모습은 눈에 띄게 없었다. 그리고 샬롯 스스로 얼마나 위험에 처해 있었는지 매기는 거의 기억할 필요가 없었다. 자기 아버지도 조금도 기억하지 않을 거라는 점을 그녀도 똑같이 의식했다. 다만 그러지 않으셨기 때문에, 그녀는 아버지가 대신 무엇을 할 수 있을지에 대해 숨을 죽일 수밖에 없었다. 3분 정도 더 지나자 그는 갑자기 "그런데 매기, 프린시피노는?" 라고 말했는데, 대조적으로 냉정하면서 보다 진심 어린 목소리였다.

매기는 시계를 흘끗 보았다. "5시 30분에 오라고 했고, 아직 시간이 안 됐어요. 아버지를 실망시키지 않을 테니까 믿어보세요!"

"아, 그 아이가 나를 실망시키지 않았으면 좋겠구나!"라고 베버 씨는 대답했지만, 실망의 가능성에 대해 너무 노골적으로 익살스럽게 말해서, 그 후에, 그가 조바심에 창가를 돌아다니다가 발코니로 나갔을 때, 아버지를 따라간다면, 현실이 그곳에서 그녀를 따라잡을지 마주칠지 자문했다. 매기는 당연히 아버지를 따라갔는데, 그녀와 그녀 남편이 환상적으로 논의했던 기회를 다른 사람들에게 주기 위해, 일시적인 이탈에 발을 들여놓으라고 그가 그녀를 안내하는 거 같았다. 그 후 아버지 옆에 서서, 여름이 끝나가는 오후에 텅 빈 런던 거리에서 볼 수 있는 이상하고 수수했던 '구식' 외관이 이제는 깨끗하고 색이 칠해진 칙칙한 장소를 내려다보는 동안, 말하지 않았던 관계가 눈 밖으로 드러나기라도 했다면, 그녀는 그런 대화가 얼마나 불가능했을지, 얼마나 자신들이 산산조각이 났을지 다시 한번 생각했다. 각자의 본능이 (그녀는 적어도 자신만의 답을 내릴 수 있었다) 다른 명백한 연결 관계, 즉 솔직한 척할 수 있는 관계를 꾸미는 데 그리 성공하지 못했다면, 이런 위험은 당연히 더 많이 고려했을 것이다.

"넌 여기 있어서는 안 돼." 애덤 베버는 탁 쓰인 전망을 보며 말했다. "물론 폰스는 내가 보유하는 한 모두 네 거야." 그는 조금 후회하며 말을 덧붙였다. "하지만 폰스는 너무 무너졌어. 좋았던 게 절반이나 없어졌고, 너한테는 너무나 생동감이 없어 보일 거 같구나."

"괜찮아요, 좋았던 일들을 그리워해야죠. 가장 좋았던 것들은 분명 없어졌어요. 그곳에 돌아가야죠. 되돌아…!" 그리고 생각을 떠올리려고 말을 멈췄다.

"좋은 일 하나 없이 돌아가는 거지!"

하지만 매기는 이제 주저하지 않았고, 자기 생각을 전했다. "샬롯 없이 그곳으로 돌아가는 건 제가 생각하는 것 이상이에요." 그렇게 말하고 아버지에게 미소를 지었을 때, 매기는 아버지가 자신의 미소를 자신이 말하지 않았던 것과 말할 수 없는 것에 관한 암시로 모든 것을 전하는 데 도움이 되는 방식이라고 이해하는 모습을 보았다. 이 정도가 너무 분명해서, 그녀는 폰스나 그 밖의 다른 곳에서 그에게 바라는 것이 뭐가 '될 것'이라고 말하는 척할 수 없었다. 어느 정도 고귀하고 숭고했기에 그것은 이제 그들의 한계와 문제에서 벗어났다. 그래서 프린시피노를 기다리는 동안, 다른 사람들은 함께 남겨두고 자신들은 긴장감을 느끼는 동안, 그녀는 대담하고 실질적인 대안을 제시하는 것 외에는 무엇을 하고 있었는가? 게다가 샬롯의 존재로 인해 그녀의 말에서 진심이 느껴진다는 점은 매우 낯설었다. 그녀는 자신의 진심이 절대적으로 충분하다고 느꼈고, 그 진심을 다했다. "왜냐면 샬롯은 비할 데가 없는 존재니까요."

그 말을 하는 데 30초가 걸렸지만, 말을 끝내고 나서 제 인생에서 가장 행복한 말 중 하나를 말했다는 것 알게 됐다. 거리를 내다봤던 그들은 돌아서서 함께 발코니 난간에 기댔고, 그 자리에서 응접실이 대부분 보였지만 왕자와 샬롯은 시야에서 벗어나 있었다. "담배 피워도 되겠니?" 매기는 "그럼요."라고 말하면서 권했고, 그가 성냥불을 부치는 동안, 그녀는 초조해 졌다. 그러나 조금도 말을 더듬지 않았고, 안에 있는 두 사람에게 들리도록 높은 소리로 반복해서 말했다. "아버지, 샬롯은 멋져요."

그는 담배 연기를 내뿜고 나서야 딸을 쳐다 보았다. "샬롯은 멋지지."

그들은 그 근거를 바로 이해할 수 있는 것처럼 대화를 마무리할 수 있었다. 그래서 그들은 함께 서서 자신들의 의견을 확고히 하고 기꺼이 서로의 눈으로 확인했다. 그 증거로 그들은 다시 기다렸고, 마치 보이지 않는 사람들을 기다리며 시간이 흐르는 동안 그는 마침내 이것이 바로 그 이유를 알려주려는 거 같았다! 그는 곧 말을 덧붙였다. "내가 얼마나 옳은지 알잖니. 그래, 널 위해서 그렇게 하는 거야."

그녀는 미소를 지으며 중얼거렸고, 이상적으로 옳은 사람이 되려고 했다 "아, 오히려, 샬롯이 없었다면 아버지가 어떻게 됐을지 몰랐을 거예요!"

"중요한 건 네가 뭘 해야 할지 몰랐다는 거야. 하지만 그건 도박이었어."

"도박이었지만 전 믿었어요. 적어도 날 자신을 위해서요!"라고 매기는 미소 지었다.

그는 담배를 피웠다. "그래, 이제 알겠구나."

"그래요."

"내가 그 여자를 더 잘 알아."

"아버지가 가장 잘 아시죠."

"아, 당연하지!" 정확히 만들어지고 받아들여진 현재 이 기회로 확실해진 그 진실은 어찌 될지 모르는 가운데, 매기는 작은 전율이지만 아버지가 의미하는 바를 알았다기보다는 길을 잃었다는 걸 깨달았다. 그 생각은 매 순간 점점 커졌고, 그래서 그는 아버지가 꾸물거리는 모습을 봤고, 잠시 후 다시 담배를 피우고 머리를 뒤로 젖히고 두 손을 베란다 난간에 얹은 채 칙칙한 집 앞을 올려다보며 "그 여자는 아름다워, 아름답지!" 말했을 때, 매기의 감정에는 새로운 분위기의 그늘이 생겼다. 일종의 소유와 통제 분위기의 말투였기 때문에 그녀가 바랄 수 있는 전부였고, 하지만 지금까지 이별의 현실이 제대로 와닿은 적이 없다는 생각이 들었다. 그 생각에 비추어 볼 때, 마치 놀이를 하듯 발을 내딛은 방을 가득 채우고 있고, 왕자는 어쩌면 더 큰 친분을 쌓게 하는 샬롯의 가치 때문에 그들은 헤어지고 있었다. 만약 매기가 그 늦은 시간에 그를 내보낼 수 있는 마지막 결정적인 편안한 범주를 원했다면, 그녀는 높은 가치에 안주하는 그의 역량으로 돌아가고 있는 모든 것에서 찾을 수 있었을 것이다. 어쨌든 모든 것을 다 말하고 나니, 그녀의 선물, 갖가지 물건, 가진 힘에 대한 기억과 함께 샬롯의 것이 많이 남아있었다. 그녀 자신이 조금 전 전에 샬롯이 멋지다고 말한 것은 또 무엇 의미였을까? 그녀 앞에 놓인 세상이 멋졌고, 멋진 사람이 되고, 그가 세운 계획의 적용으로 헛된 시간을 보내지 말아야 한다는 의미였다. 그 당시 매기는 헛되게 살지 말아야 한다는 생각을 가졌다. 딸에게 알려주기 위해, 이런 짧은 개인적 자유를 추구했다. 따라서 자신의 기쁨을 말할 수 있다는 게 얼마나 큰 축복인가? 반면 어쨌든 아버지 얼굴이 딸에게 향했고, 아버지와 눈을 다시 마주하자, 기쁜 일이 곧바로 일어났다. "왔네요, 아버지."

"그렇네. 심지어 이것도 완전히 실망시키지 않는구나!" 프린시피노가 혼자서 와서 인사를 건네자 그는 말을 덧붙였다. 그들은 보글 양 안내에 따라 아이를 맞이하려고 방으로 들어갔고, 샬롯와 왕자는 일어났는데, 보글 양은 자신의 등장에 따른 영향을 더는 주지 않으려고 하는 듯했다. 그녀는 자리를 떴지만, 프린시피노의 존재만으로도 긴장감이 충분히 풀렸고, 10분 후에 큰 응접실에 장난감 소리가 멈추면서 어떤 분위기가 맴돌았다. 왕자와 왕자비가 마차를 타고 떠나는 손님들을 배웅하고 돌아왔을 때, 적막한 분위기가 회복된 것이 아니라 새로 생겨났다고 할 수 있었다. 그래서 그 고요함 속에서 다음에 일어난 일이 현저하게 두드러질 것이다. 매기가 아버지가 떠나는 것을 눈으로 좇기 위해 다시 발코니로 나가는 아주 자연스러우면서도 쓸데없는 움직임도 그랬을 것이다. 마차는 보이지 않았다. 매기가 다시 방으로 올라가는데 너무나 오래 걸렸고, 그녀는 잠깐 응접실에 있었을 때와 마찬가지로 황혼의 그림자가 드리워진 커다란 잿빛 공간만 잠시 바라보았다. 처음에 매기 남편은 그녀와 다시 함께하지 않았다. 평소에 가문 기록물에 대해 말을 많이 하면서 자신의 손을 잡은 아들과 함께 있었다. 하지만 두 사람은 보글 양에게 계속 말을 전했던 거 같았다. 왕자비에게 남편이 아들을 자신에게 데려오지 않고, 방해가 안 되도록 한 것은 의미가 있었지만, 막연하게 여겼던 모든 것들이 귀 기울이지 않았던 소리가 커지는 만큼 이제 큰 의미로 다가왔다. 아직은 무엇보다도, 그러니까 예전처럼 그가 들어오기를 기다리고 언제나 함께 있으려는 자유보다 이것이 가장 큰 의미였다. 서늘한 황혼 속에서 매기는 자신에 대한 모든 것, 숨어 있는 것, 자신이 한 일에 대한 이유를 받아들였다. 마침내 자신이 왜 그리고 어떻게 영감을 받고 인도받고, 어떻게 끈질기게 할 수 있었는지 알았고 그동안 내내 이 목적을 위한 것임으로 깨달았다. 그 순간 멀리서 빛났던 황금빛 열매가 여기에 있었다. 다만 실제로 손으로 만지고 입으로 맛본다면, 어떤 보상이 있겠는가? 자신의 행보와 행동의 전체적인 모습에 그 어느 때보다 가까워지자, 그녀는 긴장 상태에서 항상 치려야 했던 두려움을 순간적으로 느꼈다. 아메리고 그 두려움의 정도를 알았고, 여전히 그거 견디고 있었으며, 그가 돌아오는 것이 늦어져 그녀의 심장이 너무 빨리 뛰게 하는 것은 무리한 추측에 갑자기 눈 부신 빛을 비추는 것과 같았다. 그녀는 주사위를 던졌지만, 그의 손은 놓쳤다.

하지만 10분도 지나지 않아 마침내 아메리고는 문을 열었고, 그러자 매기의 눈빛은 다시 강렬해지고, 주사위 숫자가 보이는 것 같았다. 그가 그녀를 바라보기 위해 잠시 발걸음을 멈추었을 때, 그의 존재만으로도 기분이 최고였고, 심지어 그가 말하기도 전에 빠짐없이 말하기 시작했다. 그리고 실제로 놀라운 일이 일어났다. 안심할 수 있다는 확신에 두려움이 이미 사라졌고 곧 그의 불안, 마음속 깊이 속에 자리 잡은 모든 것, 그의 표정으로 상당히 드러났던 모든 것에 관한 관심으로 바뀌었다. 그녀가 '돈을 받았다'는 것으로 보이는 한, 그는 들고 있던 돈주머니를 그녀에게 내밀었을지도 모른다. 그러나 그 행동과 수락 사이에서 그녀에게 바로 떠오른 것은 고백을 기다린다는 인상을 그에게 줘야 한다는 것이었다. 이는 결국 그녀에게 새로운 두려움이 생겼다. 만약 그게 적절한 대가였다면 돈을 받지 않고 갔을 것이다. 그는 너무나 말도 안 되게 샬롯을 잃어가며 매기가 조금 전에 위대한 양식에 현혹돼 서 있었던 곳 앞에 있었다. 따라서 이제 매기가 아는 것은 그 말을 듣는 것을 부끄러워해야 한다는 것으로, 즉 그 말을 그 자리에서 영원히 듣지 않을 수도 있었다.

"그 여자 너무 멋지지 않아요?" 매기는 간단히 말하면서 마무리하려고 했다.

"아, 멋지죠." 아메리고는 그녀에게 다가왔다.

"우리에게 도움이 돼요. 당신이 보면….." 그녀는 자신의 교훈을 강조하기 위해 덧붙여 말했다.

그는 아내가 멋지게 알려주려고 하는 말을 들으면서 그녀 앞에 계속 있었다. 그는 분명 아내를 기쁘게 하고, 그녀만의 방식에 맞추려고 노력했지만, 결과적으로 그녀의 얼굴이 그 사람 앞에 있었고, 그의 손은 그녀의 어깨를 잡았고, 그의 모든 행동은 그녀를 에워싸고, 곧 말을 따라 했다.

"본다고요? 난 당신밖에 안 보여요." 그리고 잠시 후 이 말의 진심이 이상하게 그의 눈빛으로 빛났고, 매기는 연민과 두려움에 그의 품에 안겼다.

황금잔 Volume 2

1판 1쇄 인쇄 2023년 7월 14일
1판 1쇄 발행 2023년 7월 21일

지은이   헨리 제임스
옮긴이   남유정·조기준
발행인   조은희
발행처   아토북

등 록   2015년 7월 31일(제2015-000158호)
주 소   (10261) 경기도 고양시 일산동구 성현로659번길 143 103-101
전 화   070-7537-6433
팩 스   0504-190-4837
이메일   attobook@naver.com

ISBN 979-11-90194-14-3 03840

ⓒ 도서출판 아토북, 2023

• 값은 뒤표지에 있습니다.
• 잘못 만들어진 책은 구입하신 서점에서 바꾸어 드립니다.

이 책은 저작권법에 따라 보호받는 저작물이므로 무단전재와 무단복제를 금하며, 이 책의
내용의 전부 또는 일부를 이용하려면 반드시 저작권자와 도서출판 아토북의 서면 동의를
받아야 합니다.